卷 9

General Collection of Eight Great Literators' Essays of the Tang and Song Dynasties

唐宋八大家散文总集

新版校评　修订本

郭预衡　郭英德◎主编

苏轼

（四）

史慕鸿
过常宝
◎校评

河北出版传媒集团
河北人民出版社

九　诏册

司农少卿范子渊可知兖州

敕具官范子渊。朕于士大夫，未尝求备也，将历试以事，而收其所长。有司言汝治河无状，耗国劳民，积岁而功不成。朕惟水土之政，与郡县异，其观汝于牧民。尚勉求效，以盖往愆。可。

鲜于侁可太常少卿

敕具官鲜于侁。奉常之职，非特以治郊庙之度、服器之数而已，国有大政事、大议论，必稽焉。昔鲁秉周礼，齐不敢谋。而晏子太师折冲于樽俎之间。国之典常，君臣之名分，上下守之，有死不易，则国安而民服。朕选建卿士，付之礼乐，意在于此。非我老成之人，学足以通古，才足以御今，智足以应变，强足以守官，深于经术，达于人情，其孰宜之?《诗》不云乎。“彼己之子，邦之司直。”往修厥官，无斁朕命。可。

范祖禹可著作郎

敕具官范祖禹。左右起居，东观著作，皆史事也。今左右史独书已行之政，有司之常事。至于廊庙大议，君臣相与之际，所以兴坏治忽之由，一归于东观。则著作之任，顾不重欤？非得直亮多闻，古之所谓益友者，奋笔于其间，则善恶贸乱，后世无所考信。汝既任其事矣，益进而专之。朕苟有过，犹当直书，而况其余乎？往祇厥官，无旷乃职。可。

孙觉可给事中

敕。朕闻明主在上，凡侍从皆得言。若其不明，虽台谏亦失职。朕以冲眇，丕承祖宗。未堪多难之忧，常恐不闻其过。下至执艺，犹当尽规。岂必谏臣，而后论事。矧兹封驳之重，任参黄散之间。知无不言，职固当尔。具官孙觉，行不违道，言不违仁；处以孝闻，出以忠显。先帝所以遗朕，天下谓之正人。屡告嘉猷，固非小补；间自西省，迁之东台。而觉方进阳城之直词，固怀萧生之雅意。重违其请，阅月于兹。卒采群言，以遂前命。以尔抗章伏阁之志，施于还诏批敕之间。其一乃心，以称朕意。

范子渊知峡州

敕具官范子渊。汝以有限之财，兴必不可成之役，驱无辜之民，置之必死之地。横费之财，犹可以力补，而既死之民，不可以复生。此议者所以不汝置，而朕亦不得以赦原也。夷陵虽小，尚有民社。朕有愧于民，而于汝则厚矣。可。

王安石赠太傅

敕。朕式观古初，灼见天意。将有非常之大事，必生希世之异人。使其名高一时，学贯千载。智足以达其道，辩足以行其言。瑰玮之文，足以藻饰万物；卓绝之行，足以风动四方。用能于期岁之间，靡然变天下之俗。具官王安石，少学孔、孟，晚师瞿、聃。网罗六艺之遗文，断以己意；糠粃百家之陈迹，作新斯人。属熙宁之有为，冠群贤而首用。信任之笃，古今所无。方需功业之成，遽起山林之兴。浮云何有，脱屣如遗。屡争席于渔樵，不乱群于麋鹿。进退之美，雍容可观。朕方临御之初，哀疚罔极。乃眷三朝之老，邈在大江之南。究观规模，想见风采。岂谓告终之问，在予谅闇之中。胡不百年，为之一涕。于戏。死生用舍之际，孰能违天；赠赙哀荣之文，岂不在我。宠以师臣之位，蔚为儒者之光。庶几有知，服我休命。可。

张诚一责受左武卫将军分司南京

敕张诚一。孝治之极，天下顺之。不子之罚，民不轻犯。而贵近之间，尚有诚一。朕甚伤之。乃者奸言诐行，蠹国残民之状，论者纷然。方议其罪，而悖德隐恶，达于朕听，考实其状，至不忍言。《诗》不云乎：“行有死人，尚或墐之。”《礼》曰：“父没而不能读父之书，以为手泽存焉。”今汝之所为者，何为至此极也。纵朕不问，汝亦何颜以处搢绅之列乎？可。

吕惠卿责授建宁军节度副使本州安置不得签书公事

敕。元凶在位，民不奠居；司寇失刑，士有异论。稍正滔天之罪，永为垂世之规。具官吕惠卿，以斗筲之才，挟穿窬之智。谄事宰辅，同升庙堂。乐祸而贪功，好兵而喜杀。以聚敛为仁义，以法律为诗书。首建青苗，次行助役。均输之政，自同商贾；手实之祸，下及鸡豚。苟可蠹国以害民，率皆攘臂而称首。先皇帝求贤若不及，从善如转圜。始以帝尧之心，姑试伯鲧；终然孔子之圣，不信宰予。发其宿奸，谪之辅郡；尚疑改过，稍畀重权。复陈罔上之言，继有砀山之贬。反复教戒，恶心不悛；躁轻矫诬，德音犹在。始与知己，共为欺君。喜则摩足以相欢，怒则反目以相噬。连起大狱，发其私书。党与交攻，几半天下。奸赃狼藉，横被江东。至其复用之年，始倡西戎之隙。妄出新意，变乱旧章。力引狂生之谋，驯至永乐之祸。兴言及此，流涕何追。迨予践祚之初，首发安边之诏。假我号令，成汝诈谋。不图涣汗之文，止为款贼之具。迷国不道，从古罕闻。尚宽两观之诛，薄示三危之窜。国有常典，朕不敢私。可。

陈侗知陕州

敕陈侗。士临利害之际而不失故常者，鲜矣。以尔出入册府几二十年，安于分义，不妄附丽以干进取。死丧之威，兄弟孔怀，愿为一郡，以恤幼孤。朕甚嘉之。夫入为九卿贰，出为二千石，此亦搢绅之高选也。汝益勉之。可。

顾临直龙图阁河东转运使唐义问河北转运副使

敕具官某。朕修赋役之法，黜聚敛之吏，去薄从忠，务以养民，而宽厚之弊，或至于偷。夫外台按事，以不失有罪为称职。若下有幸免之吏，则必有不幸之民。民困于吏，则归咎吾法。朕甚忧之。太原之民，困于边备，使者之任，不轻付予。以尔儒林之选，号称秀杰，有能吏之才而不薄，有长者之风而不偷。其服新职，以莅一道。敕唐义问云：赵魏之地，被边带河。使者之任，匪人可乎。以尔直谅之节，世其家声，岂弟之心，不忽民事。必能深识朕意，以肃吏靖民为本。往任其责，以宽吾忧。可。

苏颂刑部尚书

朕闻帝尧之世，伯夷以《三礼》折民；西汉之隆，仲舒以《春秋》决狱。是知有道之士，必以无讼为功。乃者法病于烦，官失其守。盗贼多有，狱市纷然。敷求迪哲之人，以清流弊之末。具官苏颂，温文而毅，直亮不回。仲由、冉求，果艺有从政之美；子产、叔向，爱直得古人之遗。遭罹闵凶，亦既祥禫。特诏虚位，以待老成。与其遂曾、闵之私哀，顾怀坟墓；曷若蹈威、绰之前轨，显扬君亲。伫闻嘉猷，以对休命。可。

赐正议大夫同知枢密院事安焘乞退不允诏　元祐元年七月十三日

敕安焘。卿才当其位，义不辞劳。内之枢机之谋，外之疆场之议。既当身任其责，难以家事为辞。而况并奉君亲，两全忠孝。进无不得，退以何名。卿之所求，固非矫激。朕之不许，亦岂空文。亟还厥官，无烦再命。

刘谊知韶州

敕具官刘谊。汝昔为使者，亲见民病，尽言而不讳，厄穷而不悔，夫岂知有今日之报乎？孔子曰："巧言令色，鲜矣仁。"夫能为朕牧养远民惠鲜鳏寡者，必刚毅不回之士也。往服厥官，益信汝言。可。

李之纯可集贤殿修撰河北都转运使

敕。乃者役钱贷息之弊，民兵马政之劳，萃于北方。而天不靖民，河溢为灾，老幼奔走，流离道路，十年于此矣。呜呼，其孰为朕劳来安集，使复其旧乎？以尔具官李之纯。治办之能，尝见于用。忠厚之质，不移于势。是用进登书殿，增重使指。其往抚疲瘵之俗，察贪暴之吏。无纵诡随，以谨无良。朕将酌民言以观汝政，可不勉欤？可。

明堂赦文 元祐元年九月六日

门下。圣人之德，无以加孝；帝王之典，莫大承天。朕以眇眇之身，茕茕在疚。永惟置器之重，惕若临渊之深。承明继成，思有以迪先王之烈；绍志述事，未足以慰天下之心。仰系母慈，总揽政体。缉熙百度，和乐四方。赖帝觊临，海宇宁乂。三垂之兵靡警，万邦之年屡丰。庶几大同，光嗣成美。深惟六圣之制，必躬三岁之祠。惟兹肇禋，属予访落。丧有以权而从变，祭无以卑而废尊。顾言总章，古重宗祀，以教诸侯之孝，以得万国之心。我享维天，下武式文王之典；大孝严父，孔子谓周公其人。追惟先猷，尝讲兹礼。包举儒术，咨诹缙绅。刺六经放逸之文，斥众言淆乱之蔽。嘉与四海，灵承一天。革显庆之兼尊，隆永徽之专配。成于独断，畀予冲人。遵遗教于前，著成法于后。涓选吉日，裒辑上仪。奉罍琳宫，奠玉路寝。神之吊矣，燕及皇天；谁其配之，既右烈考。于时夙斋辂之驾，被衮冕之章。备庶物之微，追三牲之养。灵游而风马下，孝奏而日月光。惕然履霜，讵胜凄怆之意；僾然出户，如闻叹息之声。秩祜赉我思成，侍臣助予恻楚。既迄成于熙事，敢专飨于闳休。宜布洪恩，以暨诸夏。云云。于戏！汉庭祀帝，著于即阼之逾年；唐室施仁，固以御门之吉日。盖礼盛者文缛，泽大者流长。尚赖文武之英，屏翰之隽。协恭致治，以辅邦家。

皇帝达太皇太后贺大辽正旦书 元祐元年十月二日

肇易岁元，发新荣于万物；仰遵慈诲，修旧好于两朝。远饬使轺，肃将礼币。庶迎寿祉，式副愿言。

皇帝贺大辽皇帝正旦书　元祐元年十月

献岁发春，共讲三朝之庆。宝邻继好，茂膺五福之祥。申饬使车，往陈信币。永言欣颂，曷罄谕陈。

赵州赐大辽贺兴龙节大使茶药诏

敕。卿肃将庆币，远涉川途。风埃浩然，徒驭勤止。宜加宠锡，以示眷怀。

赵州赐大辽贺兴龙节副使茶药诏　元祐元年十月六日

敕。卿将命夙兴，犯寒远涉。驾言未息，轸念殊深。特致恩颁，以嘉勤瘁。

雄州抚问大辽国贺兴龙节使副口宣　元祐元年十月六日

有敕。卿等远犯风埃，久勤轺传。入疆兹始，授馆少安。申命抚存，式昭眷奖。

赵州赐大辽贺兴龙节人使茶药口宣 元祐元年十月六日

有敕。卿等远饬使轺，来陈庆币。川涂甚阻，风雾可虞。特示至恩，往颁名剂。

赐正议大夫同知枢密院事安焘乞外郡不许批答二首 元祐元年十月八日

一

览表具之。卿以应务之才，居本兵之地。绥静中外，人无间言。何疑上章，欲求去位。未喻厥意，闻之怃然。夫荣亲莫大于功名，养志不专于甘旨。而况魏阙之下，父母之邦。退食问安，孰便于此？勉循其旧，以卒辅予。

二 元祐元年十月八日

省表具之。夫事亲者，不择地而安之，孝之至也。而况艰难之际，一日万几。冰渊之惧，当务同济。卿练达兵要，灼知边情。寄托之深，义难引去。亟求自便，朕何赖焉。

赐南平王李乾德历日敕书 元祐元年十月八日

敕乾德。眷彼海隅，被予声教。宜有王正之赐，以为农事之祥。勤恤远民，以开嗣岁。

赐皇叔祖建雄军节度观察留后同知大宗正事宗景上表辞恩命不允诏　元祐元年十月九日

敕宗景。省所上表辞免恩命事，具悉。朕初执珪币，祗见上帝。嘉与百辟，徼福文考。大赉四海，始于亲贤。皆神之休，义不当避，国有常典，尔无固辞。

赐皇叔祖宗景上表辞恩命不许诏　元祐元年十月九日

敕宗景。览所上表辞免恩命事，具悉。国家有大祭祀，必均庆赏。邦甸侯卫，烨炮翟阍。无有远迩，毕蒙惠泽。矧我懿亲，实维显相。祗率旧典，毋须固辞。

赐正议大夫同知枢密院事安焘乞退不允批答口宣　元祐元年十月十日

有敕。卿被遇先帝，勤劳有年。逮于眇躬，倚注弥重。宜安厥位，毋重力词。

赐新除检校太保依前河西军节度使阿里骨加恩制告诏　元祐元年十月十五日

敕阿里骨。朕涓选灵辰，奉承宗祀。肆均介福，遍暨多方。

卿世抚侯封，夙虔朝命。特加宠渥，用奖忠嘉。

赐新除依前交趾郡王李乾德加恩制告敕书 元祐元年十月十五日

敕乾德。朕躬执珪币，大飨帝亲。颁布湛恩，遍暨诸夏。卿世绥侯服，钦顺朝廷。宜锡徽章，以昭异数。

赐宰臣吕公著生日礼物口宣 元祐元年十月十六日

有敕。朕之元老，生以兹辰。实为邦国之华，岂独闺门之庆。故命尔息，往宣余怀。仍分厩库之良，以助子孙之寿。

赐新除依前光禄大夫刑部尚书苏颂辞恩命不允诏 元祐元年十月十七日

敕苏颂。卿笃于仁心，深于经术。用心司寇，期于无刑。朕惟孝处之深，三年不夺其志。又推才难之故，千里以待其来。卿而不能，谁当能者。亟服乃事，毋烦力辞。苏颂表云：自循朽迈，敢冒优除。伏望收还成命，听服常僚。所有诰命，未敢祗受。

相州赐大辽国贺兴龙节使副御筵口宣 元祐元年十月十八日

有敕。卿等远驰信币，来庆诞辰。眷言四牡之劳，宜享加笾之礼。式颁宠数，以示至恩。

赵州赐大辽贺正旦副使茶药诏 元祐元年十月十九日

敕。卿抗旌出境，夙驾在涂。眷言跋涉之劳，宜适兴居之节。式颁良剂，以辅至和。

赵州赐大使茶药诏 元祐元年十月十九日

敕。卿远饬使轺，讲修邻好。蒙犯风雾，跋履山川。宜颁锡于珍芳，庶辅安于寝食。

赵州赐大辽国贺太皇太后正旦大使茶药诏 元祐元年十月十九日

敕。卿恭讲邻欢，远勤轺驭。言念驱驰之久，适丁寒沍之辰。宜锡珍良，式昭眷宠。

赵州赐副使茶药诏 元祐元年十月十九日

敕。卿远持使节，来庆春朝。方此沍寒，良勤启处。宜示眷怀之异，式颁剂和之良。

赐新除落致仕依前光禄大夫范镇赴阙诏 元祐元年十月二十日

敕范镇。夫有德君子，以精神折冲。譬之麟凤，能服猛鸷。朕虚怀前席，以致诸老，非敢必以事诿也。苟得黄发之叟，皤然在位，则朝廷尊严，奸宄消伏。卿虽笃老，乃心王室。毋惮数舍之劳，以副中外之望。

赐镇江军节度使检校太傅开府仪同三司上柱国康国公判大名府韩绛上表乞致仕不许诏二首 元祐元年十月二十日

一

敕韩绛。览所上表陈乞致仕事，具悉。卿四世元老，国之长城。端笏垂绅，不动声气。风采所及，自然折冲。轩冕丘园，其实何异。矧今艰难之际，日有冰渊之虞。黄发在廷，未敢言病。岂宜独善，遽欲即安。尚分北顾之忧，勿起退归之念。强食自辅，体我至怀。

二 元祐元年十月二十日

敕韩绛。省所上表陈乞致仕事，具悉。功成身退，人臣之常。寿考康强，有不得谢。卿出入将相，垂三十年。岂以小郡，尚勤元老。徒得君重，卧护一方。使吏民瞻师尹之仪刑，蛮夷识汉相之风采。丘园之请，朕未欲闻。其省思虑，时寝食，亲近药饵，以副中外之望。

赐金紫光禄大夫守尚书右仆射兼中书侍郎吕公著生日诏 元祐元年十月二十七日

敕公著。卿将相三世，辅翼两朝。方《斯干》献梦之辰，有《既醉》太平之福。宜膺庆赉，永锡寿康。今赐卿生日羊酒米面等，具如别录，至可领也。

赵州赐大辽国贺太皇太后正旦使副茶药口宣 元祐元年十月二十八日

有敕。卿等奉将邦币，驰会岁元。眷言夙驾之勤，方次中涂之馆。宜颁灵剂，以喻至怀。

赵州赐大辽国贺皇帝正旦使副茶药口宣 元祐元年十月二十八日

有敕。卿等逖修邻好，方次州封。言念沍寒，想勤跋履。特颁名剂，以示眷怀。

赐外任臣寮历日诏敕书 元祐元年十月二十八日

敕韩绛。朕申命日官，逆推嗣岁。眷予共理，颁此成书。勉劭农功，毋违时令。

皇帝为冬节奏告永裕陵神宗皇帝表本

伏以历纪天正，史书日至。感舒长于测景，增怵惕于履霜。恭惟谥号皇帝，德迈尧仁，功恢禹迹。游衣冠于原庙，徒仰威神；望松柏于桥山，永怀悲慕。

皇太后殿夫人为冬节往永裕陵酌献神宗皇帝表本

伏以一阳来复，万物怀生。空临观祲之辰，无复称觞之庆。恭惟谥号皇帝，道齐覆载，德冒华夷。从南狩于苍梧，神游已邈；望西陵于铜雀，涕慕空深。

雄州白沟驿赐大辽贺正旦人使御筵口宣 元祐元年十一月二日

有敕。卿等远驰使节，来庆春朝。属岁律之凝严，涉道涂之修阻。宜颁宴衎，以劳勤劬。

赐新除依前中大夫守中书侍郎吕大防辞恩命不允诏 元祐元年十一月四日

敕大防。卿敦大直方，任重道远。擢贰西省，蔽自朕心。虽与闻政事，为日未久，而历试中外，勤劳百为，盖有年矣。德位惟允，人无间言。亟服新命，毋烦朕训。

赐新除御史中丞傅尧俞辞免恩命不允诏　元祐元年十一月六日

敕尧俞。《诗》云：“刚亦不吐，柔亦不茹。”朕以卿有樊仲之风，是以擢卿为中执法。才难之叹，古今共之。岂以小嫌，而废大任。与其拘文以自疑，不若直己而行义。亟服乃事，无烦固辞。

赐镇江军节度使判大名府韩绛诏书汤药口宣二首　元祐元年十一月九日

一

有敕。卿德望之隆，中外所属。诚请虽极，舆论未安。毋复怀归，以勤北顾。特颁良剂，以辅至和。

二　元祐元年十一月十日

有敕。方面重寄，无逾老成。丘园归休，难遂雅意。特颁珍剂，以示至怀。方此沍寒，益加调养。

赐新除依前中大夫守中书侍郎吕大防辞免恩命不允断来章批答口宣 元祐元年十一月十一日

有敕。大政所关，西台为重。朕难其选，无以易卿。宜即钦承，毋烦退避。

赐韩绛上第二表乞致仕不允诏 元祐元年十一月十四日

敕韩绛。朕以眇躬，求助诸老。皆以艰难之际，不辞中外之劳。胡为累章，確守归意。岂朕不善西伯之养，而无人子思之侧乎？三复喟然，未喻厥指。朕意不易，卿其少安。

赐韩绛上第三表乞致仕不许断来章诏 元祐元年十一月十四日

一

敕韩绛。君臣之义，忧乐同之。苟皆怀归，谁任其事。卿之高识雅度，轻轩冕而乐丘园，天下所共知也，犹不念先帝托付之重乎？勉徇大义，勿复以言。

二

敕韩绛。功成身退，人臣之常礼。至于非常之遇，则必有无穷之报。朕待卿于形器之表，而卿自处于绳墨之内，未为得也。朕意不易，卿无复辞。

赐新除中大夫守尚书右丞刘挚辞恩命不允断来章批答口宣　元祐元年十一月十五日

有敕。卿嘉猷屡告，清议所归。授受之间，臣主无愧。速起视事，副朕所期。

太皇太后赐故夏国主嗣子乾顺诏
元祐元年十一月十六日

一

念尔守邦，藐然在疚。日月逾迈，祖葬有时。缅怀孝爱之深，想极攀号之戚。往助襄事，式昭异恩。

二　元祐元年十一月十六日

惟我列圣，眷尔有邦。非徒极其宠荣，盖亦同其忧患。念尔哀疚，恻然顾怀。临遣行人，往喻至意。且致奠赙之礼，以为存没之光。

赐正议大夫同知枢密院事安焘乞外郡不允断来章批答口宣　元祐元年十一月十六日

有敕。卿职在枢要，表仪百官。进当以礼，退当以义。今兹求退，其义安在？亟还视事，毋复固辞。

赐侍卫亲军马军都虞侯刘昌祚进奉贺明堂礼毕马敕书　元祐元年十一月二十日

敕刘昌祚。大事告成，多方同庆。汝以分符之重，特修效马之仪。载念勤诚，不忘嘉叹。

班荆馆赐大辽国贺兴龙节人使赴阙口宣　元祐元年十一月二十一日

有敕。卿等抗旌远道，弭节近郊。乃眷勤劳，良深轸念。特颁燕衎，以示惠慈。

赐新除中大夫守尚书右丞刘挚辞恩命不许断来章批答二首　元祐元年十一月

一

览表具之。道有行藏，时有用舍。岁不我与，难以智求。道之将行，岂容力避。大言大利，固当安而受之；小行小廉，非所望于卿者。成命不再，可无复辞。

二

省表具之。政如农耕，以既获为能事；言如药石，以愈疾为成功。若耕不获，疾不愈，朕何望焉。所以用卿者，非以富贵卿也。勉卒成业，何以辞为。

班荆馆赐大辽贺兴龙节人使到阙酒果口宣　元祐元年十二月初一日

有敕。卿等肃将信币，来庆诞辰。眷言行李之劳，宜有燕休之赐。受兹芳酎，体我眷怀。

雄州赐大辽贺正旦人使回程御筵口宣　元祐元年十二月六日

有敕。卿等出疆继好，已事言还。跋履冰霜，憩休馆舍。宜有燕私之宠，以旌来往之勤。

赐河东路诸军来年春季银鞓兼传宣抚问臣寮将校口宣　元祐元年十二月七日

有敕。汝卿等从事边陲，服勤师律。方践更于春令，谅率履于天和。特有匪颁，以昭眷遇。

送伴正旦使副沿路与贺北朝生日并正旦使副相见传宣抚问口宣　元祐元年十二月九日

有敕。卿等方冬出使，涉春在途。远犯风埃，想勤跋履。勉加鞭策，即造会朝。

赐大辽贺正旦人使正月一日入贺毕就驿御筵口宣 元祐元年十二月十一日

有敕。卿等远饬使轺，来修旧好。属此方春之旦，宜均既醉之欢。爰命燕胥，以昭眷宠。

就驿赐大辽贺正旦人使银钞锣唾盂盂子锦被褥等口宣 元祐元年十二月十六日

有敕。卿等远驰信币，来庆春朝。眷言行李之劳，方兹舍馆之定。宜加颁赉，用示宠嘉。

班荆馆赐大辽贺正旦人使却回御筵口宣 元祐元年十二月十九日

有敕。卿等远达使辞，载严归驷。方改辕于北道，暂弭节于都门。益重眷怀，往伸燕饯。

相州赐大辽贺正旦人使却回御筵口宣 元祐元年十二月二十二日

有敕。卿等岁首奉觞，礼成复命。改辕北道，弭节近藩。宜锡宴私，以彰眷宠。

就驿赐大辽贺兴龙节人使回程酒果口宣 元祐元年十二月二十四日

有敕。卿等抗旌旋复，弭节少留。风埃浩然，徒驭勤止。宜有珍芳之赐，以昭眷宠之殊。

皇帝赐故夏国主嗣子乾顺进奉贺正马驼回诏 元祐元年十二月二十四日

诏故夏国主嗣子乾顺。远奉王正，来归时事。惟此充庭之实，率皆任土之宜。乃眷忠勤，良深嘉叹。

太皇太后赐故夏国主嗣子乾顺进奉贺正马驼回诏 元祐元年十二月二十四日

诏故夏国主嗣子乾顺。述职春朝，归诚宰旅。修此效牵之礼，致其乘服之良。再阅来章，式嘉忠节。

赐观文殿大学士知颍昌府韩缜上表辞免恩命不允诏 元祐元年十二月二十五日

敕韩缜。朕躬祀总章，始行严配。推广帝亲之泽，覃及中外之臣。惟我老成，逮受顾命。均此介福，非朕敢私。国之故常，毋烦谦避。

赐大辽贺正旦人使朝辞讫就驿御筵口宣

元祐元年十二月二十五日

有敕。卿等来修旧好，克备多仪。既陛见以告辞，将驾言而反命。载嘉勤勚，宜锡燕私。

班荆馆赐大辽贺正旦人使回程酒果口宣

元祐元年十二月二十八日

有敕。卿等远会春朝，恪修邻好。既卒聘事，岂无燕私。宜就锡于加笾，盖式昭于异数。

赐镇江军节度使判大名府韩绛上第二表乞致仕不许诏　元祐元年十二月二十九日

敕韩绛。为国无强于得人，用人莫先于求旧。虽已挂冠而谢事，尚俾安车而造朝。岂有体力未衰，蕃宣所寄，亟图自便，遂欲言归。矧卿德望并隆，神人所相。焉有满盈之惧，夫何倚伏之虞。尚体至怀，少安厥位。

【解题】

以上各文作于元祐元年（1086）三月至十二月。苏轼于此年三月任中书舍人，负责起草诏令，掌管各项文书。上文皆为苏轼所拟诏令。口宣，帝王派专臣宣布的文告。敕书，皇帝行文臣僚，凡慰谕公卿，诫约朝臣者，称敕书。表本，皆当世皇帝、皇后向已故皇帝所上之文。

皇帝达太皇太后贺大辽皇帝正旦书　元祐二年

岁律肇新，邻欢载讲。恭被慈闱之诲，远通庆币之诚。益冀保颐，永绥寿嘏。

皇帝贺大辽皇帝正旦书

三阳朋来，庆二仪之交泰；两朝继好，纳万民于阜昌。申敕使车，肃将礼币。愿符善祷，永介纯厘。

赐观文殿学士正议大夫知河南府孙固乞致仕不允诏四首

一　元祐二年正月一日

敕孙固。视国如家，忠臣可以忘老；视民如子，君子可以忘劳。卿被遇三朝，出入二府。德望并隆，中外所服。故起之词馆，付以留龠。使士有矜式，民有依怙。属任之意，岂轻也哉！释位谋安，引年求避，此疏远小臣之事，非所望于卿也。尚体至意，勿亟怀归。

二　元祐二年正月一日

敕孙固。卿英祖所擢，以遗神考。乃眷旧学，用之西枢。朕即位二年，未见君子。每惟图任旧人之意，常有越在外服之叹。矧欲辞位而去，遂安丘园哉！三川重镇，务举大体。簿书期会，则有司存。优游卒岁，可以忘老。

三　元祐二年正月二十五日

敕孙固。廊庙之旧，历事三朝。名德并隆，如卿者有几。无故释位，其谓朝廷何！卿既自为谋，亦为乃后谋之。勉遵前诏，以慰中外之望。

四　元祐二年正月二十五日

敕孙固。朕永怀三宗，追用其人。所以尊礼慰藉其意者，自以为无失矣。而卿浩然怀归，若不可复留，何哉？勉徇大义，毋违朕志。

赐皇叔祖保信军节度使安康郡王宗隐生日礼物口宣　元祐二年正月四日

有敕。卿属尊望重，德厚庆隆。方诞育之令辰，有匪颁之故事。克膺寿祉，永服宠光。

皇帝达太皇太后回大辽皇帝贺正旦书　元祐二年正月五日

百年之好，既讲于春朝；万寿之仪，兼陈于幄殿。恭因省侍，具述来音。感怿之怀，言宣莫罄。

皇帝回大辽皇帝贺正旦书　元祐二年正月五日

东风协应，感徂岁之更新。远使交驰，导欢言而如旧。粲然礼币，申以书词。欣怿之深，敷陈罔究。

抚问熙河兰会路臣寮口宣

元祐二年正月二十五日

有敕。卿等服勤疆场，赋政兵民。言念劬劳，实分忧顾。特加存问，以示眷怀。

抚问资政殿学士知扬州王安礼口宣

元祐二年正月二十七日

有敕。卿久去廊庙，出临江淮。绥怀流亡，肃遏寇盗。远惟勤瘁，特示抚存。

赐皇叔祖昭信军节度使汉东郡王宗瑗生日礼物口宣　元祐二年二月二日

有敕。卿爵齿既隆，德望斯称。载更诞日，胥庆家庭。式侑燕私，以资寿祉。

寒节就驿赐于阗国进奉人御筵口宣

元祐二年二月二日

有敕。汝等观光上国，述职遐方。属兹改火之辰，想有怀归之念。宜颁燕衎，以示恩私。

赐新除枢密直学士知定州韩忠彦乞改一偏州不允诏 元祐二年二月

敕忠彦。朕尝览阅古之图，观宗臣之文。俯仰今昔，有概于心。会中山阙守，差择循良。卿庶几焉，勉副朕意，何以辞为。

赐枢密直学士守兵部尚书王存乞知陈州不允诏

敕王存。卿出入四朝，更涉夷崄。金石之节，终始惟一。六卿之长，所以倡九牧而厚风俗也，岂以职事烦简为轻重哉！君子出处，朝廷之大事，而风雨寒暑，肤理之微疾也。姑安厥位，以称朕意。

赐尚书左丞李清臣生日诏
元祐二年二月二十四日

敕清臣。春之方中，月复几望。笃生王国之彦，蔚为廊庙之华。神既听于靖恭，民亦宜于恺悌。膺我庆赐，永绥寿祺。

赐皇叔祖宁国军节度使华原郡王宗愈生日礼物口宣　元祐二年二月二十七日

有敕。卿望重宗盟，德隆藩服。载协诞弥之旦，光膺积庆之余。特示宠颁，永绥寿祉。

赐朝散大夫试御史中丞傅尧俞乞外郡不允诏　元祐二年三月十三日

敕尧俞。负中外之望，居得言之地。朕方虚己，乐闻嘉猷。乃者水旱连岁，民流未止。贼盗将炽，财力靡敝。卿既欲图实效以酬恩，朕亦将考所言以责实。偃息藩郡，岂所望哉！

景灵宫宣光殿奉安神宗皇帝御容罢散朱表　元祐二年三月十四日

伏以驭风云阙，既参日月之光；弭节琳宫，尚答臣民之望。

爰开法会，庶款真庭。愿推往圣之心，永锡函生之福。

赐镇江军节度使充集禧观使韩绛茶药诏 元祐二年三月

敕韩绛。春夏之交，寒燠相沴。起居之节，调适为难。眷予元臣，久劳于外。宜加存问，且锡珍良。勉蹈至和，以符眷倚。

赐保宁军节度使冯京告敕茶药诏 元祐二年三月二十一日

敕冯京。卿以笃老，久勤外服。留鑰之重，拥髦而东。蒙犯氛埃，徒御良苦。宜省思虑，近药物。勉遵时令，以副眷怀。

赐镇江军节度使充集禧观使韩绛赴阙诏二首 元祐二年三月二十七日

一

敕韩绛。卿擢自祖宗，辅翼先帝。德望之重，天下耸闻。与其置之一方，劳以民事；不若归安阙下，式瞻仪刑。请老闲居，固非所望。嘉猷入告，夫岂不能。迟卿言还，及此初夏。

二

敕韩绛。为天下计，则贤者常劳。为人臣谋，则老者当逸。

今朝廷待卿之意，酌处其中。奉朝请于琳宫，所以系民望；释负荷于留龠，所以慰雅怀。勉及清和，亟还朝著。

赐新除保宁军节度使冯京告敕诏书茶药口宣　元祐二年三月二十八日

有敕。全魏之寄，旧德为宜。勉即征途，以答民望。往颁珍剂，昭示眷怀。

赐镇江军节度使充集禧观使韩绛诏书茶药口宣　元祐三年三月二十八日

有敕。卿德齿俱高，诚请弥確。重以民事，久劳元臣。既饬还车，宜颁珍剂。尚加调养，以副眷怀。

赐太师文彦博乞致仕不允批答口宣

元祐二年三月二十九日

有敕。卿德望冠于累世，风采闻于四夷。方兹仰成，倚以为重。退老之请，所未欲闻。

赐宰相吕公著乞退不允批答口宣

元祐二年三月二十九日

有敕。卿柱石本朝，蓍龟当代。方兹注意，实所仰成。宜体朕心，姑安其位。

赐太师文彦博乞致仕不许批答二首

一　元祐二年三月二十九日

卿出入四世，师表万民。无羡于功名，而有厌于富贵。其所以忘身徇国，舍逸就劳者，岂有求而然哉。凡以先帝之恩，生民之故也。卿之在朝，如玉在山，如珠在渊。光景不陈，而草木自遂。去就之际，损益非轻。昔西伯善养老，而太公自至。鲁穆公无人子思之侧，而长者去之。卿自为谋则善矣，独不为朝廷惜乎？药饵有间，时游庙堂。家居之乐，何以异此。

二　元祐二年三月二十六日

朕修身以承六圣，虚己以听四辅。而法度未定，阴阳未和，民未乐生，吏未称职。中夜以思，方食而叹。虽不敢以事诿元老，实望其以身率百官。卿犹未即于安，孰敢不尽其力。此圣母冲人之本意，而天下有识之所望也。昔唐太宗以干戈之事，尚能起李靖于既老；而穆宗、文宗以燕安之际，不能用裴度于未病。治乱之效，于斯可见。朕意如此，卿其少安。

赐宰相吕公著乞退不许批答　元祐二年三月二十九日

卿才全而德备，积厚而施博。明亮笃诚，坐屈群策。既以天下公议而用于此矣，岂以卿之私意而听其去哉。水旱之灾，不德所召。卿当助我，求所以消复之道，不当求去我也。《诗》不云乎："大夫君子，昭假无赢。大命近止，无弃尔成。"勉思厥职，以答民望。

赐宰相吕公著乞退不允批答　元祐二年三月二十九日

用贤之功，必要之久远。日计不足，岁计有余。朕之用卿，期于百姓之既富；卿之自信，亦岂一日而成功。常旸之灾，天以警朕。夙夜祇惧，与卿同之。朕若归过于股肱，何以答天戒；卿若释政而安逸，何以塞民言。各思其忧，少安厥位。

赐尚书刑部侍郎范百禄乞外任不允诏
元祐二年三月二十九日

敕百禄。成王命君陈："商民在辟，予曰辟，尔惟勿辟，予曰宥，尔惟勿宥，惟厥中。"古之有司，与天子相可否盖如此，而况公卿之间，议有异同，而不尽其说哉！例在中书，与在有司，固宜审处，归于至当。而卿遽欲以此去位，非古之道也。其益修厥官，以称朕意。

太皇太后受册诏词

诏曰：祥禫既终，典册告具，而有司遵用章献明肃皇后故事，予当受册于文德殿。虽皇帝孝爱之意，务极尊崇；而朝廷损益之文，各从宜称。矧予凉薄，常慕谦冲。岂敢躬御治朝，自同先后。处之无过之地，乃是爱君之深。所有将来受册，可只就崇政殿。

赐龙图阁直学士新差知秦州吕公孺乞改授宫观小郡差遣不允诏 元祐二年四月三日

敕公孺。朕顾怀四方，思得贤守，使边有备而民无扰。以卿耆老练达，德宇渊静。秦又旧治，吏士服习。卧护诸将，无以易卿。

赐交州进奉入朝见讫就驿御筵口宣 元祐二年四月五日

有敕。汝等恭持方物，来款塞垣。冒涉修途，观光上国。宜颁燕劳，以示恩私。

赐外任臣寮进奉兴龙节马诏敕书 元祐二年四月十三日

敕韩缜。诞弥之庆，远迩攸同。眷惟外服之良，来效右牵之礼。言念诚悋，不忘叹嘉。

赐彰化军节度使开府仪同三司判大宗正事宗晟上表乞还职事不允诏二首 元祐二年四月十五日

一

敕宗晟。《书》云："孝乎，惟孝友于兄弟，施于有政，是亦为政。"卿以膝下之养，为宗人之法。古之为政，孰大于此，而欲以亲辞职耶？其益修厥官，以称吾意。

二

宗晟表云：所生之母，已逾耄年，宜还职事以投闲，庶尽色难以终养。伏望特降睿旨，俾从素愿。

敕宗晟。古者庶子之官设，而邦国有伦。所治虽简，而所寄甚重。卿为宗室祭酒，德度之美，刑于中外。朕方庆瓜瓞之茂，而欲观麟趾之应。益励厥职，无弃尔成。

赐故夏国主嗣子乾顺进奉谢恩马驼回诏二首

一

诏故夏国主嗣子乾顺。临吊之重，以宠世臣。思报之深，复承来价。载阅充庭之实，备形述职之心。乃眷忠勤，不忘嘉叹。

二 元祐二年四月十七日

诏故夏国主嗣子乾顺。向遣行人，往赙襄事。继陈方物，来奉谢章。惟忠可以附民，惟礼可以定国。勉终诚节，以副眷怀。

赐新除尚书左丞刘挚辞免恩命不允诏

敕刘挚。朕昔闻卿言，今任以政。已试之效，见于事功。廊庙阙人，以次迁用。宜其右不宜其左，能于昔不能于今，岂有是哉！

白沟驿赐大辽贺坤成节人使御筵兼传宣抚问口宣 元祐二年四月十七日

有敕。卿等肃将庆币，远涉修涂。风埃浩然，徒驭勤止。宜颁燕衎，以示眷怀。

赐尚书左丞李清臣乞退不允批答二首 元祐二年四月十八日

一

卿以方闻之举，擢自厚陵。禁林之选，用于神考。逮受顾命，弼予冲人。义既同于戚休，身岂轻于出处。遽欲引去，闻之恻然。姑安厥常，以助予治。

二

祥除之初，念我圣祖。所与共政，不忘旧人。而卿博学多闻，通练古今。小心畏慎，不见过失。力求引去，为之惘然。勉留辅予，益祇厥服。

赐文武百寮文彦博以下上第一表请皇帝御正殿复常膳不允批答　元祐二年四月二十二日

朕即位二年，水旱继作。致灾之故，实惟冲人。既延及于无辜，复贻忧于文母。是以坐不安席，食不甘味。实欲深念厥咎，岂徒见之空言。而雨不崇朝，农犹告病。欲徇来请，惕然未宁。其一乃心，勉正厥事。毋重朕之不德，以答天之深戒。

赐文武百寮文彦博以下上第一表请太皇太后复常膳不许批答　元祐二年四月二十二日

旱暵之罚，自冬及夏。天之降灾，如此其久。则夫致灾之道，岂一日而然哉。虽力行罪己之文，尚恐非应天之实。而卿等以肤寸之泽，遽欲即安，览之惕然，未敢自赦。其交修不逮，务尽厥诚。期兹岁于有秋，虽复常其未晚。

赐尚书左丞李清臣乞退不允批答口宣　元祐二年四月二十七日

有敕。卿综辖枢机，雍容廊庙。义当体国，谋岂先身。往喻至怀，少安旧服。

赐溪洞蛮人彭允宗等进奉端午布敕书

元祐二年五月十日

敕彭允宗等。汝族居裔壤，心慕华风。来修任土之仪，远效充庭之实。载惟勤悃，良用叹嘉。

赐集禧观使镇江军节度使开府仪同三司韩绛到阙生饩口宣 元祐二年五月十二日

有敕。卿力辞繁剧，归即燕安。想见老成，渴闻嘉话。特颁牢醴，以劳骖骓。

赐新除中大夫守尚书右丞王存辞免恩命不允诏 元祐二年五月二十六日

敕王存。朕历选百辟，试之以事，惇厚而文，刚毅而和，更涉变故，守德不移，无逾卿者。夫享天下之利者，任天下之患。居天下之乐者，同天下之忧。朕非以是富贵卿也，其何以辞。

赐文武百寮文彦博以下上第五表请皇帝御正殿复常膳允批答 元祐二年五月二十九日

朕以寡昧，膺受多福。常欲损上益下，畏天之威。矧兹旱灾，咎在不德。而卿等以雨泽既至，封章屡上，勉从其意，甚愧于中。夫天之有风雨雷霆，犹朕之有号令赏罚。朕不修明其事，何以责应于天。永思其终，无忘纳诲。

赐文武百寮文彦博以下上第五表请太皇太后复常膳许批答 元祐二年五月二十九日

德积无素，民罹其灾。精诚莫通，祷不时应。虽蒙膏泽之报，仅救焦枯之余。勉徇来章，犹虞后患。其谨视盗贼，慸恤流亡。益务交修，以裨不逮。

赐文武百寮太师文彦博以下上第一表请举乐不许批答二首 元祐二年六月一日

一

先王之礼乐，因情而立文。君子之哀乐，自中而形外。夫有莫大之戚，则有无穷之悲。先皇帝天覆四方，子养万物。至今穷发之表，尚余流涕之民。而况宫庭之间，母子之爱，粗毕三年之制，遂讲八音之和。所未忍闻，非不欲作。卿等谨于率礼，笃于爱君，徒欲亟举旧章，顾未深明吾意。三复太息，难于黾从。

二

礼之至者无文，哀之深者无节。故禫而不乐，古人非以求名；琴不成声，君子以为知礼。朕以宗庙之重，勉蹈先帝之余。履其位惕然而自惊，用其物潸焉而出涕。未报昊天罔极之德，常怀终身不忘之忧。欲从众言，亟举备乐。而金石丝竹，乃凄耳之声；干戚羽旄，皆泫目之具。哀既未泯，乐何从生。再阅来章，徒增感慕。

班荆馆赐大辽国贺坤成节人使到阙御筵口宣　元祐二年六月二日

有敕。卿等肃将庆币，垂及都门。远涉暑涂，想勤行李。式颁燕衎，以示恩私。

赐集禧观使镇江军节度使开府仪同三司韩绛乞致仕不允诏二首　元祐二年六月四日

一

敕韩绛。向以宏才，卧护北道。凡斯民之利病，盖一方之安危。朕方虚怀，以待元老。冀疾病之有间，得雍容而造朝。时闻嘉言，以辅不逮。告老之请，殊非朕心。

二

敕韩绛。元老在位，邦之荣华。徒以精神折冲，非以觔力为礼。游神道馆，拥节家庭。于卿图告老之安，而国有贪贤之美。勉自辅养，期于少留。

赐文武百寮太师文彦博以下上第二表请举乐不许批答二首 元祐二年六月四日

一

遏密之制，虽尽于三年；追怀之私，岂论于徙月。金石在御，恻然未宁。吾不以一身之忧，废天下之乐。今施之郊庙，用之军旅。州闾之会，弦歌相闻。独尽余哀，止于中禁。以为于义未害，是故行之不疑。

二

朕少遭闵凶。仅毕祥禫。虽俯就企及，非以过制为贤；而创巨痛深，不能以礼自克。观过其党，圣人许之。《礼》曰："丧三年以为极亡，则弗之忘矣。"诚重违国老之忠告，姑欲尽人子之至情。

赐太师文彦博等请太皇太后受册第二表不许批答 元祐二年六月四日

吾闻圣人以天下为忧，未闻以位号为乐也。损己裕物，畏天检身。此吾平日之本心，非独遇灾而一发也。孔子曰："以约失之者，鲜矣。"卿等以是辅我，顾不美哉。

赐文武百寮太师文彦博以下上第四表请举乐不许批答二首 元祐二年六月九日

一

吾之本性，以清净寂寞为乐。虽在平日，无游观声技之念。矧艰难之后，哀疚之余。中夜以兴，方食而叹。将不堪其忧者，岂有意于乐哉。虽欲勉从，未能自克。忠告屡却，愧叹兼深。

二

钟鼓以导和，羽籥以饰喜。譬之饮食之节，适于口体之宜。今衰麻之除，莫敢逾制；而琴瑟之御，则有未安。卿等忠诚確然，开喻至矣。惟反求诸心而弗得，故欲行其言而未能。推之人情，当识朕意。

赐太师文彦博等上第三表请太皇太后受册许批答 元祐二年六月九日

吾上顺帝则，下酌民言。处以无心，期于寡过。卿等以为协气既应，群谋佥同。若固违典礼之常，恐莫慰天人之望。遇灾而惧，昔者非以为谦；闻义则迁，吾亦岂敢自必。勉从故事，以副嘉言。

赐护国军节度使检校太师济阳郡王曹佾生日礼物口宣　元祐二年六月九日

有敕。卿世济勋劳，德隆藩戚。属此诞弥之日，岂无燕喜之私。膺我宠颁，永增寿祉。

赐新除中大夫守尚书右丞王存辞免恩命不允断来章批答二首　元祐二年六月十二日

一

士有品目，定于佥言。置之庙堂，蔽自朕志。岂有佥言既穆，朕志不移。而用过谦之词，反已成之命。亟服乃事，宜无复云。

二

为国不患于无人，有人而不用之为患；事君非难于辞宠，居宠而无愧之为难。吾之用卿，计已审矣。卿之自信，又何疑哉。

赐新除试吏部侍郎范百禄辞免恩命不允诏　元祐二年六月十二日

敕百禄。夫以天官之贰，治夏卿之选。簿书繁重，条格纷委。苟非其人，则士之失职而无告者多矣。朕难其材，不以轻授。卿有应务之敏，而行之以勤，有守官之亮，而济之以通。往行其志，何以辞为。

赐新除吏部侍郎傅尧俞辞免恩命乞知陈州不允诏 元祐二年六月十三日

敕尧俞。连蹇三黜，栖迟十年。士无贤愚，为国太息。如珠玉之在泥土，麟凤之在网罗。朕所以拔卿于久废之中，用卿于期年之内。天下拭目，欲观所为。而乃引微疾以自言，指便郡而求去，岂独于卿有报国未遂之叹，亦将使朕获用贤不终之讥。勉复旧曹，以全大节。

赐同知枢密院事范纯仁生日诏 元祐二年六月十八日

敕范纯仁。卿天资文武，世济勋劳。载嘉诞日之临，岂独私门之喜。宜膺庆赐，以介寿祺。

赐皇弟山南东道节度使开府仪同三司佖生日礼物口宣 元祐二年六月十八日

有敕。卿以棣华之亲，袭瓜瓞之庆。载临诞日，宜厚宠颁。服我异恩，永膺介福。

赐新除知枢密院安焘辞免恩命不许断来章批答二首　元祐二年六月二十四日

一

览表具之。论材考德，圣人所以公天下；难进易退，君子所以善一身。权之以义，孰为轻重。训兵论将，威怀戎狄。卿以是事上，岂不贤于逡巡退避也哉。所请宜不允，仍断来章。

二

览表具之。德称其服，臣主俱荣；食浮于人，上下交病。朕之为天下虑，甚于卿之自为谋也。思而后行，有出无反。成命不再，卿毋复辞。所乞宜不允，仍断来章。

赐新除知枢密院安焘辞免恩命不允诏　元祐二年六月二十四日

敕安焘。人才之难，从古所叹。图任以旧，为国之常。卿以瑰异之资，荷艰难之寄。勤劳靡懈，望实愈隆。虽云超升，不改畴昔。徒以任之既久，则责之宜专，知无不为，乃所望于卿者。卑以自牧，亦何补于国哉。

赐权陕府西路转运判官孙路银绢奖谕敕书 元祐二年六月二十八日，为筑兰州西荆堡，成，下同。

敕孙路。宣力计台，悉心边政。相视衿要，缮完保鄣。讫用有成，不愆于素。使虏无可乘之便，民有足恃之安。乃眷忠勤，不忘嘉叹。

赐知兰州王文郁银绢奖谕敕书 元祐二年六月二十八日

敕王文郁。汝以御侮之才，当专城之寄。百堵皆作，三月而成。非威服民夷，身先士卒，则安能以一时之役，成无穷之利。达于朕听，良用叹嘉。

就驿赐大辽贺坤成节使副银钞锣锦被褥等口宣 元祐二年六月二十八日

有敕。卿等远持庆币，来讲邻欢。徒御少休，舍馆既定，首膺宠锡，当体眷怀。

赐皇伯祖彰化军节度使高密郡王宗晟生日礼物口宣　元祐二年七月一日

有敕。卿德茂宗枝，望隆公衮。推本流长之庆，有嘉震肃之辰。宜示宠颁，以绥寿祉。

赐知枢密院事安焘已下罢散坤成节御筵口宣

有敕。卿等忠存体国，义切戴君。结妙果于三乘，祝慈闱之万寿。宜膺宠锡，以示眷存。

赐新除检校太尉守司空依前开府仪同三司致仕韩绛辞免恩命不允批答二首　元祐二年七月七日

一

国家尊异耆老，砥砺廉隅。凡致为臣，必厚其礼。而况卿出入四世，师表万民。身任安危，位兼将相。永惟三宗眷遇之重，宜极一品褒崇之荣。成命既孚，佥言惟允。宜从中外之望，罔徇谦冲之私。

二

朕惟耉老成人，虽或谢事。耄期称道，终不忘君。其在丘园，岂殊廊庙。嘉猷入告，卿其不易此心；大事就访，朕亦敢忘斯义。命秩之数，典册之文，不如此无以慰朕心而答民望。国有常典，卿毋复辞。

赐新除依前静海军节度使进封南平王李乾德制诰敕书 元祐二年七月八日

敕。朕子养兆姓，囊括四荒，譬之于天，岂吝膏泽。卿守藩滋久，事上益虔。高爵隆名，极其荣显。庶缘天宠，以服民心。其思尽忠，以称恩礼。

玉津园赐大辽贺坤成节人使射弓例物口宣

元祐二年七月八日

有敕。卿等致命国宝，出游禁御。爰敦射事，以佐宾欢。宜旌审固之能，式厚珍良之赐。

赐大辽贺坤成节人使生饩口宣

元祐二年七月八日

有敕。卿等远涉修涂，来陈庆币。舍馆初定，徒驭实劳。宜锡饩牵，以昭宠数。

相州赐大辽贺坤成节人使却回御筵口宣

元祐二年七月八日

有敕。卿等远涉归途，再离秋暑。驾言近郡，少憩旋车。宜示眷怀，往颁燕俎。

瀛州赐大辽贺坤成节人使回程御筵口宣

元祐二年七月十日

有敕。卿等抗旌来聘，已事言还。方次边城，少休候馆。宜颁燕俎，以劳归骖。

赐大辽贺坤成节人使内中酒果口宣

元祐二年七月十一日

有敕。卿等远驰使传，申讲邻欢。既执贽以造廷，亦展币而成礼。宜加宠锡，以示眷存。

赐太师文彦博已下罢散坤成节道场香酒果口宣　元祐二年七月十一日

有敕。卿翊赞大猷，倡先多士。方慈闱之献寿，严法会以荐诚。宜有宠颁。以昭殊眷。

赐知枢密院事安焘已下罢散坤成节道场香酒果口宣 元祐二年七月十一日

有敕。卿等同竭忠嘉，助成孝治。方慈闱之献寿，严法会以荐诚。宜有宠颁，以昭殊眷。

坤成节就驿赐于阗国进奉人御筵口宣 元祐二年七月十一日

有敕。汝等款塞观光，趋庭效贡。属诞弥之称庆，均燕衎以示慈。祇服宠嘉，式旌忠恪。

赐殿前都指挥使燕达已下罢散坤成节道场香酒果口宣 元祐二年七月十二日

有敕。卿等同罄纯忠，力修胜果。用祈慈寿，既彻梵筵。宜有宠颁，以昭眷遇。

赐皇伯祖镇南军节度使开府仪同三司宗晖已下罢散坤成节道场香酒果口宣 元祐二年七月十二日

有敕。卿表率宗盟，助成孝治。祝延慈寿，仰扣佛乘。既毕梵筵，宜加宠赉。

赐平海军节度使驸马都尉李玮已下罢散坤成节道场香酒果口宣

元祐二年七月十二日

有敕。卿等乃心王室，同输欲报之诚；稽首佛乘，共祝无疆之寿。既成法会，宜示宠颁。

赐皇叔扬王荆王醴泉观罢散坤成节道场香酒果口宣

元祐二年七月十二日

有敕。卿等德冠邦家，义兼臣子。修胜缘于西竺，祈寿嘏于南山。宜有宠颁，以成法会。

雄州抚问大辽使副贺坤成节口宣

元祐二年七月十二日

有敕。卿等抗旍修好，驰传及疆。远涉暑途，实劳骖驭。特加存抚，式示眷怀。

班荆馆赐大辽贺坤成节人使回程酒果口宣 元祐二年七月十六日

有敕。卿等讲成聘礼，归次都门。复此少留，逝将言迈。宜颁饯斝，以宠行骖。

赐皇叔扬王颢生日礼物口宣

元祐二年七月十九日

有敕。卿属尊鲁、卫，德重间、平。每临载育之辰，永锡无穷之庆。宜膺宠数，以介寿祺。

赐外任臣寮进奉坤成节银敕书

元祐二年七月二十八日

敕刘昌祚。汝承流外服，雅意本朝。爰因载诞之辰，远致同寅之礼。眷惟忠荩，良极叹嘉。

皇帝达太皇太后回大辽皇帝贺坤成节书 元祐二年七月

嘉月令辰，笃生寿母；珍函重币，交庆宝邻。已恭致于德音，复钦传于慈旨。其为感怿，未易名言。

皇帝回大辽皇帝问候书 元祐二年七月

四牡载驰，远勤于使介；尺书为问，申讲于邻欢。方履素秋，克膺纯福。益祈保护，式副愿言。

赐新除知枢密院安焘辞免恩命不允断来章批答口宣 元祐二年八月五日

有敕。卿以旧德，简在朕心。成命既孚，佥言咸穆。宜即祗受，毋烦固辞。

赐熙河秦凤路帅臣并沿边知州军臣寮茶银合兼传宣抚问口宣 元祐二年八月十日

有敕。卿等夙分边寄，深识虏情。属此盛秋，劳于警备。宜加宠赉，以示眷怀。

赐熙河秦凤路提刑转运茶银合兼传宣抚问口宣 元祐二年八月十日

有敕。卿持节宣风，久分忧寄。调兵足食，想极贤劳。宜有宠颁，以彰眷遇。

赐观文殿大学士光禄大夫知永兴军韩缜茶银合兼传宣抚问口宣 元祐二年八月十日

有敕。卿释政庙堂，均劳方面。兵民之重，绥御实劳。往谕至怀，仍加宠赉。

赐皇弟武成军节度使祁国公偲生日礼物口宣 元祐二年八月十六日

有敕。卿棣华袭庆，桐叶分封。载临震肃之辰，特致寿康之祝。其膺宠锡，以介神休。

赐皇叔成德荆南等军节度使守太尉开府仪同三司荆王頵生日礼物口宣

元祐二年八月二十日

有敕。卿以名世之杰，居叔父之亲。乃眷良辰，实钟余庆。宜膺异数之礼，永锡无疆之休。

赐朝议大夫试户部尚书李常乞除沿边一州不允诏 元祐二年八月二十二日

敕李常。在泮献馘，亦儒者之常；挺剑疾斗，盖孔门之事。

虽然，义有轻重，理有后先。与其自请捍边，已癖疥之疾；曷若尽瘁事国，干心膂之忧。苟推是心，何往非报。虽愿受长缨而往者，卿之本怀；然自以尺棰而鞭之，吾有余力。尚体此意，姑安厥官。

赐宰相吕公著乞外任不允批答口宣

元祐二年八月二十三日

有敕。全德之老，朕所仰成。大义未安，卿当畏去。纯忠所激，微疾自除。

赐太师平章军国重事文彦博宰相吕公著自今后入朝凡有拜礼宜并特与免拜诏　元祐二年八月二十五日

敕彦博。朕闻几杖以优贤，著之典礼；耋老无下拜，书于《春秋》。魏太傅钟繇，以足疾乘车就坐，自尔三公有疾，以为故事。而唐司徒马燧，亦以老病自力，对于延英，诏使毋拜。今吾耆老大臣，四朝之旧，德隆而望重，任大而忧深者，惟卿与公著而已。吕公著诏即改云：惟彦博与卿而已。方资其蓍龟之告，岂责以筋力之礼。今后入朝，凡有拜礼，宜并特免。卿其专有为之报，略无益之仪。毋或固辞，以称朕意。

赐新除兼侍读依前光禄大夫吏部尚书苏颂辞免恩命不允诏 元祐二年八月二十七日

敕苏颂。朕惟左右正人之求，甚难其选。以为直亮多闻之益，宜莫如卿。方虚怀于至言，岂曲从于逊避。亟服乃事，毋烦固辞。

赐守司空开府仪同三司致仕韩绛乞受册礼毕随班称贺免赴诏 元祐二年八月二十七日

敕韩绛。卿脱屣轩冕，颐神丘园。不为绝俗之高，愈笃爱君之意。喜闻册号，请觐内廷，在臣子之诚心，卿为尽节；顾筋骸之末礼，吾所未安。

赐太师文彦博辞免不拜恩命许批答二首 元祐二年八月二十七日

一

卿义重股肱，望隆堂陛。陛廉远则堂皇峻，股肱逸而元首安。故出异恩，特镌苛礼。而卿深执恭巽，力守典刑。确然自陈，义不可夺。勉从其意，愧叹于中。

二

朕优礼师傅，达德齿之尊，以亟拜为可略，古之道也；卿谨严朝廷，明君臣之分，以不拜为未安，礼之节也。道并行而不悖，义有重而难移。勉循所陈，不忘嘉叹。

赐宰相吕公著乞罢相位不许断来章批答二首　元祐二年八月二十七日

一

孔子曰："苟有用我者，期月而已可也，三年有成。"夫以圣人，犹待三年而后成功，况其下者。今卿助我为治，自以为既成矣乎，其未也？譬如玉人雕琢玉，中道而易之，岂复成器哉！

二

古者君臣之间，率常千载一遇。今圣母在位，正身虚己，仰成辅弼。虽疏远小臣，犹欲毕命自效，而卿乃以小疾求去，纵无意于功名，独不惜此时乎？勉卒乃事，使百姓富足，四夷乂安。然后谢事归老，岂不臣主俱荣哉！

生获鬼章文武百寮称贺宣答词
元祐二年八月二十八日

太 皇 太 后

种羌叛涣，西鄙绎骚。首出偏师，遂擒元恶。安边之喜。与卿等同之。

皇　　帝

凶狡就俘，羌戎一震。既增吏士之气，亦宽戍守之劳。靖寇息民，与卿等同喜。

八月二十八日入内高班蔡克明传宣取批答宰臣以下贺生获鬼章表

太皇太后

国家偃兵息民，函养中外。鬼章无故犯顺，神人弃之。虽庙社无疆之休，亦将相一心之助。封章来上，嘉叹不忘。

皇　　帝

朕上承慈训，下尽群策。务渐宽于民力，本无意于边功。既狂狡之就擒，知休息之有日。再阅来奏，嘉叹于中。

赐宰相吕公著乞罢免相位不允诏

元祐二年八月二十八日

敕公著。宰相之责，绥靖四方。羌人既俘，士气益振。长辔远驭，方资老谋。卿不强起，孰卒吾事？近以二老之故，削亟拜之礼。而彦博执谦不回，朕既从其请矣。卿起就位，复何疑哉！

赐宰相吕公著乞罢相位不允断来章批答口宣 元祐二年八月二十八日

有敕。卿之在位，为德与民。朕意不移，徒烦屡请。速起视事，毋复固辞。

赐皇弟定武军节度使开府仪同三司咸宁郡王俣生日礼物口宣 元祐二年八月二十八日

有敕。眷予母弟，诞庆兹辰。载咏《斯干》之祥，宜均《既醉》之福。祇膺宠数，永锡寿祺。

赐太师平章军国重事文彦博辞免免入朝拜礼允批答口宣 元祐二年八月二十八日

有敕。卿勋德愈高，谦恭不伐。尽事君之礼，忘屈身之劳。重违嘉言，特寝前命。

赐宰相吕公著乞罢相位除一外任不许批答二首 元祐二年八月二十八日

一

夫以才御物，才有尽而物无穷；以道应物，道无穷而物有尽。凡今之患，所乏非才。以卿笃于爱君，必能建长久之策；澹然无我，可以寄枉直之权。二年于兹，百度惟正。事既就绪，民亦小康。至于微疾之屡攻，此亦高年之常理。卿其良食自辅，为国少安。譬如止水之在槃，岂复劳心于鉴物。心且不劳，而况于力乎！

二

朕以天下之大，知为君之难。有朽索驭六马之忧，有抱火措积薪之惧。正赖多士，协于一心。朝夕以思，弥缝其阙。凡今中外执事膂力之毕陈，视吾一二老臣进退以为节。卿若无事而引去，人将相顾以自疑。而况边鄙未宁，兵民多故。而予左右之老，先自求于便安。则夫疏远之臣，何以责其尽瘁。勉辅不逮，期于有成。

赐宰相吕公著辞免不拜恩命允批答二首 元祐二年九月一日

一

卿执德惟一，守礼不回。不以坐论为安，而以拜上为泰。使朕不尽养老之意，而卿得畏威之道。勉从其志，嘉叹不忘。

二

君之视臣，譬之手足。方责其大，不强所难。而卿深执谦恭，力求避免。深惟孔子事君尽礼之义，曲从其请，以儆惰偷。

熙河兰会路赐种谊已下银合茶药及抚问犒设汉蕃将校以下口宣 元祐二年九月二日

有敕。汝等受成元帅，问罪种羌。既俘凶渠，备见忠力。各加犒赐，用示眷怀。

赐保静军节度使检校司空开府仪同三司建安郡王宗绰生日礼物口宣

元祐二年九月二日

有敕。位隆将相，德重宗藩。方秋律之既深，纪门弧之多庆。宜膺宠锡，以介寿祺。

抚问刘舜卿兼赐银合茶药口宣

元祐二年九月二日

有敕。卿翰屏西服，威怀种羌。严兵盛秋，得隽戎落。特遣劳问，仍示宠颁。

赐西南罗藩进奉敕书　元祐二年九月三日

敕。汝世为要服，时款塞垣。志慕华风，来修职贡。载惟忠恪，良用叹咨。

赐陕府西路转运判官孙路银合茶药口宣　元祐二年九月五日

有敕。汝以职事，出按边防。属此军兴，想劳心计。宜加宠锡，以示眷怀。

赐陕府西路转运司勾当公事游师雄银合茶药口宣　元祐二年九月五日

有敕。汝以儒臣，习知疆政。王事靡盬，周爰咨谋。宜有庞颁，以旌勤瘁。

赐泾原路经略使并应守城御贼汉蕃使臣已下银合茶药兼传宣抚问口宣　元祐二年九月五日

有敕。戎虏逆天，无故犯顺。汝等忠义所激，战守有方。掎角相望，示以形势。犬羊自遁，亭候无虞。爰念勤劳，不忘嘉叹。

赐大辽贺正旦人使白沟驿御筵并抚问口宣　元祐二年九月七日

有敕。卿等远驰华节，冒履薄寒。眷言邮传之勤，少乐燕嘉之赐。往申宠问，式示眷存。

赐前两府并待制已上知州初冬衣袄诏

元祐二年九月七日

敕元发。岁将墐户，工告始裘。宜颁在笥之珍，以示维藩之宠。服之安燠，体我眷怀。

赐诸路知州职司等并总管钤辖至使臣初冬衣袄敕书

敕冯洁己。王事靡盬，日月其除。属霜露之戒寒，待衣裘而卒岁。宜加宠锡，以示眷怀。

赐诸路蕃官并溪洞蛮人初冬衣袄敕书

敕瞎毡。职在捍边，志常面内。属此严凝之候，宜均轻暖之恩。服我宠颁，益思忠报。

赐诸路屯驻驻泊就粮本城诸员寮等初冬衣袄都敕

敕汝等。久勤外服，属戒祈寒。爰念捍城之劳，普均挟纩之惠。

赐太师文彦博上第一表乞致仕不允批答二首　元祐二年九月八日

一

省表具之。卿之求去盖数矣，言不为不切，而朕终莫之从；朕之留卿亦至矣，礼不为不尽，而卿终莫之亮。君臣之际，情不相喻，朕甚疑之。夫乐丘园而厌轩冕，亦古人之一节，而非圣贤之高致；尊耆老以重朝廷，盖天下之大计，而非冲人之私欲。与其使朕屈公议以从卿，曷若卿少贬其私意以徇天下乎？

二

览表具之。卿之所以欲去者二：疲于朝会，劳于应物，一也；功成身退，欲享其乐，二也。而吾之所以必留者三：卿以英杰之资，开物成务，世不可阙，一也；弼亮四朝，更涉变故，谋无遗策，二也；名冠天下，进退之间，为国休戚，三也。吾方尽养老之道，隆礼以优贤，庙堂之上，犹有足乐。则夫卿之欲去者可回，而吾之必留者，盖不可易也。

赐太师文彦博乞致仕第一表不允批答口宣　元祐二年九月九日

有敕。朕上承慈训，下酌民言。秉国之成，非卿莫可。来请虽切，朕意不移。

赐太师文彦博乞致仕不允诏二首　元祐二年九月十日

一

敕彦博。卿求退之意，著于士民；执谦之心，信于天地。勉当委重之托，初无怀禄之嫌。大义苟安，细故可略。朕命不再，卿其少安。

二

敕彦博，论道则忘年，卿不可以年既高而为请；称德则鄙力，卿不可以力不足而为辞。断之于中，义有不易。岂以屡请之故，而废将成之功。体君至怀，以慰公议。

赐太师文彦博乞致仕不许断来章批答二首　元祐二年九月十一日

一

览表具之。为君难，为臣不易。非吾推诚无疑，不能起卿于安佚；非卿忘身徇国，不能从我于艰难。召用之初，中外相庆。搢绅莫不竞劝，父老至于涕流。中道而归，其义安在？宜思一身之乐，轻于社稷；毋使庶人之议，及于朝廷。

二

省表具之。君子安身崇德，如山岳之镇；开物成务，如江河之流。若山岳之镇，动摇不安，江河之流，行止自便，则物将交病，人亦何观。朕之望卿，无以异此。宜守不移之志，以成可大之功。

赐太师文彦博乞致仕不允断来章批答口宣　元祐元年九月十一日

有敕。卿望重百辟，威闻四夷。进退之间，轻重所寄。毋烦屡请，朕命不移。

白沟驿传宣抚问大辽贺兴龙节人使及赐御筵口宣 元祐二年九月十二日

有敕。卿等远驰信币，来庆诞辰。念此修涂，喜于入境。宜加燕劳，以示眷存。

沿路抚问奉安神宗御容礼仪使吕大防已下口宣 元祐二年九月十二日

郑 州

有敕。卿等恭持使节，祗事祠宫。远涉邮途，实劳启处。特加存问，以示眷怀。

巩 县

有敕。卿等出使别都，展仪原庙。冲涉微凛，勤劳远涂。体此眷怀，宜加调卫。

西 京

有敕。卿等暂去阙庭，服勤邮传。奉祠之重，率礼为劳。已事遄归，式符眷遇。

赐熙河路副总管姚兕等银合茶药口宣　元祐二年九月十四日

有敕。卿以武略过人，忠义思报。焚荡虏境，宣明国威。特示宠颁，以观来效。

抚问秦凤等路臣寮口宣　元祐二年九月十八日

有敕。卿等绥驭兵戎，布宣条教。眷惟忠荩，想极劬劳。属此早寒，各宜厚爱。

西京会圣宫应天禅院奉安神宗御容礼毕押赐礼仪使已下御筵口宣　元祐二年九月二十一日

有敕。卿等既成原庙，复奠神游。乃眷元臣，往严盛礼。宜均燕衎，以示眷存。

赐嗣濮王宗晖生日礼物口宣　元祐二年九月二十二日

有敕。流泽之深，积庆之厚，嘉此良日，笃生贤王。受兹多仪，永锡难老。

赐龙图阁直学士尚书工部侍郎蔡延庆乞知应天府不允诏 元祐二年九月十六日

敕延庆。入侍禁近，出殿藩服。已试之效，蔼然有声。今若予工，宜有余力。夫游刃肯綮，尚不辞难；退食委蛇，岂当告病。肤理微疾，行当自痊。勉安厥官，以称朕意。

赐尚书左丞刘挚生日诏 元祐二年九月二十二日

敕刘挚。律协应钟，辰集析木。实生俊辅，休有令名。膺我宠章，以介眉寿。

赐外任臣寮等进奉坤成节功德疏诏敕书 元祐二年九月二十四日

敕冯京。职虽在外，忠不忘君。集胜妙之良因，致寿康之善祷。眷言诚尽，良极叹嘉。

赐朝奉郎通判梓州赵君奭进奉坤成节无量寿佛敕书 元祐二年九月二十四日

敕赵君奭。相好妙严，衷诚倾尽。汝期乃后，享无量之年；吾欲斯民，同极乐之世。永言忠爱，良用叹咨。

赵州赐大辽皇帝贺兴龙节大使茶药诏　元祐二年九月二十七日

敕。卿邻欢载讲，使节甚华。永言邮传之勤，适此风霜之候。宜加宠赉，以示眷存。

赵州赐大辽皇帝贺兴龙节副使茶药诏　元祐二年九月二十七日

敕。卿载驰远道，良苦祈寒。岂无药物之嘉，以辅寝兴之节。宜膺宠锡，尚体至怀。

赐太师文彦博生日诏　元祐二年九月二十九日

敕彦博。阳月载临，刚辰协吉。笃生元老，弼亮四朝。允为廊庙之华，岂独闺门之庆。往膺宠数，永锡寿祺。

赐资政殿学士太中大夫新知成都府王安礼乞知陈颍等一郡不允诏　元祐二年十月一日

敕安礼。朕惟西蜀地狭而赋重，人懦而吏肆。徭役新定，农民在官。驭之无方，将不胜弊。惟朕左右信臣，明而不苛，宽而有断。必能肃遏慢吏，扶养小弱。卿虽微疾，强为朕行。时近药石，勉事道路，称朕意焉。

赐皇弟镇宁军节度使开府仪同三司遂宁郡王佶生日礼物口宣　元祐二年十月一日

有敕。乃眷贤王，惟予介弟。笃生兹日，流庆方来。往致予言，以为尔寿。

赵州赐大辽贺兴龙节使副茶药口宣　元祐二年十月一日

有敕。卿等久勤轺传，远涉风埃。既渐迩于中邦，方少安于候馆。往颁珍剂，以示眷怀。

赐太师文彦博生日礼物口宣　元祐二年十月五日

有敕。卿勋在庙社，名闻华夷。允储河岳之灵，宜享乔松之寿。往颁宠数，以庆佳辰。

沿路赐奉安神宗御容礼仪使吕大防押班冯宗道并使臣已下银合茶药兼传宣抚问口宣　元祐二年十月七日

有敕。卿等祗率官常，往严像设。属此寒凝之候，眷言往返之劳。式示宠绥，特加优锡。

沿路赐奉安神宗御容押班冯宗道并内臣等银合茶药敕书　元祐二年十月七日

敕冯宗道。逮事有年，追远不懈。属祠官之告具，骖日驭以遄征。往复之间，忠劳亦至。特加存问，尚体至怀。

沿路赐奉安神宗御容礼仪使吕大防银合茶药诏　元祐二年十月七日

敕大防。于赫神考，如日在天。虽光明无所不临，而躔次必有所舍。肆予命尔，祗奉此行。礼既告成，勤亦良至。感慕之外，嘉叹不忘。

赐资政殿学士太中大夫新差知成都府王安礼银合茶药诏　元祐二年十月八日

敕安礼。朕求治如不及，用人惟恐失之。矧余良臣，擢自神考。出入中外，厥声蔼然，朕岂欲其远去哉。特以全蜀之寄，甚难其选。知卿笃于忠义，当不以远近为意也。勉事道路，慎疾自爱。往安吾民，以称朕意。

西京奉安神宗皇帝御容礼毕西京德音赦文　元祐二年十月十四日

门下。朕以寡昧，仰继圣神。顾瞻山陵，未忘弓剑之慕；益广宗庙，以奉衣冠之游。祗遣辅臣，往严像设。敞风台之仙宇，粲龟洛之仁祠。晬表一临，陪京增重。山川改色，方贡祥而效珍；父老纵观，或太息而流涕。宜施雷雨之泽，以答神人之心。于戏！好生育物，既推文母之慈；崇德措刑，终成神考之志。资尔有众，宜体朕怀。

赵州赐大辽贺太皇太后正旦大使茶药诏　元祐二年十月十七日

敕。卿久勤轺传，远犯风埃。眷言行迈之劳，良极轸怀之意。往颁珍剂，以辅至和。

赵州赐大辽贺太皇太后正旦副使茶药诏　元祐二年十月十七日

敕。卿远乘使传，来讲邻欢。属此沍寒，尚懃行役。往加问劳，式示眷怀。

赵州赐大辽贺皇帝正旦大使茶药诏　元祐二年十月十七日

敕。卿远庆春朝，笃修邻好。永惟使事之重，遂忘行役之劳。既极叹嘉，宜申问劳。

赵州赐大辽贺皇帝正旦副使茶药诏　元祐二年十月十七日

敕。徂岁向晚，修途苦寒。方趋造于会朝，未即安于舍馆。往加恩锡，增重使华。

接伴大辽贺兴龙节人使送伴回程与大辽贺正旦人使相逢抚问口宣　元祐二年十月十七日

有敕。卿等并驾使轺，远敦邻好。属风霜之凝冽，历川陆之阻修。宜示眷怀，特申问劳。

赵州赐大辽贺太皇太后正旦使副茶药口宣　元祐二年十月十七日

有敕。卿等远驰使传，方次州封。念此寒凝，艰于涉履。特申宠锡，以示眷存。

赵州赐大辽贺皇帝正旦使副茶药口宣　元祐二年十月十七日

有敕。卿等远修聘事，来会岁元。眷言夙驾之勤，宜有中途之赐。受兹珍品，喻我至怀。

雄州抚问大辽贺兴龙节使副口宣　元祐二年十月十七日

有敕。卿等恭修邻好，远庆诞辰。眷惟授馆之初，益喜造朝之近。往申问劳，式示眷存。

雄州抚问大辽贺正旦使副口宣　元祐二年十月十八日

有敕。卿等远会春朝，笃修邻好。言念乘轺之久，欣闻入境之初。式示眷存，往申问劳。

赐诸路臣寮中冬衣袄口宣　元祐二年十月十八日

有敕。霜露荐至，衣褐未周。念我远臣，何以卒岁。往均安燠之赐，尚体眷怀之深。

赐宰相吕公著生日诏　元祐二年十月十八日

敕公著。卿三世将相，四朝耆老。赉我良弼，实惟兹辰。茂膺维岳之灵，永锡如陵之寿。宜颁宠数，以示眷怀。

赐宰相吕公著生日礼物口宣　元祐二年十月十八日

有敕。卿仁以庇民，忠以卫上。诞弥之日，庆慰良深。往锡宠章，以介眉寿。

冬季传宣抚问诸路沿边臣寮口宣　元祐二年十月十八日

有敕。卿等守御边疆，忧劳夙夜。属兹寒沍，想各康强。特示眷存，往申劳问。

赐新除龙图阁直学士依前中散大夫陈安石辞免恩命不允诏　元祐二年十月十八日

敕安石。夫士出身从仕，少壮陈力，耆老守节，朕必有以宠绥之。卿逮事四朝，扬历中外。号称良能，不见过失。书阁之拜，众以为宜。无复固辞，以遂成命。

抚问知河南府张璪知永兴军韩缜口宣　元祐二年十月十八日

有敕。卿辍自庙堂，出为师帅。劳于绥御，宽我顾忧。属此寒凝，勉加颐养。

冬季抚问陕西转运使副口宣　元祐二年十月十八日

有敕。卿等岁事将毕，农工既休。永言乘传之劳，未遑退食之佚。勉加辅养，尚副眷怀。

冬季抚问诸路沿边臣寮口宣　元祐二年十月十八日

有敕。卿等分忧久外，并塞早寒。眷此勤劳，形于轸念。往加劳问，式示眷存。

内中御侍以下贺冬至词语　元祐二年十月二十日

皇　帝

伏以月临天统，首冠于三正；气应黄宫，复来于七日。君道寖长，阳德光亨。恭惟皇帝陛下，清明在躬，仁孝遍物。垂衣南面，天何言而四时成；问学西清，日将旦而群阴伏。裔夷奔走，年谷顺成。岂惟四海之欢心，自识三灵之阴赞。如川方至，受命无疆。妾等待罪掖庭，备员妇职。共庆一阳之节，敢陈万岁之觞。

太皇太后

伏以消长有时，候微阳之来复；贤愚同庆，知君子之汇征。德化所加，神人并应。恭惟太皇太后陛下，睿明天纵，慈俭身先。振河岳以不倾，地无私载；顺阴阳而自化，天且不违。成功已陋于汉唐，论德盖高于任姒。《大有》上吉，方获助于三灵；《既醉》太平，当纯备于五福。妾等职参长御，心奉慈闱。庆阳德之方来，顾天寿之平格。

皇太后

伏以曚瞍奏功，验人和于缇室；日官占物，效岁美于黄云。庆自宫庭，泽均海宇。恭惟皇太后殿下，辅佐内治，仪刑王家。推美国风，夙茂周南之化；考祥羲易，共成坤厚之功。方迎日于三微，敢称觞于万寿。岂独宫闱之愿，实同中外之欢。妾等猥以微躯，被蒙慈渥。仰献冈陵之祝，庶殚草木之诚。

赐资政殿学士新差知成都府王安礼诏书银合茶药传宣抚问口宣　元祐二年十月二十七日

有敕。卿西南之寄，古今所难。盖自祖宗以来，或辍钧衡之旧。与众同乐，非卿孰宜。

赐于阗国进奉人进发前一日御筵口宣　元祐二年十月二十九日

有敕。汝等奉琛来觐，已事言归。式嘉慕义之诚，宜有劳还之泽。往颁燕衎，祗服恩私。

皇帝回大辽皇帝贺兴龙节书　元祐二年十月

诞日载临，邻欢岁讲。封疆虽远，晷刻不逾。惟信睦之交修，识情文之两至。益深雅好，良极欣悰。

皇帝达太皇太后回大辽皇帝问候书　元祐二年十月

嘉平纪月，震夙惟时。属兹庆使之来，重以慈闱之问。寻因省侍，悉致诚言。欣感之深，敷陈罔究。

赐五台山十寺僧正省奇等进奉兴龙节功德疏等奖谕敕书 元祐二年十一月一日

敕省奇等。清凉之域，仙圣所游。爰因弥月之辰，来献后天之祝。永言懃至，良极叹咨。

班荆馆赐大辽贺正旦人使到阙御筵口宣 元祐二年十一月四日

有敕。卿等夙抗使旌，少休郊馆。乃眷川途之邈，载惟骖驭之劳。特赐燕私，以旌勤瘁。

班荆馆赐大辽贺兴龙节人使酒果口宣 元祐二年十一月九日

有敕。卿等远乘使传，方造都门。属此寒凝，久于冲涉。宜膺就赐之礼，以示劳来之恩。

班荆馆赐大辽贺兴龙节人使御筵口宣 元祐二年十一月十一日

有敕。卿等远犯苦寒，来修旧好。载喜使华之近，特申郊劳之仪。服我恩私，少留燕衎。

相州赐大辽贺正旦人使御筵口宣　元祐二年十一月十六日

有敕。卿等笃修旧好，少憩近邦。属冰雪之严凝，念车徒之勤勚。往加燕劳，式示眷怀。

赐皇伯祖高密郡王宗晟已下罢散兴龙节道场香酒果口宣　元祐二年十二月一日

有敕。卿等以义重宗藩驸马改为戚藩。志存忠爱。先期诞月，归命佛乘。逮兹法会之成，宜有匪颁之宠。宗晖以下同。

赐知枢密院事安焘已下罢散兴龙节道场酒果口宣　元祐二年十二月一日

有敕。诞弥之庆，绵宇所同。矧我臣工，方兹燕喜。宜有柔嘉之赐，以成岂弟之欢。

赐济阳郡王曹佾罢散兴龙节道场酒果口宣　元祐二年十二月一日

有敕。卿位重戚藩，望隆耆德。归诚觉苑，增祝寿山。宜有宠颁，以昭厚眷。

内中御侍以下贺年节词语　元祐二年十二月一日

皇　帝

伏以齐七政于玑衡，天人并应；受三朝之图籍，海宇来同。恭惟皇帝陛下，至仁无私，神武不杀。祖述尧帝，历象以授民时；仪刑文王，正家而齐天下。方肇新于岁律。宜向用于神休。妾等幸侍禁严，仰陶化育。愿上万年之寿，永膺百顺之祥。

太皇太后

伏以太簇旋宫，既赞扬而出滞；勾芒司历，方布德以缓刑。恭惟太皇太后陛下，化始六宫，风行九有。捐财振廪，救民沟壑之中；求贤审官，拔士茅茨之下。方履端之资始，膺景福于无疆。妾等幸侍禁严，粗供妇职。愿献冈陵之寿，少输草木之诚。

皇太后

伏以三元资始，磔禳以饯余寒；万宝更新，燔烈以兴嗣岁。恭惟皇太后殿下，道光汭汭，德配周南。辅导两朝，孝慈格于上下；仪形九御，恭俭闻于迩遐。顺履三阳，诞膺百禄。妾等幸班禁掖，久被余光。莫报生成之恩，但祝灵长之算。

赐殿前都指挥使燕达已下罢散兴龙节道场香酒果口宣　元祐二年十二月一日

有敕。卿等志在爱君，忠于卫上。属诞弥之纪庆，修净供以祈年。宜有颁宠，以旌勤意。步军副都指挥使苗授以下同。

赐知枢密院事安焘已下罢散兴龙节道场香酒果口宣　元祐二年十二月一日

有敕。弥月之祥，敷天同庆。协股肱之毕力，延释梵以祈年。申以宠颁，助其恺乐。

赐太师文彦博已下罢散兴龙节酒果口宣　元祐二年十二月二日

有敕。卿等以弼亮之重，勤劳王家。因诞庆之辰，修崇法会。宜颁芳旨，以示眷存。

赐大辽贺兴龙节前一日内中酒果口宣　元祐二年十二月二日

有敕。卿等抗旌就馆，已观车骑之华；奉币造朝，复叹威仪之美。就加宠锡，以示眷勤。

赐大辽贺兴龙节十日内中酒果口宣　元祐二年十二月二日

有敕。卿等奉币讲欢，造廷称寿。嘉礼仪之闲习，宜宠锡之便蕃。受此珍甘，以旌眷遇。

赐大辽贺兴龙节朝辞讫归驿御筵口宣 元祐二年十二月二日

有敕。卿等使事既终，陛辞而复。少休宾馆，将整归骖。特示至怀，更颁嘉燕。

赐大辽贺兴龙节人使瀛洲回程御筵口宣 元祐二年十二月二日

有敕。卿等已修旧好，复改北辕。虽候馆之少休，眷归途之尚邈。往颁燕俎，以示至怀。

相州赐大辽贺兴龙节使副御筵口宣 元祐二年十二月四日

有敕。卿等犯寒远道，弭节近邦。少休夙驾之劳，式示加笾之惠。服我宠数，以增使华。

相州赐大辽贺兴龙节使副却回御筵口宣 元祐二年十二月四日

有敕。卿等聘事告成，还车言迈。改辕北道，弭节近邦。眷言行役之劳，宜有燕私之宠。

赐外任臣寮历日敕书　元祐二年十二月四日

敕韩缜。朕肇修人纪，祗畏天明。钦若旧章，式颁新历，凡我承流之寄，共成平秩之功。

赐新除龙图阁直学士李之纯辞恩命不允诏　元祐二年十二月四日

敕之纯。祖宗之文章与典谟训诰，并宝于世，典领其事，非有德君子，虽积劳久次，不以轻授。蜀远而人懦，穷困抑塞，至无所诉。朕专欲以德安之，故内阁之命，非独以宠卿，抑将使蜀人知朕用卿，盖以德选也。其深识此意，勿复固辞。

赐大辽贺兴龙节人使射弓例物口宣　元祐二年十二月六日

有敕。卿等怀四方之志，挟五善之能。终日射侯，于是观礼。宜申宠锡，以佐宾欢。

班荆馆赐大辽贺兴龙节人使回程御筵口宣　元祐二年十二月六日

有敕。卿等已事言旋，改辕兹始。冒寒远涉，轸念良深。少憩近郊，复陈燕豆。

赐诸路臣寮春季银鞓兼抚问口宣　元祐二年十二月八日

有敕。卿等各竭乃心，久劳于外。属此寒凝之候，永惟绥驭之勤。式示眷存，往加劳问。

抚问知大名府冯京口宣

有敕。卿以元老，卧护北门。宽我顾忧，想劳绥御。属兹寒沍，益务保颐。

赐大辽贺兴龙节人使朝辞归驿酒果口宣　元祐二年十二月八日

有敕。卿等已事言旋，指期夙驾。岁寒远道，良用轸怀。宜有宠颁，以旌勤瘁。

赐大辽贺兴龙节人使班荆馆却回酒果口宣　元祐二年十二月十日

有敕。卿等聘事已成，征骖言迈。往饯于馆，以华其归。仍有宠颁，式昭厚眷。

班荆馆赐大辽贺正旦人使到阙酒果口宣　元祐二年十二月十日

有敕。卿等远修邻好，来会岁元。久涉道涂，少休郊馆。宜颁芳旨，以劳骖騑。

赐于阗国黑汗王进奉登位敕书　元祐二年十二月十一日

敕。卿守藩西极，慕义中华。远闻践阼之新，来致梯山之贡。眷言忠恪，良用叹咨。

赐于阗国黑汗王进奉示谕敕书　元祐二年十二月十一日

敕。卿远驰信使，来效贡琛。载详重译之言，深亮勤王之意。益隆褒赐，以答忠诚。

就驿赐大辽贺兴龙节人使宴口宣　元祐二年十二月十一日

有敕。佳辰纪庆，聘事告成。申敕臣邻，往就舍馆。同兹衎乐，服我惠兹。

就驿赐大辽贺兴龙节人使宴花酒果口宣　元祐二年十二月十一日

有敕。卿等远勤使传，来庆诞辰。临遣重臣，往颁燕俎。仍加宠锡，以示至怀。

赐大辽贺正旦使副银钞锣等口宣　元祐二年十二月十一日

有敕。卿等通两国之欢，不远千里。驱一乘之传，来庆三朝。宜有宠颁，以昭异眷。

相州赐大辽贺正旦人使却回御筵口宣　元祐二年十二月十四日

有敕。卿等复理归鞍，少休辅郡。念北辕之首路，犯西陆之余寒。往致恩勤，宜留燕衎。

赐大辽贺正旦人使却回雄州御筵口宣　元祐二年十二月十四日

有敕。卿等远勤邮传，冒涉冰霜。眷言往复之劳，已次封圻之上。宜颁嘉燕，以示至怀。

赐大辽贺兴龙节使副钞锣等口宣　元祐二年十二月十八日

有敕。卿等解骖授馆，方讲于邻欢。遣使劳来，宜敦于主礼。往加优锡，以示眷怀。

赐外任臣寮进奉兴龙节马敕书　元祐二年十二月二十四日

敕刘永年。汝职在蕃宣，义均休戚。旅庭称庆，因物见诚。乃眷忠勤，不忘嘉叹。

赐大辽贺正旦人使生饩口宣　元祐二年十二月二十四日

有敕。卿等邮传远勤，舍馆既定。宜敦主礼，以犒驭徒。往锡饩牵，少纾劳瘁。

送伴正旦使副沿路与贺北朝生辰并正旦使副相逢传宣抚问口宣　元祐二年十二月二十五日

有敕。卿等衔命出使，徂冬涉春。适寒苦之倍常，知勤劳之加旧。勉驱邮传，来造会朝。

赐太师文彦博乞致仕不允诏二首 元祐二年十二月二十五日

一

敕彦博。卿自去岁以来，数苦小疾，尚能勉留，以辅不逮。近者神明所相，体力自康，视听不衰，步趋加健，乃欲求去耶？今御戎之策，未有定议，京东西、河朔荐饥，公私枵然。方与二三臣图之，卿未可以即安也。

二

敕彦博。卿历相三宗，名闻四夷。位极一品，书考四十。自载籍以来，未之闻也。固当以国为家，以天下为身，以安社稷为悦，而不当以居丘园为乐也。朕方待卿而为政，请老之言，所未欲闻。

赐外任臣寮进贺太皇太后受册马诏敕 元祐二年十二月二十六日

敕曾布。礼以正名，国之旧典。载阅充庭之实，式将戴后之心。朕眷忠勤，良深嘉叹。

赐外任臣寮进奉贺皇太后皇太妃受册马诏敕 元祐二年十二月二十六日

敕曾布。典册告成，宫闱之庆。事君尽礼，因物见诚。乃眷忠勤，不忘嘉叹。

赐保宁军节度使知大名府冯京进奉贺端午节马诏 元祐二年十二月二十六日

敕冯京。受钺将坛，剖符畿甸。效充庭之骏足，庆中火之良辰。乃眷勤诚，不忘嘉叹。

赐资政殿学士知邓州韩维进奉谢恩马诏 元祐二年十二月二十六日

敕韩维。庙堂均逸，远不忘君。駔骏在庭，仪多于物。载惟忠荩，良极叹咨。

赐检校司空左武卫上将军郭逵进奉谢恩马诏 元祐二年十二月二十六日

敕郭逵。惟卿耆老，渐就退闲。不忘戴主之诚，远效充庭之骏。载嘉忠荩，良极叹咨。

赐大辽贺正旦入贺毕使副就驿酒果口宣 元祐二年十二月二十六日

有敕。卿等既觐阙庭，少安馆舍。宜行庆赐，以乐春朝。往致甘芳，式华觞豆。

赐大辽贺正旦入贺毕使副就驿御筵口宣 元祐二年十二月二十六日

有敕。卿等远抗使旃，来陈庆币。眷东风之协应，喜上日之同欢。宜就驿亭，往颁燕豆。

赐大辽贺正旦使副前一日内中酒果口宣 元祐二年十二月二十七日

有敕。方兴嗣岁，既饯余寒。喜邻好之笃修，念使华之少驻。式颁珍异，以示眷怀。

赐大辽贺正旦却回班荆馆御筵口宣 元祐二年十二月二十七日

有敕。卿等聘事既成，归途方启。言念改辕之始，少留帐饮之欢。往推恩勤，下及徒驭。

赐大辽贺正旦朝辞讫归驿御筵口宣　元祐二年十二月二十七日

有敕。卿等寓馆久勤，趋庭告去。不假壶觞之乐，曷为徒驭之华。服我恩私，少留宴衎。

永安永昌永熙永裕陵忌辰奏告宣祖太祖太宗神宗皇帝表本　元祐二年十二月二十七日

伏以卜年之永，恩浃于华夷；讳日之临，感深于臣子。恭惟谥号皇帝，文武经世，威灵在天。每更不乐之辰，尚有遗弓之慕。山陵永望，雨露增怀。

永安永昌永熙陵忌辰奏告昭宪孝惠孝明孝章淑德懿德明德元德章怀章穆章懿章惠章献明肃皇后表本

元祐二年十二月二十七日

伏以周南之化，刑恭俭于多方；渭北之游，极望思于原庙。恭惟谥号皇后，道应图史，德参圣神。顾明发之永怀，仰徽音之如在。载瞻园寝，想见衣冠。

皇太后殿内人为神宗皇帝忌辰朝永裕陵表本 元祐二年十二月二十七日

伏以百年之思，化被于无疆。终身之忧，感深于不乐。恭惟谥号皇帝，德齐尧禹，功陋汉唐。道盖始于正家，谋方贻于燕翼。追攀罔极，慨慕徒深。

赐大辽贺正旦朝辞讫归驿御筵酒果口宣 元祐二年十二月二十八日

有敕。卿等聘事告成，归车夙驾。属此寒凝之末，眷言往返之勤。锡此珍芳，以将宠遇。

赐大辽贺兴龙节人使雄州回程御筵口宣 元祐二年十二月二十八日

有敕。卿等聘事既成，归途尚邈。属此冰霜之候，眷言来往之勤。宜锡燕私，少纾行役。

赐溪洞彭儒武等进奉兴龙节溪布敕书 元祐二年十二月二十八日

敕彭儒武。汝世能保境，志在观光。远修任土之宜，来备充庭之实。载惟忠恪，良极叹嘉。

赐大辽贺正旦使副春幡胜口宣 元祐二年十二月二十九日

有敕。剪刻之工，风俗惟旧。眷皇华之在馆，属春阳之肇新。宜有分颁，以增贲饰。

赐大辽贺正旦使副射弓例物口宣 元祐二年十二月二十九日

有敕。卿等出游禁御，观艺射侯。弓矢既均，礼仪卒度。宜加宠锡，以侑燕欢。

皇帝达太皇太后贺大辽皇帝生辰书 元祐二年

寒律既周，诞辰载纪。恭被慈闱之诲，俾修庆币之仪。永介寿康，式符颂祷。更祈调卫，以副愿言。

皇帝贺大辽皇帝生辰书 元祐二年

大吕还宫，摄提正丑。载协诞弥之庆，永膺寿考之祥。临遣使轺，往陈信币。其为欣祷，莫尽名言。

【解题】

以上各文皆作于元祐二年（1087）。

赐中大夫守尚书右丞王存生日诏 元祐三年正月四日

敕王存。卿以宏才，与闻大政。诞日之庆，岂惟闺庭。宠锡之隆，庶延寿嘏。

瀛洲赐大辽贺正旦人使回程御筵口宣 元祐三年正月五日

有敕。卿等来修旧好，远冒初寒。涉历冬春，服勤邮传。示颁嘉燕，以答久劳。

赐保州团练使潞州总管王宝进奉恋阙并到任马敕书 元祐三年正月七日

敕王宝。汝以选抡，出分忧寄。来效充庭之骏，以将卫上之诚。再省忠勤，良深嘉叹。

赐试户部侍郎赵瞻陈乞便郡不允诏 元祐三年正月十三日

敕赵瞻。朕褒显耆旧，取其宿望，养育俊乂，待其成材。庶前后相继，朝不乏人。则堂陛自隆，国有所恃。方今在廷之士，孰非华发之良？而卿以康强之年，为远引之计，于义未可，盖难曲从。

赐皇伯祖宗晟辞免起复恩命不许诏四首

一 元祐三年二月十五日

敕宗晟。卿哀迫之至，言不及文。览之恻然，欲从所请。而宗子之众，才性各殊。位不期骄，禄不期侈。非卿允蹈忠信，力行礼义，以身先之，盖未易齐也。少屈尔私，以成吾志，不亦可乎？

二 元祐三年二月十五日

敕宗晟。卿以强起就位，为未便安。而朕以徇私忘公，为未尽美。《书》云："孝乎，惟孝友于兄弟，施于有政，是亦为政。"夫圣人以孝弟为从政，而卿以从政为非孝，非所闻也。勉从朕命，勿复固辞。

三 元祐三年二月十五日

敕宗晟。卿致孝罔极，守礼不回。以鲁、卫之亲，而行曾、闵之事。吾深欲成人之美，遂卿之私。顾以宗臣治亲，有国先务。教以道艺，时其冠昏。奖察其贤能，而训谪其骄惰。非吾宗室之老，孰当父兄之任？其深明吾意，往服厥官。

四 元祐三年二月二十二日

敕宗晟。君子之于礼，虽先王未之有，可以义起，而况汉、唐之旧，故事具存。如翟方进、房乔之流，皆以儒术致身，不免于释衰而谋国。近岁夏竦、晁宗悫，亦以近臣夺丧，君子不以为过。今宗正之事，止于治亲。譬犹父兄，训敕子弟。岂以衰麻之故，而废闺门之政乎？卿其勿疑，亟服乃事。

赐保宁军节度使知大名府冯京进奉兴龙节并冬至正旦马诏　元祐三年二月二十五日

敕冯京。震夙之祥，旅庭称庆。岁时之会，因物效诚。乃眷元臣，实勤典礼。多仪克举，屡叹不忘。

赐外任臣寮进奉谢恩马诏敕　元祐三年二月二十六日

敕。衔恩思报，因物致诚。效兹乘服之良，示有驱驰之志。永言忠荩，良极叹咨。

赐外任臣寮进奉兴龙节功德疏诏敕　元祐三年二月二十六日

敕。诞弥之庆，中外所同。毕输卫上之诚，来献后天之祝。永言忠荩，良极叹嘉。

赐皇叔扬王醴泉观罢散坤成节道场香酒果口宣　元祐三年三月十二日

有敕。卿等以周邵之亲，躬任姒之眷。力祈寿嘏，祗扣佛乘。既彻净筵，宜膺宠眷。

赐宰相吕公著上第一表乞致仕不允批答二首　元祐三年二月二十八日

一

省表具之。古者世臣，譬之乔木。粤自拱把，至于栋梁。杰然群材之中，夫岂一日之力。卿擢自仁祖，迨兹四朝；光辅朕躬，允有一德。不独卿无心而事自定，抑亦民既信而功易成。方今布在朝廷，岂无豪杰之士。犹当养以岁月，待其德望之隆。卿虽欲归，势未可去。宜安厥位，以副朕心。

二

览表具之。卿三世将相，一时蓍龟。不求备以取人，则房乔之比；其经远而无竞，有谢安之风。用能宁辑我家，靖共尔位。政在元老，人无异词。胡为厌事而求归，不复为国之长虑。方今官冗财匮，岁艰民贫。天步虽安，国是未定。若方勤于朴斫，而遽易于工师。人其谓何，势必不可。告老之请，吾未欲闻。

赐宰相吕公著上第二表乞致仕不许断来章批答二首　元祐三年三月二十九日

一

览表具之。难进易退，固君子之常节；久劳思逸，亦老者之至情。然心存社稷，则常节为轻；身系安危，则至情可夺。惟卿体国，岂待多言。苟大义之未安，虽百请而何益。宜安厥位，勿复此辞。

二

览表具之。宰相不自用，人主不自为。予欲识人物之忠邪，故以卿为水镜；予欲知利害之轻重，故以卿为权衡。苟明此心，虽老犹壮。与其轻去轩冕，独善其身；孰若优游庙堂，兼享其乐。益敦此义，勿复有云。

赐宰相吕公著上第二表乞致仕不允批答口宣　元祐三年三月二十九日

有敕。朕以冲眇，垂拱仰成。卿以耇老，图任共政。无故而去，于义未安。

赐宰相吕公著乞致仕不允断来章批答口宣　元祐三年四月一日

有敕。卿望重缙绅，义均休戚。如左右手，可须臾离。虽屡形于恳词，必难移于朕意。

除吕公著特授守司空同平章军国事加食邑实封余如故制　元祐三年四月四日

门下。仁莫大于求旧，智莫良于用众。既得天下之大老，彼将安归；以至国人皆曰贤，夫然后用。今朕一举，仁智在焉。宜告治朝，以孚大号。金紫光禄大夫守尚书右仆射兼中书侍郎上柱国东平郡开国公食邑七千一百户食实封二千三百户吕公著，讦谟经远，精识造微。非尧、舜不谈，昔闻其语；以社稷为悦，今见其心。三年有成，百揆时叙。维乃烈考，相于昭陵。盖清净以宁民，亦劳谦而得士。凡我仪刑之老，多其宾客之余。在武丁时，虽莫望于前烈；作召公考，固无易于象贤。而乃屡贡封章，力求退避。朕重失此三益之友，而闵劳以万几之烦。是用迁平土之司，释文昌之任。毋废议论，时游庙堂。于戏。大事虽咨于房乔，非如晦莫能果断；重德无逾于郭令，而裴度亦寄安危。罔俾斯人，专美唐世。可特授司空同平章军国事加食邑七百户食实封三百户，余如故。仍一月三赴经筵，二日一入朝，因至都堂议军国事。

除吕大防特授太中大夫守尚书左仆射兼门下侍郎加上柱国食邑实封余如故制　元祐三年四月四日

门下。朕闻天子有道，其德不可得而名；辅相有德，其才不可得而见。故汉之“文、景纪”无可书之事，唐之“房、杜传”无可载之勋。当时安荣，后世称颂。予欲清心而省事，不求智名与勇功。天维显思，将启承平之运；民亦劳止，愿闻休息之期。眷予元臣，咸有一德；咨尔百辟，明听朕言。中大夫守中书侍郎上柱国汲郡开国公食邑二千二百户食实封三百户赐紫金鱼袋吕大防，造道纯深，受才宏毅。果艺以达，有孔门三子之风；直大而方，得坤爻六二之动。久践右闼，蔚为名臣。宜升左辅之崇，兼综东台之务。加赋进秩，宠数益隆。得位与时，忧责弥重。于戏。若古有训，无竞维人。崔公建中之风，以除吏八百而致；裴垍元和之政，以荐士三十而能。惟公乃心；何远之有。可特授太中大夫守尚书左仆射兼门下侍郎加上柱国食邑七百户食实封三百户，余如故。

除范纯仁特授太中大夫守尚书右仆射兼中书侍郎进封高平郡开国侯加食邑实封余如故制　元祐三年四月四日

门下。朕惟朝廷之盛衰，常以辅相为轻重。若根本强固，则精神折冲。故芳吕臣奉己而不在民，则晋文无复忧色；汲长孺直谏而守死节，则淮南为之寝谋。朕思得其人，付之以政。使天下闻风而心服，则人主无为而日尊。咨尔在廷，咸听朕命。中大夫同知枢密院事上柱国高平郡开国伯食邑九百户食实封二百户赐紫金鱼袋范纯仁，器远任重，才周识明。进如孟子之敬王，退若萧生之忧国。朕览观仁祖之遗迹，永怀庆历之元臣。强谏不忘，喜臧孙之有后；戎公是似，命召虎以来宣。虽兵政之与闻，疑远猷之未究。坐论西省，进贰文昌；增秩益封，兼隆异数。于戏。时难得而易失，民难安而易危。予欲守在四夷，以汝为偃兵之姚、宋；予欲藏于百姓，以汝为息民之萧、曹。勉思古人，以称朕意。可特授太中大夫守尚书右仆射兼中书侍郎进封高平郡开国公加食邑七百户实封三百户，余如故。

赐新除守司空同平章军国事吕公著辞免恩命不允诏　元祐三年四月六日

敕公著。委重元老，朕之本心。归安丘园，卿之素志。今于二者，酌处其中。使卿获居劳逸之间，而朕不失仰成之托。于义两得，夫复何辞。

赐新除太中大夫守尚书左仆射兼门下侍郎吕大防辞免恩命不允诏　元祐三年四月六日

敕大防。端揆黄门之任，虚之久矣。以卿德望兼重，才术有余，故授之不疑。涣号已行，佥言惟允。务称朕命，何以辞为。

赐新除太中大夫守尚书右仆射兼中书侍郎范纯仁辞免恩命不允诏　元祐三年四月六日

敕纯仁。国之安危，寄于宰辅。朕岂苟然而轻授也哉。试之以事而不移，断之于心而不贰。成命已出，岂容复回。往修厥官，以称朕意。

赐观文殿大学士光禄大夫知永兴军韩缜三上表乞致仕不许断来章诏　元祐三年四月七日

敕韩缜。夫任天下之责者，无自营之私；蒙国士之知者，有非常之报。矧卿德望兼重，体力犹强。方资御侮之壮猷，焉用引年之常礼。宜安厥位，毋复言归。

赐观文殿大学士光禄大夫知永兴军韩缜三上表乞致仕不允断来章诏 元祐三年四月七日

敕韩缜。朕体貌诸老，仪刑四方。假以方面之安，略其筋力之礼。如卿屡请，固无怀禄之嫌；而朕固留，宜有志归之意。今中外无事，民物小康。顾恐安车之荣，未逾坐啸之乐。朕命不易，卿其少安。

赐新除太中大夫守尚书右仆射兼中书侍郎范纯仁再上札子辞免恩命不允诏 元祐三年四月七日

敕纯仁。卿奉事先帝，义深爱君。与政西枢，论不阿世。昔闻汲黯之不夺，今见徐公之有常。参以众言，蔽自朕志。右宰之任，非卿而谁。屡执谦词，殊非所望。

赐新除依前中大夫守中书侍郎刘挚辞免恩命不允诏 元祐三年四月七日

敕刘挚。朝廷设三省，建丞弼，虽所治不同，至于因时立政，昭德塞违，其实一也。卿既任其事矣，今以次迁，无足辞者。

赐新除依前中大夫守尚书左丞王存辞免恩命不允诏　元祐三年四月七日

敕王存。卿学足以经邦，才足以应务。更练愈久，开益居多。以积日而稍迁，顾佥言之咸允。国之常典，何以辞为。

赐新除中大夫守尚书右丞胡宗愈辞免恩命不允诏　元祐三年四月七日

敕宗愈。卿昔在谏垣，首开正论。出入滋久，操守不回。雅望在人，既非一日之积，历试而用，亦自群言之公。往祗厥官，毋替朕命。

赐新除依前中散大夫充枢密直学士签书枢密院事赵瞻辞免恩命不允诏　元祐三年四月七日

敕赵瞻。朕惟本兵之地，司命吾民。矧羌戎叛服之无常，实边鄙安危之未决。岂以此柄，轻授其人。以卿望重缙绅，学兼文武。历试而用，众言允谐。往践厥官，勿违朕命。

阁门赐新除守司空同平章军国事吕公著诰口宣 元祐三年四月七日

有敕。卿正位三公，具瞻多士。式资坐论，以副仰成。体朕眷怀，服此明命。

阁门赐新除宰相吕大防范纯仁诰口宣 元祐三年四月七日

有敕。朕稽参众庶，登用俊良。并建宰司，同升揆路。祗承明命，仰副眷怀。

赐新除门下侍郎孙固辞恩命不允诏 元祐三年四月八日

敕孙固。朕惟三朝老臣，义同休戚。先帝旧学，存者几人。意其风采之耸闻，可使朝廷之增重。矧卿德望素著，寄任已隆。昔冠西枢，今贰东省。众以为允，义无足辞。

赐新除试御史中丞孙觉辞免恩命不允诏 元祐三年四月八日

敕孙觉。卿三居谏省，皆以直闻。盖尝遇事以建言，志在行义以达道。擢为执法，实允佥言。以卿直谅多闻，而朕开纳不讳。固无观望难言之病，岂有丧失名节之忧哉！载阅来章，甚非所望。

赐新除右光禄大夫依前知枢密院事安焘辞恩命不允诏　元祐三年四月八日

敕安焘。卿谋国之重，历年于兹。纪纲修明，中外宁辑。夫图任共政，所忧者大；则久劳迁秩，亦理之常。虽固执于抝谦，恐难回于成命。往服休宠，以彰眷怀。

赐新除中大夫守尚书右丞胡宗愈辞免恩命不允诏　元祐三年四月十日

敕宗愈。卿更涉夷险，践扬中外。出奉使指，而民宜之；入治天官，而吏畏之。非独能言者也。《书》不云乎：“敷奏以言，明试以功。”朕得之矣，卿其勿辞。

赐新除依前中散大夫充枢密直学士签书枢密院事赵瞻辞免恩命不允诏　元祐三年四月十日

敕赵瞻。朕之进人，可谓难矣。自非耆老久次，悃愊无华，则枢机之任，不以轻授。卿之自视，何愧于斯。祗服厥官，思所以称而已。

赐新除尚书左仆射吕大防尚书右仆射范纯仁辞免恩命不允批答口宣 元祐三年四月十一日

有敕。卿望重缙绅，才兼文武。弼亮之选，中外同然。毋或固辞，以称朕意。

赐新除依前中大夫守中书侍郎刘挚辞免恩命不许断来章批答二首 元祐三年四月十二日

一

省表具之。卿蹈道深远，守节淳固。虽不留于傥来之物，而有志于行可之仕。乐告以善，勇于敢为。进不求当世之名，退不叛平生之学。未尝为枉尺直寻之事，夫岂有见得忘义之嫌哉！毋复过辞，往践乃事。

二

省表具之。朕缵服之初，卿言责是任。历陈治道之要，以立太平之基。朕欲行其言，遂授以政。岁月未几，纪纲略陈。欲究观心术之微，宜擢居政本之地。苟无愧于允蹈，岂不贤于力辞。往服官箴，勿违朕命。

赐新除翰林学士朝请大夫知制诰许将赴阙诏　元祐三年四月十二日

敕许将。卿敏而好学，达于从政。出殿方国，则修儒术以饰吏事；入备顾问，则酌民言以广上听。待命北门，号称内相。虽于卿为旧物，实当今之高选。亟践厥职，伫闻嘉猷。

赐新除依前中大夫守尚书左丞王存辞免恩命不许断来章批答二首　元祐三年四月十二日

一

省表具之。夫志大有远略，器博无近用。以卿忠义开济，何施不宜。今以次迁，何足辞也。益坚无倦之意，以观可久之业。

二

省表具之。夫陛帘之增，所以隆堂奥；位次有叙，所以尊朝廷。朕既乐得于英才，复以时而迁用。庶几华国，非以宠卿。祇率厥常，毋废朕命。

赐新除守尚书右仆射兼中书侍郎范纯仁上第一表辞免恩命不允批答二首 元祐三年四月十二日

一

览表具之。夫有乌获之力，然后可以付千钧；有和、扁之功，然后可以寄死生。故宰相之任，非所以宠人臣也。无其德而当之为不智，有其材而辞之为不仁。若卿之才德，亦可谓称矣。往思其忧，以称天下之望。

二 元祐三年四月十二日

览表具之。吾闻之乃烈考曰："君子先天下之忧而忧，后天下之乐而乐。"虽圣人复起，不易斯言。卿将书之绅，铭之盘盂，以为一言而可以终身行之者欤？则今兹爰立之命，乃所以委重投艰而已，又何辞乎！

赐新除司空同平章军国事吕公著上第二表辞免恩命不许断来章批答二首 元祐三年四月十二日

一

省表具之。夫国以得人为强，如猛兽之卫藜藿；以积贤为宝，如珠玉之茂山川。湛然无为，物自蒙利。故崔公发议，则淄青惭服，知朝廷之有人；蜀使抗词，则孙权回顾，叹张昭之不在。得失之效，岂可同日而语哉！朕之用卿，意实在此。国计之重，可无复辞。

二

省表具之。周之诗曰：“无曰予小子，召公是似。”唐之雅曰：“惟西平有子，惟我有臣。”夫父子君臣之间，光明盛大如此。载之简策，被之金石。岂独闺门之宠，足为邦国之华。再省来章，具陈先烈。虽朕寡昧，不敢庶几于仁祖；而卿忠孝，当念服勤于世官。祇率厥常，毋违朕命。

赐新除守尚书左仆射兼门下侍郎吕大防上第二表辞免恩命不许断来章批答二首　元祐三年四月十二日

一

省表具之。卿有夷狄盗贼之虞，仓廪礼乐之叹，阴阳风雨之忧。此三者，诚当今之大计，朕之所以中夜不寐，辍食太息者，正为此也。孟子曰：“责难于君谓之恭。”夫既以责其君，而不以身任之者，非仁人也。愿卿慨然当古人之重，略世俗之谦。务践斯言，忧此三者。

二

省表具之。夫任贤使能，天下之公义；而辞大就小，君子之自守也。惟名器爵禄，朕所不敢授以私；则劳谦退避，卿岂得必行其意。所谓唐虞三代信任之至，以致稷契伊吕德业之隆。若卿之言，朕敢不勉。请事斯语，永观厥成。

赐新除守尚书右仆射兼中书侍郎范纯仁上第二表辞免恩命不许断来章批答二首 元祐三年四月十二日

一

省表具之。卿以明哲，自托不能。非独以见君子劳谦之光，亦因以知前世用人之弊。功烈无取，诚如卿言。夫次公减于治郡，子元不如为将。非独文献不足，盖其才德有偏。如卿昔在朝廷，首谈孟轲之仁义；旋为帅守，专行羊祜之威信。慨有大志，似其先人。苟推此心，施于有政。则太平可望，而小节可略矣。

二

省表具之。自昔先帝之世，屡叹才难；及朕嗣位以来，专用德选。虽爵禄名器，出于独断；而长育成就，实在群公。长短不遗，辅相之责。苟无为国养人之意，必有临事乏使之忧。朕用慨然，当食不御。思得英隽之老，共收文武之朋。惟卿笃于忧国，明于知人。灼见朕心，宜在此位。往任天下之重，毋事匹夫之廉。

赐新除依前正议大夫守门下侍郎孙固辞免恩命不许断来章批答二首　元祐三年四月十三日

一

省表具之。卿奉事先帝，有劝学之旧；与闻机政，有已试之功。固非躐等之迁，独恨用卿之晚。勉循大义，毋事小廉。

二

省表具之。卿向自西枢，出殿藩屏；顷由近辅，入侍燕闲。昔有未识之思，今乃日闻其语。既见君子，无逾老臣。当益励于初心，尚何辞于新命。

赐新除司空同平章军国事吕公著辞免册礼许诏　元祐三年四月十三日

敕公著。多仪以隆辅弼，国之彝典；自损以信君父，卿之美志。再阅诚言之请，益彰谦德之光。勉徇所陈，不忘嘉叹。

赐吕公著辞恩命上第二表不允断来章批答口宣　元祐三年四月十三日

有敕。卿以全德，式符具瞻。宜与师臣，共为民表。钦承明命，伫听嘉谟。

赐范纯仁吕大防辞恩命上第二表不允断来章批答口宣　元祐三年四月十三日

有敕。卿以宏材，久与大政。擢升宰辅，实慰具瞻。宜速拜嘉，毋烦谦避。

赐新除门下侍郎孙固辞免恩命不允断来章批答口宣　元祐三年四月十四日

有敕。卿金华元老，西枢旧臣。与政东台，实慰舆议。祗膺成命，毋复固辞。

赐刘挚辞免恩命不允断来章批答口宣　元祐三年四月十四日

有敕。稽参众言，蔽自朕志。西台之贰，无以逾卿。亟践厥官，毋烦固避。

赐王存辞免恩命不允断来章批答口宣　元祐三年四月十四日

有敕。卿纯忠许国，雅望在人。官以次升，义无足避。其承休宠，以副眷怀。

赐胡宗愈辞免恩命不允断来章批答口宣　元祐三年四月十四日

有敕。卿雅望在人，纯忠许国。既以汇进，胡为力辞。宜体至怀，即膺成命。

赐赵瞻辞免恩命不允断来章批答口宣　元祐三年四月十四日

有敕。朝廷用人，议论先定。不次之举，非卿孰宜。亟服休恩，毋烦固避。

赐新除中大夫守尚书右丞胡宗愈辞免恩命不许断来章批答二首　元祐三年四月十四日

一

省表具之。卿自天官，擢领风宪。下有庇民之意，上有爱君之忠。度其不以利回，是故可以大受。丞辖之任，非卿孰宜。毋复固辞，以就远业。

二

省表具之。人才之难，古今所病。忠厚者多乏于用，强济者或凉于德。有德适用，如卿几人。方观卿谋国之良，以成朕知人之美。深体此意，往祇厥官。

赐新除依前中散大夫充枢密直学士佥书枢密院事赵瞻辞免恩命不允断来章批答二首　元祐三年四月十四日

一

省表具之。君子之仕也，喜于知而乐于用。如卿之言，结发从仕，而白首遇合。则君子之用舍进退，盖亦有时矣。勉行其道，无失斯时。苟能遇事而必为，则亦立功之未晚。古人之事，将见于卿。

二

省表具之。卿挺然孤忠，白首一节。逝将力求于退避，夫岂有意于进取哉。特以雅望既隆，公议所在。方将度才而授任，固难越卿以用人。往践厥官，毋违朕志。

赐正议大夫知枢密院事安焘辞免迁官恩命允诏　元祐三年四月十五日

敕安焘。卿国之隽辅，位冠枢庭。以时褒升，岂待功阀。而能力辞宠命，欲以身率群臣，使廉耻相先，名器益重。勉从来请，以笃此风。

赐新除中大夫守尚书右丞胡宗愈辞免恩命不允诏　元祐三年四月十五日

敕宗愈。朕之用卿，盖听其言，考其行事，参之公议，而断自朕心，可谓审矣。而卿固辞不已，朕甚惑之。夫小人以位为宠，求之而不可得；君子以宠为忧，推之而莫能去。自古以然，卿何疑哉。

赐新除司空同平章军国事吕公著辞免册礼允诏　元祐三年四月十五日

敕公著。册祝于庙，惟周之典。临朝亲拜，亦汉之旧。事大则礼重，礼重则乐备，古之道也。今卿逊避不居，自处以约。勉从所乞，以成其美。

赐许将辞免恩命不允诏　元祐三年四月十八日

敕许将。进以经术，当告我以安危；来自西南，固知民之利病。渴闻谠论，少副虚怀。而乃退托无能，力辞旧物。既非所望，其可曲从。

赐知乾宁军内殿承制张赴奖谕敕书 元祐三年四月十八日

敕张赴。横流之灾，所在蒙害。惟吏得其人，则公私赖之。使者列上，有司不以时闻。岁月既远，予犹汝嘉。故兹奖谕，想宜知悉。

赐河北两路诸军秋季银鞋兼传宣抚问臣寮将校口宣 元祐三年四月十八日

有敕。卿等忧寄之深，疆事靡盬。眷言劳勚，想各平宁。体我至怀，受兹时赐。

宣诏许内翰入院口宣 元祐三年四月十九日

有敕。卿拔自循良，老于文学。禁林之命，儒者所荣。往祇厥司，以究所蕴。

白沟驿赐大辽贺坤成节人使御筵兼传宣抚问口宣 元祐三年四月二十二日

有敕。卿等远涉暑途，来陈庆币。眷言徒御，久犯风埃。往赐燕娱，少休行役。

赐河西军节度使西蕃邈川首领阿里骨进奉回诏　元祐三年四月二十二日

敕阿里骨。惟尔祖先，世笃忠孝。本与夏贼，日寻干戈。亦惟恃我朝廷爵秩之隆，用能保尔子孙黎民之众。肆朕命尔，嗣长乃师。而承袭以来，强酋外擅，尔弗能禁。恣其所为，遂据洮城，以犯王略，阴连夏贼，约日盗边。朕愍属羌之无辜，出偏师而问罪。元恶俘获，余党散亡。山后底平，河南绥服。朕惟率酋蒙而捍疆场，乃尔世功；叛君父而从仇雠，岂其本意。庶能改过，未忍加兵。果因物以贡诚，愿洗心而效顺。尔既知悔，朕复何求。已指挥熙河路更不出兵。及除已招纳到部族外，住罢招纳。依旧许般次往来买卖，及上京进奉。尔宜约束种类，共保边陲。期宠禄于有终，知大恩之难再。勿使来款，复为虚言。

赐于阗国黑汗王进奉示谕敕书二首　元祐三年五月一日

一

敕。卿恪居蕃守，申遣使车。来款塞垣，恭修壤贡。忠诚远达，褒叹良深。

二

敕。卿守土西极，驰诚中华。璧马充庭，尚识汉仪之旧；织皮在篚，聊观禹贡之余。载省忠勤，不忘嘉叹。

赐于阗国黑汗王男被令帝英进奉敕书

敕。汝世敦忠厚，志慕声明。远附奏函，亦驰贡篚。载惟恭顺，良极叹咨。

赐大辽贺坤成节人使生饩口宣 元祐三年五月十日

有敕。卿等肃将邻好，来庆诞辰。徒驭久劳，馆宇初定。宜颁委积，以示宠章。

赐正议大夫知枢密院事安焘乞退不允批答二首

一 元祐三年五月十八日

省表具之。宥密之司，安危所寄。虽羌酋款塞，少休烽燧之虞；而夏童跳边，犹烦棰策之驭。翻然求去，义有未安。夫以朕大烹优贤之资，岂不能助卿养志之具。足以毋废子职，而能兼为国谋，岂不休哉！

二 元祐三年五月二十八日

省表具之。乃眷西枢，实参大柄。吾欲兵民兼利，戎夏两安。自非宿业更变之臣，惧有伤财玩寇之患。卿当念先朝委重之久，未可以亲庭归养为词。勉安厥官，以副吾意。

赐新除依前朝散大夫守尚书吏部侍郎充龙图阁待制傅尧俞辞免恩命不允诏 元祐三年五月二十三日

敕尧俞。夙望所在，旧疾既平。及兹言还，慰我虚伫。徒得君重，虽暂屈于淮阳。雅意本朝，宁久安于冯翊。复求自便，殊戾所期。往修厥官，务称朕命。

赐守尚书右丞胡宗愈乞除闲慢差遣不允诏 元祐三年五月二十七日

敕宗愈。朕开奖言路，通来下情。虽许风闻，犹当核实。岂以无根之语，轻摇辅政之臣。朕方驭众以宽，退人以礼。加之美职，付以大邦。朕既无负于听言，卿亦何嫌而避位。祗服乃事，毋自为疑。

赐安焘乞退不允断来章批答口宣 元祐三年六月一日

有敕。卿以旧德，首冠西枢。雅望既隆，仰成弥重。宜安厥位，以卒辅予。

赐尚书右仆射兼中书侍郎范纯仁生日诏　元祐三年六月九日

敕纯仁。卿河岳之灵，神明所相。载更诞日，永介寿祺。体我眷怀，受兹宠锡。

赐北京恩冀等州修河官吏及都转运使运判监丞等银合茶药并兵级等夏药特支兼传宣抚问口宣　元祐三年六月十四日

有敕。卿等夙夜河壖，暴露野次。属兹暑雨，深轸予怀。往示宠颁，少慰劳苦。

抚问保宁军节度使知大名府冯京兼赐银合茶药口宣　元祐三年六月十四日

有敕。河役方兴，吏民在野。暑雨之际，绥御为劳。膺此宠颁，尚加慎护。

赐五台山十寺僧正省奇已下奖谕敕书 元祐三年六月十八日

敕。清凉之峰，仙圣所宅。爰修净供，以庆诞辰。再省恭勤，不忘嘉叹。

赐太中大夫守尚书左仆射兼门下侍郎吕大防生日礼物口宣 元祐三年六月二十二日

有敕。乃眷良辰，笃生元辅。岂独缙绅之望，允为河岳之英。今遣尔甥，往致朕命。受兹休宠，永介寿祺。

赐皇弟山南东道节度使开府仪同三司大宁郡王佖生日礼物口宣 元祐三年六月二十二日

有敕。乃眷贤王，笃生兹日。本枝之庆，华萼相承。宜分厩库之良，以致乔松之寿。

赐正议大夫守门下侍郎孙固生日诏　元祐三年六月二十三日

敕孙固。卿图任之旧，缙绅所推。难老之祥，神人攸相。载更良日，益永寿祺。申以宠章，式隆眷遇。

赐正议大夫知枢密院事安焘生日诏　元祐三年六月二十三日

敕安焘。桑弧告庆，降哲辅于兹辰；彩服拜嘉，冠荣名于当代。祗服朕命，益寿乃亲。

德音赦文　元祐三年六月

门下。朕以眇躬，获御大器。仰圣后之慈训，荷先烈之永图。四载于兹，涉道尚浅。凛然祗惕，若履渊冰。思所以慰安人心，奉若天道。常虑一夫之失所，以伤万物之太和。蠲苛去烦，夙夜愿治。乃自去冬连月，降雪异常。今春已来，久阴不霁。农夫失职，商旅不通。比屋之间，冻馁弥甚。常寒之罚，咎在朕躬。惟日兢兢，以图消复。洁精致祷，神眷未孚。克己自持，协气无应。切虑四方狱犴，冤滞尚多。工役烦兴，人咨胥怨。郁成缪盭之变，以干阴阳之和。宜均涣恩，以召善气。云云。于戏！遇灾祇戒，聿修信顺之诚；正事布和，庶获天人之助。咨尔中外，咸体朕怀。

赐大辽人使贺坤成节入见讫归驿御筵口宣　元祐三年七月八日

有敕。卿等初柅使车，已陈庆币。退安馆舍，往锡燕觞。式示眷怀，且旌劳勚。

赐大辽人使贺坤成节入见讫归驿酒果口宣　元祐三年七月八日

有敕。卿等趋庭致命，就馆即安。少休行役之劳，宜示眷怀之异。式昭宠数，往锡甘芳。

班荆馆赐大辽贺坤成节人使回程御筵口宣　元祐三年七月八日

有敕。卿等使事毕陈，还车载启。改辕而北，弭节少留。就锡燕嘉，式昭礼遇。

太皇太后赐门下手诏二首

一　元祐三年七月八日

敕门下。皇帝嗣位，于兹四年。华夷来同，天地并应。而皇太妃以恭俭之德，鞠育之恩，虽典册以时奉行，而情文疑有未称。皇帝以祖考之奉，尊无二上。而吾惟《春秋》之义，母以子贵。其推天下之养，以慰人子之心。宜下礼部大常寺讨寻。如于典故有褒崇未尽事件，令子细开具闻奏。

二　元祐三年闰十二月十四日

敕门下。官冗之患，所从来尚矣。流弊之极，实萃于今。以阙计员，至相倍蓰。上有久闲失职之吏，则下有受害无告之民。故命大臣，考求其本。苟非裁损入流之数，无以澄清取士之源。吾今自以眇身，率先天下。永惟临御之始，尝敕有司。荫补私亲，旧无定限。自惟薄德，敢配前人。已诏家庭之恩，止从母后之比。今当又损，以示必行。夫以先帝顾托之深，天下责望之重。苟有利于社稷，吾无爱于发肤。矧此恩私，实同毫末。忠义之士，当识此诚。各忘内顾之心，共成节约之制。今后每遇圣节大礼生辰合得亲属恩泽，并四分减一。皇太后、皇太妃准此。

玉津园赐大辽贺坤成节人使射弓例物口宣　元祐三年七月九日

有敕。卿等既陈庆币，复展射侯。岂独娱宾，亦将观德。宜有珍良之锡，以旌审固之能。

赐殿前司罢散坤成节道场香酒果口宣　元祐三年七月九日

有敕。卿忠存卫上，义切戴君。爰祝寿山，克成梵供。宜加宠锡，以示眷怀。

赐宗室开府仪同三司以下罢散坤成节道场香酒果口宣 元祐三年七月九日

有敕。卿以令德懿亲，共输诚悃。名蓝法供，虔祝寿祺。既彻净筵，宜加宠锡。

赐马步军司罢散坤成节道场香酒果口宣 元祐三年七月十二日

有敕。卿等共罄臣衷，力祈慈寿。爰修法会，亦既告成。宜有宠颁，以旌诚悫。

赐知枢密院事安焘已下罢散坤成节道场香酒果口宣 元祐三年七月十二日

有敕。卿等忠存庙社，义笃君亲。嘉法会之有成。祝圣龄于无极。宜加宠赉，以示眷怀。

赐皇伯祖嗣濮王宗晖已下罢散坤成节道场香酒果口宣 元祐三年七月十二日

有敕。卿等为国懿亲，助我孝治。祝慈闱之永寿，成法会于兹辰。宜有宠颁，以精忠悃。

赐太师文彦博已下罢散坤成节道场香酒果口宣　元祐三年七月十二日

有敕。元老在廷，百官承式。启法筵于梵宇，祝寿嘏于慈闱。宜有宠颁，以助燕喜。

除苗授特授武泰军节度使殿前副都指挥使勋封食实如故制　元祐三年七月十二日

门下。出总元戎，作先声于士气；入为环尹，寓军政于国容。将伸阃外之威，以迪师中之吉。咨于尔众，朕得其人。侍卫亲军步军副都指挥使威武军节度观察留后持节福州诸军事福州刺史上柱国济南郡开国公食邑二千八百户食实封三百户苗授，早以异材，见称武略。被服忠义，有烈丈夫之风；砥砺廉隅，得士君子之概。荐扬边圉，益著劳能。拔自众人，既蒙先帝之遇；遂拜大将，无复一军之惊。祗扈殿岩，肃将斋钺。予欲少长有礼，而兵可用；汝其夙夜在公，而令必行。于戏。爱克厥威罔功，兹为深戒；师众以顺为武，古有成言。惟懋乃衷，毋忘朕训。

相州赐大辽贺坤成节人使却回御筵口宣　元祐三年七月十三日

有敕。卿等远饬征骖，少休近郡。载惟勤勚，良极轸怀。往锡宴觞，以华归骑。

瀛洲赐大辽贺坤成节人使回程御筵口宣　元祐三年七月十三日

有敕。卿等远聘通欢，言归复命。改辕北道，弭节边城。宜锡燕觞，少休行役。

赐护国军节度使济阳郡王曹佾罢散坤成节道场香酒果口宣　元祐三年七月十三日

有敕。卿以耆德，首冠戚藩。虔祝寿祺，告成法会。宜加宠赉，以助燕私。

班荆馆赐大辽贺坤成节人使回程酒果口宣　元祐三年七月十三日

有敕。卿等致命言还，改辕伊始。暑雨方作，徒驭实劳，宜有宠颁，以昭眷遇。

就驿赐大辽国贺坤成节人使宴口宣二首 元祐三年七月十六日

一

有敕。卿等远驰使传，来会诞辰。言念勤劳，宜加旌宠。特颁燕喜，以示眷怀。

二

有敕。卿等肃将庆币，来举寿觞。临遣辅臣，往颁燕豆。仍加宠赉，以示眷怀。

赐新除殿前副都指挥使武泰军节度使苗授上第一表辞免恩命不许断来章批答二首 元祐三年七月十九日

一

省表具之。试材以旧，谋帅尤艰。故以久次用人，欲其深练于事。而卿辞以锢疾，岂所望哉。速即乃官，毋复退避。

二

览表具之。环卫之严，节制之重，诞告多士，以长万夫。朕岂轻用其人哉。確然固辞，未喻厥指。往祇朕命，毋旷乃官。

赐新除殿前副都指挥使武泰军节度使苗授辞免恩命第二表不允批答口宣　元祐三年七月二十日

有敕。卿早练武经，晚著边效。进持帅节，实允佥言。矧以次迁。无烦恳避。

赐龙图阁学士河东路经略使兼知太原府曾布乞除一闲慢州郡不允诏　元祐三年七月二十一日

敕曾布。将不久任，难以责成。谋不素定，难以应猝。卿屡试剧郡，所临有声。而况二年于兹，诸将所服。事既即叙，人谁易卿。夫擣虚攻瑕，兵家常势；知难避整，夷狄亦然。卿若有以待之，彼将望而去矣。勉卒乃事，毋忘朕言。

抚问秦凤路臣寮口宣　元祐三年七月二十四日

有敕。卿等久以选抡，出分忧寄。疆场之重，绥御为劳。宜示眷怀，往宣指谕。

赐河西军节度使西蕃邈川首领阿里骨进奉回程诏　元祐三年八月三日

敕阿里骨。卿屡款塞垣，愿终臣节。爰因贡篚，益著诚心。再省忠勤，良深嘉叹。

阁门赐新除徐王诰口宣　元祐三年八月十二日

有敕。卿望隆尊属，德冠宗藩。改殿大邦，实谐群议。往服朕命，以为国华。

赐皇叔新封徐王上第二表辞免恩命不允断来章批答口宣　元祐三年八月十五日

有敕。朕始升徐方，以胙叔父。庶几大彭之寿，罔愧元王之贤。毋复屡辞，亟膺成命。

示谕武泰军官吏军人僧道百姓等敕书　元祐三年八月十八日

敕。朕以苗授赋材勇严，驭众整暇。擢为宿卫之长，宠以节旄之荣。惟尔邦人，当谕朕意。

赐皇叔改封徐王颢上表辞免册礼允诏二首 元祐三年八月二十日

一

敕颢。卿大雅不群，自得诗书之富；为善最乐，不知轩冕之荣。既殿大邦，宜膺盛礼。而抑损之志，逡巡不居。虽莫称朕所以极褒崇之心，而将使卿庶几获谦冲之福。勉从其意，嘉叹不忘。

二

敕颢。锡山土田，以昭令德。备物典册，盖有常仪。而卿深惧满盈，过形抑畏。一谦四益，当克永年。三命滋恭，固将有后。曲成美志，以劝事君。宜依所乞。

赐太师平章军国重事文彦博上第一表乞致仕不许批答二首 元祐三年九月二日

一

览表具之。昔师尚父九十，秉旄杖钺，犹未告老。此诸葛元逊所以屈张昭也。而卫武公百年，犹箴儆于国曰："无以我老耄而舍我。"此左史倚相所以诲申公也。今卿寿考康宁，而退托衰病，自引求去，独不念天下之士有如彼二子者议其后乎？姑安厥官，以答公论。

二

览表具之。朕闻之，成王之政，周公在前，召公在后，毕公在左，史佚在右。四子挟而维之，目见正色，耳闻正言。一日即位，天下旷然。未闻四子以老而求退，亦未闻成王以老而听其去也。朕虽不德，犹庶几成王之治。卿虽老矣，独不能以四子之心为心乎？勉卒辅朕，无愧前人。

赐太师文彦博乞致仕不允断来章批答口宣　元祐三年九月五日

有敕。耆老在位，华夷耸观。若听公归，恐失民望。朕命不再，公其少留。

内中御侍已下贺冬至词语　元祐三年十月三十日

皇　帝

伏以日合天统，时推建子之正；律中黄钟，气验微阳之应；德施自上，惠均于民。伏惟皇帝陛下，道配皇王，化行夷夏。观其来复，见乎天地之心；静以无为，待此阴阳之定。云物告瑞，宫声协和。岂惟至治之祥，自得上天之祐。一人有庆，万寿无疆。妾等蒙被天光，叨尘妇职。敢献如山之祝，庶同率土之欢。

太皇太后

伏以书奏清台，验历家之邃密；日移黄道，迎化国之舒长。

寰宇和平，宫闱欢豫。恭惟太皇太后陛下，教隆阴礼，位正坤仪。嗣太任之徽音，道光千古；衣明德之大练，俭化六宫。体柔静以临朝，配清明而烛物。庆云可望，共占至治之祥；彤史何知，莫赞无为之德。妾等猥参女职，仰奉慈颜。因来复之一阳，祝无疆之万寿。

皇　太　后

伏以候气葭灰，喜律筒之已应；课功彩线，知宫日之初长。品物向荣，掖廷胥悦。恭惟皇太后殿下，母临四海，妇应东朝。求贤审官，但有忧勤之志；躬俭节用，岂忘浣濯之衣。宜福禄之日康，乐宫闱之无事。妾等滥尘女职，获奉慈颜。愿先柏酒以称觞，更指椿年而献寿。

赐新除守司空同平章事吕公著上第一表辞免恩命不允批答

省表具之。夫司空之官，自唐以来，虽无职事，而孔子所谓天子有争臣七人者，三公首当之。朕欲闻仁人之要言，与天下之大计，非此元老，将安取斯。卿其省思虑，慎寝食，优游庙堂，为朕谋其大者。

赐新除守尚书左仆射门下侍郎吕大防辞免恩命不允批答二首

一

省表具之。夫天以斯民付人主，而人主付之宰相。若不得人，为慢天之所付，朕敢乎哉！如卿瑰姿伟望，宏毅开济，朕既用之不疑，而卿自疑何也？往脩厥官，毋斁朕命。

二

览表具之。自英庙擢卿于言责，而先帝用卿于西师。则朝廷待卿之重，盖出于祖宗之意矣。孔子曰："吾之于人也，谁毁谁誉，如有所誉，其有所试。"若卿者，可谓屡试矣。卿而不宜，其孰宜之。

赐新除守司空同平章事吕公著上表辞免不许批答

览表具之。天下之事，使壮者治之，老者谋之。自尧舜以来，未有易此者也。今卿议政而不及事，劳心而不及力。吾自以为得养老之礼，而不失用贤之实，卿何辞之坚也。

赐驸马都尉李玮已下罢散兴龙节道场香酒果口宣　元祐三年十月三十日

有敕。震夙纪辰，迩遐同祝。乃眷戚藩之重，预修净供之严。亦既告成，宜膺宠锡。

除皇伯祖宗晟特起复制　元祐三年十一月一日

门下。曾、闵之哀，丧不贰事；汉、唐之旧，礼有夺情。矧予藩屏之亲，实兼臣子之重。虽闺门以恩掩义，而公侯以国为家。伯臣司宗，职不可旷；要绖服事，古有成言。非予尔私，其听朕命。皇伯祖彰化军节度泾州管内观察处置等使检校司空开府仪同三司持节泾州诸军事泾州刺史判大宗正事上柱国高密郡王食邑七千八百户食实封二千四百户宗晟，天资纯茂，德履方严。袭余庆于祖宗，蹈格言于师保。典司属籍，克有令名。郢客卒业于浮丘，辟彊受知于先帝。允厘厥位，无愧昔人。属此闵凶，累然毁瘠。嗟日月之逾迈，重职业之久虚。宜复宠名。式从权制。于戏，出居官次，非王事不谈；退适倚庐，读丧祭之礼。则忠孝两得，人无间言；功名益隆，亲有显誉。勉服朕训，光昭前闻。

赐知渭州刘昌祚进奉兴龙节银诏　元祐三年十一月六日

敕昌祚。卿御侮边庭，驰神魏阙。会嘉辰之献寿，纳贡篚以效珍。载省忠勤，不忘褒叹。

相州赐大辽贺兴龙节使副御筵口宣　元祐三年十一月六日

有敕。卿等将命邻邦，服勤邮传。久薄风雾，少休车徒。宜体眷怀，式同燕衎。

赐皇伯祖宗晟辞免起复恩命不允批答口宣 元祐三年十一月十日

有敕。官不可旷，礼有从权。苟爱君如爱亲，则王事为家事。勉遵旧服，少屈私诚。

赐皇伯祖宗晟辞免起复恩命不允断来章批答口宣 元祐三年十一月十八日

有敕。卿哀慕未衰，恳辞弥切。既寒暑之一变，宜忠孝之两全。勉从朕言，起服乃事。

赐殿前副都指挥使苗授已下罢散兴龙节道场香酒果口宣

元祐三年十一月二十日

有敕。卿等以卫上之忠，属诞弥之庆。预严净会，以荐寿祺。及此告成，赉加宠赉。

赐权管勾马军司公事姚麟已下罢散兴龙节道场酒果口宣

元祐三年十一月三十日

有敕。卿等率职周庐，归诚梵宇。共致延鸿之祝，出于忠爱之深。宜锡珍芳，以助燕衎。

兴龙节尚书省赐知枢密院事安焘已下酒果口宣　元祐三年十一月三十日

有敕。卿等任重枢机，忠存庙社。属诞辰之荐寿。修法会以告成。锡以珍芳，助其燕喜。

赐大辽贺兴龙节人使生饩口宣　元祐三年十二月一日

有敕。卿等远持庆币，申讲邻欢。徒驭有华，舍馆方定。宜往饩牵之锡，以旌邮传之勤。

赐济阳郡王曹佾罢散兴龙节道场香酒果口宣　元祐三年十二月一日

有敕。卿宠冠戚藩，望隆旧德。将祝无疆之寿。故修最上之乘。既彻净筵，宜膺宠锡。

赐皇伯祖嗣濮王宗晖已下罢散兴龙节道场香酒果口宣 元祐三年十二月一日

有敕。眷我宗英，乃心王室。修彼龙天之供，庆兹虹电之祥。宜有颁分，以成燕喜。

赐皇叔祖同知大宗正事宗景罢散兴龙节道场香酒果口宣 元祐三年十二月一日

有敕。乃眷宗英，祇率藩服。庆诞辰而荐寿，修净会以告成。宜有分颁，以助燕喜。

赐皇叔徐王罢散兴龙节道场香酒果口宣 元祐三年十二月二日

有敕。卿望隆周、召，德迈间、平。属诞庆之纪辰，仗佛乘而荐祉。助兹宴喜，锡以柔嘉。

赐文太师已下罢散兴龙节道场香酒果口宣 元祐三年十二月二日

有敕。乃眷师臣，身先百辟。有严净供，祇荐万龄。宜有分颁，以助燕喜。

赐枢密安焘已下罢散兴龙节道场香酒果口宣　元祐三年十二月二日

有敕。枢机之臣，社稷是卫。夙设人天之供，共祈箕翼之祥。宜膺宠颁，式助燕喜。

班荆馆赐大辽贺兴龙节人使到阙御筵口宣　元祐三年十二月五日

有敕。卿等远将邻好，至止都门。属霜露之严凝，念车徒之勤瘁。宜伸燕衎，以示眷怀。

赐大辽贺兴龙节人使朝辞讫就驿酒果口宣　元祐三年十二月五日

有敕。卿等毕事告旋，指期言迈。念征途之劳瘁，迫徂岁之冱寒。体我至怀，膺兹宠锡。

赐大辽贺兴龙节人使朝辞讫归驿御筵口宣　元祐三年十二月五日

有敕。卿等聘事告成，陛辞言迈。念归途之云远，复宾馆之少留。体我眷怀，共兹宴喜。

七日赐大辽贺兴龙节人使内中酒果口宣　元祐三年十二月五日

有敕。卿等柅车就馆，布币造廷。既欣邻好之修，复叹使华之美。就加宠赉，式示眷存。

玉津园赐大辽贺兴龙节人使射弓御筵口宣　元祐三年十二月五日

有敕。卿等使节有华，邻欢载讲。既娱宾于灵囿，将观德于射侯。宜有宠颁，以旌命中。

赐皇伯祖宗晟辞免起复恩命不允诏二首　元祐三年十二月五日

一

敕宗晟。夫要绖服事，出于孔门；墨衰从政，见于鲁史。永惟徇国忘家之义，非有食稻衣锦之嫌。若非使卿居之而安，则吾岂敢强所不欲。勉从前诏，往服厥官。

二

敕宗晟。卿德爵与齿，皆天下达尊。服属之隆，为宗室祭酒。任独高于三世，报宜异于常人。故夺情非以私卿，而服事所以徇国。义无所愧，何以辞为。

相州赐大辽贺正旦人使御筵口宣　元祐三年十二月六日

有敕。卿等春朝毕会，邻聘交驰。属徂岁之沍寒，念远勤于行李。往颁燕衎，以重使华。

班荆馆赐大辽贺兴龙节人使回程御筵口宣　元祐三年十二月六日

有敕。卿等告辞中禁，改乘北辕。属晚岁之严凝，念征途之悠缅。往颁嘉燕，可复少留。

十日赐大辽贺兴龙节人使内中酒果口宣　元祐三年十二月七日

有敕。卿等造廷称寿，率礼可观。岂惟邻好之修，亦见使华之美。宜膺宠锡，以示至恩。

班荆馆赐大辽贺兴龙节人使却回酒果口宣　元祐三年十二月七日

有敕。卿等改辕北路，供帐都门。风埃浩然，徒驭勤止。宜膺宠锡，以示恩华。

瀛洲赐大辽贺兴龙节人使回程御筵口宣 元祐三年十二月七日

有敕。卿等回车北道，弭节边亭。使事已终，归骖少憩。往颁燕衎，益厚眷存。

赐皇弟普宁郡王俣生日礼物口宣 元祐三年十二月七日

有敕。朕之介弟，生以兹辰。眷棣萼之相辉，祝椿龄之难老。宜同庆喜，往致宠颁。

赐正议大夫知邓州蔡确乞量移弟硕允诏 元祐三年十二月九日

敕蔡确。以义责备，《春秋》有失教之讥；以情内恕，诗人有将毋之念。硕之得罪，事在有司。难以贵近之亲，而废朝廷之典。及观来请，有概予心。重违兄弟急难之词，以伤人子奉养之意。

相州赐大辽贺兴龙节人使回程御筵口宣　元祐三年十二月九日

有敕。卿等夙驾归轩，少休旁郡。眷言劳勚，良极顾怀。往锡燕嘉，以旌恩眷。

赵州赐大辽贺正旦使副茶药口宣　元祐三年十二月十日

有敕。卿等远修旧好，属此冱寒。载历山川，久蒙霜露。宜有精良之赐，式彰轸念之怀。

赵州赐大辽贺太皇太后正旦使副茶药口宣　元祐三年十二月十日

有敕。卿等远驰四牡，来庆三朝。属此岁寒，劳于行役。宜膺宠锡，以示眷存。

兴龙节尚书省赐宰相已下酒果口宣　元祐三年十二月十日

有敕。诞弥之庆，中外所同。眷我臣邻，共兹燕喜。宜加宠赉，以示眷怀。

就驿赐大辽贺兴龙节使副钞锣等口宣 元祐三年十二月二十二日

有敕。卿等肃将邻好，远涉寒涂。眷言授馆之初，宜有劳来之礼。往加宠锡，以示眷怀。

赐知渭州刘昌祚进奉谢恩并赐月俸公使及贺端午节马诏

元祐三年十二月二十四日

敕昌祚。卿执德宏毅，秉心恪恭。拜新渥于公朝，谨旧仪于令节。抗章来上，因物见诚。再省忠勤，良深嘉叹。

赐端明殿学士银青光禄大夫致仕范镇奖谕诏 元祐三年闰十二月一日

敕范镇。朕惟春秋之后，礼乐先亡。秦汉以来，《韶》、《武》仅在。散乐工于河海之上，往而不还；聘先生于齐鲁之间，有莫能致。魏、晋以下，曹、郐无讥。岂徒郑、卫之音，已杂华、戎之器。间存作者，犹有典刑。然铢黍之一差，或宫商之易位。惟我四朝之老，独知五降之非。审声如音，以律生尺。览诗书之来上，阅夔、虞之在廷。君臣同观，父老太息。方诏学士大夫论其法，工师有司考其声，上追先帝移风易俗之心，下慰老臣爱君忧国之志。究观所作，嘉叹不忘。

玉津园赐大辽贺正旦人使射弓例物口宣 元祐三年闰十二月三日

有敕。射以娱宾，抑将观德。发而命中，曾不出正。宜旌审固之能，膺受珍良之赐。

抚问知大名府冯京口宣 元祐三年闰十二月八日

有敕。卿等夙分重寄，言念久劳。岁聿云周，王事靡盬。益加辅养，以副眷怀。

冬季传宣抚问河北东路沿边臣寮口宣 元祐三年闰十二月八日

有敕。疆场之守，职思其忧。霜露既凝，岁聿云暮。宜加厚爱，以副眷怀。

赐朝散大夫守尚书吏部侍郎充龙图阁待制傅尧俞乞外郡不允诏 元祐三年闰十二月十四日

敕尧俞。卿望重本朝，进由公议。方卿大夫有为之际，亦士君子难得之时。而卿出领郡章，入佐治典。席未暖而辄去，政何时而报成。小疾行瘳，姑安厥位。

赐保宁军节度使知大名府冯京进奉贺兴龙节马一十匹并冬节马二匹诏 元祐三年闰十二月十八日

敕冯京。卿坐镇全魏，隐若长城。远驰颂祷之心，来效騄骓之贡。眷言忠荩，良极叹嘉。

赐泰宁军节度观察留后知相州李珣进奉贺冬马一匹诏 元祐三年闰十二月十八日

敕李珣。卿宣化近邦，驰神北阙，属兹阳月之吉，远效王闲之良。言念忠勤，不忘嘉叹。

赐殿前都虞侯宁州团练使知熙州刘舜卿进奉贺冬马敕书 元祐三年闰十二月十八日

敕刘舜卿。职在分忧，忠存卫上。属此秦正之旦，远输冀产之良。再省忠勤，不忘嘉叹。

赐外任臣寮进奉兴龙节马诏敕书　元祐三年闰十二月十八日

敕刘舜卿。汝忠于卫上，远不忘君。爰因弥月之晨，来效充庭之礼。眷言勤笃，良极叹嘉。

赐大辽贺正旦人使银钞锣唾盂子锦被等口宣　元祐三年闰十二月十八日

有敕。卿等远将邻好，来庆春朝。眷言跋履之勤，宜有珍华之赐。受兹异宠，体我至怀。

雄州抚问大辽贺正旦人使口宣

元祐三年闰十二月二十五日

有敕。卿等肃将庆币，来会春朝。远犯风埃，实劳徒驭，欣闻入境，良慰眷怀。

赐大辽贺正旦人使正月一日就驿御筵口宣　元祐三年闰十二月二十五日

有敕。使华远至，春律肇新。即卿舍馆之安，昭我惠慈之眷。往陈燕豆，以乐佳辰。

赐大辽贺正旦人使内中酒果口宣 元祐三年闰十二月二十五日

有敕。卿等瑞节华轩，来修旧好。醇醪珍实，以荐新春。膺此宠颁，体予异眷。

班荆馆赐大辽贺正旦使回程御筵口宣 元祐三年闰十二月二十五日

有敕。卿等使事告成，旋车言迈。方改辕于北道，暂弭节于都门。昭示眷怀，少留宴衎。

赐于阗国进奉人使正旦就驿御筵口宣 元祐三年闰十二月二十五日

有敕。重译远来，观光戾止。属人正之改律，乐天叙之发春。宜示宠休，式同燕喜。

雄州赐大辽国贺正旦人使回程御筵兼传宣抚问口宣 元祐三年闰十二月二十五日

有敕。卿等已事告归，柅车少憩。眷言长道，远犯余寒。宜锡燕喜，以旌劳勚。

瀛洲赐大辽贺正旦人使回程御筵口宣 元祐三年闰十二月二十九日

有敕。卿等已聘言还，犯寒远迈。方脂车于北道，复弭节于边城，宜锡宴嘉，以旌劳勚。

皇帝回大辽皇帝贺正旦书 元祐三年

献岁发春，方祝永年之庆；睦邻敦好，益修奕世之欢。信币精华，书词温缛。再维雅契，良极欣悰。

皇帝达太皇太后回大辽皇帝贺正旦书 元祐三年

正岁履端，远勤于华使；慈闱申庆，重领于珍函。省侍之余，诚言已达。永惟欣感，莫究言宣。

皇帝回大辽皇帝贺兴龙节书

世睦宝邻，申以无穷之好；岁驰华使，及兹载夙之辰。阅词币之兼隆，识情文之备至。愿言欣感，难悉究陈。

皇帝达太皇太后回大辽皇帝问候书

遣使为寿，既欣邻好之修；因书见诚，兼致慈闱之问。侍言有次，来意毕陈。感怿之深，敷陈罔既。

中太一宫真室殿为太皇太后消灾集福罢散天皇九曜道场朱表　元祐三年

伏以仁者必寿，信惟天地之心；孝无不通，宜从臣子之欲。虔遵道范，仰叩真庭。庶同海宇之诚，上集慈闱之福。天威咫尺，求聪明于我民；圣寿万年，定子孙于下地。更推博施，普及函生。

【解题】

以上各文皆作于元祐三年（1088）。

班荆馆赐大辽贺正旦人使却回酒果口宣　元祐四年正月一日

有敕。卿等还璋言迈，弭节少留。念鞭辔之方勤，涉冰霜之余凛。宜陈燕俎，以宠归轩。

正月六日朝辞讫就驿赐大辽贺正旦人使御筵口宣 元祐四年正月一日

有敕。卿等使事告成，陛辞言迈。命近臣之往劳，庶远道之少留。体我眷怀，共兹宴衎。

赐中大夫守尚书左丞王存生日诏 元祐四年正月四日

敕王存。在《易》之《泰》，与物皆春。于时良臣，生我王国。宜膺宠赍，以介寿祺。

赐龙图阁直学士正议大夫权知开封府吕公著上表陈乞致仕不允诏二首 元祐四年正月五日

一

敕公著。朕鸡鸣而起，志于求助。鲐背之老，未敢即安。矧卿体力不衰，发齿犹壮。遽有引年之请，殊乘图旧之心。宜安厥官，以称朕意。

二

敕吕公著。卿将相三世，凛乎正始之风；出入四朝，蔚然难老之状。浩穰之治，谈笑而成。方观报政之能，遽有归休之请。

公议未可，卿其少安。

抚问鄜延路臣寮口宣　元祐四年正月八日

有敕。卿等分寄边陲，辑宁吏士，眷言勤勚，良极轸怀。往致朕言，各宜尚慎。

赐济阳郡王曹佾在朝假将百日特与宽假将理诏　元祐四年正月十二日

敕曹佾。卿贤戚莫二，德齿并隆。眷言朝请之勤，思见仪刑之老。谢病既久，轸念良深。推予赐告之恩，期于勿药之喜。宜特与宽假将理。

赐光禄大夫守吏部尚书兼侍读苏颂上表乞致仕不允诏二首　元祐四年正月十三日

一

敕苏颂。吾闻有志之士，以身殉道而遗名；有道之君，使人乐用而忘老。今卿不安其位，岂吾有愧于古哉。夫难进之士，年仅及而辄退，则已试之才，吾莫得而尽用矣。激扬多士，方资崔、毛之德；讲诵旧闻，未卒褚、马之业。事非小补，卿其少安。

二

敕苏颂。卿历事四朝，允有一德。徒论徐公之奢俭，莫见子文之愠喜。朕既寤寐哲士，体貌元臣。方贵德齿之达尊，岂求筋力之常礼。矧卿方膺难老之锡，宜励益壮之心。惜日有为，古人所重；引年求去，公议未安。勉为朕留，以慰人望。

赐西南蕃莫世忍等进奉敕书 元祐四年正月二十一日

敕莫世忍。汝守土遐陬，归诚北阙。梯山修贡，款塞观光。言念忠勤，至于嘉叹。

赐光禄大夫守吏部尚书兼侍读苏颂上第二表陈乞致仕不允诏二首 元祐四年二月二日

一

敕苏颂。夫天以多士宁王国，而祖宗以成德遗后人。方使寿考康强，以究其用。而朕乃以引年而听其去，可乎？矧卿铨综之精，谈笑而办。勉思职事，以称朕心。

二

敕苏颂。天官之任，老成所宜。坐执铨衡，有山公晚年之故事；簿书烦杂，独萧俛一时之偏词。卿其总揽纲条，阔略苛细。委蛇退食，以慰士心。

新除权礼部尚书梁焘辞免恩命不允诏　元祐四年二月三日

敕梁焘。卿出处以义，进退以礼。昔请补外，朕不得已而听其去；今兹选用，众以为宜而恨其晚。而卿又固辞，岂朕所望。成命不易，其速造朝。

抚问鄜延路臣寮口宣　元祐四年六月十一日下院

有敕。卿等各膺器使，祇服边陲。眷兹靖安，时乃忠力。特加劳向，以示顾怀。

赐右正议大夫守尚书左仆射吕大防生日礼物口宣　元祐四年六月十一日下院

有敕。惟兹谷旦，生我元臣。爰分服食之良，往助闺门之喜。式为尔寿，宜识朕心。

赐宣徽南院使充太一宫使冯京乞依职任官例祇赴六参不允诏

元祐四年六月十四日下院

敕冯京。朕以卿耆老厚德，重烦以庶事。而卿笃恭尽礼，自同于有司。既朝朔望，尚复勤请。虽抑抑自警，知卿有卫武之风；而仆仆亟拜，非朕待子思之意。宜遵前命，以副眷怀。

赐右正议大夫守尚书左仆射吕大防生日诏　元祐四年六月十五日下院

敕大防。股肱之良，与国为重；家庭之庆，亦朕所同。适《斯干》献梦之辰，均《既醉》太平之福。膺予宠锡，介尔寿祺。

赐皇叔徐王颢生日礼物口宣　元祐四年六月二十一日

有敕。乃眷贤王，实为社稷之卫；载临诞日，永集邦家之休。临遣使车，往致眉寿。

就驿赐大辽贺坤成节人使银钞锣等口宣　元祐四年六月二十三日下院

有敕。卿等远勤使节，展庆诞辰。畏暑长途，方即安于舍馆；精金良币，宜往致于恩私。

赐翰林学士中大夫兼侍读赵彦若辞免国史修撰不允诏　元祐四年六月二十三日下院

敕彦若。卿学世其家，宜居载笔之地；官宿其业，已奏杀青之书。自托不能，殊非所望。祇膺成命，毋复固辞。

赐皇弟大宁郡王佖生日礼物口宣　元祐四年六月二十五日下院

有敕。桑蓬示喜，复临载育之辰；金币展亲，往致友于之爱。膺予宠赉，俾尔寿昌。

赐河东节度使太师开府仪同三司太原尹致仕文彦博温溪心马诏　元祐四年七月二日下院

敕彦博。惟我宗臣，名震夷落。狼心鴃舌，知献厥诚。朕以张奂拒羌之献，不如旅獒昭德之致。已敕边吏答赐所直，其马今以赐卿，至可领也。

班荆馆赐大辽贺坤成节国信使副到阙酒果口宣　元祐四年七月四日下院

有敕。卿等抗旆远道，解鞅近郊。念馆舍之未安，宜骖騑之少憩。式颁芳旨，以示眷怀。

赐马步军太尉姚麟已下罢散坤成节道场香酒果口宣 元祐四年七月四日下院

有敕。卿等诞辰祇庆，法会告成。嘉与函生，同跻寿域。往颁芳旨，以劳忠勤。

赐大辽坤成节使副生饩口宣 元祐四年七月七日下院

有敕。卿等抗旃暑路，弭节驿亭。眷惟行李之勤，往致珍鲜之饱。膺兹宠数，明我眷怀。

雄州白沟驿赐大辽贺坤成节人使却回御筵兼传宣抚问口宣 元祐四年七月七日下院

有敕。卿等飞盖西风，改辕北道。喜山川之渐近，忘徒御之久劳。往致眷怀，少留燕衎。

玉津园赐大辽贺坤成节人使射弓例物口宣 元祐四年七月八日下院

有敕。卿等圭璋致命，既已讲欢。弓矢娱宾，亦将观德。宜有珍华之赐，以旌审固之能。

赐殿前都指挥使以下罢散坤成节道场香酒果口宣 元祐四年七月九日下院

有敕。诞弥之庆，海宇攸同。嘉将帅之协恭，设人天之妙果。宜均宠锡，以示褒优。

赐皇伯祖高密郡王宗晟以下罢散坤成节道场香酒果口宣 元祐四年七月九日下院

有敕。眷我宗英，志存忠报。修等慈之妙供，祝难老之昌期。嘉此精诚，均其庆赐。

赐同知枢密院事韩忠彦已下罢散坤成节道场香酒果口宣 元祐四年七月九日下院

有敕。嘉我枢臣，义均一体。修兹净供，庆续千龄。不有宠颁，曷旌忠报。

相州赐大辽贺坤成节人使却回御筵口宣 元祐四年七月九日下院

有敕。邻好既成，使华有耀。眷邦畿之渐远，念邮传之方勤。服我恩私，少留燕喜。

赐大辽国贺坤成节使副时花酒果口宣　元祐四年七月十日下院

有敕。邻欢既展，宾馆归休。宜命酰罤之醇，复致瓜华之侑。少将至意，其服茂恩。

赐平海军节度使驸马都尉李玮已下罢散坤成节道场香酒果口宣　元祐四年七月十日下院

有敕。卿等义重戚藩，志同忠报。属诞辰之均庆，嘉法会之告成。宜示褒优，特加宠赉。

坤成节尚书省赐宰臣已下御筵酒果口宣　元祐四年七月十一日下院

有敕。忠存柱石，诚贯人天。共欣诞日之临，既毕祇园之会。宜颁芳旨，以助燕私。

坤成节赐同知枢密院事韩忠彦已下尚书省御筵酒果口宣　元祐四年七月十二日下院

有敕。修佛胜因，祈天永命。既肃成于梵供，益表见于忠诚。宜有宠颁，以同燕喜。

赐徐王罢散坤成节道场香酒果口宣　元祐四年七月十二日下院

有敕。卿亲贤莫二，忠孝实兼。馔蒲塞于祗园，荐椿龄于崇庆。喜成法会，宜有宠颁。

赐大辽贺坤成节人使朝辞讫归驿御筵口宣　元祐四年七月十二日下院

有敕。卿等已聘告归，少休就馆。即颁燕俎，临遣辅臣。式示异恩，以荣回驭。

班荆馆赐大辽贺坤成节人使回程御筵口宣　元祐四年七月十二日下院

有敕。卿等方事回辕，聊兹弭盖。念征途之尚永，加秋暑之未衰。往锡燕嘉，少休徒驭。

赐宰相吕大防已下罢散坤成节道场香酒果口宣　元祐四年七月十二日下院

有敕。卿等竭诚卫上，体国均休。恪修西竺之仪，仰献南山之祝。宜膺宠锡，以示褒优。

赐大辽贺坤成节使副内中酒果口宣　元祐四年七月十二日下院

有敕。卿等来陈庆币，克讲邻欢。载嘉远聘之勤，宜示宠绥之意。颁兹芳旨，服我恩私。

赐大辽贺坤成节人使朝辞讫归驿酒果口宣　元祐四年七月十二日下院

有敕。卿等远敦使事，率礼无违。既上谒辞，言还有日。宜加颁锡，益示宠荣。

坤成节就驿赐阿里骨进奉人使御筵口宣　元祐四年七月十四日下院

有敕。汝等来修贡篚，适遘诞辰。宜均庆赐之恩，共乐亨嘉之会。往颁燕俎，咸极欢心。

瀛洲赐大辽贺坤成节人使回程御筵口宣　元祐四年七月十四日下院

有敕。鞭辔既劳，封疆渐迩。虽勤归念，少憩暑途。服我恩私，式同燕喜。

坤成节就驿赐于阗国进奉人使御筵口宣　元祐四年七月十四日下院

有敕。汝等奉琛远至，授馆少留。适遘诞辰，宜均庆泽。钦承恩渥，共乐燕私。

班荆馆赐大辽贺坤成节人使回程酒果口宣　元祐四年七月十七日下院

有敕。卿等奉璋来聘，弭节言还。眷此暑途，少留归驭。往颁燕俎，式示恩私。

赐新除守司空同平章军国事吕公著辞免不允批答口宣

有敕。朕图任元老，以表四方。以卿望在士民，心存社稷。勉膺异数，式副佥言。

赐皇弟普宁郡王似生日礼物口宣

有敕。岁将更端，月亦既望。实以兹日，笃生贤王。宜厚宠颁，以介多福。

赐夏国主进奉贺坤成节回诏 元祐四年七月二十二日下院

敕。节纪诞弥，庆均临照。眷守邦之虽远，亦执贽以来同。嘉与朝臣，咸称寿斝。载惟忠恪，宜有宠颁。

赐皇伯祖宗晟辞免恩命起复允终丧制诏二首

一

敕宗晟。朕寤寐隽贤，燮和中外。眷言释位之久，实有乏才之忧。而三年未终，五诏不起。与其贪明哲之美，以缉熙庶工；不若执孝弟之纯，以风励宗子。俛从诚守，良极叹咨。

二

敕宗晟。夫衰麻之哀，达于上下；损益之变，权以重轻。虽事君均于事亲，而夺志难于夺帅。俛听终丧之守，以成致孝之全。言念笃诚，实增屡叹。

赐新授枢密直学士赵卨进奉谢恩马诏

敕赵卨。论德进律，天下之公议；因物见诚，臣子之雅志。爰陈驵骏，以效驱驰。体乃至怀，极于嘉叹。

皇帝达太皇太后回大辽皇帝贺坤成节书　元祐四年七月

星火西流，庆慈闱之诞日；皇华北至，讲邻国之诚言。既达来音，俾修报礼。感铭之素，敷述难周。

皇帝回大辽皇帝问候书　元祐四年七月

轺车重币，已修交庆之仪；尺素好音，复讲久要之信。属临素节，允迪纯禧。益冀保颐，式符企咏。

【解题】

以上各文作于元祐四年（1089）正月至七月。苏轼于此年七月出知杭州。

赐门下侍郎孙固乞致仕不许批答

吾不出帷幄，临御家邦。实赖股肱之良，以持纲纪之要，于其进退，顾可轻听之哉。卿顷自近藩，擢贰东省。本以年德之故，非有筋力之求。若夫正颜色，出词气，使人望之而忠诚可信，鄙倍自远，斯可矣。岂以一病未能造朝，遂欲舍而去哉。诚请虽勤，于义未也。

赐刘昌祚免恩不许批答

卿国之虎臣，帅我爪士。总章大祀，宿卫有劳。宜为六军之先，以承大赉之庆。辞而不有，殊匪吾心。

集官详议亲祠北郊诏

敕门下。国家郊庙时祀祖宗以来，命官摄事，惟三岁一亲郊，则先飨清庙，冬至合祭天地于圆丘。元丰间，有司援周制，以合祭不应古义，先帝乃诏定亲祠北郊之礼，未之及行。是岁，郊不设皇地祇位，而宗庙之飨率如旧制。朕以寡昧，嗣承六圣休德鸿绪。今兹禋祀，奠币上帝，祼鬯庙室，而地祇天神久未亲祀，矧朕方修郊见天地之始。其冬至日南郊，宜依熙宁十年故事，设皇地祇位，以答并贶之报，仍令有司择日遣官奏告施行。厥后躬行方泽之祀，则修元丰六年五月之制。俟郊祀毕，依前降指挥，集官详议亲祠北郊事及郊祀之岁庙飨典礼闻奏。故兹诏示，想宜知悉。

赐五台山十寺僧正省奇等奖谕敕书 十月二十五日下院

敕。异景灵光，久闻示化。宝祠净供，爰庆诞弥。念此恭勤，至于嘉叹。

给事中兼侍讲傅尧俞可吏部侍郎

敕。士以德望进，则风俗厚而朝廷尊；以经术用，则议论正而名器重。此君子所以难合，而朕亦难其人焉。具官傅尧俞，博学笃行，久闻于世。历事四世，挺然一节；怀道不试，十年于兹。朕欲闻仁人之言，置之讲席；非尧舜之道，盖未尝言。给事黄门，未究其用；往贰太宰，益修厥官。董正治典，以称先帝复古之意。可。

太常少卿赵瞻可户部侍郎

敕。理财正辞，禁民为非曰义。先王之论理财也，必继之以正辞。名正而言顺，则财可得而理，民可得而正。自顷功利之臣，言政而不及化，言利而不及义。中外纷然，朕益厌之。具官赵瞻，明于吏事，辅以儒术。忠义之节，白首不衰。爰自秩宗，擢贰邦计。将使四方之人，知予以耆老旧德居此官者，盖有盍彻之意焉。可。

王克臣可工部侍郎依前龙图阁直学士

敕。朕承先帝之丕业，居其宫室，而服其器用。常惧不称，而何敢有加焉。惟是军国之备，凡仰于百工者，乃以诿于冬官。有事于斯，当识朕意。具官王克臣，奋自儒术，蔚为闻人。历帅诸藩，尝佐事典。才有余裕，所以见称。比由宛丘，入奉朝谒。

而司空长贰，艰于其人。爰命尔以旧官，仍兼内阁之重。勉率厥职，外以成尔缮治之劳，内以全予恭俭之志。可。

祥符知县李之纪可广西提刑

具官李之纪。近自畿甸，远至海隅。朕视其地如户庭，视其民如一家。尔赋政赤县，而廉平之称，达于朕听，是用命尔。按刑岭表，其一乃心，毋或鄙夷其民，如在朕侧。往惟钦哉。

知楚州田待问可淮南转运判官

敕具官田待问。朝廷取材，必始于治民。异时吏或不更郡县而任刺举，刚柔失中，民以告病。以尔端静敏恪，悃愊无华，试于剧郡，吏民宜之。其即本道以究尔才，往悉乃心，毋使厥声减于治郡。可。

两浙转运副使孙昌龄可秘阁校理知福州

敕具官孙昌龄。尔奉使吴越，而廉平之称，达于朕听。七闽之会，其民智巧，易以理服，难以力胜。今命尔为守，惟宽而明，民乃宜之。朕方复文馆之职，以广育才之路。遂以命尔，往惟钦哉。可。

知徐州马默可司农少卿

敕具官马默。尔以博学强记，宏毅有守，刚而不犯，明而不苛，历试中外，蔼然有闻。朕方选择循吏，入为卿佐。凡尔所能已试于外者，其以告我而力行之，往佐大农，毋忽朕命。

两浙转运副使许懋可令再任

敕具官许懋。吴越之人，凋敝久矣。朕方蠲理烦碎，以安养其众，非得循吏察视郡县，均通有无，则民何赖焉。以尔儒术精通，吏事详敏，历年于兹，民便其政。既信之俗，必易为功，庶无新故更代之劳，而有上下相安之美。勉修前业，无怠日新。可。

新淮南转运判官蔡朦可两浙运判

敕具官蔡朦。吴越之人，凋敝久矣。朕方蠲理烦碎，以安养其众，非得循吏察视郡县，均通有无，则民何赖焉。以尔名臣之子，进以儒术，历佐漕府，治办有成。东南富庶，比于西蜀，而机巧过之。惟宽且静，则民不偷。可。

故枢密副使包拯男太常寺太祝繶之妻寿安县君崔氏可特封永嘉郡君仍封表门闾

敕崔氏。汝甲族之遗孤，大臣之冢妇。夫亡子夭，惸然无归，而能誓死不嫁，抚养孤弱，使我嘉祐名臣之后，有立于世，惟汝之功。昔卫世子早死，共姜自誓，诗人歌之。韩愈幼孤，养于嫂郑，愈丧之期。若崔氏者，可谓兼之矣。其改赐汤沐，表异其所居，以风晓郡国，使薄于孝悌者有所愧焉。可。

皇叔某赠婺州观察使追封东阳侯皇兄某赠蔡州观察使追封汝南侯

敕。生分竹符，所以广恩于宗室；没享茅社，所以宠绥其子孙。眷予盘石之宗，夙被麟趾之化。国有常典，我其敢忘。某等生于高明，克自抑畏。恭俭寡过，绰有士人之风；忠孝著闻，盖服祖宗之训。属既尊于中外，礼当极于哀荣。命以廉车，即封其地。爰疏五等之贵，以慰九原之思。庶其有知，服我休命。

士龠可西头供奉官

敕具官士龠。汝宗室子，生于安逸，而能诵习文法，以求自试，盖亦有志于仕者。朕何爱一官，不以成其志乎？可。

童湜可特叙内殿崇班

敕具官童湜。汝奉法不谨，坐废历年。而能祇畏以盖前失，既更大眚，稍复汝旧。往服厥官，益敬无怠。可。

谢卿材可直秘阁福建转运使

敕具官谢卿材。先王设官制禄，非特以劝功兴事也。将以观士之所守而进退之，惟爱身者为能爱民，惟知义者为能知利。以尔临事有守，信道不回，治郡有方，奉使不扰，力行古人之事，庶几循吏之风。释此大邦，付之一路。仍进直于书府，俾增重于使权。无轻远人，谨视贪吏，政成民悦，朕不汝忘。可。

赵偁可淮南转运副使

敕具官赵偁。汝昔为文登守，而海隅之民，至今称之。推文登之政，达之齐鲁，刑平赋简，所部以安。今淮南之人，困于征役，而重以饥馑。汝往按视，如京东之政，以宽吾忧。可。

吕温卿知饶州李元辅知绛州

敕吕温卿等。监司郡县，其职不同，其为养民一也。夫安静之吏，悃愊无华，日计不足，岁计有余。今自部使者，移治一郡，其深念之。服于朕训，以永终誉。可。

王诲知河中府

敕具官王诲。汝以名臣子，老于治郡。所至安静，吏民宜之。河东吾股肱郡，方唐之盛，世有贤守，风流未远，图像具存，勉思古人，以绍前烈。可。

邵刚通判泗州

敕具官邵刚。《诗》云："淑问如皋陶，在泮献囚。"狱讼之事，固儒者之所学也。汝官于上庠，既习其说矣，其往试之。可。

荆王扬王所乞推恩八人

具官某等。或以方伎世其学，或以岁月积其劳。给事王宫，既勤且久，增秩改授，以旌其能。往服休恩，益敬无怠。可。

西头供奉官张禧得三级转三官

敕具官张禧。疆埸之政，以首虏计功，所从来尚矣。尔既应格，则赏随之。可。

皇伯祖克愉可赠忠正军节度使开府仪同三司

敕。国家蒙累圣之余泽，眷宗室之多贤。虽设官以董其私，置傅以导其学，而重以吏事，责之懿亲。青衿而服簪缨，白首以奉朝请。虽有间、平之盛德，歆、向之异材，皆湮没而无传，故叹息之何及。尚赖本支之茂，蔚为邦国之华。不幸云亡，恻然永悼。具官克愉，忠厚以为质，礼敬以自文。持满矜高，盖得诸侯之孝；履信思顺，合于大有之贤。小心自将，没齿无过。方朕不言之际，遽兹永逝之悲。日月有时，窀穸告具。贲以旌旄之宠，仍兼将相之荣。岂独慰九泉之思，亦将劝庶邦之义。可。

蕃官兀逞常等十二人覃恩转官

敕具官某等。错居吾圉，世济其忠。矧兹临御之初，岂有中外之异。各从迁秩，以广异恩。祇服宠灵，益坚守御。可。

高密郡王宗晟建安郡王宗绰所生母孙氏封康国太夫人

敕。母以子贵，《春秋》之义也。朕方因亲以教爱，广爱以及民。封节妇之闾，以劝能贤；赐高年之爵，以助养老。而况属籍至近，贤王笃生，欲大慰于慈心，宜特推于异数。孙氏四德纯备，五福荐臻。岂惟擢秀于闺门，固已流芳于宫阃。举觞坐上，有伯仁仲智之贤；持节洛滨，皆汝南琅琊之贵。爰改封于乐土，俾正位于小君。服我休恩，介尔眉寿。可。

客省副使刘瑄知恩州

敕。军国异容，兵民异道。治戎振旅，以鸷勇为上；承流宣化，以忠孝为先。尔久练武经，本由才选，屡更烦使，克有成劳。试于一州，祗服朕训。可。

皇叔叔曹赠洺州防御使封广平侯

敕。官至持节，爵为通侯。非我勋劳之臣，则必亲贤之属。岂云虚受，维以饰终。具官叔曹，生于高明，力自修饬，克有常德，以没元身。乃眷衡漳，夙为重地。爰假一麾之宠，就分五等之封。庶其有知，服我休命。可。

左侍禁李司可供奉官

敕。蠢尔裔夷，凭险窃发，不时讨击，何以惩艾。尔能奋命，破走犬羊，何爱一官，以劝吏士。可。

张汝贤可直龙图阁发运副使

敕具官张汝贤。朝廷于南方复置都漕者，所以均节诸路之有无，使岁课时入而已，非以求赢也。至俗吏为之，则多收羡财以幸恩宠，而民受其病。以尔昔为御史，号称敢言，奉使江表，罪人斯得，庶几知义利之分者。是以命尔。宠之新职，往惟钦哉。

狄谘刘定各降一官

敕具官某等。奉使一路，以恤民奉法为先。今乃不然，烦酷之声，溢于朕听，公肆其下，曲法受赇，收聚毫末，与农圃争利，使民无所致其忿，至欲贼杀官吏。朕以更赦，置之闲局，而公议未厌。其削一官。往思厥愆，服我宽政。可。

宣德郎刘锡永父元年一百四岁可承事郎

敕刘元年。尚齿教民，三代之义。咨尔百年之故老，乃吾六世之遗民。自非吉人，莫享上寿。张苍仕秦柱下，而至汉孝景；思邈生隋开皇，而及唐永淳。古有其人，乃今亲见。何爱一命，慰其子孙。可。

叔颇男旼之可三班借职

敕旼之。汝父无禄早世，缘母之请，以获一官。其思所以克家事母者，惟敬毋怠。可。

鲍耆年京东运判张峋京西运判

敕具官某等。朕惟百姓之命，寄于郡县，而守令之贤，不能人知其实，独赖部使者为朕耳目而已。尔长一郡，以才良闻。进之漕属，以究其用。其使上无惰吏，下无冤民，以称朕意。可。

李周可太仆少卿

敕具官李周。“仆臣正，厥后克正。”见于《周书》。“思无邪，思马斯臧。”形于《鲁颂》。朕命此职，亦难其人。以尔秉心不回，临事有守，通练世故，灼知民情，所以望尔者，岂特车工马政而已哉。可。

范纯礼可吏部郎中

敕具官范纯礼。呜呼，维乃显考，克明德秉哲，以左右我仁宗，俾配德于尧舜，天亦维相之，使世有人以任我枢机将帅之事。今汝独在外计，朕惟瑚琏不可以亵用，骥騄不可以小试。命以天官之属。其小进之，益观其能，往钦哉。可。

余希旦可知潍州

敕具官余希旦。尔本以才选，坐累失职，亦云久矣。肆余大眚，罔不更新。北海名邦，民朴而富，往务忠厚，以安其生。可。

王皙可知卫州

敕具官王皙。凡我四朝之旧，经德秉哲，笃老不衰者，今几人哉。以尔好学守节，名在循吏，而久不治民，朕甚惜之。太行之麓，民朴讼简，守以安静，莫如汝宜。可。

郭祥正覃恩转承议郎

敕具官郭祥正。朕丕承六朝，陈锡四国，覃及方外，浃于有生。矧余通籍之臣，可无增秩之宠。祗服休命，永肩一心。可。

王崇拯可遥郡刺史

敕具官王崇拯。刺史汉官，秩六百石，魏晋以来，皆牧守之任。今虽以为勇爵，然非亲贤勋旧，不在此选。尔入直禁省，出分虎符，兵民所宜，选寄滋重。有司言尔，累劳当迁。益修厥官，以应名实。可。

潮州澄海第六指挥使谢皋可三班借职

敕谢皋。汝自什伍，长积劳累，迁至一旅，极矣。今乃以去恶之功，获补武吏。惟廉与慎，乃克有终。可。

皇伯仲郜赠使相

敕。亲亲以藩王室，贤贤以尊朝廷，古之道也。况于死生之际，恩礼之重，国有常典，我其敢忘。皇伯具官仲郜，生于高明，克自祗畏。出就外傅，闻好礼之称；退省其私，有为善之乐。云何不淑，罹此闵凶。慭我永怀，岂无异数。衮衣赤舄，宠均三事之臣；玉节牙璋，坐享专征之器。岂云虚授，维以饰终。庶几有知，服我休命。可。

士暇右班殿直

汝宗室子，始名而禄。得之非艰，守之惟艰。祗服朕训，乃克终誉。可。

克巩遥郡防御使

朕于宗室，无所爱也。然犹不欲虚授，以速人言。得之惟艰，乃罔后悔。凡有进秩，必付有司，考其岁月，察其行义，则朕与汝皆无愧，岂不休哉。

刘奭閤门祗候

惟我神考，笃于将帅，生则厚其宠，死则恤其孤。将使识朝廷之仪；习军旅之事，无忝厥祖，以世其家，成汝之志，可谓至矣。将何以报之。可。

杨绘知徐州

敕杨绘。士有拙于谋身而巧于治民，疏于防患而密于虑国，其自为计则过矣，而朕何疾焉。先帝龙兴，首擢用尔。置之台谏，以直谅闻。言虽无功，效于今日。简易轻信，失之匪人。坐废十年，陶然自得。《诗》人所谓“岂弟君子”者，绘庶几焉。彭城大邦，吾股肱郡。政成民悦，朕不汝忘。可。

陈荐赠光禄大夫

敕。昔我英祖博求天下之士，以辅翼我神考于东宫。二十余年之间，山陵既成，人物改谢。顾瞻在廷一二臣外，罔有存者。朕恻然伤之，永怀其人。具官陈荐，刚毅木讷，器远任重。密勿左右，以责难为爱君；周旋藩辅，以恤民为报国。沦丧未几，风烈如在。虽死者不可复作，而追荣之典，犹足以宠绥其子孙。且使朴忠守道之士，知朕意之所予者。可。

吕穆仲京东提刑唐义问河北西路提刑

敕。先帝立法更制，所以约束监司守令，使不得营私而害民者，可谓至矣。朕始罢赋泉之令，复征徭之法，凡先帝之约束，当益申而严之。使出力从政之民，无所复病。以尔穆仲等，或端静有守，敏于为政，或直亮多闻，志于仕道。而京东、河朔，皆天下重地也。往修厥官，称朕意焉。可。

沈叔通知海州制

敕。朕嗣位以来，通商惠农，施舍已责，有不顺成，荒政毕举。而海滨之民，群聚剽掠，此吏不称职，备灾无素之过也。今选命汝。惟往安之，非胜之也，民苟有以生矣，其肯自弃于恶。可。

孙向保州通判制

敕孙向。一郡之寄，在汝守贰。察奸举能，既复其旧矣，则达政之吏，可以有为。尔通练民事，既试有劳，其从所请，以观来效。可。

邓辟朝散郎 监邕州慎门金坑

瘴雾之乡，上币所出。累年于此，勤亦至矣。法当迁秩，以答久劳。可。

荆王新妇王氏潭国夫人

敕。《易》称中馈，为家人之正吉；《诗》美羔羊，盖鹊巢之功致。妇德有常，含章不曜，能使君子，乐且有仪。则内助之贤，从可知矣。王氏早服师傅，习闻诗礼。富贵而能恭俭，俯仰极于孝慈。令问蔼然，刑于宗族。其改封大国，象服是宜。以称我叔父之德，为内命妇之法，岂不休哉。可。

刘庠赠大中大夫

敕。国以求贤为事，士以得时为急。士既难进而易退，时亦难得而易失。日月逝矣，岁不我与。古人之叹，复见于今。具官刘庠，才备德博，器远任重。逮事三朝，出入二纪。英祖神考，实知其人。而刚毅朴忠，学不少贬。肆朕嗣位，畴咨故老。如庠等辈，不过数人。方当召用，命不少假。使九原而可作，虽百身其何赎。式章异数，贲于其柩。虽知无益，以塞余哀。可。

李琮知吉州

敕李琮。汝以久远无根之赋，使畏威怀赏之吏，均之于无辜之民。民以病告，闻之惕然。使吏覆视，皆如所闻。既正其事矣，而汝犹自言，若无罪然。朕惟更赦，不汝深咎。迁于一州，往深念之。庐陵之富，甲于江外。使民安汝，朕则汝安。可。

高士良可文思副使

敕高士良。汝阅习民兵，技艺超等，课以岁月，于法当迁。往服宠灵，益思来效。

皇叔叔遂可赠怀州防御使追封河内侯

敕。生于富贵而无骄逸之患，终于禄位而有归全之美，始终之义，有足贤者。具官叔遂，性于忠孝，文以礼乐。盖蒙祖宗之泽。而服师保之训。克有令闻，以没元身。是用爵之通侯，官以持节。上以惇劝于宗室，下以宠绥其子孙。可。

扬王子孝骞等二人荆王子孝治等七人并远州团练使

敕某等。先皇帝笃兄弟之好，以恩胜义，不许二叔出居于外，盖武王待周召之意。太皇太后严朝廷之礼，以义制恩，始从其请，出就外宅，得孔子远其子之意。二圣不同，同归于道，可以为万世法。朕奉侍两宫，按行新第，顾瞻怀思，潸然出涕。昔汉明帝问东平王："在家何等为乐？"王言："为善最乐。"帝大其言，因送列侯印十九枚，诸子年五岁以上悉带之，著之简策，天下不以为私。今王诸子，性于忠孝，渐于礼义，自胜衣以上，颀然皆有成人之风，朕甚嘉之。其各进一官，以助其为善之乐。尚勉之哉，毋忝乃父祖，以为邦家光。可。

吕公著妻鲁氏赠国夫人

敕。妇人之德，如玉在渊，虽不可见，必形诸外。视其夫有羔羊之直，相其子有麟趾之仁，则内德之茂，从可知矣。具官吕公著，故妻鲁氏，名臣之子，元老之妇。所资者深，故志存乎仁；所见者大，故动协于礼。环佩穆然，闺门化之。而降年不永，禄不配德。其改封大国，正位小君。庶几为女史之光，非独慰其夫子而已。可。

仲暹可遥郡防御使

敕仲暹。居贫贱而有闻易，处富贵而无过难。凡我宗室，皆有位著。虽不任以事，无所施其才，而刑于厥家，有以考其行。日月其迈，爵秩当迁。朕不尔私，服之无愧。可。

司马光三代妻

曾祖政太子太保

敕。《书》曰："皋陶迈种德。"种之远，故其发也难。发之难，故其报也大。古之君子，有种德于百年之前，而待报于数世之后者。昔闻其语，今见其人。某官某故曾祖某官某，笃行有闻，信于乡国。怀道不试，遗其子孙。天不吾欺，再世而显。至于曾孙，其德日跻。衮衣绣裳，进位于朝。退有事于家庙，其致朕命，诏于有神。尚食其报，以康乃后。可。

曾祖母薛氏温国太夫人

敕。朕自通籍之臣，皆有以宠绥其父母，而自祖以上，非予丞弼之家，莫获褒显。君子之孝，至于尊祖，以及其妣，用邦君之礼，以隆其家，可谓至矣。某官某故曾祖母某氏，专静有守，柔嘉维则。经之以孝慈，纬之以恭俭。使清白之训，不坠于子孙；而隐德之报，可质于天地。我有异数，诏于幽穸。翟茀副笄，尚服享之。可。

祖炫太子太傅

敕。朕有元臣，以德媚于上下，民见其羽旄，闻其车马之音，则稽首而聚观之。况其父祖坟墓之所在，望其草木，盖有流涕而拜者。锡命之宠，岂特以慰其家而已哉。某官某故祖父某官某，笃学力行，追配前人。仕道难进，止于一命。无疆之庆，在其子孙。风流未远，英烈如在。歆予宠章，以慰民望。可。

祖母皇甫氏温国太夫人

敕。夫天人之际，若不可知；而善恶之报，各以其类。凡今富贵寿考，光显于世，朕察其父母大父母，未有不仁而得之者也。某官某故祖母某氏，令德孝恭，著于闺门。好礼慈俭，刑于姻族。始生贤子，以大其家。而余泽方茂，福禄未究，再世之后，莫之与京。愍册追荣，国有常典。庶几幽壤，服我宠灵。可。

父池赠太师追封温国公

敕。朕闻盛德之士，必与天合。考之古人而无疑，质诸鬼神而不惭。虽不当世，必有达者。某官某故父某官某，德为世范，言为士则。躬蹈险夷之节，庶几颜、闵之行。事我仁祖，为时名臣。而儒术之用，止于侍从，德泽之施，极于方镇。天厚其世，笃生异人。不求而名自章，不言而人自信。皆曰君子之子，宜为天下之用。朕既采民言，俾秉国成。而渊源之深，推本所自。命以师臣，祚之大国。使人知有道之士，虽没有无疆之休。可。

母聂氏温国太夫人

敕。古之烈妇，著在史册，非有忧患，不见名节。若夫令德懿行，秀于闺门，而湮灭无传，何可胜数。独赖子孙之贤，或以表见于世。君子之欲得位行道，岂非以显亲扬名之故欤？某官某故母聂氏，早以淑女，嫔于德人。恭俭信顺，以相其夫；慈和严翼，以成其子。使朕得名世之士，以济于艰难。其遗风余泽，盖有存者。改封大国，正位小君。非独以报其德，庶几令名与子俱传于天下。可。

故妻张氏温国夫人

敕。夫妇之好，义同宾友。勤瘁相成于艰难之中，而死生契阔于安乐之后。朕闻其事，恻然伤之。具官某故妻某氏，少以女工，不勤姆师。归于德门，克有令问。从我元老，辞宠居约。游神清净之庭，守德寂寞之宅。始终之际，无愧古人。我有宠章，慰其永逝。其正名于大国，以从姑于九原。可。

张恕将作监丞

敕。朕惟人材之难，长育之无素，事至而求，有不可得。是以访之元臣大老之家，推择其子弟，庶几似之。以尔名臣之子，笃学好礼，敏于从政。试之匠事，以观其能。尔克远猷，无忝乃父，以称朕意。可。

赵济知解州

敕赵济。古者官有常人，士有定论。雍也可使南面，求也可使为百乘宰。论定而官不浮，则民服。汝长西师，历年于此矣。考之清议，不曰汝宜，尚畀一城，以观来效。敬之戒之，毋失朕命。

李承之知青州

敕。朕东望齐鲁之国，河岱之间，沃野千里，生齿亿万，商农阜通，儒侠杂居，可以大度长者胜，难以细谨法吏治也。具官李承之，生于甲族，世为名臣。屡试有劳，所见者大。肆予命汝，尹兹东土。昔曹参为齐，问治于其师盖公。公曰："治道贵清净而民自定。"汝师其言，则予汝嘉。可。

韩维三代妻

曾祖处均燕国公

敕。汉诸袁之父子，四世继出五公；唐诸温之兄弟，同时并列三省。著在国史，古无拟伦；眷予世臣，有若韩氏。亿事仁祖，始参大政。笃生三子，咸秉国成。岂惟嗣世之贤，实赖积善之报。具官某曾祖某，潜德不耀，久而自彰。天祚厥家，世济其美。盛矣曾孙之贵，蔚为三寿之朋。逮予缵嗣之初，继受艰难之托。允文而靖，既直且温。旋观纯德之全，尚识遗风之自。是用因上公之旧秩，开北国之新封。仰以增庙室之光华，俯以慰烝尝之怵惕。可。

曾祖母李氏燕国太夫人

敕。朕惟公卿之家，有能父子躬履一德，弼亮三世，非其渊源深长，外有羔羊谅直之贤，内有鸣鸠均一之助，亦安能奕世秉义久而不忘者乎？具官韩维曾祖母李氏，育德名家，作嫔良士。珩璜之节，动必以礼；蘋藻之荐，敬而有仪。用能使其后昆，丞弼我国家，以无斁于世。今其莅政，责任兹始。余亦何爱大国，不以易汤沐之旧。可。

祖保枢鲁国公

敕。朕方图任股肱之臣，以光大祖宗之业。用广斯志，以及尔私。人之念祖，谁不如我。是以推沛恩命，褒显前人。具官某祖某，躬履仁义，著迹乡党。积累深厚，见于子孙。或佐我仁祖之盛明，或相我神考之休烈。遗风未远，故吏尚存。逮兹缵承，继用耆哲。朕既恭默思道，垂拱责成。与其宠禄厥躬，不若尊大其祖。上以报贻谋之德，下以励移孝之诚。肇新曲阜之封，增宠师臣之赠。服我休命，益大尔家。可。

祖母郭氏周氏赠鲁国太夫人

敕。古者妇人爵因其夫，贵以其子。虽有过人之才，绝俗之行，不得所托，不表于世。今余辅臣父子兄弟，先后相望，以师长我百辟。愿推鸿恩，光显先烈。维考维妣，咸追锡休命，肆予宠嘉之。具官祖母某氏，德称闺闱，化及宗党。允蹈家人之正，居有鹊巢之福。翟衣之盛，由子而获。国封之贵，及孙而大。兹用锡尔周公之封，以炽韩氏之胄。庶其有知，服我新命。

父亿赠冀国公

敕。朕闻仁宗在位之久，有同成、康，得士之盛，不减武、宣。如储药石，以待疾疢，如种梓漆，以备器用。凡今中外文武之选，率多庆历、嘉祐之人。而况一时之老成，与闻当年之大政。德业传于父老，仪刑见于子孙。名在国史，像在原庙。朕用慨然，想见其人。具官某故父某少禀异材，进由直道。出为循吏，入为名卿。福禄终身，而人不疵，富贵奕世，而天不厌。笃生三子，翼辅两朝。旌旄交驰，棨戟互设。朕欲贲其家庙，而贵已穷于人爵。改封大国，益著隆名。庶使昭陵之老臣，永为北土之藩辅。可。

母蒲氏王氏赠秦国太夫人

敕。慎终追远，仁也。显亲扬名，孝也。得志行道，泽可以及天下，而富贵不能及其亲，天也。虽不能及，而追荣之典，可以贯幽明，褒大之训，可以表后世，礼也。呜呼，此亦仁之至，义之尽矣。具官某故母某氏，族为士望，德为女师。恭俭以相其夫，严敏以成其子。使朕获老成之佐，以济艰难之功。宜推异恩，以报旧德。可。

故妻张氏同安郡夫人

敕。朕登进元臣，专以德选，退食委蛇，省察其私，有《召南》之风焉。抑抑威仪，惟德之隅，非内有相贰，何以及此。具官韩维妻张氏，生于冠族，作配君子。言有物则，行应图史。宜疏汤沐之封，以称山河之象。祗服明命，佑我老臣。俾无内顾之忧，专任仰成之寄。可。

故妻苏氏永嘉郡夫人

敕。妇人有德行才智之能，而不得施于事，有言语文章之美，而不得闻于人，而况仁而不寿，贤而不禄者乎？此诗人所以赋彤管，而史氏所以传列女也。具官某故妻某氏，少以女工，秀于闺门，来嫔德人，动以礼法。而不得与君子偕老，翟茀以朝，哀哉若人，命之不淑。其改赐汤沐，宠以训词，庶几采蘩之遗芳，不与宿草而共尽。可。

赵济落直龙图阁管勾中岳庙

敕赵济。有司言汝罪恶有状，小人有不忍为而汝为之。朕惟羞污搢绅，重置汝于理。其退处散地，以励风俗。可。

王彭知婺州孙昌龄知苏州岑象求知果州

敕具官某。为吏莫不欲威而明。威不可立也，惟公则威。明不可作也，惟虚则明。郡无大小，民无刚柔，事无繁简，政无难易，惟公而虚，无适而不治。以尔用法之久，不失仁恕，折狱之多：滋识情伪。孙昌龄、岑象求改云："端静有守，悃愊无华，奉使历年，吏民宜之。"其悉乃心，施于有政。不侮鳏寡，毋扰狱市，称朕意焉。可。

王子韶主客郎中周尹考功郎中

敕王子韶等。事有繁简，才有所宜，要之郎官，天下之清选也。朕有所择于其人，而无所轻重于其间。以尔子韶博闻强记，老而能学。以尔尹果艺而达，知无不为。各率其职，而用其长，朕将观焉。可。

蒋之奇天章阁待制知潭州

敕。三后在上，遗文在下，炳若云汉，昭回于天。乃眷藏书之府，因为育材之地。爰登秀杰，以备顾问。虽持节出使，剖符分忧，一挂名于其间，遂增重于所莅。且使民见侍从之出守，知朝廷之念远也。具官蒋之奇，少以奇才，辅之博学，艺于从政，敏而有功。使之治剧于一方，固当坐啸以终日。勿谓湖湘之远，在余庭户之间。务安斯民，以称朕意。可。

皇伯祖宗胜赠太尉北海郡王

敕。夫以三公之位，冠诸侯王之爵，元勋盛德，有不能兼。非我父兄亲贤之隆，加之死生哀荣之极，则朕岂以此授非其人哉！具官宗胜，生于高明，克自抑畏。忠厚以为质，礼敬以自文。贵穷人爵，而无骄佚之讥；考终天命，而有归全之美。始终之际，中外所贤；日月有时，窀穸告具。备物典册，以将余哀。岂独慰九原之思，盖将劝庶邦之义。可。

刘有方可昭宣使依旧嘉州刺史内侍省内侍押班

敕。朕为天下父母，推一心以驭百官，内外虽异，爱无差等。皆欲其处无过之地，受有名之赏。则上下相安，人无间言。具官刘有方，少知忠恪，晚益详练。砥励廉隅，有搢绅之风；祇畏简书，无戏怠之色。历岁滋久，积劳当迁。考之有司，皆曰应法。往服新宠，朕不汝私。可。

宋滋可右侍禁

敕宋滋。疆场之臣，所以奋不顾身、义不旋踵者，以朕为能恤其孤也。何爱一官，不以慰死者之意，且以为吏士之劝乎？可。

鞠承之可秦州通判

敕鞠承之。自恢复西鄙，秦为内郡。宿兵之众，有损于前，而远输之劳，至相倍蓰。军政虽简，民事为重。监郡之职，专在养民。有司择材，曰汝可使。往办乃事，无忝所知。可。

文及可卫尉少卿

敕文及。汝三公子以才行闻，擢置要剧，众以为宜。而师臣执谦，重违其请。周庐宿卫，职亲而务简。虽未足以究观汝能，而退食休沐，下车里门，浣衣子舍。岂非搢绅之美谈，而当世之荣观乎？可。

李杲卿可京西转运副使张公庠可广东转运副使楚潜可广西转运副使吴革可广东转运判官

敕某官某。朕即位以来，发号施令，务求厥中。而宽者喜纵，忘先帝之约束，争者乐刻，袭文吏之故态。汝以才能治状，达于朕听，其往视之。夫治民如牧羊然，视其后者而鞭之。可。

童珪父参年一百二岁可承务郎致仕

敕童珪父参。古者天子巡守方岳之下，问百年者就见之，而绛县役老，赵武谪其舆尉。今汝黄发鲐背，以上寿闻，其可使与编户齿乎？往以忠孝，教而子孙。可。

单可度可三班借职出职

敕单可度。在官滋久，更事亦多，而无大过，有足嘉者。往祇宠命，益务廉平。可。

智诚知宜州

敕智诚。蠢尔裔夷，譬之蜂蚁，胜之不武，不胜为患。惟尔守臣，威信两立，胜之以不战，消患于未萌。则民受其赐，予惟汝嘉。可。

张仲可左班殿直

敕张仲。岁之不易，盗贼屡作。爰设勇爵，以劝追胥。尔能奋身，以除民害，必信之赏，其可忘乎？可。

傅燮知郑州

敕傅燮。郑废为邑，复为右辅。经营缮完之劳，民既告病，而吏亦勤矣。以尔乐易之政，屡试有闻。往任其事，宽信以御民，强敏以御吏，称朕意焉。可。

姚居简押木筏上京酬奖转三班借职

敕姚居简。不烦民力，而办官事，会其所运，罕所失亡。可。

贾种民知汉阳军吕升卿通判海州

敕贾种民等。天下有道，士知分义，流品清浊，各有攸处。如种民、升卿，亦不汝弃。往服宠命，益祗厥官。可。

张世矩再任镇戎军

敕具官张世矩。高平故地，夷汉杂处，启以夏政，疆以戎索。惟威与信并行，德与法相济。则种落内附，民安其生。以尔习知边情，克有武略。赋政之美，历年于兹。夫已信之民易治，已练之兵易使。无改乃旧，益观厥成。可。

许懋秘阁校理知福州

敕许懋。七闽之会，其民智巧。吏得其人，则靡然心服，不劳而治；不得其人，则纷然力争，虽劳不服。以尔赋政东南，民用不扰，既久而信，厥声蔼然。肆余命尔，长兹剧郡。夫身在江海之上，而职在魏阙之下。民之瞻望，顾不美欤？可。

乔执中两浙运副张安上提刑

敕乔执中等。夫以恤刑之道，达之于主计，则非聚敛之臣；以牧民之意，推之于恤刑，则非文法之吏。以尔执中奉使东南，吏服其明，民怀其惠。以尔安上赋政毗陵，宽而有制，严而不残。是以命尔，各祗厥服。夫民新脱赋泉之弊，以从力役之征，其谨视贪吏，以无害我成法。可。

宇文昌龄吏部郎祝庶刑部郎

敕昌龄等。古以人物掌选，而士不滥进，以经术断狱，而民无怨言。呜呼！何修何饰而至此。今吾一之以格律，而不免于异议，何哉？昌龄以儒学进，有闻于人。庶以世家用，能宿其业。勉思古人，以称朕意。可。

江东提刑侯利建可江东转运副使福建运判孙奕可福建路转运副使新差权发遣郑州傅燮可江东提刑知常州张安上可两浙提刑朝请郎刘士彦可福建转运判官

敕具官某等。朕姑罢赋泉之令，复徭役之法，使民出力以事其上，不责其所无有，几以富之，闵闵焉如农夫之望岁也。而差发之际，吏或缘而为奸，农民在官，贪者动心焉。若郡县御胥史不严，而监司察郡县不谨，则南亩之民，不困于县官，而困于吏，其与几何。尔以治行，达于朕听。或已试之效，或近臣之荐。必能明识朕意，以保民察吏为本，谨视其廉贪仁暴，勤惰明阇，以诏赏罚。朕亦将观汝所为而进退焉。可。

奉议王续知太康县

敕王续。朕以天下为一家。然畿甸之民，号为根本，若近者不悦，四方何观焉。尔以才选，往服厥事，驭吏以明，保民以宽，无失朕命。可

新差通判齐州张琬可卫尉寺丞卫尉丞韩敦立可通判齐州

敕具官某等。朕于士大夫苟便其私而无害于公者，盖未尝不听，矧以养亲为词而求易地，固朕之所乐闻也。往服厥职，各祗

乃事。可。

两浙运副乔执中可吏部郎

敕具官乔执中。士知爱身则知爱君，知驭民则知驭吏。故端静惠和之士，施之内外，无适不宜。朕察汝久矣。今自部使者，入为天官属，无易其守，以称朕命。可。

供备库使苏子元可权知新州

敕具官苏子元。呜呼。交趾之变，苏氏之祸，十年于此矣。朕念之不衰。哀亡而愍存。不忍以常法待汝，畀之一郡，以劝事君。敬之哉。思所以致此者，可不敬欤！可。

杨伋落待制知黄州崔台符王孝先各降一官台符知相州孝先知濮州

敕。国家临御百年，哀矜庶狱，好生恶杀，视民如伤，六圣一心，简在上帝，而市井无赖，谮诉公行。若廷尉治狱不苛，秋官议法有守，则仁圣在上，奸宄自消，岂有数年之间，坐致万人之祸。死者不复，谁任其辜。具官杨伋等，以患失鄙夫之心，而窃乘君子之器，欲与群小共分告织之功，专务巧诋以成疑似之罪。试加覆视，冤状了然。公议不容，弹章交上。聊从附下之罚，少谢无辜之民。服我宽恩，益务循省。台符改“服我”下云：往莅安阳，兼修马政。勉思来效，毋重往愆。可。

赵卨摩勘转朝议大夫

敕。赵充国、冯奉世，名臣也，而老于为将；娄师德、郭元振，儒者也，而乐于守边。盖疆埸未宁，则以外为重；而忠义所激，不择地而安。具官赵卨，少以宏材，辅之博学。虚心大对，方观晁、董之文；推毂西陲，遂膺羊、陆之寄。恩威并著，戎夏乂安。论岁月以稍迁，姑从旧典；收功名于不世，勉及前人。可。

赵思明知永静军

敕具官赵思明。武吏之进，以守土扞城为高选。而戎垒之政，以平徭决狱为余事。汝以财用，往分使符。知高选之未易得，而余事之不可忽，则寡过矣。可。

鲜于侁大理卿

敕具官鲜于侁。儒者耻为文吏，而廷尉不用仁人，久矣。流弊之末，至于诵怯而不知义，附势而不知法。网罗纷张，延及无辜。朕益厌之。尔德惟一，信道不回，虽古于张，何以远过。是以命尔，庶几天下复无冤民。不然者，朕岂以刑狱之事累老成哉。可。

吴处厚知汉阳军贾种民知通利军

敕具官某等。汉口、黎阳，控引江河，久废为邑，吏民不悦。比诏有司，修复故垒，因旧而新，务适厥中，平徭均赋，使民宜之，明致朕意，以慰父老。可。

张问秘书监

敕具官张问。汝策名三朝，宣力四方，既有闻矣。而笃老之年，克己复礼，称道不乱。朕闻而嘉之。起之乡闾，列之朝会，问国故事，与民疾苦，足矣，不必劳以事也。优游吾东观，以为士大夫之表。可。

范子奇将作监

敕具官范子奇。夫以百工之事，较之一路之民为轻，而自部刺史入居九卿为重。尔久在外，服奔走之劳，按视之勤，亦少休乎。今宫室器用，皆有常法，守之勿失，可以寡过。若予工，毋废厥职。可。

钱长卿比部郎邓义叔水部郎

敕具官某等。昔汉郎官出宰百里，今自监郡以上，乃与其选，任益重矣。非独为官求人，以济无穷之务，亦将为国储士，以须不次之举。虽会计沟洫，有司之一事，而驭吏捍灾，朕将有取焉。

林邵太仆丞何琬鸿胪丞

敕具官某等。尔向以才选，出按常平之政，官省而归，复使治民，盖将因能而任焉。九寺之属，近在辇毂，才之所宜，易以闻达。毋旷厥官，朕不汝遗。可。

文保雍将作监丞

敕具官文保雍。朕仰成元老，如涉得舟，待以求济。苟有以燕安之，使乐从吾游，而忘其老，朕无爱焉。大匠之属，未足以尽汝才也，而从政之余，遂及尔私，并事君亲，岂不休哉！

李南公知沧州穆珣知庐州
王子韶知寿州赵扬知润州

敕具官某等。刺史秩六百石，以按列郡而治行卓然，乃以二千石为郡守，昔以责人者，今以自责，则物被其惠，民无间言。尔等皆尝奉使，督察官吏，公明之称，达于朕听。董制江淮，控临河海，任亦重矣，其益勉之，无使风采减于平昔。可。

高公绘公纪并防御使

敕。邓训之德，盖活千人；叔向之功，尚宥十世。矧先王却狄之勋，而圣母负扆之托。子孙贤者，休戚同之。具官某，性于忠孝，文以礼乐。袭故家仁厚之风，蹈布衣恭俭之节。以尔父士林，早缘肺附，逮事厚陵，没于中年，爵不配德，故推余泽，以及后昆。抱能未施，当俟可为之会；临宠而惧，庶保无疆之休。可。

李之纯户部侍郎

敕。保国犹保身，药石不如养气；御民犹御马，鞭棰不如轻车。故兴利以富民，不如省事而民自富；广求以丰国，不如节用而国自丰。朕嘉与庶工，共行此志。以尔具官李之纯，屡试以事，号称循良。虽为有司，不吝出纳。宜膺躐等之用，庶无虚授之讥。服我训词，以厌公议。可。

穆衍金部员外郎

敕具官穆衍。士能用其长，以自表见者，朕未尝不试也。要之必观其始终，然后能决其进退。在此选者，可不勉欤！货币之入，所以权轻重，通有无，而非以求富也。往服朕训，以永终誉。可。

孙路陕西运判

敕具官孙路。关右之民，困役伤财。譬之七年之病，而求三年之艾。朕日夜以思，庶几其民勇而知方。以尔出入秦、雍，悉其利病，往行所知，以称朕意。可。

王公仪夔州路转运使程高夔州路转运判官

敕具官某等。役法既复，民知息肩矣。然在官者，皆农末也。三峡之民，刀耕火耘，与鹿豕杂居。正赖良使者，察其侵冤。使政烦而吏贪者，此等岂能远诉乎？朕以大臣荐，故擢用汝。若远民无告，非独汝咎，荐者可不勉哉！可。

吕由庚太常寺太祝

敕吕由庚。先皇帝有贤执法，朕不及见也。思其人，行其言，用其平生所予者，犹以为未足也，而录其子。呜呼，亦可以识朕意也。夫《诗》云："惟其有之，是以似之。"汝勉之矣，朕不汝忘。可。

杜圻卫尉少卿钟离景伯少府少监

敕具官某等。朕登进耆老，崇德以靖民；敷求隽良，养材以待用。非更练有素，不轻用其人。以尔沂久服官箴，善守家法。以尔景伯既敏而艺，有闻于时。皆吾四世之良，往服九卿之贰。益固尔守，将观厥成。可。

辛押陀罗归德将军

敕具官辛押陀罗。天日之光，下被草木。虽在幽远，靡不照临。以尔尝诣阙庭，躬陈珍币。开导种落，岁致梯航。愿自比于内臣，得均被于霈泽。祇服新宠，益思尽忠。可。

高子寿三班借职

敕高子寿。程力较绩，国有旧章。命以一官，勉思自效。可。

李肩可殿中省尚药奉御直翰林医官

敕具官李肩。医虽一技，盖通妙物之神；法有众科，以助好生之德、故縻好爵，用劝良能。无忘三世之传，庶保十全之效。可。

耿政可东头供奉官致仕

敕具官耿政。肇新霈泽，覃及庶工。虽请老以家居，亦先朝之逮事。各从迁秩，以宠归休。可。

乔执中可朝请郎尚书吏部郎中

敕乔执中。汉以郎官，出宰百里；今以郡守，选属列曹。任人之隆，于古为重。有司言尔资格当迁，其即正员以茂远业。可。

吕大临太学博士

敕具官吕大临。太学，礼义之所从出也。不择人以为法，而恃法以为治，可乎？汉之郭太、符融，唐之阳城、韩愈，士皆靡然化之，其贤于法远矣。朕方诏有司，疏理学政，而近侍之臣，言汝可用。必能于法禁之外，使士有所愧而不为，乃称朕意。可。

罗适知开封县程之邵知祥符县

敕罗适等。赤县之众，甚于剧郡。五方豪杰之林，百贾盗贼之渊。盖自平时，号为难治。而况市易始去，逋负尚繁，役法初复，农民未信。以尔适，学行纯固，有恤民之心。以尔之邵，才力强敏，无偷安之意。各服乃事，以观其能。不患不己知，求为可知者。可。

杜纯刑部员外郎

敕杜纯。用法如权衡，权可以轻重移，而衡不可以毫发欺。故司寇之职，必有守道之长贰，而辅之以守官之僚属。汝昔为士师，秉节不回。独持正义，以直群枉。往服厥官，无易汝守。以不忍之心，行无心之法，则予汝嘉。可。

刘霆知陈留县

敕具官刘霆。县剧而难治，故有司难于用人。地近而易知，故才者乐于自用。临政以简，决狱以明，御吏以严，去盗以武。能此四者，孰不汝知。可。

皇伯仲晔赠保宁军节度使东阳郡王

敕。祖宗之德，天地并隆。施及子孙，皆享民社。胜衣有朝请之奉，阖棺有茅土之封。始终之间，哀荣斯极。具官仲晔，宽厚寡过，雍容有常。生不勤于父师，没见思于姻族。既得考终之道，可无追远之恩。豹尾神旗，守臣之威命；金玺盭绶，诸侯之宠章。服我龙光，以贲窀穸。可。

杜纮右司郎中

敕具官杜纮。士一历都司，即践清要。非一时名胜，不在此选。尔以文无害，而宿其业。往服乃事，益茂厥德，以称朕命。可。

皇城使裴景知慈州庄宅副使郭逢知阶州西京左藏库副使王克询知顺安军

敕具官某等。朕铨择将吏，视其才力。强敏可任以事者，必试之治民。苟不知爱民奉法，驭吏而戢士，虽智勇有闻，朕无取焉。尔等皆以考绩察廉，号称明练。荐者交章，故在此选。往服厥官，无失朕命。可依前件。

借职杨晟该差使吴奉云等各转一官

敕某等。向敕边臣，增葺城堡。所以护安民夷，各全其生，尔能相率献田出力，有足嘉者。服我爵秩，永保忠顺。可。

吕大忠发运副使

敕具官吕大忠。发运使按治六路，所部几万里，持节出使，未有若此其重者也。以尔更练世故，果于从政。屡试剧部，厥声蔼然。是以命尔均南北之有无，权货币之轻重。使农末俱利，公私宜之，以称朕意。可。

蒋之奇集贤殿修撰知广州

敕具官蒋之奇。按治岭海，统制南极。声教所暨，耸闻风采。自唐以来，不轻付予。朕既择其人，复宠以秘殿之职。使民夷纵观，知其辍自禁严，以见朝廷重远之意。其于服从畏信，岂不有助也哉！可。

吴安持知苏州刘瑆知滑州

敕具官某等。两河之俗朴，其弊也悍，而轻犯法；三吴之俗巧，其弊也流，而不知止。惟君子为能，去其已甚，济其所不及，故所居而民安之。朕求二郡守，访之左右，咸曰汝宜。往服朕训，因俗而治。可依前件。

谢卿材陕西转运使

敕具官谢卿材。治边者不计财，惟边之所用。治财者不恤民，惟财之为富。此古今之通患也。朕知汝才知可倚，忠厚可信。故以西方之政，责成于汝。往与帅守者谋之，惟适厥中，以民为本。可。

李曼知果州

敕具官李曼。蜀之人治蜀，知其好恶，察其情伪，宜若易然。又况于宽而明，和而毅，如汝曼者乎？乃者无实之诉，朕既察之矣。乘传西归，平赋役，省条教，以慰父老之望。可。

黎珣知南雄州

敕黎珣。岭海之远，吏轻为奸。非良守令，民无所赴告。往祇厥官，如在近甸，则予汝嘉。可。

张赴再任乾宁军

敕具官张赴。使者言汝为政有方，民甚宜之。当解而留，以慰民望，可不勉哉！可。

皇伯仲婴赠奉国军节度使追封申国公

敕。祖宗之意，仁孝为先。孝故专笃于亲，仁故闵劳以事。虽丰功盛烈，不见于宗室；而令名美实，克全于始终。死丧之威，哀叹何及。具官仲婴，少而简素，辅以温文。既克己以归仁，亦乐善而忘势。信顺多助，盖《大有》上吉之祥；高明令终，真《既醉》太平之福。建元戎之六纛，锡上公之九章。维以劝忠，岂云虚授。庶几幽壤，服我宠灵。可。

林邵开封推官

敕具官林邵。天府之剧，古称难治。非兼人之资，有不能济。今自逋负逃亡，悉归之四厢，宜若易办。然夫办之易，则责之详。尔材敏素闻，而以举用，往助乃长，使治众如治寡，以称所举。可。

邓义叔主客郎中王谔水部郎中

敕具官某等。吏恶数易，而事有不得已者。通商惠农，水政为急。而招携柔远，宾客之事亦重矣。各祗乃事，为安官乐职之计。可依前件。

王荀龙知棣州

敕具官王荀龙。平原厌次，沃野千里。桑麻之富，衣被天下。宜得老成循吏，以辅安良民，式遏奸慝。访之左右，咸曰汝宜。往悉乃心，朕将观焉。可。

黄宪章获贼可承事郎

敕具官黄宪章。劳能之赏，不计日月。爵禄之报，必视首功。宜从迁秩之劳，以劝追胥之勇。可。

御史中丞刘挚兼侍读

敕。孟子有言："君仁莫不仁，君义莫不义，一正君而天下定矣。”朕惟台谏言责之臣，虽知无不言，常救之于已失；而劝讲进读之士，盖朝夕纳诲，故日化而不知。合于孟子“正君”之义，非独有司之事也。具官刘挚，以道事君，非法不言。使朕日闻所不闻，天下称焉。宜因古今册书之成文，取其兴坏治忽之要论。言之于无事，救之于未失。使朕立于无过之地，岂非汝争臣之大愿乎？可。

处士王临试太学录

敕具官王临。观近臣以其所为主，观远臣以其所主。朕初不汝知也，而光论汝可用，其试之太学，汝勉之矣。朕既因光以知汝，亦将考汝所为而观光焉。可。

皇叔克眷赠曹州观察使追封济阴侯

敕。先王建邦启土，必先宗盟。上自鲁、卫，下至应、韩。宗室之子，莫不南面。国家自仁率亲，专于教爱。故生无吏责，而富以禄没。享隆名而告诸幽，忠恕之道，可谓备矣。具官克眷，以茂美之质，服信厚之化。虽功名才业不见于用，而恭俭孝悌刑于厥官。命以廉车，即侯其地。皆国之旧，非朕敢私。庶几有知，服我休命。可。

寇彦卿彦明左班殿直　以兄殿直寇彦古永乐成死事

敕具官寇彦卿。士不难以身殉国，朕独何爱一官，不以收恤其家乎？祇服朕命，毋忘死者。可。

驸马都尉张敦礼节度观察留后

敕。轩冕之来，德量为称。外无充诎之容，可以观德；内若固有之安，可以言量。具官张敦礼，少以经术，秀于士林。虽缘姻戚之选，不失儒素之行。日奉朝请，既抱才而未试；坐阅岁月，亦久次而当迁，进居两使之间，增重诸倩之遇。益砺士节，以为国华。可。

内人张氏可特封典赞

敕张氏。朕幼学之初，未就外傅。命尔执业，以侍左右。勤劳有年，恭谨寡过。进掌仪范，以旌徽柔。可。

故尚宫赵氏可特赠郡君

敕赵氏。先朝差择女士，以辅阴教。侍御左右，罔匪淑人。矧兹六尚之选，必备四教之法。奄焉沦丧，宜极哀荣。以尔名族之英，掖廷之旧。行应图史，言中物则。彤管有炜，既传好德之芳；象服是宜，无愧饰终之典。庶几幽壤，服我宠章。可。

冯宗道右骐骥使内侍省内侍押班
梁惟简文思副使内侍省内侍押班

敕具官某等。爵禄，天下之公器也。朕不敢以私昵之爱，而轻用其赏，亦不敢以近习之嫌，而不录其功。以尔等小心忠孝，逮事列圣，出入中外，劬劳百为。而宗道以藩邸攀附之勤，惟简以东朝奉事之久，各还所寄，加重其任。益励素守，以称异恩。可依前件。

梁从吉遥郡团练使入内侍省副都知

敕。祖宗之化，自家刑国。故虽左右近习之臣，莫不好善而知义，彬彬然有士君子之风焉。具官梁从吉，庄重有守，温良寡过。给事宫省，知无不为。服勤边徼，克有成绩。改锡戎团之命，进助内宰之政。益励素守，以称异恩。可。

刘有方内侍省右班副都知

敕。祖宗之化，自家刑国。故虽左右近习之臣，莫不好善而知义，彬彬然有士君子之风焉。具官刘有方，温恭和毅，勤强练密。进从王事，以法令为师；退安私室，以图史为乐。进领右珰之贰，益亲中禁之严。惟忠与敬，乃称朕命。可。

翟思知泉州周之纯知秀州沈季长知南康军

敕具官某等。朕惟四海之广，一夫不获，足以害教化之成，伤阴阳之和。故选建守长，必以学士大夫为先。孔子曰："君子学道则爱人，小人学道则易使也。"尔等皆以儒术进，有闻于时矣。其深识朕意，往行所闻。钦哉。可。

马传正大理寺主簿

敕具官马传正。哀敬折狱，明启刑书，理官之任也。主簿虽卑，亦有事于其间矣。尔以选用，其勉服此言。可。

张之谏权知泾州康识权发遣鄜州

敕具官某等。边郡之政，兵食为先。郡守之责，文武兼综。以尔等才力之选，卓然有闻。治办之效，见于已试。朕虽招携来远，不求边功；尔当积谷训兵，常若寇至。祗率厥服，往惟钦哉。可。

梁谞供备库副使转出

敕具官梁谞。奉事之久，累劳当升。求从外迁，亦各其志。进贰诸使，往齿外朝。益务廉平，以答休宠。可。

燕若古知渝州

敕具官燕若古。汝向以才选，奉使东方。官省而归，因以得郡。盖可谓异恩矣。巴峡之险，邑居褊陋。负山临谷，以争寻常。独渝为大州，水土和易，商农会通，赋役争讼，甲于旁近。毋以僻远，鄙夷其民。钦哉。可。

删定官孙谔鲍朝宾并宣议郎

敕具官某等。廷见改官，法之所严也。岁月之课，保任之数，差若铢黍，辄不得迁。今于汝独略之者，岂非以制法定令，汝与其议故欤？祇服朕命，以法自律，无徒知之。可。

王振大理少卿

敕具官王振。任法而不任人，则法有不通，无以尽万变之情；任人而不任法，则人各有意，无以定一成之论。朕虚心以听，人法兼用。以尔出入中外，敏于从政，详平奏谳，审于用律。廷尉之事，尔惟副之。夫法出于礼，本于仁，成于义。勉思古人，以称朕命。可。

李籲宣德郎

敕具官李籲。朕有大政令，使近臣总领其议。民之休戚，国之治乱成其手，可谓重矣。尔以儒术，进以邑政，选而为之官属，亦岂轻哉！二三臣者，言尔当迁。其服朕命，益祗乃事。可。

赵思明西上閤门副使

敕具官赵思明。国之宗臣，义同休戚。故文终之后，配汉并隆；而梁公之孙，与唐无极。国家佐命，元老独高。韩王铭勋太常，侑食清庙。爰自近岁，叹其中微。乃眷裔孙，尚有遗烈。宜因近侍之请，进升上阁之贰。勉蹈祖武，副朕怀人追远之心。可。

李承祐内殿崇班　内臣转官

敕具官李承祐。奉事滋久，累劳当迁。遂齿外朝搢绅之列，益思忠荩，毋忝恩荣。可。

萧士元知隰州赵永宁知永静军

敕具官某等。文武异用而其道同，军国异容而其情一。尔以才选，往莅厥服。惟少私寡欲，则民自靖。惟奉法循理，则吏自畏。祗率朕训。钦哉。可。

黄光瑞可内殿崇班

敕黄光瑞。朕覆养华夷，义均臣子。爱重爵赏，必加有功。以尔昔助王师，远获逋寇。历年滋久，宜示异恩。服我宠休，永思忠荩。可。

文贻庆可都官员外郎居中可宗正寺主簿

敕具官某等。昔江左二老，王导、谢安；唐之元勋，汾阳、西平，皆以积德流庆，子孙多贤。布列台省，为邦之光。今吾太师氏，亦庶几焉。尔等才行之美，所资者深。闻见之广，不扶自直。宜近而远，未称朕意。其归服乃事，同寅协恭，以究事君亲之义。可。

皇兄令夬赠博州防御使博平侯

敕。爵齿之贵，并隆于朝廷；死丧之威，莫先于兄弟。礼有哀恤，义兼哀荣。故具官令夬，端厚有常，靖恭寡过。生不勤于保傅，没见思于族姻。宜分竹符，就赐茅社。服予惇叙之宠，慰尔永归之魂。可。

高士永知文州

敕具官高士永。自将为守，非艺而果，不在此选。治兵欲严，御吏欲明，抚民欲宽，守边欲信。汝勉之矣，毋废朕命。可。

太皇太后再从弟高士缵高士涺可并左班殿直文思副使梁惟简可皇城副使

敕具官某等。朕惟坤元成物之恩，虽以天下养，无足称其德者。故推余泽，以及葭莩之亲。左右奉事之臣，虽天地之施，无所报塞。尚勉忠孝，以答万一。可。

范百禄刑部侍郎

敕。朕哀敬五刑，期协中道。论者志于杀，惟杀之务，则深而失情；谳者志于生，惟生之知，则玩而废法。朕欲情法两得，生杀必中。非俗吏之所能，思古人而永叹。爰试以事，乃得其人。具官范百禄，少以异材，辅之笃学。昔奉大对，有守礼忧国之言；旋为争臣，有责难爱君之意。必能参用经术，折中人情。民自以为不冤，汝当务致此者；吾必也使无讼，朕亦将庶几焉。可。

朱光庭左司谏王觌右司谏

敕具官某等。惟善人能受尽言。故昔之谏者，常有不容之忧。然有志之士，犹且不顾。忠义所激，忧患可忘。今朕恭己无为，虚心以听。汝等所论，盖无虚日。朕亦有拒而不听，听而不用者乎？各服新命，尽所欲言。言而不从，朕则有愧。知而不言，汝亦负朕。可不勉哉！可。

鲜于侁左谏议大夫梁焘右谏议大夫

敕。仲虺言汤之德曰："改过不吝。"孔子论一言而丧邦曰："惟予言而莫余违。"呜呼，天下之治乱安危，有不出于此者乎？朕夙兴夜寐，思闻其过。厥愆曰朕之愆，不啻不敢含怒，而况于左右辅弼之臣欤？具官鲜于侁，邦之老成，久试于外。金石之节，皓首不衰。具官梁焘，出入馆殿，盖二十年。守道笃志，无所阿附。皆吾争臣之选也。朕之于事，无必无我。可则行之，否则更之。使天下晓然，知朕乐闻其过。书之史册，足为美谈。若乃进则诡词，退则焚草。衰世之事，朕无取焉。可。

王岩叟侍御史

敕具官某。尔以御史，论事称职。擢居谏垣，而能秉心不回，忠言屡闻。考其所争之义，皆有可行之实。予维宠嘉之。兹复命尔往贰执法，乐于从善，朕志亦可见矣。《易》曰："大君有命，开国承家，小人勿用，必乱邦也。"尔谨视中外，毋纵诡随，以成我纯一之政。可。

钱勰给事中

敕。朝廷之政，根本于中书，而枢机于门下。出入考慎，然后布之天下，一成而不反，后世有述焉。虽用人惟均，而至于封较之任，其选尤重。具官钱勰，文学议论，世其先人，典章宪度，博通前世，词命之富，多而愈工，风力之优，烦而不乱。其服新命，益修厥官。使为政者难于造令，而承流者无所议法，则惟汝贤。可。

明堂执政加恩

韩　维

敕。朕于访落之初，躬总章之祀。追严烈考，以侑上帝。七政轨道，四海来格。礼乐具举，天人并应。非余一二大臣，同德比义，燮和神民，何以致此哉？具官韩维，令德雅望，外为师表；忠言嘉谋，入告帷幄。望其容貌，足以知朝廷之尊；闻其风烈，足以立贪懦之志。艰难之际，垂拱仰成。宜修旧典之常，均被庆成之泽。同底于道，朕有望焉。可。

张　璪

敕。亲祠合宫，昭事上帝。明发不寐，惕然有怀。永惟神考之烈，高出百王之表。选建群辟，遗我后人。济于艰难，克有成绩。具官张璪，硕材不器，俊德自明。卫上之忠，悃款四世。应务之敏，勤劳百为。迨兹配飨之成，宜均慈嘏之福。服我明命，永肩一心。可。

李清臣

敕。祗奉严禋，肆行大赉。诚通幽显，泽被中外。六成之乐，上格于穹壤；四簋之黍，下浃于烨庖。矧余元臣，相成厘事。神人所保，霈泽宜先。具官李清臣，德配先民，才高当世。早以天人之学，发为经纬之文。左右先朝，克有成绩。属余访落之始，共济艰难之中。迨兹庆成，均被慈告。宜疏井邑之赐，以示臣工之荣。永孚于休，以称朕意。可。

安　　焘

敕。于皇烈考，属余大器。夙夜祇惧，若涉冰渊。乃者飨帝合宫，风雨时若。肆眚象魏，讴歌聿归。惟天人之应，萃于眇躬；盖左右之助，实赖将相。具官安焘，奋自儒术，为时名臣。燮和兵戎，无伤财害民之警；持守法度，有送往事居之忠。迨兹庆成，均被慈告。井邑之赐，国有旧章。与民同休，居宠无愧。可。

范　纯　仁

敕。朕出款真室，还祀合宫。祇见昊天，陟配文考。礼乐具举，华夷骏奔，方恭默无言之中，繄辟公显相之赖。率礼弗越，肆予汝嘉。具官范纯仁，庆历名臣之家，熙宁正谏之士。著绩西鄙，授任中枢。谟猷靖深，兵革消伏。领使奉祠之日，助成大享之勤。降福孔多，推恩宜广。矧予宥密之地，可无勋邑之加。往服宠章，益敬毋怠。可。

吕　大　防

敕。朕有事总章，升侑神考。四辅在位，百工在廷。鬷假无言，各率其职。迨此厘事之毕，匪我冲人之能。思与群公，均受帝祉。具官吕大防，擢自英祖，休有直声。被遇裕陵，愈彰忠力。入总文昌之辖，手疏磐错之烦。六事所瞻，倚以为重；三府之议，于焉取平。宜加勋伐之隆，益增井赋之衍。服我休命，思勉厥终。可。

韩忠彦黄履并特转朝请郎

敕。考绩之法，三代共由。虽余左右之信臣，犹以岁日而叙进。率循其旧，示不尔私。具官韩忠彦，颀然异材，奋以儒术。典朕三礼，识古人之大全；历事四朝，有宗臣之余烈。黄履：受材宏深，秉德纯固。入践台省，休有老成之风；出更藩垣，遂无东顾之念。祗服新命，益修厥官。尚励有为之心，以需不次之举。可。

皇叔祖克爱皇叔仲虢并遥郡团练使

敕。朕不以亲废法，亦不以义掩恩。故宗室之英，虽不任事，而岁月之考，必付有司。以尔具官克爱，笃行有常，率履如一。以尔具官仲虢，居宠而戒，好德不回。既累日以当迁，非无名而虚授。益务忠敬，以保厥家。可。

王献可洛苑使

敕具官王献可。《传》不云乎："诗书义之府，礼乐德之则。"御侮扞城，亦儒者之事也。汝以词学进，而以武干闻。肆予虎臣，谓汝可用。往服新命，以成汝志。可。

陈次升淮南提刑

敕具官陈次升。《春秋》书无麦禾，盖病之也。今吾淮甸之民，夏旱秋水，望熟于来岁。譬如负重涉远，未知所舍。朕甚忧之。汝自百里长，以才能选为朕耳目。其往按视。省刑狱，均力役，督盗贼，去奸吏。使民忘其灾，以称朕意。可。

杜纯大理少卿

敕杜纯。治狱得其道，仁及幽显，泽流子孙。苟非其人，灾及草木，身任其祸。朕敬而畏之，久难其人。以尔用法平直，守道纯固，不以进退荣辱抑扬其心，故在此选。靡不有初，终之实难。可不勉哉！可。

郭畯开封府司录参军

敕具官郭畯。汝昔为狱官，不挠于职事，以陷无辜之人，坐失厥职，秉义不回，有足嘉者。往隶天府，总摄群掾。毋易汝守，朕将观焉。可。

林希中书舍人

敕。文章之变，与时盛衰。譬如八音，可以观政。而况诰命之出，学者所师。号令以之重轻，风俗因而厚薄。本朝革五代积衰之气，继两汉尔雅之文。而大道中微，异端所汩。欲复祖宗之旧，必以训词为先。故难其人，不以轻授。具官林希，博闻强识，笃学力行。绰有建安之风流，逮闻正始之议论。往践外制，为朝廷常润色其精微；期配昔人，使天下识典刑之仿佛。务究所学，朕将观焉。可。

司马光左仆射追封温国公

敕。执德不回，用安社稷为悦；以死勤事，坐致股肱或亏。方予访落之初，遽兴殄瘁之感。其于恤典，岂限彝章。具官司马光，超轶绝尘，应期降命。蹈履九德，湛涵六经。逮事仁宗，以论思献纳任言责；翊我英祖，以安危治乱鉴古今。粤惟先朝，延登近弼。方事献可而替否，不肯枉尺而直寻。䌷绎新书，优游卒岁。乃心无不在王室，不起何以慰苍生。顾惟眇躬，肇称毖祀。虽未能求诸野而得傅说，亦庶几选于众而举皋陶。激浊扬清，方甄明于流品；制法成治，永振德于黎元。而憖遗之悲，天不得于一老；惴栗之叹，人皆轻于百身。兹大享于合寝，仍不预于小敛。师垣一品，降之九原。开国于温，用旌直德；纳棺以襚，式劝具僚。念涕泗以无从，想话言之犹在。俯惟英爽，歆此宠灵。可特赠温国公。

张缋除宣德郎

敕太学博士张缋。祖宗设贤良文学之科，以网罗天下之豪俊。间得伟人，尔繇是选。而沉默恬淡，安于冗散。学士邓温伯，与东西省从官列上奏状。朕嘉乃冲静，特俾迁秩。益务敦毖，将有试焉。可特授宣德郎，依旧太学博士。

孙觉除吏部侍郎

敕。自国家还政文昌，将以致治。而天官四铨，总核人物。澄清流品，未见其人。除拟之间，贤愚同滞。以尔朝请郎试给事中孙觉，文学论议，烛知本原。谏省东台，久从践历。选抡之慎，委寄益隆。噫，法之窒阂者更，吏之不虔者逐。赇文弗作，甄序有伦。服我训词，尚有大用。可特授依前宫试吏部侍郎。

曹旦知南平军

敕供备库副使曹旦。西南泸夷，诸种部族。散处丛篁溪谷之阻，与鱼鸟群。卉服而居，畬田而食。乐生恶死，情无甚异。军麾边戍，备预不虞。静而绥之，彼自驯扰。往服吾训，以称人知。可特授依前官权知南平军事。

吕和卿知台州

敕承议郎尚书金部员外郎吕和卿。临海虽小邦，而有民社之重，朕岂轻之。尔以仕优而学诚，知戒夫墙面之烦，制锦之未易乎？往钦用励，毋忽吾训。可依前官差权知台州。

陆佃礼部侍郎充修实录院修撰官制

敕。文昌二卿，位次八座。各有典司，咸用专达。天官之选，目色实繁。以尔朝奉郎试吏部侍郎陆佃，方颁以先朝一代大典，缵修笔削，势难兼综。春官宗伯，事虽稀简，目力可周。而典章文物，动关国体，益思明练，以称恩休。可特授依前官试礼部侍郎依旧充修实录院修撰官。

龙图阁直学士朝请大夫知定州蔡延庆朝请大夫试户部尚书李常并磨勘转朝议大夫

三考而议黜陟，古今所同；积日而叙勤劳，贵贱无间。矧夫内与六官之长，外总连帅之权。均大计之盈虚，司邻邦之动静。历年应格，稽法当迁。有司以言，朕何敢后。具官李常，奋由疏远，深自刻修。财赋所存，纲目具举。具官蔡延庆，名臣之后，吏治有余。干城四方，安静不扰。咸以侍从之选，而应股肱之良。虽尺寸以迁，未彰于异数；而命秩之宠，差慰于久劳。

朝奉郎孙览除右司员外郎

奉使北方，治河而备边，任亦重矣。以为未足以尽其才也，而寘之都司。吾之所以责任尔者可见也。夫分治六官，事无巨细，毕陈于前。若网在纲，振之则举，弛之则尽废。尔昔既称治办矣，勉既厥心，以待来效。

朝奉大夫田待问淮南提刑制

扬、楚春旱秋水，民艰于食，渐起为盗。遂使州县犴狱充满。朕忧之，未始一日忘也。间起尔于山阳守，参领漕事。今又命尔按视刑辟。徒以尔习其风俗，知吏民所疾苦。夫察贪暴，谨追扰，均有无，督盗贼，此荒政之急也。勉勤其职，以称朕意。

朝散郎殿中侍御史林旦淮南运副使制

淮甸之民，荐罹饥馑。乃者诏发仓廪，发吴楚之漕以拯其急。犹以乏食流徙，达于朕听。朕惟救荒之政，行之略尽。惟得良使者，因事施宜，为若可赖。尔由郎官以才任御史，习于扬、楚之俗，其为朕往视之。均徭薄敛，禁暴戢奸，无使斯人重被其困。

皇帝为正月一日奏告永裕陵神宗皇帝旦表本

伏以始饯余寒，复兴嗣岁。望寝园而增慕，悼日月之不留。恭惟谥号皇帝，道贯百王，泽涵万宇。永瞻帝所之乐，坐起尧墙之悲。馈奠莫由，驰诚罔极。

永裕陵正月旦表本

伏以宾出日于旸谷，尧历方颁；朝计吏于原陵，汉仪具举。恭惟谥号皇帝，功恢禹迹，德迈汤仁。虽岁月之屡迁，想威神而如在。载瞻园寝，空极望思。

永裕陵二月旦表本

伏以时方启蛰，礼及献羔。感清衎之协风，怵怀思于濡露。恭惟谥号皇帝，文武纬世，圣灵在天。岱岳泥金，永讲升中之礼；荆山铸鼎，遽成脱屣之游。永望寝园，徒增感慕。

永裕陵四月旦表本

伏以日躔昴、毕，卦直乾、离。物蒙长养之仁，世载文明之化。恭惟谥号皇帝，功成不宰，德范无穷。执炎帝之衡，莫追往躅；秩南郊之政，空守成规。祗望寝园，惟增感慕。

永裕陵十月旦表本

伏以戒寒墐户，倏及于秦正。前晦行陵，祗循于汉礼。恭惟谥号皇帝，懿文纬世，厚德载时。休老劳农，追述养民之政；厉兵讲武，敢忘经国之谋。永望寝园，益增感慕。

永裕陵十二月旦表本

伏以商正纪历，大吕旋宫。论时令以待来岁之宜，献民力以共宗庙之祀。恭惟谥号皇帝，至仁无外，全德难名。文物声明，但睹乘时之迹；昆虫草木，孰知成岁之功。急景易迁，永怀何极。

雅饰御容表本

于赫皇祖，敷祐下民。眷真宇之靓深，俨粹容之肃穆。虽道存不变，而体有从新。既祇荐于科仪，斯永安于像设。

集禧观洪福殿罢散谢雨道场朱表

伏以旱暵为灾，祷求屡渎。赖神之赐，霈泽以时。盖至道之无私，岂不德之能致。载陈谢悃，少答灵休。

皇太后殿夫人为年节往永裕陵酌献神宗皇帝表本

伏以苇桃在户，徒讲三朝之仪；椒柏称觞，无复万年之寿。恭惟谥号皇帝，功施无外，德洽有生。随鼓漏于寝园，莫亲馈奠；望衣冠于原庙，空极涕流。

皇帝为三月一日奏告神宗皇帝旦表本

伏以既成春服，时方禊洛之初；祇谒寝园，古有荐鲔之礼。恭惟谥号皇帝，配天立极，如日载阳。仰余泽之旁流，致群生之遂茂。光灵愈远，涕慕空深。

皇帝为神宗皇帝大祥往永裕陵奏告表本

伏以寝庙告成，永动廓然之感；柏城森列，遽兴拱矣之悲。恭惟谥号皇帝，泽浸函生，庆垂后裔。配天无极，奉谟训以长存，示民有终，怅神游之安在。恭修祥奠，莫诉哀诚。

皇帝为神宗皇帝大祥内中奏告表本

伏以追号罔极，实抱终身之忧；祥禫有期，盖迫先王之礼。恭惟谥号皇帝，睿明照世，神智自天。虽清庙肃雍，瞻之莫见；而威颜咫尺，凛然常存。悲慕之深，华夷所共。

皇太后殿夫人为神宗皇帝
大祥往永裕陵酌献表本

伏以飙驭上宾，日以远矣。隙驹遄迈，祥而廓然。恭惟谥号皇帝，道始家邦，化刑夷夏。天地之运，固代谢于阴阳；草木何知，徒兴悲于霜露。奠亲馈奠，惟极哀诚。

十月朔本殿夫人往永裕陵酌献神宗皇帝表本

雨霜陨箨，感闭塞于天时；收潦涤场，思艰难于王业。恭惟尊谥皇帝，禹功纪地，尧则惟天。威加四夷，尚余肃物之凛；仁及万汇，永同挟纩之温。省奉无期，瞻怀靡极。

奉安神宗皇帝御容赴景灵宫导引歌辞

帝城父老，三岁望尧心。天远玉楼深。龙颜仿佛笙箫远，肠断属车音。离宫春色琐瑶林，云阙海沉沉。遗民犹唱当时曲，秋雁起汾阴。

迎奉神宗皇帝御容赴西京会圣宫应天禅院奉安导引歌辞

经文纬武，十有九年中。遗烈震羌戎。渭桥夹道千君长，犹是建元功。西瞻温洛与神嵩，莲宇照琼宫。人间俛仰成今古，流泽自无穷。

【解题】

以上各文皆元祐年间在京城作，具体年月不详。

十 碑志

亡妻王氏墓志铭

治平二年五月丁亥，赵郡苏轼之妻王氏，卒于京师。六月甲午，殡于京城之西。其明年六月壬午，葬于眉之东北彭山县安镇乡可龙里先君先夫人墓之西北八步。轼铭其墓曰：

君讳弗，眉之青神人，乡贡进士方之女。生十有六年，而归于轼。有子迈。君之未嫁，事父母，既嫁，事吾先君、先夫人，皆以谨肃闻。其始，未尝自言其知书也。见轼读书，则终日不去，亦不知其能通也。其后轼有所忘，君辄能记之。问其他书，则皆略知之。由是始知其敏而静也。从轼官于风翔，轼有所为于外，君未尝不问知其详。曰："子去亲远，不可以不慎。"日以先君之所以戒轼者相语也。轼与客言于外，君立屏间听之，退必反复其言曰："某人也，言辄持两端，惟子意之所向，子何用与是人言。"有来求与轼亲厚甚者，君曰："恐不能久。其与人锐，其去人必速。"已而果然。将死之岁，其言多可听，类有识者。其死也，盖年二十有七而已。始死，先君命轼曰；"妇从汝于艰难，不可忘也。他日汝必葬诸其姑之侧。"未期年而先君没，轼谨以遗令葬之。铭曰：

君得从先夫人于九原，余不能。呜呼哀哉！余永无所依怙。君虽没，其有与为妇，何伤乎。呜呼哀哉！

【解题】

本文作于治平三年（1066）六月。在这篇墓志铭中，苏轼修扬亡妻王弗的性情识见，及对自己处世待人的帮助，表达了对亡妻真挚的怀念之情。

表忠观碑

熙宁十年十月戊子，资政殿大学士右谏议大夫知杭州军州事臣抃言：“故吴越国王钱氏坟庙及其父祖妃夫人子孙之坟，在钱塘者二十有六，在临安者十有一，皆芜废不治，父老过之，有流涕者。谨按故武肃王镠，始以乡兵破走黄巢，名闻江淮。复以八都兵讨刘汉宏，并越州，以奉董昌，而自居于杭。及昌以越叛，则诛昌而并越，尽有浙东西之地。传其子文穆王元瓘。至其孙忠显王仁佐，遂破李景兵，取福州。而仁佐之弟忠懿王俶，又大出兵攻景，以迎周世宗之师。其后卒以国入觐。三世四王，与五代相终始。天下大乱，豪杰蜂起，方是时，以数州之地盗名字者，不可胜数。既覆其族，延及于无辜之民，罔有孑遗。而吴越地方千里，带甲十万，铸山煮海，象犀珠玉之富，甲于天下，然终不失臣节，贡献相望于道。是以其民至于老死不识兵革，四时嬉游歌鼓之声相闻，至于今不废，其有德于斯民甚厚。皇宋受命，四方僭乱以次削平。而蜀、江南负其崄远，兵至城下，力屈势穷，然后束手。而河东刘氏，百战守死以抗王师，积骸为城，酾血为池，竭天下之力，仅乃克之。独吴越不待告命，封府库，籍郡县，请吏于朝。视去其国，如去传舍，其有功于朝廷甚大。昔窦融以河西归汉，光武诏右扶风修理其父祖坟茔，祠以太牢。今钱氏功德，殆过于融，而未及百年，坟庙不治，行道伤嗟，甚非所以劝奖忠臣慰答民心之义也。臣愿以龙山废佛祠曰妙因院者为观，使钱氏之孙为道士曰自然者居之。凡坟庙之在钱塘者以付自然，其在临安者以付其县之净土寺僧曰道微，岁各度其徒一人，使世掌之。籍其地之所入，以时修其祠宇，封殖其草木，有不治者，县令丞察之，甚者易其人，庶几永终不坠，以称朝廷待钱氏之意。臣抃昧死以闻。”制曰：“可。其妙因院改赐名曰表忠观。”铭曰：

天目之山，苕水出焉。龙飞凤舞，萃于临安。笃生异人，绝类离群。奋挺大呼，从者如云。仰天誓江，月星晦蒙。强弩射潮，江海为东。杀宏诛昌，奄有吴越。金券玉册，虎符龙节。大城其居，包络山川。左江右湖，控引岛蛮。岁时归休，以燕父老。晔如神人，玉带毬马。四十一年，寅畏小心。厥篚相望，大贝南金。五朝昏乱，罔堪托国。三王相承，以待有德。既获所归，弗谋弗咨。先王之志，我维行之。天胙忠孝，世有爵邑。允文允武，子孙千亿。帝谓守臣，治其祠坟。毋俾樵牧，愧其后昆。龙山之阳，岿焉新宫。匪私于钱，唯以劝忠。非忠无君，非孝无亲。凡百有位，视此刻文。

【解题】

本文作于元丰元年（1078）八月。文中记杭州知府赵抃为表彰故吴越国王钱镠及其后人的忠爱之心，奏请朝廷准予重治钱氏坟庙及请皇帝赐名表忠观之事。

乳母任氏墓志铭

赵郡苏轼子瞻之乳母任氏，名采莲，眉之眉山人。父遂，母李氏。事先夫人三十有五年，工巧勤俭，至老不衰。乳亡姊八娘与轼，养视轼之子迈、迨、过，皆有恩劳。从轼官于杭、密、徐、湖，谪于黄。元丰三年八月壬寅，卒于黄之临皋亭，享年七十有二。十月壬午，葬于黄之东阜黄冈县之北。铭曰：

生有以养之，不必其子也。死有以葬之，不必其里也。我祭其从与享之，其魂气无不之也。

【解题】

本文作于元丰三年（1080）十月。

保母杨氏墓志铭

先夫人之妾杨氏，名金蝉，眉山人。年三十，始隶苏氏，颓然顺善也。为弟辙子由保母。年六十八，熙宁十年六月己丑，卒于徐州，属纩不乱。子由官于宋，载其柩殡于开元寺。后八年，轼自黄迁汝过宋，葬之于宋东南三里广寿院之西，实元丰八年二月壬午也。铭曰：

百世之后，陵谷易位，知其为苏子之保母，尚勿毁也。

【解题】

本文是为苏轼弟苏辙的保母杨氏而作的墓志铭，作于元丰八年（1085）二月。

刘夫人墓志铭　代韩持国作

夫人姓刘氏，开封人。曾大父处士讳岩，大父大理寺丞讳惟吉，考赠右金吾卫将军讳逵。夫人年十七，归于武功苏才翁。翁讳舜元，参知政事讳易简之孙，赠工部侍郎讳耆之子也。少与弟子美、圣辟皆有盛名。苏氏既大家，而姑王夫人太尉文正公之息女也。严重有识，素贤其子，自为择妇，甚难之，久乃得夫人。夫人事其姑，能委曲顺其意。尝侍疾，不解衣累月。凡姑所欲，不求而获，所不欲，无一至前者。既愈，谓家人曰："微是妇，吾不起矣。"命诸女拜之而弗答也。子美、圣辟皆早世，夫人待二姒，抚诸孤，恩礼甚厚。子美，正献杜公婿也。杜公闻而贤之，曰："可以为女师。"夫人既老，二子涓、澥更守寿春。已而涓守襄阳，澥复按本道刑狱，夫人皆就养焉。及涓徙平阳，道京师，子注为尚书郎，拜觐门外，士大夫荣之。涓侍夫人至管城，以疾不起，注逆以归京师。夫人悼涓不已，后涓四十五日，元丰八年十月五日，以疾卒于私第，享年八十一。

夫人孝友慈俭，薄于奉身，而厚于施人，严于教子，而宽于御下。姻族中有悍妬者见之，辄惭而化。性不蓄财，浣衣菲食以终其身。涓自蜀还，以重锦二十两以献夫人。夫人喜曰："可以适吾意之所欲与者。"命刀尺以亲疏散之，一日而尽。好诵佛书，受五戒，预为送终具甚备。至疾革，怡然不乱。

始封隆德县君，后为彭城县太君，改仁寿县太君。才翁既显于世矣，而位不充其志，仕至尚书郎，赠光禄大夫。而子男七人，皆以才显。涓，朝奉大夫知潞州。澥，朝请郎，京西提点刑狱。注，朝散郎，尚书司勋郎中。洞，右赞善大夫，将作监丞。洪、洎、汶，皆举进士。女二人，长适进士虞大蒙，次适承议郎郭逢原。孙男十三人：之颜，无为军判官；之闵，早卒；之冉，汝州梁县尉；之孟、之偃、之友、之恂、之悌、之邵、之杨、之南、之烈、之点。孙女十三人。曾孙男七人，开、宪、洁、商、若、赤、仕。曾孙女五人。澥将以元丰八年十二月二十四日，葬夫人于润州丹徒县五老山下才翁之茔，使求乞铭。才翁于余为从母子，而余娶于苏氏，故知夫人为详。铭曰：

孝友慈俭，行为女师。笃于教也，轻财乐施。属纩不乱，几于道也。寿考康宁，子孙多贤。不虚报也，我铭孔约。无有愧辞，以信告也。

【解题】

本文作于元丰八年（1085）十二月。

司马温公神道碑

上即位之三年，朝廷清明，百揆时叙，民安其生，风俗一变。异时薄夫鄙人，皆洗心易德，务为忠厚，人人自重，耻言人过，中国无事，四夷稽首请命。惟西羌夏人，叛服不常，怀毒自疑，数入为寇。上命诸将按兵不战，示以形势，不数月，生致大首领鬼章青宜结阙下。夏人十数万寇泾原，至镇戎城下，五日无所得，一夕遁去。而西羌兀征声延以其族万人来降。黄河始决曹村，既筑灵平，复决小吴，横流五年，朔方骚然；而今岁之秋，积雨弥月，河不大溢，及冬，水入地益深，有北流赴海复禹旧迹之势。凡上所欲，不求而获；而其所恶，不麾而去。天下晓然知天意与上合，庶几复见至治之成，家给人足，刑措不用，如咸平、景德间也。

或以问臣轼："上与太皇太后安所施设而及此?"臣轼对曰："在《易·大有》：'上九，自天祐之，吉无不利。'孔子曰：'天之所助者，顺也。人之所助者，信也。履信思乎顺，又以尚贤也。是以自天祐之，吉无不利。'今二圣躬信顺以先天下，而用司马公以致天下士，应是三德矣。且以臣观之，公，仁人也，天相之矣。""何以知其然也?"曰："公以文章名于世，而以忠义自结人主。朝廷知之可也，四方之人何自知之? 士大夫知之可也，农商走卒何自知之? 中国知之可也，九夷八蛮何自知之? 方其退居于洛，眇然如颜子之在陋巷，累然如屈原之在陂泽，其与民相忘也久矣，而名震天下如雷霆，如河汉，如家至而日见之。闻其名者，虽愚无知如妇人孺子，勇悍难化如军伍夷狄，以至于奸邪小人，虽恶其害己仇而疾之者，莫不敛衽变色，咨嗟太息，或至于流涕也。元丰之末，臣自登州入朝，过八州以至京师，民知其与公善也，所在数千人，聚而号呼于马首曰：‘寄谢司马丞相，慎毋去朝廷，厚自爱以活百姓。’如是者，盖千余里不绝。至京师，闻士大夫言，公初入朝，民拥其马，至不得行，卫士见公，擎跽流涕者，不可胜数，公惧而归洛。辽人、夏人遣使入朝，与吾使至虏中者，虏必问公起居，而辽人敕其边吏曰：‘中国相司马矣，慎毋生事开边隙。’其后公薨，京师之民罢市而往吊，鬻衣以致奠，巷哭以过车者，盖以千万数。上命户部侍郎赵瞻、内侍省押班冯宗道，护其丧归葬。瞻等既还，皆言民哭公哀甚，如哭其私亲。四方来会葬者，盖数万人。而岭南封州父老相率致祭，且作佛事以荐公者，其词尤哀。炷芗于手顶以送公葬者，凡百余人，而画像以祠公者，天下皆是也。此岂人力也哉？天相之也！匹夫而能动天，亦必有道矣。非至诚一德，其孰能使之！《记》曰：‘惟天下之至诚，为能尽其性。能尽其性，则能尽人之性，能尽人之性，则能尽物之性。能尽物之性，则可以赞天地之化育矣。’《书》曰：‘惟尹躬暨汤，咸有一德，克享天心。’又曰：‘德惟一，动罔不吉。德二三，动罔不凶。’或以千金与人而人不喜，或以一言使人而人死之者，诚与不诚故也。稽天之潦，不能终朝，而一线之溜，可以达石者，一与不一故也。诚而一，古之圣人不能加毫末于此矣，而况公乎！故臣论公之德，至于感人心，动天地，巍巍如此，而蔽之以二言，曰诚、曰一。”

公讳光，字君实，其先河内人，晋安平献王孚之后，王之裔孙征东大将军阳始葬今陕州夏县涑水乡，子孙因家焉。曾祖讳政，以五代衰乱不仕，赠太子太保。祖讳炫，举进士，试秘书省校书郎，终于耀州富平县令，赠太子太傅。考讳池，宝元、庆历间名臣，终于兵部郎中，天章阁待制，赠太师温国公。曾祖妣薛氏，祖妣皇甫氏，妣聂氏，皆封温国太夫人。

公始以进士甲科事仁宗皇帝，至天章阁待制，知谏院。始发大议，乞立宗子为后，以安宗庙，宰相韩琦等因其言，遂定大计。事英宗皇帝为谏议大夫，龙图阁直学士，论陕西刺义勇为民患，及内侍任守忠奸蠹，乞斩以谢天下，守忠竟以谴死。又论濮安懿王当准先朝封赠期亲尊属故事，天下韪之。事神宗皇帝，为翰林学士，御史中丞。西戎部将嵬名山欲以横山之众降，公极论其不可纳，后必为边患，已而果然。劝帝不受尊号，遂为万世法。及王安石为相，始行青苗、助役、农田水利，谓之新法，公首言其害，以身争之。当时士大夫不附安石，言新法不便者，皆倚公为重。帝以公为枢密副使，公以言不行，不受命。乃以为端明殿学士，出知永兴军，遂以留司御史台及提举崇福宫，退居于洛十有五年。及上即位，太皇太后摄政，起公为门下侍郎，迁正议大夫，遂拜左仆射。公首更诏书以开言路，分别邪正，进退其甚者十余人。旋罢保甲、保马、市易及诸道新行盐铁茶法，最后遂罢助役、青苗。方议取士择守令监司以养民，期于富而教之，凛凛乎向至治矣。

而公卧病，以元祐元年九月丙辰朔，薨于位，享年六十八。太皇太后闻之恸，上亦感涕不已。时方祀明堂，礼成不贺。二圣皆临其丧，哭之哀甚，辍视朝，赠太师温国公，襚以一品礼服，谥曰文正。官其亲属十人。公娶张氏，礼部尚书存之女，封清河郡君，先公卒，追封温国夫人。子三人，童、唐皆早亡，康，今为秘书省校书郎。孙二人，植、桓皆承奉郎。以元祐三年正月辛酉，葬于陕之夏县涑水南原之晁村。上以御篆表其墓道，曰忠清粹德之碑，而其文以命臣轼。

臣盖尝为公行状，而端明殿学士范镇取以志其墓矣，故其详不复再见，而独论其大概。议者徒见上与太皇太后进公之速，用公之尽，而不知神宗皇帝知公之深也。自士庶人至于卿大夫，相与为宾师朋友，道足以相信，而权不足以相休戚，然犹同己则亲之，异己则疏之，未有闻过而喜，受诲而不怒者也，而况于君臣之间乎？方熙宁中，朝廷政事与公所言无一不相违者，书数十上，皆尽言不讳，盖自敌以下所不能堪，而先帝安受之，非特不怒而已，乃欲以为左右辅弼之臣，至为叙其所著书，读之于迩英阁。不深知公，而能如是乎？二圣之知公也，知之于既同。而先帝之知公也，知之于方异。故臣以先帝为难。昔齐神武皇帝寝疾，告其子世宗曰："侯景专制河南十四年矣，诸将皆莫能敌，惟慕容绍宗可以制之。我故不贵，留以遗汝。"而唐太宗亦谓高宗："汝于李勣无恩，我今责出之，汝当授以仆射。"乃出勣于叠州都督。夫齐神武、唐太宗，虽未足以比隆先帝，而绍宗与勣，亦非公之流，然古之人君所以为其子孙长计远虑者，类皆如此。宁其身不受知人之名，而使其子孙专享得贤之利。先帝知公如此，而卒不尽用，安知其意不出于此乎？臣既书其事，乃拜手稽首而作诗曰：

于皇上帝，子惠我民。孰堪顾天，惟圣与仁。圣子受命，如尧之初。神母诏之，匪亟匪徐。圣神无心，孰左右之。民自择相，我兴授之。其相惟何，太师温公。公来自西，一马二童。万人环之，如渴赴泉。孰不见公，莫如我先。二圣忘己，惟公是式。公亦无我，惟民是度。民曰乐哉，既相司马。尔贾于途，我耕于野。士曰时哉，既用君实。我后子先，时不可失。公如麟凤，不鸷不搏。羽毛毕朝，雄狡率服。为政一年，疾病半之。功则多矣，百年之思。知公于异，识公于微。匪公之思，神考是怀。天子万年，四夷来同。荐于清庙，神考之功。

【解题】

本文作于元祐元年（1086）十二月。司马光卒后，苏轼已为作《司马温公行状》文悼之。本文则从另一侧面写起，记各地、各阶层人对司马光的敬重，尤其是通过为神宗贬退司马光所作的曲言回护，以烘托司马光的才德。文中不无溢美之辞，而气韵充沛，感情真挚，措辞巧妙，颇能显示作者驾驭文字的高超手段。

赵清献公神道碑

故太子少师清献赵公，既薨之三年，其子屼除丧来告于朝曰："先臣既葬，而墓隧之碑无名与文，无以昭示来世，敢以请。"天子曰："嘻，兹予先正，以惠术扰民如郑子产，以忠言摩上如晋叔向。"乃以爱直名其碑，而又命臣轼为之文。

臣轼逮事仁宗皇帝，盖尝窃观天地之盛德，而窥日月之末光矣。未尝行也，而万事莫不毕举；未尝视也，而万物莫不毕见。非有他术也，善于用人而已。惟清献公擢自御史。是时将用谏官御史，必取天下第一流，非学术才行备具为一世所高者不与。用之至重，故言行计从有不十年而为近臣者；言不当，有不旋踵而黜者，是非明辨，而赏罚必信，故士居其官者少妄，而天子穆然无为，坐视其成，奸宄消亡，而忠良全安。此则清献公与其僚之功也。

公讳抃，字阅道。其先京兆奉天人。唐德宗世，植为岭南节度使。植生隐，为中书侍郎。隐生光逢、光裔，并掌内外制，皆为唐闻人。五代之乱，徙家于越。公则植之十世从孙也。曾祖讳昙，深州司户参军。祖讳湘，庐州庐江尉，始家于衢，遂为西安人。考讳亚才，广州南海主簿。公既贵，赠曾祖太子太保，妣陈氏安国太夫人；祖司徒，妣袁氏崇国太夫人，俞氏光国太夫人；考，开府仪同三司，封荣国公，妣徐氏魏国太夫人，徐氏越国太夫人。

公少孤且贫，刻意力学，中景祐元年进士乙科。为武安军节度推官。民有伪造印者，吏皆以为当死。公独曰："造在赦前，而用在赦后。赦前不用，赦后不造，法皆不死。"遂以疑谳之，卒免死，一府皆服。阅岁，举监潭之粮料。岁满，改著作佐郎，知建州崇安县，徙通判宜州。卒有杀人当死者，方系狱，病痈，未溃，公使医疗之，得不瘐死。会赦以免。公爱人之周，类如此。

未几以越国丧，庐于墓三年，不宿于家。县榜其所居里为孝弟，处士孙处为作孝子传。终丧，起知泰州海陵，复知蜀州江原，还，通判泗州。泗守昏不事事，监司欲罢遣之，公独左右其政，而晦其所以然，使若权不己出者。守得以善去。濠守以廪赐不如法，士卒谋欲为变，或以告，守恐怖，日未夕，辄闭门不出。转运使徙公治濠。公至，从容如平日，濠以无事。

曾公亮为翰林学士，未识公，而以台官荐，召为殿中侍御史。弹劾不避权幸，京师号公铁面御史。其言常欲朝廷别白君子小人。以谓小人虽小过，当力排而绝之，后乃无患；君子不幸而有诖误，当保持爱惜，以成就其德。故言事虽切，而人不厌。温成皇后方葬，始命参知政事刘沆监护其役，及沆为相而领事如故。公论其当罢，以全国体。复言宰相陈执中不学无术，且多过失。章十二上，执中卒罢去。王拱辰奉使契丹，还，为宣徽使。公言拱辰平生所为及奉使不如法事，命遂寝。复言枢密使王德用、翰林学士李淑不称职，皆罢去。是时邵必为开封推官，以前任常州失入徒罪自举遇赦而犹罢，监邵武酒税。吴充、鞠真卿发礼院吏代书事，吏以赎论，而充、真卿皆出知军。吕景初、马遵、吴中复弹奏梁适，适以罢相，而景初等随亦被逐。冯京言吴充、鞠真卿、刁约不当以无罪黜，而京亦夺修起居注。公皆力言其非是。必以复职知军，充、真卿、约、景初、遵皆召还京中，复皆许补故阙。先是吕溱出守徐，蔡襄守泉，吴奎守寿，韩绛守河阳。已而欧阳修乞蔡，贾黯乞荆南。公即上言："近日正人贤士，纷纷引去，忧国之士，为之寒心，侍从之贤，如修辈无几。今皆欲请郡者，以正色立朝，不能谄事权要，伤之者众耳。"修等由此不去，一时名臣赖之以安。仁宗晚岁不豫，而太子未定，中外恟惧。及上既康复，公请择宗室贤子弟教育于宫中，封建任使，以示天下大本。

已而求郡，得睦。睦岁为杭市羊，公为移文却之。民籍有茶税，而无茶地，公为奏蠲之，民至今称焉。

移充梓州路转运使，未几移益。两蜀地远而民弱，吏恣为不法，州郡以酒食相馈饷，衙前治厨传，破家相属也。公身帅以俭，不从者请以违制坐之，蜀风为之一变。穷城小邑，民或生而不识使者，公行部，无所不至，父老惊喜相慰，奸吏亦竦。

以右司谏召，论事不折如前。入内副都知邓保信引退兵董吉以烧炼出入禁中，公言："汉文成、五利，唐普思、静能、李训、郑注，多依宦官以结主，假药术以市奸者也，其渐不可启。"宋庠为枢密使，选用武臣，多不如旧法，至有诉于上前者。公陈其不可。陈升之除枢密副使，公与唐介、吕诲、范师道同言升之交结宦官，进不以道，章二十余，上不省，即居家待罪。诏强起之，乃乞补外，二人皆相次去位，公与言者亦罢。

公得虔州，地远而民好讼，人谓公不乐。公欣然过家上冢而去。既至，遇吏民简易，严而不苛，悉召诸县令告之，为令当自任事，勿以事诿郡，苟事办而民悦，吾一无所问。令皆喜，争尽力，虔事为少，狱以屡空。改修盐法，疏凿灨石，民赖其利。虔当二广之冲，行者常自虔易舟而北。公间取余材，造舟得百艘，移二广诸郡，曰："仕宦之家，有父兄没而不能归者，皆移文以遣，当具舟载之。"至者既悉授以舟，复量给公使物，归者相继于道。

朝廷闻公治有余力，召知御史杂事，不阅月为度支副使。英宗即位，奉使契丹，还，未至，除天章阁待制、河北都转运使。时贾昌朝以使相判大名府。公欲按视府库，昌朝遣其属来告，曰："前此，监司未有按视吾事者。公虽欲举职，恐事有不应例，奈何?”公曰:“舍大名,则列郡不服矣。”即往视之,昌朝初不说也。前此有诏,募义勇,过期不足者徒二年,州郡不时办,官吏当坐者八百余人。公被旨督其事,奏言:“河朔频岁丰熟,故募不如数,请宽其罪,以俟农隙。”从之。坐者得免,而募亦随足。昌朝乃愧服曰:“名不虚得矣。”

旋除龙图阁直学士,知成都。公以宽治蜀,蜀人安之。初,公为转运使,言蜀人有以妖祀聚众为不法者,其首既死,其为从者宜特黥配。及为成都,适有此狱,其人皆惧,意公必尽用法。公察其无它,曰:“是特坐樽酒至此耳。”刑其为首者,余皆释去。蜀人愈爱之。会荣谭除转运使,陛辞,上面谕曰:“赵某为成都,中和之政也。”

神宗即位,召知谏院。故事,近臣自成都还,将大用,必更省府,不为谏官。大臣为言。上曰:“用赵某为谏官,赖其言耳。苟欲用之,何伤!”及谢,上谓曰:“闻卿匹马蕊蜀,以一琴一龟自随,为政简易,亦称是耶?”公知上意将用其言。即上疏论吕诲、傅尧俞、范纯仁、吕大防、赵瞻、赵鼎、马默皆骨鲠敢言,久谴不复,无以慰缙绅之望。上纳其说。郭逵除签书枢密院事,公议不允,公力言之,即罢。

居三月,擢右谏议大夫,参知政事。感激思奋,面议政事,有不尽者,辄密启闻。上手诏嘉之。公与富弼、曾公亮、唐介同心辅政,率以公议为主。会王安石用事,议论不协,既而司马光辞枢密副使,台谏侍从,多以言事求去。公言:“朝廷事有轻重,体有大小,财利于事为轻,而民心得失为重,青苗使者于体为小,而禁近耳目之臣用舍为大,今不罢财利而轻失民心,不罢青苗使者而轻弃禁近耳目,去重而取轻,失大而得小,非宗庙社稷之福,臣恐天下自此不安矣。”言入,即求去,四上章,不许。熙宁三年四月,复五上章,除资政殿学士、知杭州。

公素号宽厚,杭之无赖子弟以此逆公,皆骈聚为恶。公知其意，择重犯者率黥配他州，恶党相帅遁去。

未几徙青州。因其俗朴厚，临以清净。时山东旱蝗，青独多麦，蝗自淄齐来。及境遇风，退飞堕水而尽。

五年，成都以戍卒为忧，朝廷择遣大臣为蜀人所爱信者，皆莫如公，遂以大学士知成都。然意公必辞，及见，上曰："近岁无自政府复往者，卿能为我行乎？"公曰："陛下有言即法也，岂顾有例哉！"上大喜。公乞以便宜行事，即日辞去。至蜀，默为经略，而燕劳闲暇如他日，兵民晏然。一日，坐堂上，有卒长在堂下。公好谕之曰："吾与汝，年相若也，吾以一身入蜀，为天子抚一方，汝亦宜清慎畏戢以帅众，比戍还，得余赀，持归为室家计可也。"人知公有善意，转相告语，莫敢复为非者。剑州民李孝忠集众二百余人，私造符牒，度人为僧。或以谋逆告，狱具。公不畀法吏，以意决之，处孝忠以私造度牒，余皆得不死。喧传京师，谓公脱逆党。朝廷取具狱阅之，卒无以易也。茂州蕃部鹿明玉等蜂聚境上，肆为剽掠。公亟遣部将帅兵讨之，夷人惊溃乞降，愿杀婢以盟。公使谕之，曰："人不可用，三牲可也。"使至，已縻婢引弓，将射心取血，闻公命，欢呼以听。事讫，不杀一人。

居二岁，乞守东南，为归老计，得越州。吴越大饥，民死者过半，公尽所以救荒之术，发廪劝分，而以家赀先之，民乐从焉。生者得食，病者得药，死者得藏。下令修城，使民食其力。故越人虽饥而不怨。复徙治杭。

杭旱与越等，其民尤病。既而朝廷议欲筑其城。公曰："民未可劳也。"罢之。钱氏纳国，未及百年，而坟庙堙圮，杭人哀之。公奏因其所在，岁度僧、道士各一人，收其田租，为岁时献享营缮之费。从之，且改妙因院为表忠观。

公年未七十，告老于朝，不许。请之不已，元丰二年二月，加太子少保致仕，时年七十二矣。退居于衢，有溪石松竹之胜，东南高士多从之游。朝廷有事郊庙，再起公侍祠，不至。屼通判温州，从公游天台、雁荡，吴越间荣之。屼代还，得见。上顾问公，甚厚。以屼提举浙东西常平，以便其养。屼复侍公游杭。始，公自杭致仕，杭人留公不得行。公曰："六年当复来。"至是适六岁矣。杭人德公，逆者如见父母。以疾还衢，有大星陨焉。二日而公薨，实七年八月癸巳也。

讣闻，天子辍视朝一日，赠太子少师。十二月乙酉，葬于西安莲华山，谥曰清献。公娶徐氏，东头供奉官度之女，封东平郡夫人，先公十年卒。子二人：长曰岏，终杭州于潜县令；次即屼也，今为尚书考功员外郎。

公平生不治产业，嫁兄弟之女以十数，皆如己女。在官，为人嫁孤女二十余人。居乡，葬暴骨及贫无以敛且葬者，施棺给薪，不知其数。少育于长兄振，振既没，思报其德。将迁侍御史，乞不迁，以赠振大理评事。

公为人，和易温厚，周旋曲密，谨绳墨，蹈规矩，与人言，如恐伤之。平生不畜声伎，晚岁习为养气安心之术，悠然有高举意。将薨，晨起如平时，屼侍侧，公与之诀，词色不乱，安坐而终。不知者以为无意于世也。然至论朝廷事，分别邪正，慨然不可夺。宰相韩琦尝称赵公真世人标表，盖以为不可及也。

公为吏，诚心爱人，所至崇学校，礼师儒，民有可与与之，狱有可出出之。治虔与成都，尤为世所称道。神宗凡拟二郡守，必曰："昔赵某治此，最得其术。"冯京相继守成都，事循其旧，亦曰："赵公所为，不可改也。"要之以惠利为本。然至于治杭，诛锄强恶，奸民屏迹不敢犯。盖其学道清心，遇物而应，有过人者矣。铭曰：

萧望之为太傅，近古社稷臣，其为冯翊，民未有闻。黄霸为颍川，治行第一，其为丞相，名不迨昔。孰如清献公，无适不宜。邦之司直，民之父师。其在官守，不专于宽，时出猛政，严而不残。其在言责，不专于直，为国爱人，掩其疵疾。盖东郭顺子之清，孟献子之贤，郑子产之政，晋叔向之言，公兼而有之，不几于全乎！

【解题】

本文作于元祐二年（1087）六月。文中历数赵抃之仕履、政绩，极言称赞其为人简易平和，而论事却邪正分明的优秀品德。

富郑公神道碑

宋兴百三十年，四方无虞，人物岁滋。盖自秦、汉以来，未有若此之盛者。虽所以致之非一道，而其要在于兵不用，用不久，常使智者谋之而仁者守之，虽至于无穷可也。契丹自晋天福以来，践有幽、蓟，北鄙之警，略无宁岁，凡六十有九年。至景德元年，举国来寇，攻定武，围高阳，不克，遂陷德清以犯天雄。真宗皇帝用宰相寇准计，决策亲征，既次澶渊，诸道兵大会行在。虏既震动，兵始接，射杀其骁将顺国王挞览。虏惧，遂请和，时诸将皆请以兵会界河上，邀其归，徐以精甲蹑其后，歼之。虏惧，求哀于上。上曰："契丹、幽、蓟，皆吾民也，何多以杀为！"遂诏诸将按兵勿伐，纵契丹归国。虏自是通好守约，不复盗边者三十有九年。

及赵元昊叛，西方转战连年，兵久不决。契丹之臣有贪而喜功者，以我为怯，且厌兵，遂教其主设词以动我，欲得晋高祖所与关南十县。庆历二年，聚重兵境上，遣其臣萧英、刘六符来聘。兵既压境，而使来非时，中外忿之。仁宗皇帝曰："契丹吾兄弟之国，未可弃也，其有以大镇抚之。"命宰相择报聘者。时虏情不可测，群臣皆莫敢行。

宰相举右正言、知制诰富公，公即入对便殿，叩头，曰："主忧臣辱，臣不敢爱其死。"上为动色，乃以公为接伴。英等入境，上遣中使劳之，英托足疾不拜。公曰："吾尝使北，病卧车中，闻命辄起拜。今中使至而公不起，此何礼也？"英矍然起拜。公开怀与语，不以夷狄待之。英等见公倾盖，亦不复隐其情，遂去左右，密以其主所欲得者告公，且曰："可从，从之；不可从，更以一事塞之。"公具以闻。

上命御史中丞贾昌朝馆伴，不许割地，而许增岁币，且命公报聘。既至，六符馆之，反往十数，皆论割地必不可状。及见虏主，问故。虏主曰："南朝违约，塞雁门，增塘水，治城隍，籍民兵，此何意也？群臣请举兵而南，寡人以谓不若遣使求地，求而不获，举兵未晚也。"公曰："北朝忘章圣皇帝之大德乎？澶渊之役，若从诸将言，北兵无得脱者。且北朝与中国通好，则人主专其利，而臣下无所获。若用兵，则利归臣下，而人主任其祸。故北朝诸臣争劝用兵者，此皆其身谋，非国计也。"虏主惊曰："何谓也？"公曰："晋高祖欺天叛君，而求助于北，末帝昏乱，神人弃之。是时中国狭小，上下离叛，故契丹全师独克。虽虏获金币，充牣诸臣之家，而壮士健马，物故太半，此谁任其祸者。今中国提封万里，所在精兵以百万计，法令修明，上下一心，北朝欲用兵，能保其必胜乎？"曰："不能。"公曰："胜负未可知。就使其胜，所亡士马，群臣当之欤，抑人主当之欤？若通好不绝，岁币尽归人主，臣下所得，止奉使者岁一二人耳，群臣何利焉！"虏主大悟，首肯者久之。公又曰："塞雁门者，以备元昊也。塘水始于何承矩，事在通好前，地卑水聚，势不得不增。城隍皆修旧，民兵亦旧籍，特补其缺耳，非违约也。晋高祖以卢龙一道赂契丹，周世宗复伐取关南，皆异代事。宋兴已九十年，若各欲求异代故地，岂北朝之利也哉。本朝皇帝之命使臣，则有词矣。曰：'朕为祖宗守国，必不敢以其地与人。北朝所欲，不过利其租赋耳。朕不欲以地故，多杀两朝赤子，故屈己增币以代赋入。若北朝必欲得地，是志在败盟，假此为词耳。朕亦安得独避用兵乎？澶渊之盟，天地鬼神实临之。今北朝首发兵端，过不在朕。天地鬼神，岂可欺也哉！'”虏大感悟，遂欲求婚。公曰：“婚姻易以生隙，人命修短不可知，不若岁币之坚久也。本朝长公主出降，赍送不过十万缗，岂若岁币无穷之获哉？”虏主曰：“卿且归矣，再来，当择一授之，卿其遂以誓书来。”

公归复命，再聘，受书及口传之词于政府，既行次乐寿，谓其副曰：“吾为使者而不见国书，万一书词与口传者异，则吾事败矣。”发书视之，果不同。乃驰还都，以晡入见，宿学士院一夕，易书而行。

既至，虏不复求婚，专欲增币，曰：“南朝遗我书当曰献，否则曰纳。”公争不可。虏主曰：“南朝既惧我矣，何惜此二字，若我拥兵而南，得无悔乎？”公曰：“本朝皇帝兼爱南北之民，不忍使蹈锋镝，故屈己增币，何名为惧哉？若不得已而至于用兵，则南北敌国，当以曲直为胜负，非使臣之所忧也。”虏主曰：“卿勿固执，自古亦有之。”公曰：“自古惟唐高祖借兵于突厥，故臣事之。当时所遗，或称献、纳，则不可知。其后颉利为太宗所擒，岂复有此理哉！”公声色俱厉，虏知不可夺，曰：“吾当自遣人议之。”

于是留所许增币誓书，复使耶律仁先及六符以其国誓书来，且求为献、纳。公奏曰：“臣既以死拒之，虏气折矣，可勿复许，虏无能为也。”上从之，增币二十万，而契丹平。北方无事，盖又四十八年矣。契丹君臣至今诵其语，守其约不忍败者，以其心晓然，知通好用兵利害之所在也。故臣尝窃论之，百余年间，兵不大用者，真宗、仁宗之德，而寇准与公之功也。

公讳弼，字彦国，河南人。曾大父内黄令讳处谦，大父商州马步使讳令荀，考尚书都官员外郎讳言，皆以公贵，赠太师中书令、尚书令，封邓、韩、秦三国公。曾祖母刘氏，祖母赵氏，母韩氏，封鲁、韩、秦三国太夫人。

公幼笃学，有大度，范仲淹见而识之，曰："此王佐才也。"怀其文以示王曾、晏殊，殊即以女妻之。仁宗复制科，仲淹谓公曰："子当以是进。"天圣八年，公以茂材异等中第，授将作监丞，知河南府长水县。用李迪辟，签书河阳节度判官事。

丁秦国公忧，服除，会郭后废，范仲淹争之，贬知睦州。公上言："朝廷一举而获二过，纵不能复后，宜还仲淹，以来忠言。"通判绛州。景祐四年，召试馆职，迁太子中允，直集贤院。从王曾辟，通判郓州。

宝元初，赵元昊反。公上疏陈八事，且言："元昊遣使求割地邀金帛，使者部从仪物如契丹，而词甚倨，此必元昊腹心谋臣自请行者。宜出其不意，斩之都市。"又言："夏守赟，庸人也，平时犹不当用，而况艰难之际，可为枢密乎！"议者以为有宰相气。召还，为开封府推官，擢知谏院。

康定元年，日食正旦。公言请罢宴撤乐，虽虏使在馆，亦宜就赐饮食而已。执政以为不可。公曰："万一北虏行之，为朝廷羞。"后使虏，还者云："虏中罢宴。"如公言。仁宗深悔之。初，宰相恶闻忠言，下令禁越职言事。公因论日食，以谓应天变莫若通下情，遂除其禁。

元昊寇鄜延，杀二万人，破金明，擒李士斌，延帅范雍、钤辖卢守勤闭门不救，中贵人黄德和引兵先走，刘平、石元孙战死，而雍、守懃归罪于通判计用章、都监李康伯，皆窜岭南，德和诬奏平降贼，诏以兵围守其家。公言："平自环庆引兵来援，以奸臣不救，故败，竟骂贼不食而死，宜恤其家。守懃、德和皆中官，怙势诬人，冀以自免，宜竟其狱。"枢密院奏方用兵，狱不可遂。公言："大臣附下罔上，狱不可不竟。"时守勤男昭序为御药，公奏乞罢之，德和竟坐腰斩。

延州民二十人诣阙告急，上召问，具得诸将败亡状。执政恶之，命边郡禁民擅赴阙者。公言："此非陛下意，宰相恶上知四方有败耳，民有急，不得诉之朝，则西走元昊，北走契丹矣。"夏守赟为陕西都总管，又以入内都知王守忠为都钤辖。公言："用守赟既为天下笑，而守忠钤辖乃与唐中官监军无异，将吏必怨惧，卢守勤、黄德和覆车之辙，可复蹈乎？"诏罢守忠。

时又用观察使，魏昭晒为同州，郑守忠为殿前都指挥使，高化为步军都指挥使。公言："昭晒乳臭儿，必败事；守忠与化故亲事官，皆奴才小人，不可用。"诏遣侍御史陈洎往陕西督修城，且城潼关。公言："天子守在四夷，今城潼关，自关以西为弃之耶？"语皆侵执政。自用兵以来，吏民上书者甚众，初不省用。公言："知制诰本中书属官，可选二人置局，中书考其所言，可用用之。"宰相以付学士，公言："此宰相偷安，欲以天下是非尽付他人。"乞与廷辩。又言："边事系国安危，不当专委枢密院。周宰相魏仁浦兼枢密使，国初范质、王溥亦以宰相参知枢密院事。今兵兴，宜使宰相以故事兼领。"仁宗曰："军国之务，当尽归中书，枢密非古官。"然未欲遽废，内降令中书同议枢密院事，且书其检。宰相以内降纳上前，曰："恐枢密院谓臣夺权。"公曰："此宰相避事耳，非畏夺权也。"

时西夏首领吹同乞砂、吹同乞山各称伪将相来降，补借奉职，羁置荆湖。公言："二人之降，其家已族矣，当厚赏以劝来者。"上命以所言送中书。公见宰相，论之，宰相初不知也。公叹曰："此岂小事而宰相不知耶？"更极论之，上从公言，以宰相兼枢密使。

除盐铁判官，迁太常丞，史馆修撰，奉使契丹。二年，改右正言、知制诰，纠察在京刑狱。时有用伪牒为僧者，事觉，乃堂吏为之。开封按余人而不及吏。公白执政，请以吏付狱。执政指其坐曰："公即居此，无为近名。"公正色不受其言，曰："必得吏乃止。”执政滋不悦，故荐公使契丹，欲因事罪之。欧阳修上书引颜真卿使李希烈事留公，不报。

使还，除吏部郎中、枢密直学士，恳辞不受。始受命，闻一女卒，再受命，闻一男生，皆不顾而行。得家书，不发而焚之，曰：“徒乱人意。”寻迁翰林学士。公见上力辞，曰：“增岁币，非臣本志也，特以朝廷方讨元昊，未暇与虏角，故不敢以死争，其敢受赏乎！”

庆历三年三月，遂命公为枢密副使，辞之愈力，改授资政殿学士兼翰林侍读学士。七月，复除枢密副使。公言：“虏既通好，议者便谓无事，边备渐弛，虏万一败盟，臣死且有罪。非独臣不敢受，亦愿陛下思夷狄轻侮中原之耻，卧薪尝胆，不忘修政。”因以告纳上前而罢。逾月，复除前命。

时元昊使辞，群臣班紫宸殿门，上俟公缀枢密院班，乃坐，且使宰相章德象谕公曰：“此朝廷特用，非以使虏故也。”公不得已乃受。

时晏殊为相，范仲淹为参知政事，杜衍为枢密使，韩琦与公副之，欧阳修、余靖、王素、蔡襄为谏官，皆天下之望。鲁人石介作《庆历圣德诗》，历颂群臣，皆得其实。曰：“维仲淹、弼，一夔一契。”天下不以为过。公既以社稷自任，而仁宗责成于公与仲淹，望太平于期月之间，数以手诏督公等条具其事。又开天章阁召公等，公等坐，且给笔札，使书其所欲为者，遣中使二人更往督之，且命仲淹主西事，公主北事。公遂与仲淹各上当世之务十余条。又自上河北安边十三策，大略以进贤、退不肖、止侥倖、去宿弊为本，欲渐易诸路监司之不才者，使澄汰所部吏。于是小人始不悦矣。

元昊遣使以书来，称男而不臣。公言：“契丹臣元昊而我不臣，则契丹为无敌于天下。”不可许。乃却其使，卒臣之。

四年七月，契丹来告，举兵讨元昊。十二月，诏册元昊为夏国主，使将行而止之，以俟虏使。公曰："若虏使未至而行，则事自我出，既至，则恩归契丹矣。"从之。

是岁契丹受礼云中，且发兵，会元昊伐呆儿族，于河东为近。上问公曰："虏得无与元昊袭我乎?"公曰："虏自得幽、蓟，不复由河东入寇者，以河北平易富饶，而河东崄瘠，且虞我出镇定，捣燕蓟之虚也。今兵出无名，契丹大国，决不为此。就使妄动，当出我不意，不应先言受礼云中也。元昊本与契丹约，相左右以困中国，今契丹背约，结好于我，独获重币，元昊有怨言，故虏筑威塞州以备之. 呆儿屡杀威塞人，虏疑元昊使之，故为是役，安能合而寇我哉!"或请调发为备。公曰："虏虽不来，犹欲以虚声困我，若调发，正堕其计。臣请任之。虏若入寇，臣为罔上且误国。"上乃止，虏卒不动。公谓契丹异日作难，必于河朔。

既上十三策，又请守一郡行其事。小人怨公不已，而大臣亦有以飞语谗公者。上虽不信，公惧，因保州贼平，求为河北宣抚使以避之。使将还，除资政殿学士、知郓州兼京东西路安抚使，谗者不已，罢安抚使。岁余，谗不验。加给事中，移知青州兼京东东路安抚使。

河朔大水，民流京东。公择所部丰稔者五州，劝民出粟，得十五万斛，益以官廪，随所在贮之。得公私庐舍十余万区，散处其人，以便薪水。官吏自前资待阙、寄居者，皆给其禄，使即民所聚，选老弱病瘠者廪之。山林河泊之利，有可取以为生者，听流民取之，其主不得禁。官吏皆书具劳约为奏请，使他日得以次受赏于朝。率五日，辄遣人以酒肉糗饭劳之，出于至诚，人人为尽力。流民死者，为大冢葬之，谓之丛冢，自为文祭之。明年麦大熟，流民各以远近受粮而归，凡活五十余万人。募而为兵者又万余人。上闻之，遣使劳公，即拜礼部侍郎。公曰："救灾，守臣职也。"辞不受。前此救灾者，皆聚民城郭中，煮粥食之，饥民聚为疾疫，及相蹈藉死，或待次数日不食，得粥皆僵仆，名为救之而实杀之。自公立法，简便周至，天下传以为法，至于今，不知所活者几千万人矣。

王则据贝州叛，齐州禁兵马达、张青与奸民张握等得剑印于妖师，欲以其众叛，将屠城以应则。握之婿杨俊诣公告之，齐非公所部，恐事泄变生。时中贵人张从训衔命至青，公度从训可使，即以事付从训，使驰至郡，发吏卒取之，无得脱者。且自劾擅遣中使罪，仁宗嘉之。再除礼部侍郎。公又恳辞不受。迁资政殿大学士，以明堂恩，除礼部侍郎，徙知郑州，又徙蔡州，加观文殿学士，知河阳，迁户部侍郎，除宣徽南院使，判并州兼河东经略安抚使。至和二年，召拜同中书门下平章事、集贤殿大学士，与文彦博并命。

宣制之日，士大夫相庆于朝，仁宗密觇知之。欧阳修奏事殿上，上具以语修，且曰："古之求相者，或得于梦卜，今朕用二相，人情如此，岂不贤于梦卜也哉！"修顿首称贺。

仁宗弗豫，大臣不得见，中外忧恐。文彦博与公等直入问疾，内侍止之，不可。因以监视禳祷为名，乞留宿内殿，事皆关白而后行，禁中肃然。嘉祐三年，加礼部尚书、昭文馆大学士，监修国史。

公之为相，守格法，行故事，而附以公议，无心于其间，故百官任职，天下无事。以所在民力困弊，赋役不均，遣使分道相视裁减，谓之宽恤民力。又弛茶禁，以通商贾，省刑狱，天下便之。

六年，丁秦国太夫人忧，诏为罢春燕，故事，执政遇丧皆起复，公以谓金革变礼，不可用于平世。仁宗待公而为政，五遣使起之，卒不从命，天下称焉。

英宗即位，拜枢密使、同中书门下平章事，迁户部尚书。逾年，以足疾，求解机务，章二十上，拜镇海军节度使、同中书门下平章事，判河阳，封祈国公。公五上章，辞使相，且言："真宗以前不轻以此授人，仁宗即位之初，执政欲自为地，故开此例。终仁宗之世，宰相枢密使罢者皆除使相，至不称职，有罪者亦然，天下非之。今陛下初即位，愿立法自臣始。"不从。

神宗即位，改镇武宁军，进封郑国公。公又乞罢使相，乃以为尚书左仆射、观文殿大学士、集禧观使，召赴阙。公以足疾，固辞，复判河阳。熙宁元年，移汝州，且诏入觐。以公足疾，许肩舆至殿门，上特为御内东门小殿见之。令男绍隆入扶，且命无拜，坐语从容，至日昃，赐绍隆五品服。再对，上欲留公为集禧观使，力辞赴郡。明年二月，除司空兼侍中昭文馆大学士，赐甲第一区，皆辞不受。复拜左仆射、门下侍郎、同中书门下平章事。

公既至，未见。有于上前言灾异皆天数非人事得失所致者。公闻之，叹曰："人君所畏惟天，若不畏天，何事不可为者。去乱亡无几矣。此必奸臣欲进邪说，故先导上以无所畏，使辅拂谏诤之臣，无所复施其力，此治乱之机也。吾不可以不速救。"即上书数千言，杂引《春秋》、《洪范》及古今传记，人情物理，以明其决不然者。

群臣请上尊号及作乐，上以久旱不许。群臣固请作乐，公又言："故事，有灾变皆撤乐，恐上以同天节虏使当上寿，故未断其请，臣以为此盛德事，正当以示夷狄，乞并罢上寿。"从之。即日而雨。

公又上疏，愿益畏天戒，远奸佞，近忠良。上亲书答诏曰："义忠言亲，理正文直。苟非意在爱君，志存王室，何以臻此。敢不置之枕席，铭诸肺腑，终老是戒。更愿公不替今日之志，则天灾不难弭，太平可立俟也。"公既上疏谢，复申戒不已，愿陛下待群臣不以同异为喜怒，不以喜怒为用舍。

公始见上，上问边事。公曰："陛下即位之始，当布德行惠，愿二十年口不言兵。”因以九事为戒。八月，以疾辞位，拜武宁军节度使、同中书门下平章事，判河南。复以老请，改亳州。

时方行青苗息钱法。公以谓此法行则财聚于上，人散于下，且富民不愿请，愿请者皆贫民，后不可复得，故持之不行。而提举常平仓赵济劾公以大臣格新法，法行当自贵近者始，若置而不问，无以令天下，乃除左仆射，判汝州。公言：“新法臣所不晓，不可以复治郡，愿归洛养疾。”许之。寻请老，拜司空，复武宁节度及平章事，进封韩国公，致仕。

公虽居家，而朝廷有大利害，知无不言。交趾叛，诏郭逵等讨之。公言：“海峤险远，不可以责其必进，愿诏逵等择利进退，以全王师。”契丹来争河东地界，上手诏问公。公言：“熙河诸郡，皆不足守，而河东地界，决不可许。”元丰三年，官制行，改授开府仪同三司。是岁，故参知政事王尧臣之子同老上言：“至和三年仁宗弗豫，其父尧臣尝与文彦博、刘沆及公同决大策，乞立储嗣，仁宗许之，会翊日有瘳，故缓其事，人无复知者。”以其父尧臣所撰诏草上之。上以问彦博，彦博言与同老合。上嘉公等勋绩如此，而终不自言，下诏以公为司徒，且以其子绍京为阁门祗候。

六年闰六月丙申，薨于洛阳私第之正寝，享年八十。手封遗表，使其子上之，世莫知其所言者。上闻讣，震悼，为辍视朝，内出祭文，遣使致奠所，以赙恤其家者甚厚。赠太尉，谥曰文忠。十一月庚申，葬于河南府河南县金谷乡南张里。

公之配曰周国夫人晏氏，后公四年卒。子男三人：曰绍庭，朝奉郎。曰绍京，供备库副使，后公十月卒。曰绍隆，光禄寺丞，早卒。女四人：长适保宁军节度使北京留守冯京，卒，又以其次继室，封安化郡夫人。次适承议郎范大琮。次适宣德郎范大志。孙男三人：定方承事郎，直清承奉郎，直亮假承务郎。

公性至孝，恭俭好礼，与人言，虽幼贱必尽敬，气色穆然，终身不见喜愠。然以单车入不测之虏廷，诘其君臣，折其口而服其心，无一语少屈，所谓大勇者乎！其好善疾恶；盖出于天资。常言："君子小人如冰炭，决不可以同器，若兼收并用，则小人必胜，薰莸杂处，终必为臭。"其为宰相及判河阳，最后请老居家，凡三上章，皆言："天子无职事，惟辨君子小人而进退之，此天子之职也。君子与小人并处，其势必不胜，君子不胜，则奉身而退，乐道无闷；小人不胜，则交结构扇，千歧万辙，必胜而后已。小人复胜，必遂肆毒于善良，无所不为，求天下不乱，不可得也。"

其为文章，辩而不华，质而不俚。有《文集》八十卷，《天圣应诏集》十一卷，《谏垣集》二卷，《制草》五卷，《奏议》十三卷，《表章》三十卷，《河北安边策》一卷，《奉使录》四卷，《青州振济策》三卷。

平生所荐甚众，尤知名者十余人，如王质与其弟素、余靖、张瓌、石介、孙复、吴奎、韩维、陈襄、王鼎、张昷之、杜杞、陈希亮之流，皆有闻于世，世以为知人。

元祐元年六月，有诏以公配享神宗皇帝庙廷。明年，以明堂恩，加赠太师。

绍庭请于朝曰："先臣墓碑未立，愿有以宠绥之。"上为亲篆其首，曰显忠尚德之碑，且命臣轼撰次其事。谨拜手稽首而献言曰：世未尝无贤也。自尧舜三代以至于今，有是君则有是臣，故仁宗、英宗至于神考，咸有一德，克享天心，则天畀以人，光明伟杰有如公者。观公之行事，而味其平生，是三宗之盛德，可不问而知也。古之人臣，功高则身危，名重则谤生，故命世之士，罕能以功名终始者。臣观三宗所以待公，全其功名而保其终始，盖可谓至矣。方契丹求割地，上命宰相，历问近臣孰能为朕使虏者，皆以事辞免。公独慨然请行。使事既毕，上欲用公，公逡巡退避不敢居，而向之辞免者，自耻其不行，则惟公之怨，比而谗公，无所不至。及石介为《庆历圣德诗》，天下传诵，则大臣疾公如仇，构以飞语，必欲致之死地。仁宗徐而察之，尽辨其诬，卒以公为相。及英宗、神宗之世，公已老矣，勋在史官，德在生民。天子虚己听公，西戎、北狄视公进退，以为中国轻重。然一赵济敢摇之，惟神宗日月之明，知公愈深。公虽请老，有大政事必手诏访问。又追论定策之勋，以告天下，宠及其子孙，然后小人不敢复议，雍容进退，卒为宗臣。古人有言曰："为君难为臣不易。"岂不然哉！公既配食清庙，宜有颂诗，以昭示来世。

其词曰：五代八姓，十有二君。四十四年，如丝之棼。以人为嬉，以杀为儇。兵交两河，腥闻于天。上帝厌之，命我祖宗。畀尔炉锤，往销其锋。孰谓民远，我闻其呻。宁尔小忍，无残我民。六圣受命，惟一其主，敕其后人，帝命是承。勿劓刖人，矧敢好兵。百三十年，讳兵与刑。惟彼北戎，谓帝我骄。帝闻其言，折其萌芽。笃生莱公，尺棰笞之。既服既驯，则抚绥之。堂堂韩公，与莱相望。再聘于燕，北方以宁。景德元祼，始盟契丹。公生是岁，天命则然。公之在母，秦国寤惊。旌旗鹤雁，降充其庭。云有天赦，已而生公。天欲赦民，公启其衷。北至燕然，南至于河。亿万维生，公手抚摩。水潦荐饥，散流而东。五十万人，仰哺于公。公之在内，自泉流濒。其在四方，自叶流根。百官维人，百度惟正。相我三宗，重华协明。帝谓公来，陨星其堂。有坟其丘，公岂是藏。维岳降神，今归不留。臣轼作颂，以配崧高。

【解题】

本文作于元祐二年（1087）九月。文中记前宰相富弼的行事、功业，特别强调他在与契丹的交往中，坚持气节，不辱使命，以及避功自谦、救济灾民等事迹。

范景仁墓志铭

熙宁、元丰间，士大夫论天下贤者，必曰君实、景仁。其道德风流，足以师表当世。其议论可否，足以荣辱天下。二公盖相得欢甚，皆自以为莫及，曰："吾与子生同志，死当同传。"而天下之人亦无敢优劣之者。二公既约更相为传，而后死者则志其墓。故君实为《景仁传》，其略曰："吕献可之先见，景仁之勇决，皆予所不及也。"轼幸得游二公间，知其平生为详，盖其用舍大节，皆不谋而同。如仁宗时，论立皇嗣，英宗时，论濮安懿王称号，神宗时，论新法。其言若出一人，相先后如左右手。故君实常谓人曰："吾与景仁兄弟也，但姓不同耳。"然至于论钟律，则反复相非，终身不能相一。君子是以知二公非苟同者。君实之没，轼既状其行事以授景仁，景仁志其墓，而轼表其墓道。今景仁之墓，其子孙皆以为君实既没，非子谁当志之，且吾先君子之益友也，其可以辞！

公姓范氏，讳镇，字景仁。其先自长安徙蜀，六世祖隆，始葬成都之华阳。曾祖讳昌祐，妣索氏。祖讳璲，妣张氏。累世皆不仕。考讳度，赠开府仪同三司。妣李氏，赠荣国太夫人，庞氏，赠昌国太夫人。开府以文艺节行，为蜀守张咏所知。有子三人。长曰镃，终陇城令。次曰锴，终卫尉寺丞。公其季也。

四岁而孤，从二兄为学。薛奎守蜀，道遇镃，求士可客者，镃以公对。公时年十八，奎与语，奇之，曰："大范恐不寿，其季廊庙人也。"还朝与公俱。或问奎入蜀所得，曰："得一伟人，当以文学名于世。"时故相宋庠与弟祁名重一时，见公称之，祁与为布衣交。由是名动场屋，举进士，为礼部第一。故事，殿廷唱第过三人，则礼部第一人者必越次抗声自陈，因擢置上第。公不肯自言，至第七十九人乃出拜，退就列，无一言。廷中皆异之。释褐为新安主簿。宋绶留守西京，召置国子监，使教诸生。秩满，又荐诸朝，为东监直讲。用参知政事王举正荐，召试学士院，除馆阁校勘，充编修《唐书》官。当迁校理，宰相庞籍言公有异材，恬于进取，特除直秘阁，为开封府推官，擢起居舍人，知谏院兼管句国子监。

上疏论民力困弊，请约祖宗以来官吏兵数，酌取其中为定制，以今赋入之数十七为经费，而储其三以备水旱非常。又言："古者冢宰制国用，唐以宰相兼盐铁转运，或判户部度支。今中书主民，枢密主兵，三司主财，各不相知，故财已匮而枢密益兵无穷，民已困而三司取财不已，请使中书、枢密通知兵民财利大计，与三司同制国用。"葬温成皇后。太常议礼，前谓之园，后谓之园陵。宰相刘沆前为监护使，后为园陵使。公言："尝闻法吏舞法矣，未闻礼官舞礼也。请诘问前后议异同状。"又请罢焚瘗锦绣珠玉以纾国用，从之。

时有敕，凡内降不如律令者，令中书、枢密院及所属执奏。未及一月，而内臣无故改官者，一日至五六人。公乞正大臣被诏故违不执奏之罪。石全斌以护温成葬，除观察使。凡治葬事者，皆迁两官。公言章献、章懿、章惠三太后之葬；推恩皆无此比，乞追还全斌等告敕。文彦博、富弼入相，百官郊迎，时两制不得诣宰相居第，百官不得间见。公言隆之以虚礼，不若开之以至诚，乞罢郊迎而除谒禁，以通天下之情。议减任子及每岁取士，皆公发之。又乞令宗室属疏者补外官。仁宗曰："卿言是也，顾恐天下谓朕不能睦族耳。"公曰："陛下甄别其贤者显用之，不没其能，乃所以睦族也。"虽不行，至熙宁初，卒如公言。

仁宗性宽容；言事者务讦以为名，或诬人阴私。公独引大体，略细故。时陈执中为相。公尝论其无学术，非宰相器。及执中嬖妾笞杀婢，御史劾奏，欲逐去之。公言："今阴阳不和，财匮民困，盗贼滋炽，狱犴充斥，执中当任其咎。闺门之私，非所以责宰相。”识者韪之。

仁宗即位三十五年，未有继嗣。嘉祐初得疾，中外危恐，不知所为。公独奋曰：“天下事尚有大于此者乎?”即上疏曰：“太祖舍其子而立太宗，此天下之大公也。周王既薨，真宗取宗室子养之宫中，此天下之大虑也。愿陛下以太祖之心行真宗故事，择宗室贤者，异其礼物，而试之政事，以系天下心。”章累上，不报。因阖门请罪。

会有星变，其占为急兵。公言：“国本未立，若变起仓卒，祸不可以前料，兵孰急于此者乎？今陛下得臣疏，不以留中而付中书，是欲使大臣奉行也。臣两至中书，大臣皆设辞以拒臣，是陛下欲为宗庙社稷计，而大臣不欲也。臣窃原其意，特恐行之而陛下中变耳。中变之祸不过于死，而国本不立，万一有如天象所告急兵之忧，则其祸岂独一死而已哉！夫中变之祸，死而无愧，急兵之忧，死且有罪。愿以此示大臣，使自择而审处焉。”闻者为之股栗。

除兼侍御史知杂事。公以言不从，固辞不受。执政谓公，上之不豫，大臣尝建此策矣，今间言已入，为之甚难。公复移书执政曰：“事当论其是非，不当问其难易。速则济，缓则不及，此圣贤所以贵机会也。诸公言今日难于前日，安知他日不难于今日乎?”凡见上，面陈者三。公泣，上亦泣，曰：“朕知卿忠，卿言是也。当更俟三二年。”凡章十九上，待罪百余日，须发为白，朝廷不能夺。

乃罢知谏院，改集贤殿修撰，判流内铨，修起居注，除知制诰。公虽罢言职，而无岁不言储嗣事。以仁宗春秋益高，每因事及之，冀以感动上心。及为知制诰，正谢上殿，面论之曰：“陛下许臣今复三年矣，愿早定大计。”明年，又因袷享献赋以讽。其后韩琦卒定策立英宗。迁翰林学士充史馆修撰，改右谏议大夫。

英宗即位，迁给事中，充仁宗山陵礼仪使。坐误迁宰臣官，改翰林侍读学士，复为翰林学士。中书奏请追尊濮安懿王，下两制议，以为宜称皇伯，高官大国，极其尊荣，非执政意，更下尚书省集议。已而台谏争言其不可，乃下诏罢议，令礼官检详典礼以闻。公时判太常寺，率礼官上言："汉宣帝于昭帝为孙，光武于平帝为祖，则其父容可以称皇考，然议者犹非之，谓其以小宗而合大宗之统也，今陛下既考仁宗，又考濮安懿王，则其失非特汉宣、光武之比矣。凡称帝若皇若皇考，立寝庙，论昭穆，皆非是。"于是具列仪礼及汉儒论议、魏明帝诏为五篇奏之。

以翰林侍读学士出知陈州。陈饥，公至三日，发库廪三万贯石，以贷不及奏，监司绳之急，公上书自劾，诏原之。是岁大熟，所贷悉还，陈人至今思之。

神宗即位，迁礼部侍郎，召还，复为翰林学士兼侍读、群牧使、句当三班院、知通进银台司。公言："故事，门下封驳制敕，省审章奏，纠举违滞，著于所授敕，其后刊去，故职寖废，请复之，使知所守。"从之。纠察在京刑狱。

王安石为政，始变更法令，改常平为青苗法。公上疏曰："常平之法，始于汉之盛时，视谷贵贱发敛，以便农末，最为近古，不可改。而青苗行于唐之衰乱，不足法。且陛下疾富民之多取而少取之，此正百步与五十步之间耳。今有二人坐市贸易，一人下其直以相倾夺，则人皆知恶之，其可以朝廷而行市道之所恶乎！"疏三上，不报。

迩英阁进读。与吕惠卿争论上前，因论旧法预买绌绢亦青苗之比。公曰："预买亦敝法也。若陛下躬节俭，府库有余，当并预买去之，奈何更以为比乎？"韩琦上疏，极论新法之害，安石使送条例司疏驳之。谏官李常乞罢青苗钱，安石令常分析，公皆封还其诏。诏五下，公执如初。

司马光除枢密副使。光以所言不行，不敢就职，诏许辞免，公再封还之。上知公不可夺，以诏直付光，不由门下。公奏："由臣不才，使陛下废法，有司失职，乞解银台司。"许之。

会有诏举谏官，公以轼应诏，而御史知杂谢景温弹奏轼罪。公又举孔文仲为贤良，文仲对策，极论新法之害。安石怒，罢文仲归故官。公上疏争之，不报。

时年六十三。即上言，臣言不行，无颜复立于朝，请致仕。疏五上，最后指言安石以喜怒赏罚事曰："陛下有纳谏之资，大臣进拒谏之计；陛下有爱民之性，大臣用残民之术。"安石大怒，自草制极口诋公，落翰林学士，以本官致仕。闻者皆为公惧。公上表谢，其略曰："虽曰乞身而去，敢忘忧国之心。"又曰："望陛下集群议为耳目，以除壅蔽之奸，任老成为腹心，以养和平之福。"天下闻而壮之。安石虽诋之深，人更以为荣焉。

公既退居，专以读书赋诗自娱。客至，辄置酒尽欢。或劝公称疾杜门。公曰："死生祸福，天也。吾其如天何！"同天节乞随班上寿，许之。遂著为令。久之归蜀。与亲旧乐饮，赈施其贫者，期年而后还。轼得罪，下御史台狱，索公与轼往来书疏文字甚急，公犹上书救轼不已。朝廷有大事，辄言之。

官制行，改正议大夫。今上即位，迁光禄大夫。初，英宗即位，祔仁宗主而迁僖祖。及神宗即位，复还僖祖而迁顺祖。公上言："太祖起宋州有天下，与汉高祖同，僖祖不当复还。乞下百官议。"不报。及上即位，公又言乞迁僖祖，正太祖东向之位。时年几八十矣。

韩维上言：公"在仁宗朝，首开建储之议，其后大臣继有论奏，先帝追录其言，存没皆推恩，而镇未尝以语人，人亦莫为言者。虽颜子不伐善，介之推不言禄，不能过也"。悉以公十九疏上之。拜端明殿学士。特诏长子清平县令百揆改宣德郎，且起公兼侍读提举中太一宫。诏语有曰："西伯善养，二老来归；汉室卑词，四臣入侍。为我强起，无或惮勤。”公固辞不起，天下益高之。

改提举嵩山崇福宫。公仲兄之孙祖禹，为著作郎，谒告省公于许。因复赐诏，及龙茶一合，存问甚厚。数月，复告老，进银青光禄大夫，再致仕。

初，仁宗命李照改定大乐，下王朴乐三律。皇祐中，又使胡瑗等考正，公与司马光皆与。公上疏，论律尺之法。又与光往复论难，凡数万言，自以为独得于心。元丰三年，神宗诏公与刘几定乐。公曰：“定乐当先正律。上曰：“然。虽有师旷之聪，不以六律，不能正五音。”公作律尺、龠、合、升、斗、豆、区、鬴、斛，欲图上之，又乞访求真黍以定黄钟。而刘几即用李照乐，加用四清声而奏乐成。诏罢局，赐赉有加。公谢曰：“此刘几乐也，臣何与焉。”及提举崇福宫，欲造乐献之，自以为嫌，乃先请致仕。既得谢，请太府铜为之，逾年乃成，比李照乐下一律有奇。二圣御延和殿，召执政同观，赐诏嘉奖，以乐下太常，诏三省、侍从、台阁之臣皆往观焉。

时公已属疾，乐奏三日而薨。实元祐三年闰十二月癸卯朔，享年八十一。讣闻，辍视朝一日，赠右金紫光禄大夫，谥曰忠文。公虽以上寿贵显，考终于家，无所憾者，而士大夫惜其以道德事明主，阅三世，皆以刚方难合，故虽用而不尽。及上即位，求人如不及，厚礼以起公，而公已老，无意于世矣。故闻其丧，哭之皆哀。

公清明坦夷，表里洞达，遇人以诚，恭俭慎默，口不言人过。及临大节，决大议，色和而语壮，常欲继之以死，虽在万乘前无所屈。笃于行义，奏补先族人而后子孙，乡人有不克婚葬者，辄为主之，客其家者常十余人，虽僦居陋巷，席地而坐，饮食必均。

兄镃卒于陇城，无子，闻其有遗腹子在外，公时未仕，徒步求之两蜀间，二年乃得之，曰：“吾兄异于人，体有四乳，是儿亦必然。”已而果然。名之曰百常。以公荫，今为承议郎。公少受学于乡先生庞直温。直温之子昉卒于京师，公娶其女为孙妇，养其妻子终身。

其学本于六经仁义，口不道佛老申韩异端之说。其文清丽简远，学者以为师法。凡三入翰林，知嘉祐二年、六年、八年及治平二年贡举，门生满天下，贵显者不可胜数。

诏修《唐书》、《仁宗实录》、《玉牒日历类篇》。凡朝廷有大述作、大议论，未尝不与。契丹、高丽皆知诵公文赋。少时尝赋“长啸却胡骑”，及奉使契丹，虏相目曰：“此长啸公也。”其后兄子百禄亦使虏，虏首问公安否。有《文集》一百卷，《谏垣集》十卷，《内制集》三十卷，《外制集》十卷，《正言》三卷，《乐书》三卷，《国朝韵对》三卷，《国朝事始》一卷，《东斋记事》十卷，《刀笔》八卷。

积勋柱国，累封蜀郡开国公，食邑加至二千六百户，实封五百户。娶张氏，追封清河郡君。再娶李氏，封长安郡君。子男五人。长曰燕孙，未名而卒。次百揆，宣德郎监中岳庙。次百嘉，承务郎，先公一年卒。次百岁，太康主簿，先公六年卒。次百虑，承务郎。女一人，尝适左司谏吴安诗，复归以卒。孙男十人。祖直，襄州司户参军。祖朴，长社主簿。祖野、祖平，假承务郎。祖封，右承奉郎。祖耕，承务郎。祖淳、祖舒、祖京、祖恩。孙女六人，曾孙女三人。

公晚家于许，许人爱而敬之。其薨也，里人皆出涕。以元祐四年八月己未，葬于汝之襄城县汝安乡推贤里，夫人李氏祔。

公始以诗赋为名进士，及为馆阁侍从，以文学称。虽屡谏争及论储嗣事，朝廷信其忠，然事颇秘，世亦未尽知也。其后议濮安懿王称号，守礼不回，而名益重。及论熙宁新法，与王安石、吕惠卿辨论，至废黜不用，然后天下翕然师尊之。无贵贱贤愚，谓之景仁而不敢名，有为不义，必畏公知之。

公既得谢，轼往贺之曰：“公虽退而名益重矣。”公愀然不乐，曰：“君子言听计从，消患于未萌，使天下阴受其赐，无智名，无勇功，吾独不得为此，命也夫。使天下受其害，而吾享其名，吾何心哉！”轼以是愧公。铭曰：

凡物之生，莫累于名。人顾趋之，以累为荣。神人无名，欲知者希。人顾忧之，以希为悲。熙宁以来，孰擅兹器？嗟嗟先生，名所不置。君实在洛，公在颍昌。皆欲忘民，民不汝忘。君实既来，遁归于洛。絷而维之，莫之胜说。为天相君，为君牧民。道远年徂，卒徇以身。公独坚卧，三诏不起。遂解天刑，竟以乐死。世皆谓公，贵身贱名。孰知其功，圣人之清。贪夫以廉，懦夫以立。不尸其功，无丧无得。君实之用，出而时施。如彼水火，宁除渴饥。公虽不用，亦相其行。如彼山川，出云相望。公维蜀人，乃葬于汝。子孙不忘，尚告来者。

【解题】

本文作于元祐四年（1089）五月，当时苏轼出知杭州。范景仁即范镇，元祐三年卒。文中详细记叙他的生平事迹，赞扬他勇于直谏，“守礼不回”的品格，表现出无限景仰之情。

宸奎阁碑

皇祐中，有诏庐山僧怀琏住京师十方净因禅院，召对化成殿，问佛法大意，奏对称旨，赐号大觉禅师。是时北方之为佛者，皆留于名相，囿于因果，以故士之聪明超轶者皆鄙其言，诋为蛮夷下俚之说。琏独指其妙与孔、老合者，其言文而真，其行峻而通，故一时士大夫喜从之游。遇休沐日，琏未盥漱，而户外之屦满矣。仁宗皇帝以天纵之能，不由师傅，自然得道，与琏问答，亲书颂诗以赐之，凡十有七篇。至和中，上书乞归老山中。上曰："山即如体也，将安归乎?"不许。治平中，再乞，坚甚，英宗皇帝留之不可，赐诏许自便。琏既渡江，少留于金山、西湖，遂归老于四明之阿育王山广利寺。四明之人，相与出力建大阁，藏所赐颂诗，榜之曰宸奎。时京师始建宝文阁，诏取其副本藏焉。且命岁度僧一人。琏归山二十有三年，年八十有三。臣出守杭州，其徒使来告曰："宸奎阁未有铭。君逮事昭陵，而与吾师游最旧，其可以辞!"

臣谨按古之人君号知佛者，必曰汉明、梁武，其徒盖常以藉口，而绘其像于壁者。汉明以察为明，而梁武以弱为仁。皆缘名失实，去佛远甚。恭惟仁宗皇帝在位四十二年，未尝广度僧尼，崇侈寺庙。干戈斧锧，未尝有所私贷。而升遐之日，天下归仁焉。此所谓得佛心法者，古今一人而已。琏虽以出世法度人，而持律严甚。上尝赐以龙脑钵盂，琏对使者焚之，曰："吾法以坏色衣，以瓦铁食，此钵非法。"使者归奏，上嘉叹久之。铭曰：

巍巍仁皇，体合自然。神耀得道，非有师傅。维道人琏，逍遥自在。禅律并行，不相留碍。于穆颂诗，我既其文。惟佛与佛，乃识其真。咨尔东南，山君海王。时节来朝，以谨其藏。

【解题】

本文作于元祐五年（1090）十二月。文中记僧怀琏之学问、为人，及宸奎阁建造始末，并为宸奎阁题写铭文。

故龙图阁学士滕公墓志铭　代张文定公作

神宗英文烈武圣孝皇帝初临海内，厉精为治，旁求天下，以出异人，得英伟大度之士。滕公元发始见知于英祖，而未及用，书其姓名藏于禁中，帝以是知之。既见公，姿度雄爽，问天下所以治乱。不思而对曰："治乱之道，如黑白东西，所以变色易位者，朋党乱之也。"帝曰："卿知君子小人之党乎？"公曰："君子无党。譬之草木，绸缪相附者必蔓草，非松柏也。朝廷无朋党，虽中主可以济，不然，虽上圣不治。"帝太息曰："天下名言也。"

遂以右正言，知制诰谏院、开封府，拜御史中丞、翰林学士，且大用矣。而公性疏达不疑，在帝前论事，如家人父子，言无文饰，洞见肝鬲。帝知其诚尽，事无巨细，人无亲疏，辄以问公。或中夜降手诏，使者旁午，公随事解答，不自嫌外。而执政方立新法，天下汹汹，恐公有言而帝信之，故相与造事谤公。帝虽不疑，然亦出公于外。以翰林侍读学士知郓州，移定与青，留守南都，徙齐、邓二州，用公之意盖未衰也。而公之妻党有犯法至大不道者，小人因是出力挤公，必欲杀之。帝知其无罪，落职，知池州。徙蔡，未行，改安州。既罢，入朝，未对。而左右不悦者，又中以飞语。复贬筠州。士大夫为公危栗，或以为且有后命。公谈笑自若，曰："天知吾直，上知吾忠，吾何忧哉！"乃上书自明，帝览之，释然，即以为湖州。方且复用，而帝升遐。公读遗诏，僵仆顿绝、久之乃苏，曰："已矣，吾无所自尽矣。"

今上即位，徙公为苏、扬二州；除公龙图阁直学士，复以为郓州，徙真定、河东。治边凛然，威行西北，号称名将。而宦官为走马者，诬公病不任职，诏徙许州。御史论公守边奇伟之状，且言其不病，诏复留河东，而公已老，盖年七十有一矣。即力求淮南，上不得已，乃以龙图阁学士、知扬州，未至而薨。盖元祐五年十月二十四日也。

方平历事三宗，逮与天圣、景祐间贤公卿游。公虽为晚进，而开济之资，迈往之气，盖有前人风度。以先帝神武英断，知公如此，而终不大用。每进，小人辄谗之。公尝上章自讼，有曰：

“乐羊无功，谤书满箧；即墨何罪，毁言日闻。”天下闻而悲之。呜呼！命也夫。

公讳甫，字元发。其后避高鲁王讳，以字为名，而字达道。东阳人也。滕氏出周文公之子错，封于滕，所谓滕叔绣者。十一代祖令琮为唐国子司业，令琮生太常博士翼，翼生赠户部侍郎伉，伉生赠礼部侍郎盖，盖生户部侍郎赠右仆射珣，珣生太中大夫、睦州刺吏迈，迈生越州观察推官坳，坳生祠部郎中文规，文规生公之曾祖讳仁俊，为温州永嘉令。祖讳鉴，不仕。皇考讳高，赠中大夫。曾祖母、祖母皆范氏，继祖母陈氏。皇妣王氏；追封太原郡君，生公之夕，梦虎行月中而堕其室。

九岁能赋，敏捷过人。范希文，皇考舅也，见公而奇之，教以为文。希文为苏州，而安定胡先生瑗居于苏，公往从之，门人以千数，第其文，公常为首。尝举进士，试于庭。宋子京奇其文，擢为第三人，而以声韵不中法，罢之。其后八年，复中第第三。

授大理评事，通判湖州。时孙元规守钱塘，一见公曰：“名臣也，后当为贤将。”授以治剧守边之要。

召试学士院，充集贤校理，判吏部南曹，除开封府推官，三司盐铁户部判官，同修起居注，判户部勾院。公在馆阁，未尝就第见执政，故宰相不悦，不迁者十年。既遇知神宗，为谏官，知无不言。然御史中丞王陶论宰相不押班为跋扈，上以问公。公曰：“宰相固有罪，然以为跋扈，则臣为期天陷人矣。”

为开封府。三狱皆满，公视事之日，理出数百人，决遣殆尽，京师翕然称之。

为御史中丞。中书、密院议边事，多不合。赵明与西人战，中书赏功，而密院降约束；郭逵修堡，枢密院方诘之，而中书已下褒诏矣。公言：“战守大事也，安危所寄，今中书欲战，密院欲守，何以令天下！愿敕大臣，凡战守除帅，议同而后下。”上善之。谏官杨绘言宰相不当以其子判鼓院。上曰："绘不习朝廷事，鼓院传达而已，何与于事？"公曰："人有诉宰相者，使其子传达之可乎？且天下见宰相子在是，岂敢复诉事？"上悟，为罢之。种谔擅筑绥州，且与薛向发诸路兵，环、庆、保安皆出剽掠，西人复诱杀将官杨定。公上疏，极言亮祚已纳款，不当失信。边隙一开，兵连民疲，必为内忧。京师郡国地震，公三上疏指陈致灾之由。大臣不悦，出公知秦州。上面谓曰："秦州非朕意也。"留不遣。诏馆伴契丹使。前此馆伴非其人，使者议神塔子事，往复纷然。是岁，契丹遣萧林牙、杨兴公来聘，朝廷忧之。公见兴公，开怀与语，问其家世父祖事，委曲详尽。兴公惊且喜，不复论去岁事。将去，与公马上泣别。林牙谓兴公曰："君与滕公善，岂将留此乎？'上闻之大喜。因公奏事殿中，叹曰："朕欲擢卿执政。卿逾月不对，而大臣力荐用唐介矣。"公曰："臣恨未有死所报陛下知遇，岂爱官职者？"唐淑问、孙觉言公短，上不信，悉以其言示公，所以慰劳公者甚厚。公顿首曰："陛下无所疑，臣无所愧，足矣。"

河朔地大震，涌沙出水，坏城池庐舍，命公为安抚使。官吏皆幄寝，居民恐惧，弃家而茇舍。公独卧屋下，曰："民恃吾以生，屋摧民死，吾当以身同之。"民始归，安其室。乃命葬死者，食饥者，除田税，察惰吏，修堤防，缮甲兵，督盗贼，河朔遂安。

使还，大臣将除公并州。上复留公开封府。民有王颍者，为邻妇隐其金，阅数尹不能辨。颍愤闷至病，伛杖而诉于公。公呼邻妇，一问得其情，取金还颍。颍奋身仰谢，失伛所在，投杖而出，一府大骇。

除翰林学士。夏国主秉常被篡，公言："继迁死时，李氏几不立矣，当时大臣不能分建诸豪，乃以全地王之，至今为患。今秉常失位，诸将争权，天以此遗陛下。若再失此时，悔将无及。

请择一贤将，假以重权，使经营分裂之，可不劳而定，百年之计也。”上奇其策，然不果用。

欲以公为三司使。力辞，已而除公瀛洲安抚使。公入，顿首曰；“臣知事陛下而已，不能事党人。愿陛下少回昔日之眷，无使臣为党人所快，则天下皆知事君为得，而事党人为无益矣。”上为改容。

公以皇考讳，辞高阳关，乃除郓州。治盗有方，不独用威猛，时有所纵舍，盗为屏息。

移定州。许入觐，力言新法之害。曰：“臣始以意度其不可耳。今为郡守，亲见其害民者。”具道所以然之状。至定州，以上巳宴郊外，有报契丹入寇边民来逃者，将吏大骇，请起治兵。公笑曰：“非尔所知也；”益置酒作乐。遣人论逃者曰：“吾在此，虏不敢动。”使各归业。明日问之，果妄。诸将以是服公。

韩忠彦使契丹，杨兴公迎劳，问公所在，且曰：“滕公可谓开口见心矣。”忠彦归奏，上喜，进公礼部侍郎，使再任。诏曰：“宽严有体，边人安焉。”公因作堂，以“安边”名之。公去国既久，而心在王室，著书五篇，一曰尊主势，二曰本圣心，三曰校人品，四曰破朋党，五曰赞治道，上之。其略曰：“陛下圣神文武，自足以斡运六合，譬之青天白日，不必点缀，自然清明。”识者韪其言。天下大旱，诏求直言。公上疏曰：“新法害民者，陛下既知之矣。但下一手诏，应熙宁二年以来所行新法，有不便者悉罢，则民气和而天意解矣。”

富彦国之守青州也，尝置教阅马步军九指挥，彦国既去，军稍缺不补。公至青，复完之，至溢额数千。其后朝廷屡发诸路兵，或丧失不还，惟青州兵至今为盛。

其谪守池、安，皆以静治闻，饮酒赋诗，未尝有迁谪意。侍郎韩丕，旅殡于安五十年矣；学士郑獬，安人也，既没十年，贫不克葬。公皆葬之。著作佐郎木炎居丧以毁卒，公既助其葬，又为买田赒之，敕使谢禋市物于安，因缘为奸，民被其毒，公密疏奸状，上为罢黜禋。自安定先生之亡，公常割俸以赒其子，及为湖州，祭其墓，哭之恸，东南之士归心焉。

自扬徙郓。岁方饥，乞淮南米二十万石为备。郓有剧贼数人，公愁知其所舍，遣吏掩捕皆获，吏民不知所出。郡学生食不给，民有争公田二十年不决者，公曰："学无食，而以良田饱顽民乎！"乃请以为学田，遂绝其讼。学者作《新田诗》以美之。时淮南、京东皆大饥，公独有所乞米为备，召城中富民与约曰："流民且至，无以处之，则疾疫起，并及汝矣。吾得城外废营地，欲为席屋以待之。"民曰："诺。"为屋二千五百间，一夕而成。流民至，以次授地，井灶器用皆具。以兵法部勒，少者炊，壮者樵，妇女汲，老者休，民至如归。上遣工部郎中王古按视之，庐舍道巷，引绳棋布，肃然如营阵。古大惊，图上其事，有诏褒美。盖活五万人云。

徙真定。乞以便宜除盗，许之。然讫公之去，无一人死法外者，秋大熟，积饥之民，方赖以生，而有司争籴，谷贵，公奏边廪有余，请罢籴二年，从之。

徙知太原府。河东兵劳民贫，而土豪将吏皆利于有警，故喜作边事，民不堪命。公始至，蕃族来贺，令曰："谨斥候，无开边隙，有寇而失备，与无寇而生事者，皆斩。"自军司马讫边安抚以下，皆勒以军法。西人猎境上，河外请益兵。公曰；"寇来则死之，吾不出一兵也。"河东十二将，其四以备北，其八以备西，八将更休，为上下番。是岁八月，边郡称有警，请八将皆上，谓之防秋。公曰："贼若并兵犯我，虽八将不敌也。若其不来，四将足矣。"卒遣更休。而将吏惧甚，扣閤争之。公指其颈曰："吾已舍此矣，颈可断，兵不可出。"卒无寇，省刍粟十五万。河东之所患者，盐与和籴也。公稍更其法，明著税额，而通盐商配率粮草视物力高下，而不以占田多少为差，民以为便。阳曲县旧治城西，汾决，徙城中，县废为荒田。公奏还之，使县治堤防如黄河，民复成市。诸将驻列城者，长吏或不欲悦，捃诬以事，有至死者。公奏立法，将有罪，徙他郡讯验。诸将闻之，喜曰："公保吾生，当报以死。"西夏请复故地，诏赐以四寨，而葭芦隶河东。公曰："取城易，弃城难。昔弃啰凡，西人袭我不备，丧金帛不赀，且为夷狄笑。"乃命部将訾虎、萧士元以兵护迁，号令严整，寇不能近，无一瓦之失。将赐寨，公请先画界而后弃，不从。西人已得地，则请凡画界以绥德城为法，从之。公曰："若法绥德，以二十里为界，则吴堡去葭芦百二十里，为失百里矣。兵家以进退尺寸为强弱，今一举而失百里，不可。"力争之。已而谍者得西人之谋曰："吾将出劲兵于义、吴二寨之间，劫汉使不得出兵，则二寨亦弃矣。"公遂复前议，章九上，至数万言。议者谓近世名将无及公者。

公为文与诗，英发妙丽，每出一篇，学者争诵之。笃于行义，事父母，抚诸弟，以孝友闻。临大事，决大议，毅然不计死生。至于己私，则小心庄栗，惟恐有过。其事上及与人交，驭将吏，待妻子奴婢，一以至诚。仕自大理评事至右光禄大夫，职至龙图阁学士，勋至上柱国，爵至南阳郡开国侯，食邑至一千六百户，实封至八百户，赠银青光禄大夫。有文集二十卷。娶李氏，唐御史大夫栖筠之后，晋卿之女，累封建安郡君，先公卒，赠永宁郡君。子三人，祐、祁皆承奉郎，裕尚幼。女五人，长适朝请郎知楚州何洵直，次适宣德郎秘书省正字王炳，早卒，次适宣德郎太学博士王涣之，次复适王炳，季适方平之子朝散郎南京通判恕。孙男六人。将以元祐七年八月二十二日癸酉，葬于苏州长洲县彭华乡阳山之栗坞。铭曰：

天之降材，千夫一人。人之逢时，千载一君。生之既难，得之岂易？而彼谗人，曾不少置。昔在帝尧，甚畏巧言。谗说震惊，虽尧亦然。伟哉滕公，廊庙之具。帝欲用公，将起辄仆。赖帝之明，虽仆复兴。小试于边，戎狄是膺。日月逝矣，岁不我与。老成云亡，吾谁与处。若古有训，无竞维人。公之治边，折冲精神。猛虎在山，藜藿茂遂。及其既亡，樵牧所易。公官三品，以寿考终。我铭之悲，夫岂为公！

【解题】

本文作于元祐六年（1091）五月。滕公，即滕甫，官终龙图阁学士，元祐五年（1090）卒。文中详叙其一生事迹，对其因不附新党，虽有大才，却不得大用的遭际，表示了无限感慨。本文代张方平作。

上清储祥宫碑

元祐六年六月丙午，制诏臣轼，上清储祥宫成，当书其事于石。臣轼拜手稽首言曰："臣以书命待罪北门，记事之成，职也。然臣愚不知宫之所以废兴，与凡材用之所从出，敢昧死请。"乃命有司具其事以诏臣轼。

始，太宗皇帝以圣文神武佐太祖定天下。既即位，尽以太祖所赐金帛作上清宫朝阳门之内，旌兴王之功，且为五代兵革之余遗民赤子，请命上帝，以至道元年正月宫成，民不知劳，天下颂之。至庆历三年十二月，有司不戒于火，一夕而烬。自是为荆棘瓦砾之场，凡三十七年。元丰二年二月，神宗皇帝始命道士王太初居宫之故地，以法箓符水为民禳禬，民趋归之，稍以其力修复祠宇。诏用日者言。以宫之所在为国家子孙地，乃赐名上清储祥宫。且赐度牒与佛庙神祠之遗利，为钱一千七百四十七万，又以官田十四顷给之，刻玉如汉张道陵所用印，及所被服冠佩剑履以赐太初，所以宠之者甚备。宫未成者十八，而太初卒。太皇太后闻之，喟然叹曰："民不可劳也，兵不可役也，大司徒钱不可发也，而先帝之意不可以不成。”乃敕禁中供奉之物，务从约损，斥卖珠玉以巨万计，凡所谓以天下养者，悉归之储祥，积会所赐，为钱一万七千六百二十八万，而宫乃成。内出白金六千三百余两，以为香火瓜华之用。召道士刘应贞嗣行大初之法，命入内供奉官陈衍典领其事。起四年之春，讫六年之秋，为三门两庑，中大殿三，旁小殿九，钟经楼二，石坛一，建斋殿于东，以待临幸，筑道馆于西，以居其徒，凡七百余间。雄丽靖深，为天下伟观，而民不知，有司不与焉。呜呼，其可谓至德也已矣！

臣谨按道家者流，本出于黄帝、老子。其道以清净无为为宗，以虚明应物为用，以慈俭不争为行，合于《周易》“何思何虑”、《论语》“仁者静寿”之说，如是而已。自秦、汉以来，始用方士言，乃有飞仙变化之术，《黄庭》、《大洞》之法，太上、天真、木公、金母之号，延康、赤明、龙汉、开皇之纪，天皇、太一、紫微、北极之祀，下至于丹药奇技，符箓小数，皆归于道家，学者不能必其有无。然臣尝窃论之：黄帝、老子之道，本也；方士之言，末也。修其本而末自应。故仁义不施，则《韶》、《濩》之乐，不能以降天神；忠信不立，则射乡之礼，不能以致刑措。汉兴，盖公治黄、老，而曹参师其言，以谓治道贵清静，而民自定。以此为政，天下歌之曰：“萧何为法，顜若画一。曹参代之，守而勿失。载其清静，民以宁壹。”其后文景之治，大率依本黄、老，清心省事，薄敛缓狱，不言兵而天下富。

臣观上与太皇太后所以治天下者，可谓至矣。检身以律物，故不怒而威；捐利以予民，故不藏而富；屈己以消兵，故不战而胜；虚心以观世，故不察而明。虽黄帝、老子，其何以如此。本既立矣，则又恶衣菲食，卑宫室，陋器用，斥其赢余，以成此宫，上以终先帝未究之志，下以为子孙无疆之福。宫成之日，民大和会，鼓舞讴歌，声闻于天，天地喜答，神祇来格，祝史无求，福禄自至，时万时亿，永作神主。故曰“修其本而末自应”，岂不然哉！臣既书其事，皇帝若曰：“大哉太祖之功，太宗之德，神宗之志，而圣母成之。汝作铭诗，而朕书其首曰上清储祥宫碑。”臣轼拜手稽首献铭曰：

天之苍苍，正色非耶？其视下也，亦若斯耶？我筑上清，储祥之宫。无以来之，其肯我从。元祐之政，媚于上下。何修何营，曰是四者。民怀其仁，吏服其廉。鬼畏其正，神予其谦。帝既子民，维子之视。云何事帝，而瘠其子。允哲文母，以公灭私。作宫千柱，人初不知。于皇祖宗，在帝左右。风马云车，从帝来狩。阅视新宫，察民之言。佑我文母，及其孝孙。孝孙来飨，左右耆耇。无竞惟人，以燕我后。多士为祥，文母所培。我膺受之，笃其成材。千石之钟，万石之虡。相以铭诗，震于四海。

【解题】

本文作于元祐六年（1091）闰六月。文中记述了上清储祥宫修建始末，颂扬了皇太后克己爱民的品德，并阐发了儒道融合的思想。

昭灵侯庙碑

昭灵侯南阳张公讳路斯，隋之初，家于颍上县仁社村。年十六，中明经第。唐景龙中，为宣城令，以才能称。夫人石氏生九子。自宣城罢归，常钓于焦氏台之阴。一日，顾见钓处有宫室楼殿，遂入居之。自是夜出旦归，归辄体寒而湿。夫人惊问之。公曰：“我，龙也。蓼人郑祥远者，亦龙也。与我争此居，明日当战，使九子助我。领有绛绡者我也，青绡者郑也。”明日，九子以弓矢射青绡者中之，怒而去，公亦逐之，所过为溪谷，以达于淮。而青绡者，投于合淝之西山以死，为龙穴山。九子皆化为龙，而石氏葬关洲。公之兄为马步使者，子孙散居颍上，其墓皆存焉。事见于唐布衣赵耕之文，而传于淮颍间父老之口，载于欧阳文忠公之《集古录》云。

自景龙以来，颍人世祠之于焦氏台。乾宁中，刺史王敬荛始大其庙。有宋乾德中，蔡州大旱，其刺史司超闻公之灵，筑祠于蔡。既雨，翰林学士承旨陶谷为记其事。盖自淮南至于蔡、许、陈、汝，皆奔走奉祠。景德中，谏议大夫张秉，奉诏益新颍上祠宇。而熙宁中司封郎中张徽奏乞爵号，诏封公昭灵侯、石氏柔应夫人。庙有穴五，往往见变异，出云雨，或投器穴中，则见于池，而近岁有得蜕骨于池者，金声玉质，轻重不常，今藏庙中。

元祐六年，秋，旱甚，郡守龙图阁学士左朝奉郎苏轼，迎致其骨于西湖之行祠，与吏民祷焉，其应如响。乃益治其庙，作碑而铭之。铭曰：

维古至人，泠然乘风。变化往来，不私其躬。道本于仁，仁故能勇。有杀有生，以仁为终。相彼幻身，何适不通。地行为人，天飞为龙。惠于有生，我则从之。淮颍之间，笃生张公。跨历隋、唐，显于有宋。上帝宠之，先帝封之。昭于一方，万灵宗之。哀我颍民，处瘠而穷。地倾东南，潦水所钟。忽焉归壑，千里一空。公居其间，拯溺吊凶。救疗疾疠，驱攘螟虫。开阖抑扬，孰知其功。坎坎击鼓，巫师老农。斗酒只鸡，四簋其馔。度公之居，贝阙珠宫。揆公之食，琼醴玉饔。何以称之，我愧于中。公之所飨，惟诚与恭。诚在爱民，无伤农工。恭不在外，洗濯厥胸。以此事神，神听则聪。敢有不然，上帝之恫。

【解题】

本文作于元祐六年（1091）十二月。文中记述了张路斯神异故事及其祠庙、爵号等情况，并对其显灵降雨解旱表示感激。

潮州韩文公庙碑

匹夫而为百世师，一言而为天下法。是皆有以参天地之化，关盛衰之运。其生也有自来，其逝也有所为。故申吕自岳降，傅说为列星，古今所传，不可诬也。孟子曰："吾善养吾浩然之气。是气也，寓于寻常之中，而塞乎天地之间。"卒然遇之，则王公失其贵，晋、楚失其富，良、平失其智，贲、育失其勇，仪、秦失其辩，是孰使之然哉？其心有不依形而立，不恃力而行，不待生而存，不随死而亡者矣。故在天为星辰，在地为河岳。幽则为鬼神，而明则复为人。此理之常，无足怪者。

自东汉以来，道丧文弊，异端并起，历唐贞观、开元之盛，辅以房、杜、姚、宋而不能救。独韩文公起布衣，谈笑而麾之，天下靡然从公，复归于正，盖三百年于此矣。文起八代之衰，而道济天下之溺，忠犯人主之怒，而勇夺三军之帅。岂非参天地，关盛衰，浩然而独存者乎！盖尝论天人之辨，以谓人无所不至，惟天不容伪。智可以欺王公，不可以欺豚鱼。力可以得天下，不可以得匹夫匹妇之心。故公之精诚，能开衡山之云，而不能回宪宗之惑。能驯鳄鱼之暴，而不能弭皇甫镈、李逢吉之谤。能信于南海之民，庙食百世，而不能使其身一日安于朝廷之上。盖公之所能者，天也。所不能者，人也。

始，潮人未知学，公命进士赵德为之师。自是潮之士，皆笃于文行，延及齐民，至于今，号称易治。信乎孔子之言："君子学道则爱人，小人学道则易使也，"潮人之事公也，饮食必祭，水旱疾疫，凡有求必祷焉。而庙在刺史公堂之后，民以出入为艰。前守欲请诸朝作新庙，不果。元祐五年，朝散郎王君涤来守是邦，凡所以养士治民者，一以公为师。民既悦服，则出令曰：

“愿新公庙者听。”民欢趋之。卜地于州城之南七里，期年而庙成。

或曰：“公去国万里，而谪于潮，不能一岁而归，没而有知，其不眷恋于潮，审矣。”轼曰：“不然。公之神在天下者，如水之在地中，无所往而不在也。而潮人独信之深，思之至，焄蒿凄怆，若或见之。譬如凿井得泉，而曰水专在是，岂理也哉！”元丰七年，诏封公昌黎伯，故榜曰昌黎伯韩文公之庙。潮人请书其事于石，因作诗以遗之，使歌以祀公。其词曰：

公昔骑龙白云乡，手抉云汉分天章，天孙为织云锦裳。飘然乘风来帝旁，下与浊世扫秕糠，西游咸池略扶桑。草木衣被昭回光，追逐李、杜参翱翔，汗流籍、湜走且僵。灭没倒景不可望，作书诋佛讥君王，要观南海窥衡湘。历舜九疑吊英皇，祝融先驱海若藏，约束蛟鳄如驱羊。钧天无人帝悲伤，讴吟下诏遣巫阳，㸌牲鸡卜羞我觞；于粲荔丹与蕉黄，公不少留我涕滂，翩然被发下大荒。

【解题】

本文于元祐七年（1092）三月应潮州知州王涤之请而作。文中高度评价了韩愈在学术、文学上的成就，以及他在潮州的政绩，并对韩愈被贬的遭遇给予极大的同情，借以抒发自己的身世之感。文章情感充沛，多用排偶对仗，纵横挥洒，推出层层波澜，历来为人所激赏。

张文定公墓志铭

仁宗皇帝在位四十二年，搜揽天下豪杰，不可胜数。既自以为股肱心膂，敬用其言，以致太平，而其任重道远者，又留以为三世子孙百年之用，至于今赖之。孔子曰：“惟天为大，惟尧则之。”天下未尝一日无士，而仁宗之世，独为多士者，以其大也。贾谊叹细德之崄微，知凤鸟之不下，闵沟渎之寻常，知吞舟之不容，伤时无是大者以容己也。故尝窃论之。天下大器也，非力兼万人，其孰能举之！非仁宗之大，其孰能容此万人之英乎！盖即位八年，而以制策取士，一举而得富弼，再举而得公。

公姓张氏，讳方平，字安道。其先宋人也，后徙扬州。高祖克，唐末为亳州刺史。曾祖文熙，亳州军事推官，赠太师，娶苏氏，追封武功郡太夫人。祖峤，以进士及第，太宗尝召对，选知郓州，赐亲扎，给全俸，终于尚书都官员外郎，娶刘氏，追封沛国太夫人。考尧卿，生而端默寡言，有出世间意，以父命勉娶，非其意也。父没，遂居一室，家人莫得见其面者十有七年。与祖考皆赠太师、开府仪同三司，皆封魏国公。娶嵇氏，追封谯国太夫人。

公年十三，入应天府学。颖悟绝人。家贫无书，尝就人借三史，旬日辄归之，曰：“吾已得其详矣。”凡书皆钦阅，终身不再读。属文未尝起草。宋绶、蔡齐见之曰：“天下奇材也。”与范讽皆以茂材异等荐之。

以景祐元年中选，授校书郎，知昆山县。蒋堂为苏州，得公所著《刍尧论》五十篇，上之，以贤良方正能直言极谏荐公。射策优等，迁著作佐郎，通判睦州。

时赵元昊欲叛而未有以发，则为嫚书求大名以怒朝廷，规得谴绝以激使其众。公以谓：“朝廷自景德以来，既与契丹盟，天下忘备，将不知兵，士不知战，民不知劳，盖三十年矣。若骤用之，必有丧师蹶将之忧，兵连民疲，必有盗贼意外之患。当含垢匿瑕，顺适其意，使未有以发，得岁月之顷，以其间选将厉士，坚城除器，为不可胜以待之。虽元昊终于必叛，而兵出无名，吏士不直其上，难以决胜。小国用兵三年，而不见胜负，不折则破，我以全制其后，必胜之道也。”是时士大夫见天下全盛，而元昊小丑，皆欲发兵诛之，惟公与吴育同议。议者不深察，以二人之论为出于姑息，遂决用兵，天下骚动。

公献《平戎十策》，大略以边城千里，我分而贼专，虽屯兵数十万，然贼至常以一击十，必败之道也。既败而图之，则老师费财，不可为已。宜及民力之完，屯重兵河东，示以形势，贼入寇，必自延、渭而兴州，巢穴之守必虚，我师自麟、府渡河，不十日可至。此所谓攻其所必救，形格势禁之道也。宰相吕夷简见之，谓宋绶曰："君能为国得人矣。"然不果用其策。

召对，赐五品服，直集贤院，迁太常丞，知谏院。首论祖宗以来，虽分中书、枢密院，而三圣英武独运，断归于一。今陛下谦德，仰成二府，不可以不合。仁宗嘉之。会富弼亦论此，遂命宰相兼枢密使。

方元昊之叛也，禁兵皆西，而诸路守兵，多拣赴阙，郡县无备，乃命调额外弓手。公在睦州，条上利害八事。及是，有旨遣使于陕西、河东、京东西路刺弓手为宣毅、保捷指挥。公连上疏，争之甚力，不从。宣毅十四万人，保捷九万人，皆市人不可用，而宣毅骄甚，所在为寇。自是民力大困，国用一空。识者以不从公言为恨。

时夏竦并护四路，刘平、石元孙、任福之败，皆贬主帅，而竦独不问。贼围麟、府，诏竦出兵牵制。竦逗遛不出，使贼平丰州、夷灵远而去。公极言之。诏罢竦节制。自是四路各得专达，人人自效，边备修完，贼至无所得。

及庆历元年，西方用兵，盖六年矣。上既厌兵，而贼亦困弊，不得耕牧休息，虏中匹布至十余千，元昊欲自通，其道无由。公慨然上疏曰："陛下犹天地父母也，岂与此犬豕豺狼较胜负乎？愿因今岁郊赦，引咎示信，开其自新之路，申敕边吏，勿绝其善意。若犹不悛，亦足以怒我而怠彼，虽天地鬼神，必将诛之。"仁宗喜曰："是吾心也。"命公以疏付中书。吕夷简读之，拱手曰："公之及此，是社稷之福也。"是岁，赦书开论如公意。明年，元昊始请弊。自元昊叛，公谋无遗策，虽不尽用，然西师解严，公有力焉。

修起居注，假起居舍人、知制诰使契丹。戎主雅闻公名，与其母后族人，微行观公于范阳门外。及燕，亲诣前酌玉卮以饮公，顾左右曰："有臣如此，佳哉!"骑而击毬于公前，以其所乘马赐公。朝廷知之，自是虏使挟事至者，辄命公馆之。

寻召试，知制诰，迁右正言，赐三品服，诰命简严，四方诵之。

兼史馆修撰。章得象监国史，以日历自乾兴至庆历废不修，以属公。于是粲然复完。

权知开封府，府事至繁，为尹者皆书板以记事，公独不用，默记数百人，以次决遣，不遗毫厘。吏民大惊以为神，不敢复欺。

拜翰林学士，领群牧使。牧事久不治，公始整齐之。元昊遣使求通，已在境上，而契丹与元昊构隙，使来约我，请拒绝其使。时议者欲遂纳元昊，故为答书曰："元昊若尽如约束，则理难拒绝。"仁宗以书示公与宋祁。公上议曰："书词如此，是拒契丹而纳元昊，得新附之小羌，失久和之强虏也。若已封册元昊，而契丹之使再至，能终不听乎？若不听，契丹之怨，必自是始。听而绝之，则中国无复信义，永断招怀之理矣。是一举而失二虏也。宜赐元昊诏曰：'朝廷纳卿诚款，本缘契丹之请，今闻卿招诱契丹边户，失舅甥之欢，契丹遣使为言。卿宜审处其事，但嫌隙朝除，则封册暮行矣。'如此于西北为两得。"时人伏其精识。

拜谏议大夫，为御史中丞。中外之事，知无不言，至于宫妾宦官，'滥恩横赐，皆力争裁抑之。

寻知贡举。士方以游词崄语为高。公上疏，以谓文章之变，实关盛衰，不可长也。诏以公言晓谕学者。宰相贾昌朝与参知政事吴育忿争上前。公将对，昌朝使人约公，当以代育。公怒叱遣曰："此言何为至于我哉！"既对，极论二人邪正曲直。然育卒罢，高若讷代之。

时当郊而费用未具，中外以为忧。宰相欲以是危公，复拜翰林学士，为王司使。公领使未几，以办闻，仁宗大喜。至于今，计司先郊告办，盖自公始。前三司使王拱辰请榷河北盐，既立法矣，而未下。公见上问曰："河北再榷盐，何也？"仁宗惊曰："始立法，非再也。"公曰："周世宗榷河北盐，犯辄处死。世宗北伐，父老遮道泣诉，愿以盐课均之两税钱，而弛其禁，世宗许之。今两税盐钱是也，岂非再榷乎？且今未榷也，而契丹常盗贩不已；若榷之则盐贵，虏盐益售，是为我敛怨而虏获利乎？虏盐滋多，非用兵莫能禁也。边隙一开，所获利能补用兵之费乎？"仁宗大悟曰："卿与宰相立罢之。"公曰："法虽未下，民已户知之，当直以手诏罢，不可自有司出也。"仁宗大喜，命公密撰手诏下之。河朔父老，相率拜迎于澶州，为佛老会七日，以报上恩；且刻诏书北京，至今父老过其下，必稽首流涕。

南京鸿庆宫成，奉安三圣像，当遣柄臣，特命公为礼仪使，乡党荣之。

仁宗遂欲用公，而公以目疾求去甚力，乃加端明殿学士归院，判尚书都省，兼领银台司审刑院太常寺事。庆历中，卫士夜逾宫垣为变，仁宗旦语二府，以贵妃张氏有扈跸之功。枢密使夏竦倡言宜讲求所以尊异贵妃之礼，宰相陈执中不知所为。公见执中，言："汉冯婕妤身当猛兽，不闻有所尊异，且皇后在而尊贵妃，古无是礼。若果行之，天下谤议必大萃于公，终身不可雪也。"执中耸然，敬从公言而罢。修宗正寺玉牒，补缀失亡，为书数百卷。

自陕右用兵，公私困乏，士大夫争言丰财省费之道，然多不得其要。公自为谏官、御史中丞、三司使，皆为上精言之。一日，仁宗御资政殿，召两府、侍从赐坐，手诏问天下事。公退直禁林，是日有旨锁院。公既草制书，又条对所问数千言，夜半与制书皆上。仁宗惊异，又手诏独策公。明日复出数千言，大略以谓："太祖定天下，用兵不过十五万，今百余万，而更言不足。自祥符以来，万事堕弛，务为姑息，渐失祖宗之旧，取士、任子、靡勘、迁补之法既坏，而任将养兵，皆非旧律。国用既窘，则政出一切，大商奸民，乘隙射利，而茶盐香礬之法乱矣。此治乱盛衰之本，不可以不急治。"公既明习历代损益，又周知祖宗法度，悉陈其本末羸虚所以然之状，及当今所宜救治施行之略。而其末乃论："古今治乱，在上下离合之间。比年已来，朝廷颇引轻崄之人，布之言路，违道干誉，利口为贤，内则台谏，外则监司，下至胥吏僮奴，皆可以构危其上。自将相公卿宿贵之人，皆争屈体以收礼后辈，有不然者，则谤毁随之，惴惴焉惟恐不免，何暇展布心体为国立事哉！此风不革，天下无时而治也。"上益异之，书"文儒"二字以赐。月余，御迎阳门，召两制近侍，复赐问目曰："朕之阙失，国之奸蠹，朝之憸谀，皆直言其状。"独引公近御榻，密访之，且有大用语。公叹曰："暴人之私，迫人于崄而攘之，我不为也。"终无所言。

公既刚简自信，不恤毁誉，故小人思有以中之。会三司判官杨仪，以请求得罪，公坐与仪厚善，遂罢职，出知滁州。不数月，上悟，还端明殿学士，知江宁府。明年，加龙图阁学士，迁给事中，知杭州。公平生学道，虚一而静，故所至皆不言而治。既去，人必思之。

自杭丁太夫人忧，服除，以旧职还朝。判流内铨。建言畿内税重，非所以示天下。是岁郊赦，减畿内税三分，遂为定制。

秦州叛羌断古渭路，帅张昇发兵讨贼，而副总管刘涣不受命，皆罢之。拜公侍读学士、知秦州。公力辞不拜，曰："涣与昇有阶级，今互言而两罢，帅不可为也。”昇以故得不罢。

以公为礼部侍郎，知滑州，改户部侍郎，移镇西蜀。始，李顺以甲午岁叛，蜀人记之，至是方以为忧。前转运使摄守事，西南夷有邛部川首领者，妄言蛮贼侬智高在南诏，欲来寇蜀，摄守妄人也，闻之大惊，移兵屯边郡，益调额外弓手，发民筑城，日夜不得休息。民大惊扰，争迁居城中，男女昏会，不复以年，贱粥谷帛市金银，埋之地中。朝廷闻之，发陕西步骑戍蜀，兵仗络绎相望于道。诏促公行，且许以便宜从事。公言：“南诏去蜀二千余里，道崄不通，其间皆杂种，不相役属，安能举大兵为智高寇我哉！此必妄也，臣当以静镇之。”道遇戍卒兵仗，辄遣还入境。下令邛部川曰：“寇来吾自当之，妄言者斩。”悉归屯边兵，散遣弓手，罢筑城之役。会上元观灯，城门皆通夕不闭，蜀遂大安。已而得邛部川之译人始为此谋者斩之，枭首境上，而配流其余党于湖南，西南夷大震。先是朝廷获智高母子留不杀，欲以招智高，至是乃伏法。

复以三司使召还。奏罢蜀横赋四十万，减铸铁钱十余万，蜀人至今纪之。初主计京师，有三年粮，而马粟倍之。至是马粟仅足一岁，而粮亦减半。因建言：“今之京师，古所谓陈留，天下四通五达之郊，非如雍、洛有山河形胜足恃也，特依重兵以立国耳。兵恃食，食恃漕运。汴河控引江淮，利尽南海，天圣以前，岁发民浚之，故河行地中。有张君平者，以疏导京东积水，始辍用汴夫。其后浅妄者，争以裁减费役为功，河日以堙塞。今仰而望河，非祖宗之旧也。”遂画漕运十四策。宰相富弼读公奏上前，昼漏尽十刻，侍卫皆跛倚，仁宗太息称善．弼曰：“此国计大本，非常奏也。”悉如所启施行。退谓公曰：“自庆历以来，公论食货详矣，朝廷每有所损益，必以公奏为议本。凡除主计，未尝敢先公也。”其后未期年，而京师有五年之蓄。

迁吏部侍郎，复以目疾请郡，迁尚书左丞，知南京。未几以工部尚书知秦州。时亮祚方骄僭，阅士马，筑堡筚篥城之西，压秦境上，属户皆逃匿山林。公即料简将士，声言出塞，实按军不动。贼既不至，言者因论公无贼而轻举。宰相曾公亮昌言于朝，曰：“兵不出塞，何名为轻举，张公岂轻者哉！贼所以不至者，以有备故也。有备而贼不至，则以轻举罪之，边臣自是不敢为先事之备也。”议者乃服。

初命公秦州，有旨再除，当除宣徽使。议者欲以是沮挠之，公笑曰：“吾于死生祸福，未尝择也。宣徽使于我何有哉！”力请解，复知南京。封清河郡公。

英宗即位，迁礼部尚书，知陈州。过都，留判尚书都省，请知郓州。陛辞论天下事，英宗叹曰：“学士其可以去朝廷哉！”公力请行，加侍读学士，徙定州，乞归养，改徐州。

英宗屡欲召还，而左右无助公者。一日谓执政曰；“吾在藩邸时，见其《刍荛论》及所对策，近者代言之臣，未尝副吾意，若使居典诰之任，亦国华也。”执政乃始奉诏拜翰林学士承旨。问治道体要，公以简易诚明为对，言近而指远。不觉前席曰：“吾昔奉朝请，望侍从大臣，以谓皆天下选人。今乃不然，闻学士之言，渭知有人矣。”

胡宿罢枢密副使，上欲以公代之，而执政请用郭逵。英宗以语公。公曰：“自庆历以后，擢任二府，必参之中书，臣知事君而已。”迁刑部尚书。

英宗不豫，学士王珪当直不召，召公赴福宁殿。上凭几不言，赐公坐。出书一幅，八字，曰“来日降诏，立皇太子”。公抗声曰：“必颍王也，嫡长而贤，请书其名。”上力疾书以付公。公既草制，寻充册立皇太子礼仪使。

神宗即位（召见侧门。公曰：“仁宗崩，厚葬过礼，公私骚然，请损之。”上曰：“奉先可损乎？”公曰：“遗制固云以先志行之，天子之孝也。”上叹曰：“是吾心也。”

公又奏百官迁秩，恩已过厚，若锡赉复用嘉祐近比，恐国力不能支，乞追用乾兴例足矣。从之，省费十七八。

迁户部尚书。御史中丞王陶击宰相，参知政事吴奎与之辨，上欲罢奎。公适对，上曰："奎罢，当以卿代。"公力辞。上曰："卿历三朝，无所阿附，左右莫为先容，可谓独立杰出矣。先帝已欲用卿，今复何辞！"公曰："韩琦久在告，意保全奎，奎免，必不复起。琦勋在王室，愿陛下复奎位，手诏谕琦，以全始终之分。"上嗟叹久之，继出小纸曰："奎位执政而击中司，谓朕手诏为内批，持之三日不下，不去可乎？"公复论如初。上从之，赐琦诏，如公言。久之，琦求去坚甚，夜召公议。公复申前论。上曰："琦志不可夺也。"公遂建议宜宠以两镇节钺，且虚府以示复用，从之。

面命公为参知政事，以亲疾辞。上曰："受命以慰亲意，庶有瘳也。"是夕，复诏知制诰郑獬内东门别殿，谕以用公意，制词皆出上旨。制出，公以亲疾在告，召对，押赴中书。

御史中丞缺，曾公亮欲用王安石，公极论安石不可用。不数日，魏公捐馆，上叹息不已。命近珰及内司宾存问日至，虚位以待公。寻诏起复，四上章乃免。服除，以安石不悦，拜观文殿学士，留守西京。

入觐，请南京留台，上欲以为宣徽使修国史，不可，则欲以为提举集禧观、判都省。所以留公者百方，公皆力辞，遂知陈州。

时方置条例司，行新法，大率欲丰财而强兵。公因陛辞，极论其害，皆深言危语。曰："水所以载舟，亦所以覆舟，兵犹火也，不戢当自焚。若行新法不已，其极必有覆舟、自焚之忧。"上雅敬公，不甚其言，曰："能复少留乎？"公曰："退即行矣。"上亦怅然。

至陈。陕西方用兵，卒叛庆州，声摇关辅。京西漕檄捕盗官以兵会所属州，白刃横野，民大惶骇，公收其檄不行而奏之。上谓执政曰：“守臣不当尔耶？临事乃见人。”诏京西兵各归其旧。吏方以苛察为能，小不中意，辄置司推治，一州至数狱，追逮数千里，死者甚众。公以事闻。诏立条约下诸路。时监司皆新进，趋时兴利，长吏初不与闻。公曰：“吾衰矣，雅不能事人，归欤以全吾志。”即力请留台而归。

未几，复知陈州，暇日坐西轩，闻外板筑喧甚，曰：“民筑嘉应侯张太尉庙。”公曰：“巢贼乱天下，赵犨以孤城力战保此邦捍大患者也。此而不祀，张侯何为者哉！”命夷其庙，立赵侯祠佛舍中。

未几改南京，且命入觐。不待次，对前殿。曰：“先帝尝言卿不立交党，退朝掩关，终日无一客。”命坐赐茶。

寻拜宣徽北院使、检校太尉，判应天府。公曰：“宣徽使非寄任不除，臣求乡郡自便而得之，恐启侥倖路。”上曰：“朕未之思。”改判青州，告免。

延和殿赐坐，问：“祖宗御戎之策孰长？”公曰：“太祖不勤远略，如夏州李彝兴、灵武冯晖、河西折御卿，皆因其酋豪，许以世袭，故边圉无事。董遵诲捍环州，郭进守西山，李汉超保关南，皆十余年，优其禄赐，宽其文法，而少遣兵。诸将财力丰而威令行，间谍精审，吏士用命，贼所入辄先知，并兵御之，战无不克。故以十五万人而获百万之用。终太祖之世，边鄙不耸，天下安乐。及太宗平并州，欲遂取燕、蓟、自是岁有契丹之虞。曹彬、刘廷谦、傅潜等数十战，各亡士卒十余万。又内徙李彝兴、冯晖之族，继迁之变，三边皆扰，而朝廷始旰食矣。真宗之礼赵德明纳欵，及澶渊之克，遂与契丹盟，至今人不识兵革，可谓盛德大业。祖宗之事，大略如此，亦可以鉴矣。近岁边臣建开拓之议，皆行崄侥幸之人，欲以天下安危试之一掷，事成则身蒙其利，不成则陛下任其患，不可听也。”上曰：“庆历以来，卿知之乎？元昊初臣，何以待之？”公曰：“臣时为学士，誓诏封册，皆臣所草。”具言本末。上惊曰：“尔时已为学士，可谓旧德矣。”

时契丹遣泛使萧禧来，上问：“虏意安在？”公曰：“虏自与中国通好，安于豢养，吏士骄惰，实不欲用兵。昔萧英、刘六符来，仁宗命二府置酒殿庐，与语，英颇泄其情，六符色目之，英归，竟以此得罪。今禧黠虏，愿如故事，令大臣与议，无屈帝尊与虏交口。”上曰：“朕念庆历再和之后，中国不复为善后之备，故修戎事为应兵耳。”公曰：“应兵者，兵祸之已成者也。消变于未成，善之善者也。”公每辞去，上辄迁延之，三易其期。遂诏公归院供职。

萧禧至，以河东疆事为辞，上复以问公。公曰：“嘉祐二年虏使萧扈尝言之，朝廷讨论之详矣。命馆伴王洙诘之，扈不能对。录其条目，付扈以归。”因以洙稿上之。”禧当辞，偃蹇卧驿中不起，执政未知为言。公班次二府，因朝，谓枢密使吴充曰：“禧不即行，使主者日致馈而勿问，且使边吏以其故檄虏中可也。”充启用其说，禧即日行。

除中太一宫使。进对礼秩，凡皆与执政同。公在朝，虽不任职，然多建明。上数欲废易汴渠，公曰：“此祖宗建国之本，不可轻议。饷道一梗，兵安所仰食，则朝廷无置足之地矣。非老臣，谁敢言此。”

自王安石为政，始罢铜禁，奸民日销钱为器，边关海舶，不复讥钱之出，故中国钱日耗，而西南北三虏皆山积。公极论其害，请诘问安石，举累朝之令典，所以保国便民者，一旦削而除之，其意安在？

有星孛于轸，诏求直言。公上疏论所以致变之故，人皆为恐栗，上皆优容之。求去愈力。上曰：“卿在朝岂有所好恶者欤，何欲去之速也？”公曰：“臣平生未尝与人交恶，但欲归老耳。”

上知不可留，乃以为宣徽南院使、检校太傅、判应天府。上曰："朕初欲卿与韩绛共事，而卿论政不同。又欲除枢密使，而卿论兵复异。卿受先帝末命，卒无以副朕意乎？"因泫然泣下，赐带如尝任宰相者。

高丽使过南京，长吏当送迎。公言臣班视二府，不可为陪臣屈。诏独遣少尹，使者见公恐栗，不敢仰视。师征安南，公以谓举西北壮士健马，弃之南方，其患有不可胜言者。若社稷之福，则老师费财，无功而还。因论交址风俗与诸夷不类，自建隆以来，吴昌文、丁部、黎桓、李公缊，四易姓矣，皆以大校篡立，有唐末五代藩镇倾夺之风，此可以计破者也。遂条上九事。习知蛮事者，皆服其精炼。师还，如公言。新法既鬻坊场河渡，司农又并祠庙鬻之，官既得钱，听民为贾区。庙中侮慢秽践，无所不至。公言："宋，王业所基也，而以火王。阏伯封于商丘，以主大火；微子为宋始封。此二祠者，独不可免于鬻乎？"上震怒，批出曰："慢神辱国，莫甚于斯！"于是天下祠庙皆不得鬻。公自念将老，无以报上，论事益切，至于论兵起狱，尤为反复深言，曰："老臣且死，见先帝地下，有以藉口矣。"上为感动。至永乐之败，颇思其言。

公请老不已，拜东太一宫使。就第，章数十上，拜太子少师，以宣徽使致仕。官制行，罢宣徽院，独命公领使如旧。今上即位，执政辄罢公使，以太子太保致仕。元祐六年，诏复置宣徽使，乃命公复南院，章四上，不拜，玺书嘉之。以其年十二月二日薨，享年八十五。

讣闻，辍视朝一日，特赠司空，制服苑中，官其亲属五人。太皇太后对辅臣嗟叹其忠正，公遗令不请谥，尚书右丞苏辙为请，诏有司议谥曰文定。

娶马氏，太常少卿绛之女，追封永嘉郡夫人。四子：邦彦大理评事，邦直、邦杰太常寺太祝，皆先公卒；恕今为右朝散郎、通判应天府，信厚敦敏笃学，朝廷数欲用之，以公老不忍去左右，诏听之。三女：长适殿中丞蔡天申，次适右朝奉郎王巩，其季已嫁而复归。孙男四人：钦咨、钦亮、钦弼、钦宪。孙女三人，并幼。

公晚自谓乐全居士，有《乐全集》四十卷，《玉堂集》二十卷，《注仁宗乐书》一卷。神宗尝赐亲扎曰："卿文章典雅，焕然有三代之风，书之典诰，无以加焉，西汉所不及也。"

所与交者，范仲淹、吴育、宋祁三人，皆敬惮之。曰："不动如山，安道有焉。"晚与轼先大夫游，论古今治乱，及一时人物，皆不谋而同，轼与弟辙以是皆得出入门下。

轼尝论次其文曰："孔北海志大而论高，功烈不见于世，然英伟豪杰之气，自为一时所宗。其论盛孝章、郗鸿豫书，慨然有烈丈夫之风。诸葛孔明不以文章自名，而开物成务之姿，总练名实之意，自见于言语，至《出师表》简而尽，直而不肆，大哉言乎，与《伊训》、《说命》相表里，非秦汉已来以事君为容说者所能至也。常恨二人之文，不见其全，公其庶几乎？乌乎！士不以天下之重自任久矣，言语非不工也，政事文学非不敏且博也，然至于临大事，鲜不忘其故、失其守者，其器小也。公为布衣，则颀然已有公辅之望。自少出仕，至老而归，未尝以言徇物，以色假人，虽对人主，必同而后言，毁誉不动，得丧若一，真孔子所谓'大臣以道事君'者。世远道散，虽志士仁人，或少贬以求用，公独以迈往之气，行正大之言，曰：'用之则行，舍之则藏。'上不求合于人主，故虽贵而不用，用而不尽；下不求合于士大夫，故悦公者寡，不悦公者众。然至言天下伟人，则必以公为首。"世以轼为知言。

公始为谏官，荐刘夔、王质自代，即日擢用。及贝州军叛，上欲遣公出征，举明镐自代，即以为将，而贝州平。熙宁中，轼将往见公于陈。宰相曾公亮谓轼曰："吾受知张公，所以至此者，公恩也。”轼以问公。公怅然久之，曰：“吾密荐公亮，人无知者，岂仁宗以语之乎？”轼以是知公虽不偶于世，而人主信之，盖如此。

公性与道合，得佛老之妙。属纩之日，凛然如平生，有星陨于北牖。及薨，赤气自寝而升，里人望而惊焉。以七年八月九日庚申，葬于宋城县永安乡仁孝里。其子恕，以王巩之状来求铭。铭曰：

大道之行，士贵其身。维人求我，匪我求人。秦汉以来，士贱君肆。区区仆臣，以得为喜。功利之趋，谤毁是逃。我观其身，夏畦之劳。纷纭丛脞，千载一律。帝闵下俗，异人乃出。是生我公，龙章凤姿。翔于千仞，世挽留之。浩然直前，有碍则止。放为江河，汇为沼址。穆穆三圣，如天如渊。前席惟谊，见黯必冠。岂不用公？道有不契。出其绪余，则已惊世。公之所能，我不敢知。乘云驭风，与汗漫期。噫天何时，复生此杰！我作铭诗，以诏王国。

【解题】

本文作于元祐七年（1092）七月。张文定公，即张方平，字安道，谥文定。本文详细记叙了张方平历仕仁宗、英宗、神宗、哲宗四朝的政绩和言论，赞扬他不苟合取容的品格和政治识见。

王子立墓志铭

子立讳适，赵郡临城人也。始予为徐州，子立为州学生，知其贤而有文，喜怒不见，得丧若一，曰：“是有类子由者。”故以其子妻之。与其弟遹子敏，皆从余于吴兴。学道日进，东南之士称之。余得罪于吴兴，亲戚故人皆惊散，独两王子不去，送余出郊，曰："死生祸福，天也，公其如天何?"返取余家，致之南都，而子立又从子由谪于高安、绩溪，同其有无，赋诗弦歌，讲道著书于席门茅屋之下者五年，未尝有愠色。余与子由有六男子，皆以童子从子立游，学文有师法，人人自重，不敢嬉宕，子立实使然。元祐四年冬，自京师将适济南，未至，卒于奉高之传舍，盖十月二十五日也。享年三十五。

曾祖讳磷，赠中书令，妣田氏，楚国夫人。祖黢，工部侍郎知枢密院，赠太尉，谥忠穆，妣宋氏，仁寿郡夫人。考讳正路，比部郎中，知濮州，赠光禄大夫，妣李氏，寿安县君。一女初晬，有遗腹子裔。文集十五卷，其学长于礼服，子由谓其文"朱弦疏越，一唱而三叹"者也。七年十一月五日，其兄蘧子开葬于临城龙门乡两口村先茔之侧。铭曰：

知性以为存，不寿非其怨也。知义以为荣，不贵非其羡也。而未能忘于文，则犹有意于传也。呜呼！百世之后，其姓名与我皆隐显也。

【解题】

本文作于元祐七年（1092）十月。王子立，是苏辙的女婿，元祐四年卒。

惠州官葬暴骨铭

有宋绍圣二年，官葬暴骨于是。是岂无主，仁人君子斯其主矣。东坡居士铭其藏曰：

人耶、天耶？随念而徂。有未能然，宅此枯颅。后有君子，无废此心。陵谷变坏，复棺衾之。

宝月大师塔铭

宝月大师惟简，字宗古，姓苏氏，眉之眉山人。于余为无服兄。九岁，事成都中和胜相院慧悟大师。十九得度，二十九赐紫，三十六赐号。其同门友文雅大师惟庆为成都僧，统所治万余人，鞭笞不用，中外肃伏。庆博学通古今，善为诗，至于持律总众，酬酢事物，则师密相之也。凡三十余年，人莫知其出于师者。

师清亮敏达，综练万事，端身以律物，劳己以裕人，人皆高其才，服其心，凡所欲为，趋成之。更新其精舍之在成都与郫者，凡一百七十三间，经藏一，卢舍那阿弥陀弥勒大悲像四，砖桥二十七，皆谈笑而成，其坚致可支一世。师于佛事虽若有为，譬之农夫畦而种之，待其自成，不数数然也。故余尝以为修三摩钵提者。蜀守与使者皆一时名公卿，人人与师善。然师常罕见寡言，务自却远，盖不可得而亲疏者。喜施药，所活不可胜数。少时，瘠黑如梵僧，既老而晰，若复少者。或曰："是有阴德发于面，寿未可涯也。"

绍圣二年六月九日，始得微疾，即以书告于往来者，敕其子孙皆佛法大事，无一语私其身。至二十二日，集其徒问日蚤暮，及辰，曰："吾行矣。"遂化，年八十四。是月二十六日，归骨于城东智福院之寿塔。弟子三人，海慧大师士瑜先亡；次士隆；次绍贤，为成都副僧统。孙十四人，悟迁、悟清、悟文、悟真、悟缘、悟深、悟微、悟开、悟通、悟诚、悟益、悟权、悟缄。曾孙三人，法舟、法荣、法原。以家法严，故多有闻者。师少与蜀人张隐君少愚善，吾先君宫师亦深知之，曰："此子才用不减澄观，若事当有立于世，为僧亦无出其右者。"已而果然。余谪居惠州，舟实来请铭。铭曰：

大师宝月，古字简名，出赵郡苏，东坡之兄。自少洁斋，老而弥刚。领袖万僧，名闻四方。寿八十四，腊六十五。莹然摩尼，归真于上。锦城之东，松柏森森。子孙如林，蔽芾其阴。

【解题】

上二文作于绍圣二年（1095），时苏轼贬官惠州。

朝云墓志铭

东坡先生侍妾曰朝云，字子霞，姓王氏，钱塘人。敏而好义，事先生二十有三年，忠敬若一。绍圣三年七月壬辰，卒于惠州，年三十四。八月庚申，葬之丰湖之上栖禅山寺之东南。生子遯，未期而夭。盖常从比丘尼义冲学佛法，亦粗识大意。且死，诵《金刚经》四句偈以绝。铭曰：

浮屠是瞻，伽蓝是依。如汝宿心，惟佛之归。

【解题】

一直追随在苏轼身边同甘共苦的侍妾朝云在绍圣三年（1096）不幸病故，葬于惠州贬所，八月，苏轼为作墓志铭。

陆道士墓志铭

道士陆惟忠，字子厚，眉山人。家世为黄冠师。子厚独狷洁精苦，不容于其徒，去之远游。始见余黄州，出所作诗，论内外丹指略，盖自以为决不死者。然余尝告之曰："子神清而骨寒，其清可以仙，其寒亦足以死。"其后十五年，复来见余惠州，则得瘦疾，骨见衣表，然诗益工，论内外丹益精。曰："吾真坐寒而死矣。每从事于养生，辄有以败之，类物有害吾生者。”余曰：“然。子若死，必复为道士，以究此志。”余时适得美石如黑玉，曰：“当以是志子墓。”子厚笑曰：“幸甚。”久之，子厚去余，之河源开元观，客于县令冯祖仁，而余亦谪海南，是岁五月十九日，竟以疾卒，年五十。祖仁葬之观后，盖绍圣四年也。铭曰：

呜呼多艺此黄冠，诗棋医卜内外丹。无求于世宜坚完，龟饥鹤瘦终难安。哀哉六巧坐一寒，祝子复来少宏宽，母复清诗助痟酸。龙虎九成无或奸，往驾赤螭骖青鸾。

【解题】

本文作于元符元年（1099）十一月，时苏轼贬官在儋耳。苏轼在文中记叙了陆道士和自己的交往，刻画不多而神情风貌毕现。

峻灵王庙碑

古者王室及大诸侯国皆有宝。周有琬琰大玉，鲁有夏后氏之璜，皆所以守其社稷，镇抚其人民也。唐代宗之世，有比丘尼若梦恍惚见上帝者，得八宝以献诸朝，且传帝命曰：“中原兵久不解，腥闻于天，故以此宝镇之。”则改元宝应。以是知天亦分宝以镇世也。

自徐闻渡海，历琼至儋，又西至昌化县西北二十里，有山秀峙海上，石峰巉然若巨人冠帽西南向而坐者，俚人谓之山胳膊。而伪汉之世，封其山神为镇海广德王。五代之末，南夷有知望气者，曰：“是山有宝气，上达于天。”舣舟其下，斫山发石以求之。夜半，大风，浪驾其舟空中，碎之石峰下，夷皆溺死。儋之父老，犹有及见败舟山上者，今独有碇石存焉耳。天地之宝，非人所得睥睨者。晋张华使其客雷焕发酆城狱，取宝剑佩之，华终以忠遇祸，坐此也夫。今此山之上，上帝赐宝以奠南极，而贪冒无知之夷，欲以力取而已有之，其诛死宜哉！

皇宋元丰五年七月，诏封山神为峻灵王，用部使者承议郎彭次云之请也。绍圣四年七月，琼州别驾苏轼，以罪谴于儋，至元符三年五月，有诏徙廉州。自念谪居海南三岁，饮咸食腥，陵暴飓雾而得生还者，山川之神实相之。谨再拜稽首，西向而辞焉，且书其事，碑而铭之。山有石池，产紫鳞鱼，民莫敢犯，石峰之侧多荔支、黄柑，得就食，持去，则有风雹之变。其铭曰：

琼崖千里块海中，民夷错居古相蒙。方壶蓬莱此别宫，峻灵独立秀且雄。为帝守宝甚严恭，庇荫嘉谷岁屡丰。小大逍遥远虾龙，鹓鹍安栖不避风。我浮而西今复东，铭碑晔然照无穷。

【解题】

本文作于元符三年（1100）五月，文中记昌化山神的传说，并将自己得赦北归之幸归之于山神的护祐，作碑铭以示谢意。

伏波将军庙碑

汉有两伏波，皆有功德于岭南之民。前伏波，邳离路侯也。后伏波，新息马侯也，南越自三代不能有，秦虽远通置吏，旋复为夷。邳离始伐灭其国，开九郡。然至东汉，二女子侧、贰反岭南，震动六十余城。世祖初平天下，民劳厌兵，方闭玉关，谢西域，况南荒何足以辱王师，非新息苦战，则九郡左衽至今矣。由此论之，两伏波庙食于岭南者，均也。古今所传，莫能定于一。自徐闻渡海，适朱崖，南望连山，若有若无，杳杳一发耳。舣舟将济，眩栗丧魄。海上有伏波祠，元丰中诏封忠显王，凡济海者必卜焉。曰："某日可济乎？"必吉而后敢济。使人信之如度量衡石，必不吾欺者。呜呼，非盛德其孰能然！自汉以来，朱崖、儋耳，或置或否。扬雄有言："朱崖之弃，捐之之力也，否则介鳞易我衣裳。"此言施于当时可也。自汉末至五代，中原避乱之人，多家于此。今衣冠礼乐，盖班班然矣，其可复言弃乎！四州之人，以徐闻为咽喉。南北之济者，以伏波为指南，事神其敢不恭。轼以罪谪儋耳三年，今乃获还海北，往返皆顺风，念无以答神贶者，乃碑而铭之。铭曰：

至崄莫测海与风，至幽不仁此鱼龙，至信可恃汉两公，寄命一叶万仞中。自此而南洗汝胸，抚循民夷必清通。自此而北端汝躬，屈信穷达常正忠。生为人英没愈雄，神虽无言意我同。

【解题】

本文作于元符三年（1100）六月，时苏轼遇赦，复朝奉郎，提举成都玉局观，渡海北还。文中叙岭南归化之历史，及两伏波将军之贡献，并表达对神灵的谢意，颇露欣喜之色。

淮阴侯庙碑

应龙之所以为神者，以其善变化而能屈伸也。夏则天飞，效其灵也；冬则泥蟠，避其害也。当嬴氏刑惨网密，毒流海内，销锋镝，诛豪俊，将军乃辱身污节，避世用晦。志在鹊起豹变，食全楚之租，故受馈于漂母；抱王霸之略，蓄英雄之壮图，志轻六合，气盖万夫，故忍耻跨下。洎乎山鬼反璧，天亡秦族。遇知己之英主，陈不世之奇策。崛起蜀汉，席卷关辅。战必胜，攻必克，扫强楚，灭暴秦。平齐七十城，破赵二十万。乞食受辱，恶足累大丈夫之功名哉！然使水孕未殒，火流犹潜。将军则与草木同朽、麋鹿俱死。安能持太阿之柄，云飞龙骧，起徒步而取侯王？噫，自古英伟之士，不遇机会，委身草泽，名堙灭而无称者，可胜道哉！乃碑而铭之。铭曰：

书轨新邦，英雄旧里。海雾朝翻，山烟暮起。宅临旧楚，庙枕清淮。枯松折栢，废井荒台。我停单车，思人望古。淮阴少年，有目无睹。不知将军，用之如虎。

【解题】

本文为汉淮阴侯韩信庙所作。文中叙述了韩信的功业，尤其是韩信少年时委屈求全而图大志的胸襟，并由此感叹世上英雄多有湮灭无名者。文章以骈体作成，文采飞扬，逸兴遄飞。

赵康靖公神道碑　代张文定公作

宋有天下百二十有五年，六圣相师，专用一道曰仁，不杂他术。刑以不杀为能，兵以不用为功，财以不聚为富，人以不作聪明为贤。虽有绝人之材，而德不至，终不大用。六圣一心，守之不移。故自建隆以来至于今，卿相大臣，号多长者，记人之功，忘人之过，含垢匿瑕，犯而不校，以为常德。是以四方乂安，兵革不试，民之戴宋，有死无二。自汉以来，未有如今日之盛者。此六圣之德，而众长者之助也。《易》曰："师贞，丈人吉。"《诗》曰："虽无老成人，尚有典刑。"《书》曰："如有一介臣.断断猗，无他技，其心休休焉，其如有容。人之有技，若已有之；人之彦圣，其心好之。不啻若自其口出，是能容之，以保我子孙黎民。"故太子少师赵公，服事三朝四十余年，其德合于《易》之所谓"丈人"、《诗》之所谓"老成"、《书》之所谓"一介臣"者。

公讳概，字叔平，其先河朔人也，徙于宋之虞城七世矣。曾祖著，后唐国子毛诗博士，赠太师中书令。妣刘氏，楚国太夫人。祖惠，宋州楚丘令，赠太师中书令兼尚书令韩国公。妣李氏，燕国太夫人。父干，尚书驾部员外郎，赠太师中书令，兼尚书令鲁国公。妣张氏，鲁国太夫人，高氏，唐国太夫人。

公七岁而孤，笃学自力。年十七举进士。当时闻人刘筠、戚纶、黄宗旦皆称其文词必显于时，而其器识宏远，则皆自以为不及。当赴礼部试，楚守胡令仪醵黄金以赠之，公不受。天圣五年，擢进士第三人，授将作监丞，通判海州。归见父老故人，幅巾徒步，人人至其家。召试学士院，除著作郎，集贤校理，出知涟水军。

公为进士时，邓余庆守涟水，馆公于官舍，以教其子。余庆所为多不法，公谢去。数月，余庆以赃败。及公为守，将至，或榜其所馆曰豹隐堂，赋者三十余人。岁饥，公劝诱富民，得米万石，所活不可胜数。涟水有鱼池，利入公帑，岁杀鱼十余万，公始罢之，作《放生碑》池上。

移守通州，入为开封府推官。奏事殿中，赐五品服，且欲以为直集贤院。宰相以例不可，出知洪州。属吏有郑陶、饶奭者，挟持郡事，肆为不法，前守莫能制。州有归化兵，皆故盗贼配流已而选充者。奭与郡人胡顺之共造飞语以动公，曰："归化兵得廪米陈恶，有怨言，不更给善米，且有变。"公笑不答。会归化卒有自容州戍所逃还犯夜者，公即斩以狥，收陶下狱，得其奸赃，且奏徙奭歙州，一郡股栗。城西南隅，当大江之冲，水岁为民患，公建为石堤，高丈五尺，长二百丈，用石九千段，取之有方，民不以为劳。明年夏堤成，而水大至，度与城平，恃堤以全，至于今赖之。

迁刑部员外郎、同知宗正寺，出知青州，改直集贤院。赋税未入中限，敕县不得辄催科。是岁，夏税先一月办，坐失举张诰，夺官罢归。起监密州酒，徙楚州粮料院，以郊赦还官职，知滁州。山东大贼李小二过境上，告人曰："我东人也。公尝为青州，东人爱之如父母，我不忍犯。"遂寇庐、寿，犬牙不入境。

召修起居注，朝廷欲用修玉牒。久之，除欧阳修起居注，朝廷欲骤用修而难于躐公。公闻之，乃请郡自便。以为天章阁待制，赐三品服，纠察在京刑狱，迁兵部员外郎，遂知制诰，勾当三班院。会郊礼当进阶封，且任一子京官。乞以母封郡太君。宰相谓公学士拟封不久矣。公曰："母年八十二，朝夕不可期，愿及今以为荣。"许之。后遂以为例。

改知审官院，判秘阁，与高若讷同判流内铨。若讷言往尝知贡举，闻母病不得出，几不能生。公矍然即请郡以便亲。宰相谓公曰："旦夕为学士，可少待也。"公不听，遂除苏州。

明年丁母忧。服除，召入翰林为学士，知贡举，馆伴契丹泛使，遂报聘焉。会猎于兴云山之西，请公赋诗。诗成，契丹主亲酌玉杯以劝公，且以素扇授其近臣刘六符，写公诗，置之怀袖。

使还，加侍读学士，历右司郎中，中书舍人，提举在京诸司库务。奸人冷清，诈称皇子，迁之江南。公曰："清言不妄，不可迁，若诈，亦不可不诛。"诏公与包拯杂治之，得其实，乃诛清。李参为河北转运使，职事办治，进秩二等，且官其一子。郭申锡为谏官，争之曰："参职事所当办，无功，不可赏。"上怒，欲罪申锡。公言："陛下始面谕申锡，毋面从吾过，今黜之，何以示天下。"乃止。

以龙图阁学士、礼部侍郎知郓州，徙南京留守，拜御史中丞。中官邓保吉引剩员董吉烧银禁中，公力言其不可，遂出之。又言："张茂实不宜典兵卫。"未行。会公拜枢密副使，复言之。乃出茂实知曹州。

拜参知政事。方是时，皇嗣未立，天下以为忧。仁宗始命英宗领宗正，公言宗正未足为重，遂与执政建言，宜立为皇太子。从之。

英宗即位，迁户部侍郎，又迁吏部。熙宁初，迁左丞，公年七十矣，求去位，不许。章数上，乃以为观文殿学士、吏部尚书、知徐州，遂请老不已，以太子少师致仕。

居睢阳十五年，犹以读书著文忧国爱君为事。集古今谏争为《谏林》一百二十卷，奏之。上甚喜，赐诏曰："士大夫请老而去者，皆以声问不至朝廷为高，得卿所奏书，知有志爱君之士，虽退休山林，未尝一日忘也。当置坐右，以时省阅。"上祠南郊明堂，率尝召公陪祀，每辞以老疾，间尝一至都下，亦以足疾辞不入见。诏中贵人抚问，二府就所馆宴劳之。累阶至特进，勋上柱国，封天水郡开国公，赐号推忠保德翊戴功臣。元丰初，省功臣号。三年，官制改，解特进。

六年正月十五日，薨于永安坊里第，享年八十八。辍视朝一日，赠太师，谥康靖。前作遗范以戒子孙，纤悉必具，以某年月日，葬于宋城县天巡乡，地与日皆公所自卜也。娶李氏，封汝阴郡夫人，先公二十五年卒于郓州。子荣绪，殿中丞，敦绪，将作监主簿，皆早亡；元绪，宣德郎；公绪，校书郎。女二人，长适光禄寺丞王力臣，幼适朝奉大夫程嗣恭。孙男四人：嗣徽通直郎，嗣真宣德郎，嗣贤试校书郎，嗣光未命。曾孙男六人，韡，太庙斋郎，余未名。

公为人乐易深中，恢然伟人也。平生与人，实无所怨怒，非特不形于色而已。专务掩恶扬善，以德报怨，出于至诚，非勉强者，天下称之，庶几汉刘宽、唐娄师德之徒云。始，欧阳修躐公为知制诰，人意公不能平。及修坐累对诏狱，人莫敢为言，公独抗章言修无罪，为仇人所中伤，陛下不可以天下法为仇人报怨。上感悟，修以故得全。公既老，修亦退居汝南，公自睢阳往从之游，乐饮旬日。苏舜钦为进奏院，以群饮得罪。公言与会者，皆一时名人，若举而弃之，失士大夫望，非朝廷福。张诰以赃败窜海上，公坐贬累年，而怜诰终不衰，间使人至海上劳问赒给之。代冯浩为郓州，吏举按浩侵用公使钱三十万，当以浩职田租偿官。公曰："浩，吾同年也，且知其贫，不可。"以己俸偿之。公所为大略如此。至于敦尚契旧，葬死养孤，盖不可胜数。

余于公为里人，少相善也，退而老于乡，日从公游，盖知之详矣。元绪以墓碑为请，义不可以辞。铭曰：

维古仁人，仁义是图。仁近于弱，义近于迂。课其功利，岁计有余。在汉孝文，发政之初。欲以利口，登进啬夫。有臣释之，实矢厥谟。世谓长者，绛侯相如，皆讷于言，有口若无。岂效此子，喋喋巧谀。帝用感悟，老成是亲。清净无为，鉴于暴秦。历祀四百，世载其仁。赫赫我宋，以圣继神。于穆仁宗，如岁之春。招延朴忠，屏远佞人。岂独左右，刑于庶民。维时赵公，含德不发。如圭如璧，如金如锡。置之不愠，用之不怿。帝嘉其心，长者之杰。遂授以政，历佐三叶。济于艰难，不疐不跋。公在朝廷，靖恭寡言。不忮不求，孰知其贤。望其容貌，有耻而悛。薄夫以敦，鄙夫以宽。今其亡矣，吾谁与存。作此铭诗，以诏后昆。

【解题】

本文概括了宋代重臣赵概的人品及一生行事，着意赞扬了他掩恶扬善、以德报怨的优秀品德。不详作年。

李太师墓志

李氏之先，世有德人。使皆好学，忠信而文。则其成材，五季得之。崎岖兵间，亦何所为。世养于蒙，以待承平。允文太师，发迹于经。人知诵之，公蹈用之。其言皆经，其行中之。仁致麟凤，自不覆巢。使公逢时，凤鸣其郊。公为狱官，遇囚如子。视囚出入，如己生死。以德报怨，世有或然。任其不叛，仁人所难。是心惟微，实闻于帝。无疆之休，以来本世。笃生三子，其幼益隆。如谊、仲舒，乌阳是逢。始葬于魏，物不称德。河流墓改，燧以冕服。公之令闻，追配太丘。子孙公卿，有进无羞。安安之原，太行之麓。有或兆之，匪筮匪卜。

朱亥墓志

崔嵬高丘，其下为谁。惟魏烈士，朱亥是依。时惟布衣，不震不惊。晋鄙在师，孔严不孤。进承其颐，视如豚猳。昔其在屠，谁养其威。鼓刀市人，谁者畏之。世之勇夫，杀人如蒿。及其所难，或失其刀。惟是贫贱，无以自豪，是谓真勇。士之布衣，其亦在养。有或不养，临事而恐。惟是屠者，其养可取。

【解题】

以上两篇皆不详作年。朱亥，战国魏人。秦围邯郸时，魏信陵君欲夺晋鄙军救赴，朱亥为之用铁椎击杀晋鄙，遂得率军击秦，解邯郸之围。

十一　祭吊

祭伯父提刑文

呜呼！昔我先祖之后，诸父、诸姑，森如雁行。三十年间，死生契阔，惟编礼与伯父，千里相望。宦游东西，奔走四海，去家如忘。至有生子成童而不识者，兹言可伤。方约退居卜筑，相与终老，逍遥翱翔。呜呼伯父，一旦舍去，有志弗偿。辛丑之秋，送伯西郊。淫雨萧萧，河水滔滔。言别于槁，屡顾以招。孰知此行，乃隔幽明。呜呼伯父，生竟何为。勤苦食辛，以律厥身。知以为民，不知子孙。今其云亡，室如悬筐。布衣练裙，冬月负薪。谁为优孟，悲歌叔孙。惟有斯文，以告不泯。

【解题】

本文作于嘉祐七年（1062），时苏轼在凤翔府任签判。苏轼伯父苏涣于此年八月卒于提点利州刑狱任上，九月苏轼闻讣作此祭文。

祭刘原父文

呜呼！古称益友，多闻谅直。有一而已，罔全其德。惟公兼之，霈然有余。惟其至明，以有众无。譬如鉴然，物至而受。罔有不照，斯以为富。先民之言，久远绝微。继以百家，其多如茨。众人劬劳，有不能获。公徐收之，其赢则百。潴之为渊，放之为川。抽之无穷，循之无端。有听其言，茫然自失。如江河注，漂荡汩潏。有读其书，释然解颐。纷纭杂乱，咸得其归。其博无际，其辩无偶。既博既辩，又以约守。昔公在朝，议论绝伦。挺然不回，其气以振。谈笑所排，讽谕所及。大夫士庶，敛衽以服。自公之亡，未几于兹。学失本原，邪说并驰。大言滔天，诡论蔑世。不谓自便，曰固其理。岂不自有，人或叹嘻。孰能诵言，以告其非。公自平昔，灼见隐伏。指擿讥诮，俾不克立，公归于原，谁与正之。酌以告哀，莫知我悲。

【解题】

本文对刘原父的学说、节操多有赞赏，并以此为对比辛辣地讽刺了社会现实。刘原父名敞，学问渊博，为官清正，曾任翰林侍读学士、集贤院学士、判南京御史台，卒于熙宁元年。(1068)。

李仲蒙哀词

河南李君仲蒙，以司封郎直史馆为记室岐王府，熙宁二年七月丙戌，终于京师。家贫，丧不时举。其僚相与赙之，既敛而归。十月丙申，葬于缑氏柏岯山西。其孤吁使来告轼。曰：呜呼，吾先君友人也。哭之其可无词！昔吾先君始仕于太常，君以博士朝夕往来相好。先君于人少所与，独称君为长者。君为人敦朴恺悌，学博而通，长于毛氏《诗》、司马氏《史》，善与人交，虽见犯不报。尝有与君为姻者，无故决去，闻者为之不平，君恬不以为意。先君以是称其难。始举进士甲科，为亳、润、邠三郡职官，后为应天府录曹。勤力趋事，长吏有不喜者，欲以事困之而不能。既为博士，议礼，据正不屈。晚入岐府，以经术辅导，笃实不阿，其言多验于后。君讳育，其先河内人，自高祖徙于缑氏。没时年五十。

辞曰：中心乐易，气淑均兮。内外纯一，言可信兮，无怨无恶，善友人兮。学诗达礼，敏而文兮。翱翔王藩，仕弗振兮。宜寿黄耇，陨中身兮。两不一获，归怨神兮。我怀先君，涕酸辛兮。顾嗟众人，诞失真兮。矫矫荦荦，自贵珍兮。欺世幻俗，内弗安兮。久而不堪，压则遁兮。惑者不解，明者哂兮。嗟卒不悟，惟彼贤兮。浑朴简易，弃弗申兮。往者不还，我思君兮。

【解题】

本文作于熙宁二年（1069）八月。哀词，又作哀辞，用于追悼死者的文辞，多用韵语，与诔相似。

祭欧阳文忠公文

呜呼哀哉！公之生于世，六十有六年。民有父母，国有蓍龟，斯文有传，学者有师，君子有所恃而不恐，小人有所畏而不为。譬如大川乔岳，不见其运动，而功利之及于物者，盖不可以数计而周知。今公之没也，赤子无所仰芘，朝廷无所稽疑，斯文化为异端，而学者至于用夷，君子以为无为为善，而小人沛然自以为得时；譬如深渊大泽，龙亡而虎逝，则变怪杂出，舞鳅鳝而号狐狸。昔其未用也，天下以为病；而其既用也，则又以为迟；及其释位而去也，莫不冀其复用；至其请老而归也，莫不惆怅失望，而犹庶几于万一者，幸公之未衰。孰谓公无复有意于斯世也，奄一去而莫予遗。岂厌世溷浊，洁身而逝乎？将民之无禄，而天莫之遗？昔我先君，怀宝遁世，非公则莫能致。而不肖无状，因缘出入，受教于门下者，十有六年于兹。闻公之丧，义当匍匐往救，而怀禄不去，愧古人以忸怩。缄词千里，以寓一哀而已矣。盖上以为天下恸，而下以哭其私。呜呼哀哉！尚飨！

【解题】

本文作于熙宁五年（1072）九月。文中推崇欧阳修的治国之才和道德文章，并追忆了他对自己父子两代的恩德；或设喻，或发挥，以一“德”字起笔，而以一“情”字作结，文气充沛，感人至深。

钱君倚哀词

大江之南兮，震泽之北。吾行四方而无归兮，逝将此焉止息。岂其土之不足食兮，将其人之难偶。非有食无人之为病兮，吾何适而不可。独裴回而不去兮，眷此邦之多君子。

有美一人兮，瞭然而清，颀然而瘦。亮直多闻兮，古之益友。带规矩而蹈绳墨兮，佩芝兰而服明月。载而之世之人兮，世捍坚而不答。虽不答其何丧兮，超彷徉而自得。吾将观子之进退以自卜兮，相行止以效清浊。子奄忽而不返兮，世混混吾焉则？升空堂而挹遗像兮，吊凝尘于几席。苟律我者之信亡兮，吾居此其何益？

行傍徨而无徒兮，悼舍此而奚向。岂存者之举无其人兮，辽辽如晨星之相望。吾比年而三哭兮，堂堂皆国之英。苟处世之恃友兮，几如是而吾不亡。临大江而长叹兮，吾不济其有命。

【解题】

本文作于熙宁七年（1074）五月。钱君倚，名公辅，进士出身，官至知制诰，除谏院，后因得罪王安石，出知江宁，卒年五十二岁。其子钱世雄后与苏轼多有交往。本文仿楚辞体一唱三叹，余音不绝。

祭魏国韩令公文

天生元圣，必作之配。有神司之，不约而会。既生尧舜，禹稷自至。仁宗龙飞，公举进士。妙龄秀发，秉笔入侍。公于是时，仲舒、贾谊。方将登庸，盗起西夏。四方骚然，帝用不赦。授公鈇钺，往督西旅。公于是时，方叔、召虎。入赞兵政，出殿大邦。恩威并行，春雨秋霜。兵练民安，四夷屈降。公于是时，临淮、汾阳。帝在明堂，欲行王政。群后奏功，罔底于成。召自北方，付之枢衡。公于是时，萧、曹、魏、邴。二帝山陵，天下悸恼。呼吸之间，有雷有风。有存有亡，有兵有戎。公于是时，伊尹、周公。功成而退，三镇偃息。天下嗷然，曷日而复。毕公在外，心在王室。房公且死，征辽是恤。呜呼哀哉，六月甲寅。人之无禄，丧我宗臣。我有黎民，谁与教之。我有子孙，谁与保之。巍巍堂堂，宁复有之。公之云亡，我无日矣。恸哭涕流，何嗟及矣。昔我先子，没于东京。公为二诗，以祖其行。文追典诰，论极皇王。公言一出，孰敢改评。施及不肖，待以国士。非我自知，公实见谓。父子昆弟，并出公门。公不责报，我岂怀恩。惟此涕泣，寔哀斯人。有肉在俎，有酒在樽。公归在天，宁闻我言。呜呼哀哉！

【解题】

本文作于熙宁八年（1075）七月，苏轼时任密州太守。韩令公即韩琦。韩琦对苏轼父子一向看重，苏洵卒时，韩琦曾作挽词吊之，故苏轼深感其恩惠，为作祭文。本文仿照《诗经》雅、颂体制，雍容典正，回环复沓，极为简练地颂扬了韩琦一生的功业，并富有感情。

祭老泉焚黄文

乃者熙宁七年、十年，上再有事于南郊，告成之庆，覃及幽显，我先君中允赠太常博士累赠都官员外郎。轼、辙当奔走兆域，以致天子之命。王事有程，不敢言私。谨遣人赍告黄二轴，集中外亲，择日焚纳，西望陨涕之至。

【解题】

本文作于元丰元年（1078）正月。老泉为苏轼父亲苏洵的号，其时已亡。时朝廷追赠苏洵为太常博士、都官员外郎，苏轼等书于黄绢，焚告亡父。

祭胡执中郎中文

胡君执中之灵：君少在蜀，从先府君。凡蜀之士，事贤友仁。我之知君，固不待见。从事于岐，始识君面。相从之欢，倾盖百年。见其孺子，驹骏雏鹓。非罪失官，君则先去。我徂华州，见君逆旅。淫雨弥旬，道淖没车。他人为泣，君乐有余。其后七年，君掾计省。虽获一笑，欢不逾顷。又复七年，我守北徐。君从其子，徐狱是书。雏骞而翔，驹亦千里。惟我与君，宛其老矣。老人无徒，相见益亲。凡昔在岐，今存几人。谓君仁人，虽疾当寿。云何而然，命也难究。呜呼执中，人谁不死。如君之贤，不云止此。百炼之刚，日脍千牛。匣而不用，非我之羞。孺子肖君，世有令问。送君一觞，永归无恨。

【解题】

本文作于元丰元年（1078）四月。文中追叙了胡执中与自己的交往和友谊，并对胡执中未得大用而早亡表示了惋惜。全文虽循四言句式，而文辞亲切、平易，故不板滞。

祭欧阳仲纯父文

仲纯父之灵曰。呜呼哀哉！文忠公之盛德，子孙千亿，与宋无极，人惟曰不足。仲纯父之贤，寿考百年，一岁九迁，人惟曰当然。奈何官止于一命，寿不登四十。谁其尸之，百不偿一。呜呼哀哉，此不足云也。仲纯父之生也，不以进退得丧有望于人，岂其死也，乃以死生寿夭有责于神。人徒知其文章之世其家，操行之称其门。而不知其志气之豪健，议论之刚果，使之临大事，立大节，不难于杀身以成仁。则夫造物者之挟其死生之权也，岂能病君也哉！虽然，往者见君于颍水之上，去岁君来见我于国门之东。携被夜语，达旦不穷。凡所以谋道忧世而教我以保身远祸者，凛乎其有似于文忠。今也奄兮忽焉而不复见也，能不长号而屡恸乎？道之难行，盖难其人。岂无其人，利害易之。如仲纯父不畏不慕，独立不惧，则死及之。呜呼哀哉！

【解题】

本文约作于元丰元年（1078）。欧阳仲纯，即欧阳奕，欧阳修次子。本文不用雅、颂体制，语无定式，随情长短，自然流露。

祭张子野文

子野郎中张丈之灵。曰：仕而忘归，人所共蔽。有志不果，日月其逝。惟余子野，归及强锐。优游故乡，若复一世。遇人坦率，真古恺悌。庞然老成，又敏且艺，清诗绝俗，甚典而丽。搜研物情，刮发幽翳。微词宛转，盖诗之裔。坐此而穷，盐米不继。歗歌自得，有酒辄诣。我官于杭，始获拥彗。欢欣忘年，脱略苛细。送我北归，屈指默计。死生一诀，流涕挽袂。我来故国，实五周岁。不我少须，一病遽蜕。堂有遗像，室无留嬖。人亡琴废，帐空鹤唳。酹觞再拜，泪溢两眦。

【解题】

张子野，即北宋著名词人张先，卒于元丰元年（1078）。

祭文与可文

维元丰二年，岁次己未，□□□□朔，五日甲辰，从表弟朝奉郎、尚书祠部员外郎、直史馆、权知徐州军州事骑都尉苏轼，谨以清酌庶羞之奠，致祭于故湖州文府君与可之灵曰：

呜呼哀哉！与可能复饮此酒也夫？能复赋诗以自乐，鼓琴以自侑也夫？呜呼哀哉。余尚忍言之。气噎悒而填胸，泪疾下而淋衣。忽收泪以自问，非夫人之为恸而谁为乎？道之不行，哀我无徒。岂无友朋，逝莫告余。惟余与可，匪亟匪徐，招之不来，麾之不去，不可得而亲，其可得而疏之耶？呜呼哀哉！孰能惇德秉义如与可之和而正乎？孰能养民厚俗如与可之宽而明乎？孰能为诗与楚词如与可之婉而清乎？孰能齐宠辱、忘得丧如与可之安而轻乎？呜呼哀哉。余闻讣之三日，夜不眠而坐喟。梦相从而惊觉，满茵席之濡泪。念有生之归尽，虽百年其必至。惟有文为不朽，与有子为不死。虽富贵寿考之人，未必皆有此二者也。然余尝闻与可之言，是身如浮云，无去无来，无亡无存。则夫所谓不朽与不死者，亦何足云乎？呜呼哀哉！

【解题】

本文作于元丰二年（1079）二月。文与可是苏轼的从表兄，二人交往甚密，感情笃厚。本文概括了文与可的德操文采，表达了自己的哀伤之情。文中多用问语，连续排比，如泣如诉，哀怨感人。

徐州祭枯骨文

嗟尔亡者，昔惟何人。兵耶、氓耶？谁其子孙？虽不可知，孰非吾民。暴骨累累，见之酸辛。为卜广宅，陶穴宽温。相从归安，各反其真。

【解题】

本文作于徐州。

黄州再祭文与可文

从表弟苏轼，昭告于亡友湖州府君与可学士文兄之灵。呜呼哀哉！我官于岐，实始识君。方口秀眉，忠信而文。志气方刚，谈词如云。一别五年，君誉日闻。道德为膏，以自濯薰。艺学之多，蔚如秋蒉。脱口成章，粲莫可耘。驰骋百家，错落纷纭。使我羞叹，笔砚为焚。再见京师，默无所云。杳兮清深，落其华芬。昔蓺我黍，今熟其馈。啜漓歌呼，得淳而醺。天力自然，不施胶筋。坐了万事，气回三军。笑我皇皇，独违垢纷。俯仰三州，眷恋桑枌。仁施草木，信及麏麋。昂然来归，独立无群。俛焉复去，初无戚欣。大哉死生，凄怆焄蒿。君没谈笑，大钧徒勤。丧之西归，我窜江渍。何以荐君，采江之芹。相彼日月，有朝必曛。我在茫茫，凡几合分。尽此一觞，归安于坟。呜呼哀哉！

【解题】

本文作于元丰三年（1080）五月，时苏轼贬在黄州。当时文与可儿子文逸民扶父柩回成都，路过黄州，苏轼为作此文。

祭任钤辖文

嗟君结发，从事于兵。四十余年，公侯干城。更尝世故，练达物情。佐我治军，既严且平。吏士肃然，时靡有争。汴泗横流，郛堞圮倾。风埃雾露，奔走经营。舆疾而归，犹莫敢宁。奄忽不救，闻者叹惊。子孙如林，布褐藜羹。生知其勤，死知其清。酹觞告诀，与涕俱零。

【解题】

本文作于元丰四年（1081）四月。任钤辖，名伋，字师中，庆历进士，曾任黄州通判，泸州太守，与苏轼多有诗文往来。此文褒扬任伋勤劳奉公，为官清廉，并哀悼他的亡故。

祭堂兄子正文

维元丰五年，岁次壬戌，正月癸未朔，三日乙酉，弟责授黄州团练副使轼谨以家馔酒果之奠，昭告于故子正中舍大兄之灵。昔我先伯父，内行饬修，闾里之师。不刚不柔，允武且文，喜愠莫窥。历官十一，民到于今，涕泣怀思。遇其所立，仁者之勇，雷霆不移。笃生我兄，和扰而毅，甚似不衰。与人之周，肃雍谨洁，喜见于眉。人各有心，酸咸异嗜，丹素相訾。穆穆我兄，尊贤容众，无适不宜。天若不僭，富贵寿考，舍兄畀谁。云何不淑，而止于是，命也可疑。我迁于南，老与病会，归耕无期。敛不抚棺，葬不执绋，永恨何追。寤寐东山，两茔相望，拱木参差。诸父父子，平生之好，相从岁时。兄死而同，我生而异，斯言孔悲。千里一樽，兄实临我，尚酹勿辞。呜呼哀哉！

【解题】

本文作于元丰五年（1082）正月。子正是苏轼伯父苏涣之子。

祭欧阳伯和父文

呜呼哀哉！文忠之子，譬之孔门，则其高弟。其材不同，而皆有得，公之一体。惟伯和父，得公之学，甚敏且艺。罔罗幽荒，掎摭遗逸，驰骋百世。有求则应，取之左右，不择巨细。如汉伯喈，如晋茂先，余子莫继。公毙一纪，门人凋丧，我老又废。退而讲论，放失旧闻，日月其逝。欲操简牍，从伯和父，解发疑蔽。今其亡矣，谁助我者，投笔掩袂。斯文日化，蹑风系景，安所止戾。子独确然，求之度数，断以凡例。抱其孤学，将以安适，凿不谋枘。归从文忠，与仲纯父，孰曰非计。而我何为，寓词千里，继以泣涕。呜呼哀哉！

【解题】

本文作于元丰五年（1082）。欧阳伯和名发，为欧阳修长子。

祭徐君猷文

故黄州太守朝请徐公君猷之灵。惟公蚤厌绮纨，富以三冬之学；晚分符竹，蔼然两郡之声。家世名臣，始终循吏。追继襄阳之耆旧，绰有建安之风流。无鬼高谈，常倾满坐。有功阴德，何止一人。轼顷以蠢愚，自贻放逐。妻孥之所窃笑，亲友几于绝交。争席满前，无复十浆而五馈；中流获济，实赖一壶之千金。曾报德之未皇，已兴哀于永诀。平生仿佛，尚陈中圣之觞；厚夜渺茫，徒挂初心之剑。拊棺一恸，呜呼哀哉！

【解题】

本文作于元丰六年（1083）十一月。徐君猷曾任黄州太守，苏轼曾云："某始谪黄州，举目无亲，君猷一见，相待如骨肉，此意岂可忘哉！"（《与徐得之书》）徐君猷离任去湖南，死于途中，此时丧过黄州，苏轼抚棺大悲，而作此文。本文一反常见之四言雅颂体制，以骈赋为之，在其句式散落长短之间，气韵回荡，倍增其悲。

祭蔡景繁文

呜呼哀哉！子之为人，清厉孤峻。经以仁义，纬以忠信。才兼百夫，敛以静顺。子之事君，悃款倾尽。挺然不倚，视退如进。持其本心，不负尧舜。子之从政，果艺清慎。缓民急吏，不肃而震。纷纭满前，理解迎刃。子之为文，秀整明润。工于造语，耻就余馂。诗尤所长，锵然玉振。寿以配德，天亦何吝。有如子贤，五十而陨。我迁于黄，众所远摈。惟子之故，不我籍辚。孰云此来，乃拊其榇。万生扰扰，寄此一瞬。富贵无能，俯仰埃烬。子有贤子，汗血之骏。幼亦颀然，颖发髫龀。天哀子穷，以是馈赆。我困于旅，愧莫子赈。歌此奠诗，以和虞殡。呜呼哀哉！

【解题】

本文作于元丰八年（1085）四月。苏轼在黄州时，曾屡蒙蔡景繁的帮助。本文从"为人"、"事君"、"从政"、"为文"等方面颂扬了蔡景繁的品质，追忆他对自己的恩惠，详略相参，工整匀称。

祭司马君实文

左仆射赠太师温公之灵。呜呼，百世一人，千载一时。惟时与人，鲜偶常奇。公事仁宗，百未一施。独发大议，惟天我知。厚陵之初，先事而亲。帝欲得民，一尊无私。母子之间，莫如孝慈。人所难言，我则易之。神宗知公，敬如蓍龟。专谈仁义，辅以书诗。枉尺直寻，愿公少卑。公曰天子，舜禹之资。我若言利，非天谁欺。退居于洛，四海是仪。化及豚鱼，名闻乳儿。二圣见公，曰予得师。付以衡石，惟公所为。公亦何为，视民所宜。有莠则锄，有疾则医。问疾所生，师老民疲。和戎上策，决用无疑。此计一定，太平可基。譬如农夫，既辟既菑。投种未粒，刈获而炊。宾客满门，公以疾辞。不见十日，入哭其帷。天为雨泣，路人垂洟。画像于家，饮食必祠。矧我众僚，左右畴咨。共载一舟，丧其楫维。终天之诀，宁复来思。歌此奠章，以侑一卮。呜呼哀哉！

【解题】

本文作于元祐元年（1086），时苏轼在京为翰林学士，知制诰。司马君实即司马光，哲宗时任宰相，死谥文正，追封温国公，卒于元祐元年九月。本文历数司马光事迹，表达了仰慕及哀念之情。

太皇太后祭奠故夏国主祭文　元祐元年十一月十六日

乃眷外臣，嗣守西服。袭累世之忠顺，荷先朝之宠光。惟天难忱，锡命不永。讣音遽至，闵悼良深。特遣使车，往陈奠币。庶此恩礼，贯于幽明。

【解题】

本文作于元祐元年（1086），时苏轼在京师任翰林学士知制诰。

祭王宜甫文

维元祐二年，岁次丁卯，九月庚戌朔，十九日戊辰，具位苏轼，谨以酒果之奠，昭告于故比部郎中赠光禄大夫王公宜甫亲家翁之灵。

呜呼宜父，笃厚宽中。德世其家，而位莫充。非不能充，知有天命。直己而行，不充何病。三公之子，所乏非财。风雨散之，如振浮埃。百年梦幻，其究可获。不与皆亡，令名令德。公虽耆旧，我尚同时。不识其人，想见其姿。婚姻之好，义贯黄壤。有愧古人，不祖其往。往谓赵人，子孙其昌。莳其墓檟，我言不忘。呜呼哀哉！

【解题】

本文作于元祐二年（1087）九月。

祭韩献肃公文

在昔仁祖，清净养民。维时忠献，秉国之钧。盛大蕃衍，启其后人。公暨叔季，文武彬彬。公相神宗，重厚有体。心存社稷，辅以《诗》、《礼》。博陆堂堂，扶阳济济。公将于外，鏚钺雕戈。虔共匪懈，柔惠不苛。韩侯奕奕，申伯番番。大明既升，克绍圣考。介圭来朝，黄发元老。帝曰汝留，王躬是保。公勇于退，连章告归。三公就第，大政是咨。五福具有，谓当期颐。天弗慭遗，哲人其萎。哀动两宫，士夫涕洟。维此僚寀，拜公京师。从容暇日，引陪燕私。诏言在耳，已哭于帷。在公已矣，邦国之悲。灵辒启行，宅兆有期。寓焉涂车，立列参差。举觞一恸，与公长辞。

【解题】

本文作于元祐三年（1088）三月。韩献肃公，即韩绛，字子华，官至镇江军节度使、开府仪同三司，封康国公，为北京留守，卒年七十七，谥曰献肃。在其灵柩将还许州之时，苏轼为作此祭文。

祭范蜀公文

呜呼！仁宗在位，四十二年。畦而种之，有得皆贤。既历三世，悉为名臣。今如晨星，存者几人。孰如我公，硕大光明。导日而升，灿焉长庚。死生契阔，公独寿考。天实耆之，以殿诸老。二圣嗣位，仁义是施。公昔所言，略行无遗。维乐未和，公寝不宁。乐成而薨，公往则瞑。凡百君子，愿公无极。胡不万年，以重王国。责难之忠，爱莫助之。嗟我后来，谁复似之。吾先君子，秉德不耀。与公弟兄，一日之少。穷达不齐，欢则无间。岂以闾里，忠义则然。先君之终，公时在陈。宵梦告行，晨起讣闻。先友尽矣，我亦白发。闻公之丧，方食哽噎。堂堂我公，岂其云亡。望公凛然，犹举我觞。

【解题】

本文作于元祐三年（1088）十二月。范蜀公即范镇。哲宗时以银青光禄大夫致仕，累封蜀郡公，范镇为人坦诚，为官果决，有令名。

祭古冢文

闰十二月三日，予之田客，筑室于所居之东南，发一大冢，适及其顶，遽命掩之，而祭之以文，曰：

茫乎忽乎，寂乎寥乎，子大夫之灵也。子岂位冠一时，功逮宇内，福庆被于子孙，膏泽流于万世，春秋逝尽而托物于斯乎？意者潜光隐耀，却千驷而不顾，禄万钟而不受，岩居而水隐，云卧而风乘，忘身殉义而遗骨于斯乎？岂吾固尝诵子之诗书，慕子之风烈，而不知其谓谁欤？子之英灵精爽，与周公、吕望游于丰、镐之间乎？抑其与巢由、伯夷相从于首阳、箕颍之上乎？砖何为而华乎？圹何为而大乎？地何为而胜乎？子非隐者也，子之富贵，不独美其生，而又有以荣其死也。子之功烈，必有石以志其下，而余莫之敢取也。昔子之姻亲族党，节春秋，悼霜露，云动影从，享祀乎其下。今也，仆夫樵人，诛茅凿土，结庐乎其上。昔何盛而今何衰乎？吾将徙吾之宫，避子之舍，岂惟力之不能，独将何以胜夫必然之理乎？安知百岁之后，吾之宫不复为他人之墓乎？今夫一岁之运，阴阳之变，天地盈虚，日星殒食，山川崩竭，万物生死，欻吸飘忽，若雷奔电掣，不须臾留也，而子大夫，独能遗骨于其间，而又恶夫人之居者乎？嗟彼此之一时，邈相望于山河。子为土偶，固已归于土矣。余为木偶漂漂者，未知其如何。魂而有知，为余嫴阿。

【解题】

本文作于元祐三年（1088）十二月。文中抒发了思古之幽情，表达了沧海桑田、人生幻化的感伤。文章流畅、优雅，韵致飘缈，议论通达，属典型的苏文风格。

祭大觉禅师文

维年月日，具位苏轼，谨以香茶蔬果，致奠故大觉禅师器之之灵。于穆仁祖，威神在天。山陵之成，二十九年。当时遗老，存者几人。矧如禅师，方外之臣。颂诗往来，月壁星珠。昭回之光，下烛海隅。昔本无生，今亦无灭。人怀昭陵，涕泗哽噎。我在壮岁，屡亲法筵。傀奠示别，岂免凄然。

【解题】

本文作于元祐六年（1091）正月，苏轼在杭州太守任上。大觉禅师名怀琏，与苏轼多有交往。

故皇叔祖昭信军节度使检校司空开府仪同三司汉东郡王宗瑗堂祭文

惟王之生，令德孝恭。云何不淑，罹此闵凶。无复会朝，载恻予衷。往奠其寝，维以饰终。

故皇叔祖昭信军节度使检校司空开府仪同三司汉东郡王宗瑗下事祭文

呜呼，死生之变，贤愚莫逃。日月有时，义当即远，哀荣之极，礼以告终。来举奠觞，往安窀穸。

皇叔故魏王启殡祭文

惟灵袭累朝之余庆，兼天下之达尊。祖送之仪，哀荣斯极。永惟宅兆之卜，未逢岁月之良。参酌时宜，迁神郊馆。启殡之始，寓哀斯文。

皇叔故魏王外殡前一夕夜祭文

惟王之生，孝友仁慈。既没元身，举国怀思。矧予冲眇，义兼父师。天不我遗，日月如驰。出次近郊，寓此仁祠。亲奠莫及，宁知我悲。

皇叔故魏王下事祭文

惟灵出就外邸，二年于兹。一日不见，企予望思。矧此告终，月逝日远。虽云近郊，宁复旋返。筑室祠宫，既固既完。虽非永归，亦可少安。呜呼哀哉。

故赠太师追封温国公司马光安葬祭文

呜呼。元丰之末，天步惟艰。社稷之卫，中外所属。惟是一老，屏予一人。名高当世，行满天下。措国于太山之安，下令于流水之源。岁月未周，纪纲略定。天若相之，又复夺之。殄瘁不哀，古今所共。知之者神考，用之者圣母。驯致其道，太平可期。长为宗臣，以表后世。往奠其葬，庶知予怀。

故渭州防御使宗孺出殡一夕祭文

惟灵饬躬寡过，秉德不回。莫克永年，遂即长夜。哀荣之典，国有故常。死丧之戚，子惟恻怆。

故渭州防御使宗孺下事祭文

呜呼，宗枝之秀，罹此降灾。日月有时，礼当即远。奄临窀穸，肆设几筵。往致予哀，来歆此奠。

故听宣刘氏堂祭文

奉侍有年，肃雍靡懈，今其亡矣，良用恻然。没而有知，来举此奠。

故听宣刘氏坟所祭文

尽瘁内职，归全近郊。既掩诸幽，往致斯奠。贲其窀穸，极尔哀荣。

故尚宫吴氏坟所祭文

惟尔之生，服勤乃事。逢日之吉，归全于郊。式荣其终，往致斯奠。

故尚服刘氏堂祭文　六月八日下院

惟灵选备禁廷，服勤内职。逮兹渝谢，良用愍伤。馈奠之仪，哀荣兼至。

故尚服刘氏坟所祭文　六月八日下院

惟灵服勤有年，罹命不淑。窀穸之事，日月有时。念尔永归，歆予一奠。

【解题】

以上皆为内制祭文，作于元祐年间任翰林学士知制诰时。

祭欧阳文忠公夫人文

呜呼，文忠之薨，十有八年。士无所归，散而自贤。我是用惧，日登师门。既友诸子，入拜夫人。望之愀然，有穆其言。简肃之肃，文忠之文。虽无老成，典刑则存。何以嗣之，使世不忘。诸子惟迨，好学而刚。夫人实使，兄弟吾孙。徼福文忠，及我先君。出守东南，往违其颜。病不能见，卒以赴闻。自敛及葬，愧奠莫亲。匪愧于今，有靦昔人。寓词千里，侑此一樽。

再祭欧阳文忠公夫人文

维元祐六年，岁次辛未，九月丙戌朔，从表侄具位苏轼，谨以清酌肴果之奠，昭告于故太师兖国文忠公安康郡夫人之灵。呜呼！轼自龆龀，以学为嬉。童子何知，谓公我师。昼诵其文，夜梦见之。十有五年，乃克见公。公为拊掌，欢笑改容。此我辈人，余子莫群。我老将休，付子斯文。再拜稽首，过矣公言。虽知其过，不敢不勉。契阔艰难，见公汝阴。多士方哗，而我独南。公曰子来，实获我心。我所谓文，必与道俱。见利而迁，则非我徒。又拜稽首，有死无易。公虽云亡，言如皎日。元祐之初，起自南迁。叔季在朝，如见公颜。入拜夫人，罗列诸孙。敢以中子，请婚叔氏。夫人曰然，师友之义。凡二十年，再升公堂。深衣庙门，垂涕失声。白发苍颜，复见颍人。颍人思公，曰此门生。虽无以报，不辱其门。清颍洋洋，东注于淮。我怀先生，岂有涯哉。

【解题】

上两文皆祭欧阳修夫人，后文作于元祐六年（1091）九月，苏轼时任颍州大守。

祭张文定公文三首

一

维元祐六年，岁次辛未，十二月乙卯朔，八日壬戌，门生龙图阁学士、左朝奉郎、知颍州军州事兼管内劝农使轻车都尉赐紫金鱼袋苏轼，谨以清酌庶羞之奠，昭告于故太子太保乐全先生张公之灵。

呜呼！道大如天，见存乎人。小智自私，莫识其真。公生而悟，得其全淳。久乃妙物，凛然凝神。初如龙凤，不可扰驯。游于帝郊，尚以其仁。可望可见，而不可亲。师心而行，自屈自信。八十五年，以没元身。我先大夫，古之天民。被褐怀宝，陆沈峨岷。公曰惜哉，王国之珍。此太史公，笔回千钧。独置一榻，不延余宾。时我兄弟，尚未冠绅。得交于公，先子是因。我晚闻道，困于垢尘。每从公谈，弃故服新。顷独怪公，倒廪倾囷。尽发其秘，有怀毕陈。曰再见子，恐无复辰。出户迟迟，默焉衔辛。穆穆昭陵，二三元臣。惟公终始，高节迈伦。一恸永已，山摧川堙。公视富贵，如贱与贫。公视生死，如夕与晨。老不惰偷，疾不嚬呻。有化非亡，有隐非沦。我独何为，涕流于巾。

二

轼于天下，未尝志墓。独铭五人，皆盛德故。伟欤我公，实浮于声。知公者天，宁俟此铭。今公永归，我留淮海。寓辞千里，濡袂有漼。

三

我游门下，三十八年，如俯仰中。十五年间，六过南都，而五见公。升堂入室，问道学礼，靡求不供。有契于心，如水倾海，如橐鼓风。风水之合，岂特无异，将初无同。孰云此来，恸哭不闻，高堂莫空。敛不拊棺，葬不执绋，我愧于胸。公知我深，我岂不知，公之所从。生不求人，没不求天，自与天通。天不吾欺，寿考之余，报施亦丰。一子四孙，鸾鹄在庭，以华其终。自我先子，逮今三世，为好无穷。以我此心，与此一觞，达于幽宫。

【解题】

前一文作于元祐六年（1091）十二月，后两文作于元祐七年（1092）。张文定即张方平，哲宗时加太子太保，谥文定。张方平为人慷慨有气节。当其在蜀时，即器重苏氏父子之才，又曾荐苏轼为谏官，苏轼下狱时，他曾上奏求情，因此苏轼终身敬事之。当其卒时，为作祭文，又破例为作墓志铭，足见其仰慕、哀伤之情。

祭龙井辩才文

呜呼。孔老异门，儒释分宫。又于其间，禅律相攻。我见大海，西北南东。江河虽殊，其至则同。虽大法师，自戒定通。律无持破，垢净皆空。讲无辩讷，事理皆融。如不动山，如常撞钟。如一月水，如万窍风。八十一年，生虽有终。遇物而应，施则无穷。我初适吴，尚见五公。讲有辩、臻，禅有琏、嵩。后二十年，独余此翁。今又往矣，后生谁宗。道俗欷歔，山泽改容。谁持一盃，往吊井龙。我去杭时，白叟黄童。要我复来，已许于中。山无此老，去将安从。噫参寥子，往奠必躬。岂无他人，莫写我胸。

【解题】

本文作于元祐六年（1091）十二月。

祭亡妻同安郡君文

维元祐八年，岁次癸酉，八月丙午朔，初二日丁未，具位苏轼，谨以家馔酒果，致奠于亡妻同安郡君王氏二十七娘之灵。呜呼，昔通义君，没不待年。嗣为兄弟，莫如君贤。妇职既修，母仪甚敦。三子如一，爱出于天。从我南行，菽水欣然。汤沐两郡，喜不见颜。我曰归哉，行返丘园。曾不少须，弃我而先。孰迎我门，孰馈我田。已矣奈何，泪尽目干。旅殡国门，我实少恩。惟有同穴，尚蹈此言。呜呼哀哉！

【解题】

本文作于元祐八年（1093）八月，时苏轼在朝任礼部尚书。同安郡君，即苏轼继室王闰之，卒年四十六岁，苏轼与她两相敬爱，同甘共苦，文中流露出无比的悲哀。

祭韩忠献公文

维元祐八年，岁次癸酉，十一月初一日乙亥，端明殿学士兼翰林侍读学士、左朝奉郎、定州路安抚使兼马步军都总管知定州军州事、上轻车都尉赐紫金鱼袋苏轼，谨以清酌庶羞之奠，昭告于魏国忠献公之灵。呜呼！我生虽晚，尚及昔人。堂堂魏公，河岳之神。四十余年，其德日新。钟鼎有尽，竹帛莫陈。惟其大节，蔽以一言。忠以事君，允也上臣。我与弟辙，来自峨岷。公网罗之，若获凤麟。契阔艰难，手书见存。勿以大匠，笑彼汗颜。援手拯溺，期我于仁。岂知无用，既老益顽。意广才疏，将归丘园。上未忍弃，畀之中山。公治此邦，没食其民。我独何幸，敬践后尘。公惟人杰，而不自贤。堂名阅古，以古律身。况我小生，罕见寡闻。敢不师公，治民与军。虽无以报，不辱其门。

【解题】

本文作于元祐八年（1093）十一月。韩忠献公即故相韩琦，卒于熙宁八年，当时苏轼作有祭文。苏轼于元祐八年以二学士出知定州，因韩琦曾任河北西路安抚使定州太守，今苏轼临其地，于阅古堂再祭之。

祭滕大夫母杨夫人文

维元祐九年，岁次甲戌，三月壬申朔，端明殿学士兼翰林侍读学士、左朝奉郎、知定州军州事苏轼，谨以清酌庶羞之奠，昭告于近故长安县太君杨氏之灵。呜呼，士盛庆历，如汉武、宣。用兵西方，故西多贤。惟时滕公，实显于西。文武殿邦，尹、范是齐。功名不终，有命有义。我时童子，知为公喟。四十余年，墓木十围。乃识其子，倾盖不疑。忠厚且文，前人是似。秉心平反，慈训则尔。仰止德人，如冈如陵。升堂而拜，我愧未能。岂其微疾，一恸永已。胡不百年，以慰其子。寿禄在天，考终非亡。鹊巢之应，子孙其昌。

【解题】

本文作于元祐九年（1094）三月。文章颂扬杨夫人相夫教子之功。滕大夫，即滕达道。

大行太皇太后灵驾发引文

因山告成，同轨毕至。玉衣永閟，风驭莫追。万国山河，尚凭于坤载；四方老稚，遽失于母慈。欲强名言，难形德化。积此九年之泽，辅成百世之安。乃眷中山，控临朔野。华戎异服，涕慕同声。目断东朝，永绝帟帷之望；神驰西洛，想闻笳鼓之音。臣等各守边垂，莫亲馈奠。徒因僚吏，以致攀号。

【解题】

本文作于元祐八年（1093）至绍圣元年（1094）之间，苏轼在定州。宋高太后临政九年，拯苏轼于困厄之中，并擢之高位，其卒于元祐八年九月。苏轼深感太后知遇之恩，作此文以祭之。

祭亡妹德化县君文

呜呼，宫傅之孙，十有六人。契阔死生，四人仅存。维我令妹，慈孝温文。事姑如母，敬夫如宾。玉立二甥，实华我门。一秀不实，何辜于神。谓当百年，观此腾振。云何俯仰，一嚬再呻。救药靡及，奄为空云。万里海涯，百日赴闻。拊棺何在，梦泪濡茵。长号北风，寓此一樽。

【解题】

本文作于绍圣二年（1095）八月，苏轼时以宁远军节度副使安置于惠州。德化县君为苏轼堂妹，名小二娘，嫁于柳仲远。

惠州祭枯骨文

尔等暴骨于野，莫知何年。非兵则民，皆吾赤子。恭惟朝廷法令，有掩骼之文；监司举行，无吝财之意。是用一新此宅，永安厥居。所恨犬豕伤残，蝼蚁穿穴。但为丛冢，罕致全躯。幸杂居而靡争，义同兄弟；或解脱而无恋，超生人天。

【解题】

本文作于绍圣二年（1095）十月。苏轼等在惠州收集暴于野地的尸骨，给予埋葬，作此祭文。

祭柳仲远文二首

一

呜呼哀哉！我生多故，愈老愈艰。亲朋几人，日化日迁。逝者如风，赴来逾年。一恸海徼，摧胸破肝。痛我令妹，天独与贤。德如召南，寿甫见孙。矧我仲远，孝友恭温。天若成之，从政有闻。富以学术，又昌以言。久而不试，理岂其然？崎岖有求，凡以为亲。虽不负米，实劳且勤。知止于此，不如归闲。哀我孤甥，孝如闵、颜。衔痛远诉，谁抚谁存。逝者已矣，存者何冤。慎勿致毁，以全汝门。以慰我仲远永归之魂。呜呼哀哉！

二

我厄于南，天降罪疾。方之古人，百死有溢。天不我亡，亡其朋戚。如柳氏妹，夫妇连璧。云何两逝，不憖遗一。我归自南，宿草再易。哭堕其目，泉壤咫尺。闵也有立，气贯金石。我穷且老，似舅何益。易其墓侧，可置万室。天定胜人，此语其必。

【解题】

前文作于绍圣五年（1098）三月，时苏轼在儋州。柳仲远，娶苏轼堂妹二娘。

祭吴子野文

朝奉郎、提举成都府玉局观苏轼谨以清酌庶羞之奠，告于故吴子野远游先生之灵。呜呼子野，道与世违。寂默自求，阖门垂帏。兀尔坐忘，有似子微。或似壶子，杜气发机。遍交公卿，靡所求希。急人缓己，忘其渴饥。道路为家，惟义是归。卒老于行，终不自非。送我北还，中道弊衣。有疾不药，但却甘肥。问以后事，一笑而麾。飘然脱去，云散露晞。我独何为，感叹歔欷。一酹告诀，逝舟东飞。

【解题】

本文作于元符三年（1100）十一月。吴子野名复，潮阳人，名所居为远游庵，故又称吴远游。吴子野曾从苏轼学习，后出家为道士，卒于元符三年。

钟子翼哀词　并引

轼年始十二，先君宫师归自江南，曰："吾南游至虔，有隐君子钟君，与其弟概从吾游，同登马祖岩，入天竺寺，观乐天墨迹。吾不饮酒，君尝置醴焉。"方是时，先君未为时所知，旅游万里，舍者常争席，而君独知敬异之。其后五十有五年，轼自海南还，过赣上，访先君遗迹，而故老皆无在者，君之没盖三十有一年矣。见其子志仁、志行、志远，相持而泣，念无以致其哀者，乃追作此词。君讳棐，字子翼，博学笃行，为江南之秀。欧阳永叔、尹师鲁、余安道、曾子固皆知之，然卒不遇以没。侬智高叛岭南，声摇江西。虔守曹观，欲籍民财为战守备，谋之于君。君曰："智高必不能过岭。无事而籍民，民惧且走。"观曰："如缓急何？"君曰："同舟遇风，胡越可使为左右手，况吾民乎？不幸而至于急，则官与民为一家，夫孰非吾财者，何以籍为？"观悟而止，虔人以安。其词曰：

崆峒摩天，章贡激石致两确。高深相临，悍坚相排汹岳岳。

是故其民，勇而尚气巧砻斫；而其君子，抗志砺节敏于学。矫矫钟君，泳于德渊自澡濯。贫不怨天，困不求人老愈悫。嘉言一发，排难解纷已残剥。吾先君子，南游万里道阻邈。如金未镕，木未绳墨玉未琢。君于众中，一见定交陈礼乐。曰子不饮，我醪甚甘醨此浊。览观江山，扣历泉石步荦确。先君北归，君老于虔望南朔。我来易世，池台既平墓木幄。三子有立，移书问道过我数。我亦白首，感伤薰心陨涕渥。是身虚空，俯仰变灭过电雹。何以寓哀，追颂德人诏后觉。

【解题】

本文作于建中靖国元年（1101）初。

祭刁景纯墓文

嗟我少君，四十二岁。君不我少，谓我昆弟。今我已老，鬓须苍然。君之永归，不为无年。我独何憾，过期而哭。人之云亡，哀此风俗。涉江而东，宛其山川。顾瞻万松，蔚乎苍芊。尚想松下，幅巾杖屦。迎我于门，抵掌笑语。岂其忽焉，敛兹一坟。俯仰空山，草木再春。平生故人，几半天下。纷然日中，掉臂莫夜。我非至人，心有往来。斗酒只鸡，聊写我哀。

【解题】

刁景纯名约，仁宗天圣年间进士，为史阁校理，直史馆，英宗时出知扬州，后辞官定居润州。刁景纯长苏轼四十二岁，二人多有诗文往来，为忘年交。本文及以下各文皆不详作年。

祭陈令举文

呜呼哀哉，天之生令举，初若有意厚其学术，而多其才能，盖已兼百人之器。既发之以科举，又辅之以令名，使取重于天下者，若将畀之以位。而令举亦能因天之所予而日新之，慨然将以身任天下之事。夫岂独其自任，将世之士大夫，识与不识，莫不望其如是。是何一奋而不顾，以至于斥，一斥而不复，以至于死。呜呼哀哉！天之所付，为偶然而无意耶？将亦有意，而人之所以周旋委曲辅成其天者不至耶？将天既生之以畀斯人，而人不用，故天复夺之而自使耶？不然，令举之贤，何为而不立，何立而不遂。使少见其毫末，而出其余弃，必有惊世而绝类者矣。予与令举别二年而令举没，既没三年，而予乃始一哭其殡而吊其子也。呜呼哀哉。

【解题】

本文以议论发为祭文，文风有似于韩愈。

祭任师中文

年月日，眉阳陈慥、苏轼，犍为王齐愈、弟齐万，黄州进士潘丙、古耕道致祭于故泸州太守任大夫师中之灵曰：允义大夫，维蜀之珍。《诗》之老成，《易》之丈人。去我十年，其德日新。庶一见之，遽没元身。惟慥与轼，匪友则亲。自丙以降，昔惟州民。旅哭于庭，恻焉酸辛。祸福之来，孰知其因。自寿自夭，自屈自信。天莫为之，矧凡鬼神。生荣死哀，自昔所难。持此令名，归宗九原。

【解题】

任师中名任伋，曾任黄州通判，苏轼于元丰四年（1081）有祭文吊之。本文是以众人名义共祭之作。

祭黄几道文

几道大夫年兄之灵。呜呼几道，孝友烝烝。人无间言，如闵与曾。天若成之，付以百能。超然骥德，风骜云腾。入为御史，以直自绳。身为玉雪，不污青蝇。出按百城，不缓不絙。奸民猾吏，实畏靡憎。帝亦知之，因事屡称。谋之左右，有问莫应。君闻不悛，与道降升。吾岂羽毛，为人所膺。抱默以老，终然不矜。环堵萧然，大布疏缯。妻子脱粟，玉食友朋。我迁于南，秋谷五登。坐阅百吏，锥刀相仍。有斐君子，传车是乘。穆如春风，解此阴凌。尚有典刑，紫髯垂膺。鲁无君子，斯人安承。纳币请昏，义均股肱。别我而东，衣袂仅胜。一卧永已，吾将安凭。寿夭在天，虽圣莫增。君赵魏老，老于薛滕。天亦愧之，其世必兴。举我一觞，归安丘陵。

【解题】

本文赞扬了黄几道为官清廉、嫉恶如仇等优良品质。

祭陈君式文

故致政大夫君式之灵：猗欤大夫，匪直也人。矫然不随，以屈莫信。大夫安之，有命在天。十年躬耕，以娱其亲。亲亡泣血，几以丧明。免丧复仕，哀哉为贫。从政于黄，急吏缓民。食黄之薇，饮其水泉。我以重罪，窜于江滨。亲旧摈疏，我亦自憎。君独愿交，日造我门。我不自爱，恐子垢纷。君笑绝缨，陋哉斯言。忧患之至，期与子均。示我数诗，萧然绝尘。去黄而归，即安丘园。澹然无求，抱洁没身。猗欤大夫，有死有生。如影之随，如环之循。富贵贫贱，忽如浮云。孰皆有子，如二子贤。千里一觞，侑以斯文。

【解题】

陈君式是苏轼在黄州时的患难之交。

祭柳子玉文

猗欤子玉，南国之秀。甚敏而文，声发自幼。从横武库，炳蔚文囿。独以诗鸣，天锡雄咮。元轻白俗，郊寒岛瘦。嘹然一吟，众作卑陋。凡今卿相，伊昔朋旧。平视青云，可到宁骤。孰云坎轲，白发垂脰。才高绝俗，性疏来诟。谪居穷山，遂侣猩狖。夜衾不絮，朝甑绝馏。慨然怀归，投弃缨绶。潜山之麓，往事神后。道味自饴，世芬莫嗅。凡世所欲，有避无就。谓当乘除，并畀之寿。云何不淑，命也谁咎。顷在钱塘，惠然我觏。相从半岁，日饮醇酎。朝游南屏，莫宿灵鹫。雪窗饥坐，清阕间奏。沙河夜归，霜月如昼。纶巾鹤氅，惊笑吴妇。会合之难，如次组绣。翻然失去，覆水何救。维子耆老，名德俱茂。嗟我后来，匪友惟媾。子有令子，将大子后。颀然二孙，则谓我舅。念子永归，涕如悬霤。歌此奠诗，一樽往侑。

【解题】

柳子玉名瑾，家润州，与苏轼多有诗文往来。其子仲远为苏轼堂妹婿。

祭范夫人文

惟夫人妇德茂于闺门，母仪形于里闬。笃生贤子，绰有令名。将期百年，兼享五福。而天不亮孝子之志，神不祐善人之门。变故之来，旬日相继。尚有余庆，钟于后昆。某忝与外姻，局于官守。聊驰薄奠，远致哀诚。

【解题】

本范夫人为苏轼亲家。

祭王君锡丈人文

公之皇祖，孝著闾里。迨兹百年，世济其美。少相弟长，老相慈诲。肃雍无间，施及娣姒。颀然四人，厥德罔二。轼始婚媾，公之犹子。允有令德，夭阏莫遂。惟公幼女，嗣执罍篚。恩厚义重，报宜有以。云何不淑，契阔生死。敛不拊棺，葬不亲襚。岂不怀归，眷此微仕。缄词望哭，以致奠醜。惟此哀诚，一念千里。

【解题】

王君锡是苏轼岳父。

祭石幼安文

嗟我去蜀，十有八年。梦还故乡，亲爱满前。觉而无有，泪下迸泉。窜流江湖，只影自怜。闻人蜀音，回首粲然。矧如夫子，又戚且贤。忧乐同之，义不我捐。我行过宿，子病已缠。顾我而笑，自云少痊。念子仁人，寿骨隐颧。携手同归，相视华颠。孰云此来，拊膺号天。同驱并驰，俯仰而迁。行即此路，皇分后先。哀哉若人，令德世传。才子文孙，森然比肩。天不吾欺，后将蝉联。永归无憾，举我一笾。呜呼哀哉！

【解题】

石幼安，苏轼表弟。

祭迨妇欧阳氏文

昔先君与太师文忠公恩义之重，宜结婚姻，以永世好。故予以中子迨求婚于汝。自汝之归，夫妇如宾，娣姒谐睦，事上接下，动有家法。谓当百年，治我后事。云何奄忽，一旦至此，使我白首，乃反哭汝，命也奈何！呜呼哀哉！以吉月良日殡汝于京城之西惠济之僧舍。汝之魂识，复反于家，尚克朝夕受于奠馈。凡汝服用，皆施佛僧。

【解题】

欧阳氏为苏轼儿子苏迨之妻，欧阳修之孙女。

祭单君贶文

呜呼维君，笃孝自天。展如闵子，人莫间言。内齐于家，外敏于官。民谓父兄，吏莫容奸。信于朋友，人得其欢。博学工诗，数术精研。人涉其一，君有其全。寿考富贵，人谁不然。君独何辜，所向奇偏。志不一遂，怅莫归怨。念我孤甥，生逢百艰。既嫔于君，谓永百年。云何不吊，衔痛重泉。何以慰君，千里一樽。人生如梦，何促何延。厄穷何陋，宦达何妍。命也奈何，追配牛颜。呜呼哀哉。

【解题】

单君贶为苏轼的外甥女婿。

苏世美哀词

有美一人，长而髯兮。廞歆历落，进趋襜兮。达于从政，敏而廉兮。如求与由，艺果兼兮。魁然丈夫，色悍严兮。奋须抵几，走群纤兮。闻名见像，已疠痁兮。敬事友生，小心谦兮。诲养贫弱，语和甜兮。刚柔适中，畏爱佥兮。孤直无依，众枉嫌兮。何辜于神，寿复歼兮。死无甑石，突不黔兮。孰为故人，孰视恬兮。我窜于黄，岁将淹兮。于后八年，梦复觇兮。曰吾子钧，甘虀盐兮。冬月负薪，衣不缣兮。觉而长吁，涕流沾兮。永言告钧，守穷潜兮。苦心危肠，自磨磏兮。天不吾欺，有速淹兮。岂若人子，老闾阎兮。生欢死忘，我言砭兮。

【解题】

本文及以下哀词皆不详作年。

王大年哀词

嘉祐末，予从事岐下。而太原王君讳彭，字大年，监府诸军。居相邻，日相从也。时太守陈公弼驭下严甚，威震旁郡，僚吏不敢仰视。君独侃侃自若，未尝降色词，公弼亦敬焉。予始异之。问于知君者。皆曰：“此故武宁军节度使讳全斌之曾孙，而武胜军节度观察留后讳凯之子也。少时从父讨贼甘陵，搏战城下，所部斩七十余级，手射杀二人，而奏功不赏。或劝君自言，君笑曰：‘吾为君父战，岂为赏哉？’”予闻而贤之，始与论交。君博学精练，书无所不通。尤喜予文，每为出一篇，辄拊掌欢然终日。予始未知佛法，君为言大略，皆推见至隐以自证耳，使人不疑。予之喜佛书，盖自君发之。其后君为将，日有闻，乞自试于边，而韩魏公、文潞公皆以为可用。先帝方欲尽其才，而君以病卒，其子谠，以文学议论有闻于世，亦从予游。予既悲君之不遇，而喜其有子。于其葬也，作相挽之诗以饯之。其词曰：

君之为将，允武且仁。甚似其父，而辅以文。君之为士，涵咏书诗。议论慨然，其子似之。奔走四方，豪杰是友。没而无闻，朋友之咎。骥堕地走，虎生而斑。视其父子，以考我言。

【解题】

序言记王大年的品行及对自己在佛学方面的影响，并对其子王谠寄予很大的希望。

伤　春　词　并引

去岁十二月，虞部郎吕君文甫丧其妻安氏，二月以书遗余曰："安氏甚美，而有贤行。念之不忘，思有以为不朽之托者，愿求一言以吊之。"余悲其意，乃为作伤春词云。

佳人与岁皆逝兮，岁既复而不返。付新春于居者兮，独安适而愈远。书昏昏其如醉兮，夜耿耿而不眠。居兀兀不自觉兮，纷过前之物变。雪霜尽而鸟鸣兮，陂塘泫其流暖。步荒园而访遗迹兮，蓊百草之生满。风泛泛而微度兮，日迟迟而愈妍。眇飞絮之无穷兮，烂夭桃之欲然。燕哓哓而稚娇兮，鸠谷谷其老怨。蝶群飞而相值兮，蜂抱蕊而更欢。善万物之得时兮，痛伊人之罹此冤。众族出而侣游兮，独向壁而永叹。泪荧荧而栖睫兮，花摇目而增眩。昼出门而不敢归兮，畏空室之漫漫。忽入门而欲语兮，嗟犹意其今存。役魂魄于宵梦兮，追仿佛而无缘。访临邛之道士兮，从稠桑之老人。纵可得而复见兮，恐荒忽而非真。求余文以写哀兮，余亦怆恨而不能言。夫既其身之不顾兮，尚安用于斯文。

【解题】

本文描述了丧偶后惆怅悲怨之心绪。文章拟楚辞体，踵事增华，多方铺垫，风格绮丽。

凤翔太白山祈雨祝文

维西方挺特英伟之气，结而为此山。惟山之阴威润泽之气，又聚而为湫潭。瓶罂罐勺，可以雨天下，而况于一方乎？乃者自冬徂春，雨雪不至，西民之所恃以为生者，麦禾而已。今旬不雨，即为凶岁，民食不继，盗贼且起。岂惟守土之臣所任以为忧，亦非神之所当安坐而熟视也。圣天子在上，凡所以怀柔之礼，莫不备至。下至于愚夫小民，奔走畏事者，亦岂有他哉！凡皆以为今日也。神其盍亦鉴之。上以无负圣天子之意，下以无失愚夫小民之望。尚飨。

祷龙水祝文

云布多峰，日有焚空之势；雨无破块，人怀暍虐之忧。虽屡叩于明灵，终未怀于通感。府主舍人存心为国，俯念舆民。燃香霭以祷祈，对龙湫而恳望。伏愿明灵敷感，使雨泽以旁滋，圣化荐臻，致田畴之益济。

告封太白山明应公祝文

天作山川，以镇四方。俾食于民，以雨以旸。惟公聪明，能率其职。民以旱告，应不逾夕。帝谓守臣，予嘉乃功。惟新爵号，往耀其躬。在唐天宝，亦赐今爵。时惟术士，探符访药。谓为公荣，寔为公羞。中原颠覆，神不顾救。今皇神圣，惟民是忧。民既饱溢，皇无祷求。兖衣煌煌，赤舄绣裳。舍旧即新，以佑我民。尚飨。

祭勾芒神祝文二首

一

夫帝出乎震，神实辅之。兹日立春，农事之始。将平秩于东作，先恭授于人时。乃出土牛，以示早晚。惟神其祐之。

二

春律既应，农事将作。爰出土牛，以为耕候。维尔有神，实左右之。伏愿雨旸以时，螟螣不作。俾克有年，敢忘其报。

祷雨蟠溪祝文

岁秋矣，物之几成者，待雨而已。穟者已秀，待雨而实。三日不雨，则穟者不实矣。荚者已孕，待雨而秀。五日不雨，则荚者不秀矣。野有余土，室有闲民，待雨而耕且种。七日不雨，则余土不耕，闲民不种矣。穟者不实，荚者不秀，余土不耕，而闲民不种，则守土之臣，将有不任职之诛，而山川鬼神，将乏其祀。兹用不敢宁居，斋戒择日，并走群望，而精诚不歆。神不顾答，吏民无所请命。闻之曰："虢有周文、武之师太公，其可以病告。”乃用太祲之礼，祷而不祠。谷梁子曰：“古之神人，有应上公者，通乎阴阳。君亲帅诸大夫道之而以请焉。”夫生而为上公，没而为神人，非公其谁当之。《诗》曰：“维师尚父，时维鹰扬，凉彼武王，肆伐大商，会朝清明。”公之仁且勇，计其神灵无所不能为也。吏民既以雨望公，公亦当任其责。敢布腹心，公实图之。尚飨。

凤翔醮土火星青词

呜呼！天之保佑下民罔不至，所资以生罔不蓄。育民既不知德，天亦维不倦。乃朝夕戕取，以厚厥躬。天既不我咎，乃不恭畏于神祇，不修敕厥心，骄淫矜夸，以干上帝威命。帝用不赦，丕降罪疾于下，则惟雨旸，常以讫我黍、稷、禾、菽、麻、麦，我民用荡析陨越。天亦终哀矜，其忍翦弃其命罔孑遗。今秦民既不获于秋，乃十旬弗雨，曰：“其尚克有夏。”走于山川鬼神，亦罔不至。既不获，乃曰：“维荧惑镇星次于井，秦民其亦应受多罪。”兹用即于斋宫为坛位，以与百姓请命。呜呼！其庶几哀之！俾克有夏，亦克穑厥秋。民今其栗栗，朝不能夕。

【解题】

以上诸文皆作于嘉祐七年（1062）三月至治平元年（1064）。祝文，即祷告辞。青词，道士斋醮，上奏天神的表章，用朱笔写在青藤纸上。

杭州请圆照禅师疏

大道无为，入之必假闻见；一毫顿悟，得之乃离聪明。惟自在门，真无碍法。天降一雨，遍浃群生；佛无二门，并归真谛。恭惟本师长老，脱离常见，洒落孤风。其为己也，如月行空，无迹可践；其为人也，如金入范，随注皆圆。既不滞于一方，岂肯违于众欲。而况净慈古刹，钱氏福田。代不乏传，人所信向。闵矜善俗，久靳真驭以来临；恻隐慈心，愿顺群诚之再请。

祷雨天竺观音文

我大菩萨，为世导师，救危难于三涂，化清凉于五浊。比者官吏不德，刑政失中。故此骄阳，害我天物。具官某，上承府檄，傍采民言。供奉安舆，愿登法座。伏愿江海贡润，龙天会朝。布为三日之霖，适副一邦之望。

【解题】

以上二文分别作于熙宁五年（1072）和六年（1073）。

同天节功德疏文

伏以天贻明德，用昭遹骏之声；卦应纯乾，实纪诞弥之日。仗法缘之有感，祈圣寿之无疆。恭惟皇帝陛下，生知尧舜之资，力致商周之业。神功特起，圣治日新。人皆乐生，物亦遂性。惟时庆节，共罄丹诚。用同东土之民，少效华封之祝。伏愿潜凭胜力，坐拥休符。福比冈陵之崇，寿齐箕翼之永。

祭常山祝文

洪维上帝，以斯民属于山川群望；亦如天子，以斯民属于守土之臣。惟吏与神，其职惟通。殄民废职，其咎惟均。哀我邦人，遭此凶旱。流殍之余，其命如发。而飞惶流毒，遗种布野。使其变跃飞腾，则桑柘麦禾，举罹其灾，民其罔有孑遗。吏将获罪，神且乏祀。兹用栗栗危惧。谨以四月初吉，斋居蔬食，至于闰月辛丑。若时雨沾洽，蝗不能生，当与吏民躬执牲币以答神休。呜呼，我州之望，不在神乎？父老谓神求无不获，克有常德，以名兹山，其可不答，以愧此名。若曰："岁之丰凶在天，非神之所得专。"吏将亦曰："民之休戚在朝廷，我何知焉。"则谁任其责矣。上帝与吾君爱民之心，一也。凡吏之可以请于朝者，既不敢不尽；则神之可以谒于帝者，宜无所不为。尚飨。

祭常山神祝文

吏实不德，无以导迎顺气。消复灾沴，惟神之求。神亦闵其不才，而嘉其勤。凡有告请，靡所不答。乃者有谒乎神，即退之三日，时雨周洽，去城百里而近，蝗独不生。凡我吏民，孰不归德于神。然而一雨之后，弥月不继。百里之外，蝝生如初。岂神之能应于前，不能应于后，能恤其近，不能恤其远？盖吏不称职，政刑失中，戾于民心，以不能终神之赐。而我州之民，比岁饥殍凋残之余，不复堪命。若又不熟，则流离之祸，其莫知所止矣。神之聪明，其忍以吏不称职之所致而不卒救之欤？今夏麦垂登，而秋谷将槁，若时赐霈泽，驱攘虫灾，以完我西成之资，岁秋九月，当与吏民复走庙下。

祭常山祝文四首

一

峨峨兹山，望我东国。为帝司雨，涵濡百物。自我再祷，应不旋毂。迨兹有秋，岁得中熟。嗟此薄礼，曷称其德。陶匠并作，新其楹桷。岂以为报，民苟不怍。岁云徂矣，穀麦未殖。嗣岁之忧，既谢且谒。惠然雨我，以永休烈。尚飨。

二

天子有命，闵兹旱暵。俾我守臣，并走群望。惟神聪明慈惠，求无不获。既再祷矣，虽尝一雨，不及肤寸。吏实不德，不足以蒙神之休，导迎善气，以致甘泽。洪惟圣天子之意，其可不答。而饥羸之民，将转于沟壑，其可不一救之？渎神之罚，吏其敢辞。尚飨。

三

比年以来，蝗旱相属。中民以上，举无岁蓄。量日计口，敛不待熟。秋田未终，引领新谷。如行远道，百里一宿。苟无舍馆，行旅夜哭。自秋不雨，霜露杀菽。黄糜黑黍，不满囷簏。麦田未耕，狼顾相目。道之云远，饥肠谁续。五日不雨，民在坑谷。猗嗟我侯，灵应响速。帝用嘉之，惟新命服。祈而不获，厥愆在仆。洗心祗载，敢辞屡渎。庶哀斯民，朝夕濡足。尚飨。

四

维熙宁九年，岁次丙辰，七月某日，诏封常山神为润民侯。

十月某日，具位苏轼，谨以清酌少牢之奠，昭告于侯之庙曰：呜呼，旱蝗之为虐也，三年于兹矣。东南至于江海，西北被于河汉，饥馑疾疫，靡有遗矣。我瞻四方，大川乔岳，食于斯民者甚众，而受宠于吾君者，可谓巍巍矣。诉之而必闻，求之而必获，惠我农夫，而救其灾沴。不为倏云骤雨，苟以应祷之虚名，而有膏泽积润，可以及民之实效，卓然如侯者几希矣。凡天子之爵命，有德而致之则为荣，无功而享之则为辱。今侯泽此一郡，而施及于四邻，共受五等之爵，而被七命之服也，可谓无愧而有光辉矣。愿侯益修其实，以充其名。上以副天子之意，而下以塞吏民之望。民其奉事，有进而无衰矣。尚飨。

密州请皋长老疏

安化军据霍郎中、陈郎中、褚郎中、宋驾部、傅虞部、乔太傅及莒县百姓侯方等状，乞请沂州马鞍山福寿禅院长老惠皋住持本县石城院开堂说法者。

右伏以山东耆宿，言不足而道有余；胶西士民，信虽深而悟者少。当有达识，为开群迷。长老皋上人，德宇深醇，慧身清净。一瓶一钵，本来自在随缘；万水千山，所至皆非住处。愿体众心之切，毋辞数舍之遥。翻然肯来，慰此勤想。谨疏。

【解题】

以上诸文皆作于熙宁八年（1075）至九年（1076）。

祷灵慧塔文三首

一

武宁军，今为黄河泱溢，流入淮泗，围浸州城，逾月不退。一州吏民，同发至诚，仰告真寂大师化身灵塔。愿垂慈愍，密赐护持，驱除阴云，疏导积水。若十日之内，水退城全，当具灵异事迹，申奏朝廷乞加谥号，使一方士庶，永远皈依。

二

徐州本州，近以河水为患。祷于真寂大师之塔，灵应响答。十日之内，果获减退。方议闻奏，乞加谥号。今者兵夫数千，功役垂毕。而淫雨不止，人力不施。城中水潦，无所决泄。吏民告病，敢辞再渎。伏望大师以法慈神力，驱攘阴沴，速获开霁，以终大赐。

三

徐州今为冬温无雪，疾疫将兴。宿麦在田，膏泽不继。民既告病，吏何以安。是用洁诚斋居，稽首仰诉。恭惟真寂大师，道齐无上士，运继普光王。遍智难名，便门无量。向者屡持微恳，上渎洪慈。消暴水于滔天，开积阴于反掌。本州已具灵异事迹，奏乞师号塔名。伏望大师益运神功，力回旱势。赐以一尺之雪，仍为五日之期。使北方民愈加恭信，某等无任虔诚激切之至。

告赐灵慧谥号塔文

徐州奉敕：本州乾明寺真寂大师，宜特追赐号灵慧大师，塔曰灵慧之塔者。伏以至人无心，而因缘有地；妙法常住，而隐显以时。非我凡庸，所能量度。恭惟灵慧大师，佛慈所付，愿力至深。现身淮南，度越千里而应化于此；涅槃唐世，号涉五代而易名于今。既奉诏书，一新谥号。神人交庆，道俗知归。非独永庇彭城一方之民，殆将追继普光千劫之化。惟愿益开慧智，不倦祷求。潜消水旱之萌，以称圣明之意。

告谢灵慧塔文

至诚默运，大庇一方之民；微雪应祈，稍苏百日之旱。恭持薄礼，少答鸿私。惟愿力之无边，庶阴云之继作。先春而降，盈尺为期。

徐州祈雨青词

河失故道，遗患及于东方；徐居下流，受害甲于他郡。田庐漂荡，父子流离。饥寒顿仆于沟坑，盗贼充盈于犴狱。人穷计迫，理极词危。望二麦之一登，救饥民于垂死。而天未悔祸，岁仍大荒。水未落而旱已成，冬无雪而春不雨。烟尘蓬勃，草木焦枯。今者麦已过期，获不偿种；禾未入土，忧及明年。臣等恭循旧章，并走群望。意水旱之有数，非鬼神之得专。是用稽首告哀，吁天请命。若其赋政多僻，以谪见于阴阳；事神不恭，以获戾于上下。臣实有罪，罚其敢辞。小民无知，大命近止。愿下雷霆之诏，分敕山川之神。朝隮寸云，暮洽千里。使岁得中熟，册民犹小康。

祈雪雾猪泉祝文

噫嘻我民，何辜于天。不水则旱，于今二年。天未悔祸，百日不雨。雪不敛尘，麦不盖土。天子命我，祷于山川。侧闻此山，神龙之渊。躬拜稽首，敢丐一勺。得雪盈尺，牲酒是酢。

谢雪祝文

天不吝泽，神不忘职。胡为水旱，吏则不德。失政召灾，莫知自刻。雨则号晴，旱则谒雪。神既不谴，又满其欲。四山暮霰，万瓦晨白。驱攘疫疠，甲拆麰麦。牲酒匪报，维以告洁。神食无愧，吏则惭栗。尚飨。

【解题】

以上诸文皆作于熙宁十年（1077）至元丰二年（1079）。时苏轼任徐州太守。

谒文宣王庙祝文

至圣文宣王。窃惟吏治以仁义为本，教化为急。故以视事之三日，只见于先圣先师，问所当先于学。其所从来尚矣，敢忘其旧。尚飨。

谒诸庙祝文

轼猥以不肖，来长此邦。实于有神，分职幽明。谨以视事之三日，只见于庙。惟神保佑斯民，俾风雨时若，疫疠屏息。吏既免罪，神亦不愧。尚飨。

【解题】

以上二文作于元丰二年（1079）四月。

冬至福宁殿作水陆道场资荐神宗皇帝斋文

伏以圣神陟降，释梵后先。适更来复之辰，茂荐往生之福。虔修净供，仰导灵游。

正旦于福宁殿作水陆道场资荐神宗皇帝斋文

伏以弃黄屋以上宾，莫追风驭；抱乌号而永慕，再历春朝。敢仗胜缘，式开净供。仰颂义尧之德，永追梵释之游。

集禧观开启祈雪道场青词　元祐元年二月六日

伏以麦将覆块，雪未掩尘。嗣岁之忧，下民安诉。具严法会，祗款闳宫。仰冀同云，溥滋新腊。

景灵宫宣光殿奉安神宗皇帝御容日开启道场青词　元祐二年三月十四日

伏以天鉴不远，诚感则通。方宝构之肇新，宜神游之降格。具严法席，高咏灵篇。内安清净之居，外锡烝黎之福。

景灵宫宣光殿奉安神宗皇帝御容毕皇太后亲诣行礼祝文　元祐二年三月十四日

伏以奕奕祠宫，巍巍天像。圣灵虽远，哲命惟新。仰瞻如在之威，永锡无疆之庆。敢祈昭鉴，下烛微诚。

五岳四渎等处祈雨祝文　元祐二年三月十七日

期年以来，水旱作沴。振廪同食，冠盖相望。已责劝分，公私并竭。惟待一熟之麦，以苏垂死之民。而冬不雨以徂春，苗将秀而不实。顾惟冲昧，有失政刑。感伤阴阳，延及鳏寡。既非下民之罪，亦岂上帝之心。惟神聪明，毋爱膏泽。则民有息肩之渐，神无乏祀之忧。

集禧观开启祈雨道场青词　元祐二年三月二十五日

洞渊龙王，水府圣众。饥馑之患，民流者期年；吁嗟之求，词穷于是日。乃眷阴灵之宅，实为云雨之司。涵濡之功，俄顷而办。罔吝天泽，以答民瞻。

集禧观洪福殿等处罢散谢雨道场青词

德有愧于动天，敢辞屡请；道无私而应物，岂间微诚。霈一雨以咸周，起三农于既病。仰承灵贶；莫报深仁。

大相国寺开启祈雨道场斋文

伏以旱暵既久，麦禾将空。仰惟天人之师，宜专云雨之施。庶几慈愍，宽我忧危。

景灵宫罢散奉安神宗皇帝御容道场功德疏文 元祐二年四月七日

伏以肇新宝构，只奉睟容。修妙供于朱庭，结胜缘于净众。真游永奠，法会告成。普冀含生，悉蒙余祉。谨疏。

代毛正仲军衙厅成庆土道场疏

揆日灼龟，既鼎新而改造；伐林度土，遂云集以经营。丁丁而勇于运斤，索索而劳于缩版。虽不经于众口，虑有取于神恫。幸销覆压之虞，允获跻宁之愿。原其所赐，敢昧于神。是用命海角之禅那，资大雄之妙荫。宣此五福之教，庆乎百堵之成。伏愿天雨千花，薰太和于一切；佛尘万里，精遐福于无边。百谷丰登，群生恬泰。上祝河沙之圣寿，永瞻慧日之祥光。式罄诚心，庶祈灵鉴。

郑州超化寺谢雨斋文　元祐二年四月九日

等慈应物，不倦于祷求；神智无方，何难于膏泽。旱沴既弭，农民其康。仰惟不宰之功，岂待有为之报。爰修净供，少达纯诚。

郑州超化寺祈雨斋文　元祐二年四月九日

伏以常旸为灾，历时愈炽。秋谷未蓺，夏苗将空。天意未回，佛慈所愍。愿以不思议智力，大解脱神通。时兴法云，普赐甘泽。

五岳四渎等处祈雨祝文
天祐二年四月十日

天人之交，应若影响。雨旸不顺，咎在貌言。失之户庭，害及寰宇。求治虽切，不当天意之中；听言虽多，未闻民病之实。刑罚有过，赋役未平。一人之愆，百姓何罪。避坐撤膳，犹当许其自修；悔祸转灾，庶或救之将坠。于神盖反掌之易，而民免挤壑之忧。仰瞻云霓，待命旦夕。

五岳四渎等处谢雨祝文 元祐二年四月十日

乃者常旸为灾，历时愈炽。念咎责己，宁丁我躬。求哀吁天，并走群望。果蒙膏泽之赐，一拯流亡之余。我愧于民，敢废无灾之惧；神终其赐，愿必有年之祥。

太皇太后皇太后皇太妃受册奏告太庙并诸陵祝文 元祐二年六月十九日

伏以只事亲闱，庶几孝治。配德祖考，既务极于推崇；笃生眇冲，说敢忘于褒显。将奉宝册，率循旧章。涓日甚良，先期以告。

太皇太后皇太后皇太妃受册奏告景灵宫等处青词 元祐二年七月十九日

伏以只是亲闱，庶几孝治。配德祖考，既务极于推崇；笃生眇冲，亦敢忘于褒显。将奉宝册，率循旧章。徼福于神，先期以告。

西京应天禅院会圣宫修神御帐座毕功告迁诸神御祝文 元祐二年八月二日

顷诏有司，恭修幄座。暂安别殿，以作庶工。既匠事之告成，宜真游之来复。愿垂昭鉴，及此良辰。

西京应天禅院会圣宫修神御帐座毕功奉安诸神御祝文　元祐二年八月二日

幄坐告成，允协岁时之吉；灵游永奠，复瞻天日之光。庶俾后人，仰蒙余庆。

神宗皇帝御容至会圣宫并应天禅院前一日奏告诸帝祝文　元祐二年八月

三灵眷命，六圣在天。嵩洛之间，仙释所馆。惟兹吉禘之始，当祔出游之庭。念彼元臣，昔皆侑食。一新惟肖之像，永陪如在之神。敢冀威灵，曲垂昭鉴。

生擒西蕃鬼章奏告永裕陵祝文　元祐二年九月五日

大猕获禽，必有指踪之自；丰年多廪，孰知耘耔之劳。昔汉武命将出师，而呼韩来庭，效于甘露；宪宗厉精讲武，而河湟恢复，见于大中。憬彼西戎，古称右臂。自嘉祐末，兀征扰边。至熙宁中，董毡方命。于赫圣考，恭行天诛。非贪尺寸之疆，盖为民除蟊蠹。遂建长久之策，不以贼遗子孙。而西蕃大首领鬼章，首犯南川，北连拓拔。申命诸将，择利而行；旋闻偏师，无往不克。吏士用命，争酬未报之恩；圣灵在天，难逃不漏之网。已于八月戊戌，生获鬼章。颉利成擒，初无渭水之耻；郅支授首，聊报谷吉之冤。谨当推本圣心，益修戎略。务在服近而来远，期于偃革以息民。仰冀威神，曲垂昭鉴。

西京会圣宫应天禅院奉安神宗皇帝御容奏告诸帝祝文　元祐二年九月六日

于穆神考，陟配在天。有严祠宫，从祀我祖。时日协吉，圣灵其安。宠绥后人，永锡纯嘏。

西京应天禅院会圣宫奉安神宗皇帝神御祝文　元祐二年九月六日

于皇在天，丕冒下土。矧此山陵之近，顾瞻两都；宅于嵩洛之间，上联五圣。有严净宇，祗奉睟颜。愿追梵释之游，永答人天之望。

十月一日永裕陵下宫开启资荐神宗皇帝道场斋文　元祐二年九月二十日

桥山永望，莫瞻弓剑之余；阳月载临，徒增霜露之感。招延净众，崇建梵筵；庶集胜因，仰资真驭。

神宗皇帝御容进发前一日奏告天地社稷宗庙等处祝文 元祐二年九月二十五日

祗畏天明，率循祖武。进衣冠之原庙，镇嵩洛之灵祠。恭择良辰，启行仙驭。分遣执事，并告有神。

神宗皇帝御容进发前一日奏告诸宫观等处青词 元祐二年九月二十五日

嵩洛之间，山陵所在。严道释之净宇，奉衣冠之别祠。恭择良辰，启行仙驭。敢徼福于群圣，庶流祉于含生。仰叩真灵，冀垂昭鉴。

太皇太后皇太后皇太妃受册礼毕奏谢天地社稷宗庙诸宫观并诸陵祝文 元祐二年十月十日

至哉坤元，政必先于治内；养以天下，孝莫大于尊亲。昔首正于号名，今复严于典册。礼乐既具，神人允谐。分命迩臣，恭致成事。仰祈昭鉴，永锡鸿休。无任恳祷之至。

西京会圣宫应天禅院奉安神宗皇帝御容前一日奏告永裕陵祝文 元祐二年十月

国家推本汉仪，立郡国之庙；参用唐制，就佛老之祠。乃眷洛都，载瞻园寝。并兴灵宇，以奉神禧。闵惟冲人，恭蹈成宪；谨择良日，临遣近臣。庶回日月之光，少答天人之望。

西京会圣宫应天禅院奉安神宗皇帝御容礼毕开启道场斋文 元祐二年十月

原庙告成，神游既奠。虽圣灵之无碍，对越在天；从世法之有为，归依于佛。普愿幽明之域，悉登净妙之庭。集此胜因，以资仙驭。

永定院修盖舍屋祭告土地祝文
元祐二年十二月十日

伏以向因遗烬，延及净祠。爰择良辰，以兴众役。宜兹遣使，昭示有神。

隆祐宫设庆宫醮青词 元祐二年

伏以长乐告成，光动紫宫之像；清都下照，诚通绛阙之仙。

只率多仪，肃陈菲荐。永惟慈孝之本，克享天人之心。介万寿之无疆，锡五福之纯备。无任恳祷之至。

诸宫观等处祈雨青词 元祐二年

饥馑之患，民流者期年；吁嗟之求，词穷于是日。仰惟至道之助，推广上天之仁。召呼群龙，时赐霈泽。罔以不德，而废其言。

后苑瑶津亭开启祈雨道场斋文二首

一 元祐三年六月二日

六月徂夏，方金火之争；三农望秋，乏雷雨之施。嗟人何罪，逢岁之艰。自非妙觉之等慈，孰拯疲民于重困。有严禁苑，只建净筵。念我忧劳，锡之膏泽。非独起焦枯于田野，抑将扫疾疫于里闾。嘉与含生，永均介福。

二 元祐三年八月二十日

伏以常旸之沴，历月于兹。近自都畿，远及关辅。岂独西成之害，将为宿麦之忧。仰止觉慈，必垂善救。普集山川之守，来登梵释之筵。罔吝膏濡，以兴焦槁。

后苑瑶津亭开启谢雨道场斋文 元祐三年六月六日

伏以祇畏之心，格人天于影响；觉慈之力，反水旱于屈伸。周泽载濡，农田告足。既解蕴隆之患，庶无流潦之虞。仰冀能仁，曲垂昭鉴。

西岳庙开启祈雨道场青词 元祐三年七月十三日

伏以二华之尊，作镇于西极；兆人所急，望岁于秋成。谷既日滋，雨不时霈。敢以病告，于我有神。闵兹将槁之苗，赐以崇朝之泽。惟神之德，非我敢忘。

显圣寺寿圣禅院开启太皇太后消灾集福粉坛道场斋文 元祐三年七月二十七日

伏以躬俭节用，本严房闼之风；遗大投艰，猥当庙社之寄。常恐德之弗类，以召灾于厥身。敢即仁祠，肆陈净供。恭延梵释，普施人天。俾寿而康，非独辅安于寡昧；与民同利，固将燕及于华夷。仰冀能仁，曲垂昭鉴。

奉宸库翻修圣字等库了毕安慰土地道场斋文　元祐三年七月二十九日

伏以货币所藏，有坏必葺。聪直之鉴，既成乃安。爰仗佛慈，以绥神守。庶期昭格，水底纯熙。

景灵宫宣光殿开启神宗皇帝忌辰道场斋文　元祐四年二月五日

伏以至德难名，已立配天之极。孝思永慕，盖有终身之忧。惟是佛乘，庶资冥福。属弓剑上宾之日，就衣冠出游之庭。虔设净筵，俾严胜果；庶超真觉，永庇含生。

东太一宫翻修殿宇奉告十神太一真君祝文　元祐四年二月二十五日

于穆祠宫，有严春祀。吏以时按视，工揆日以修完。庶就洁新，永绥灵御。仰祈昭鉴，大庇含生。

【解题】

以上数文皆元祐元年（1086）至元祐四年（1089）二月。在京城作。

谒庙祝文

轼以王命，来守此邦。事神养民，敢不祗饬。莅政之始，见于祠下。安静无事，丰乐有年。惟神相之，使免罪戾。尚飨。

谒文宣王庙祝文

轼以诸生，误蒙选擢。昔自太史，通守此邦。今由禁林，出使浙右。莅事之始，祗见儒宫。圣神临之，敢忘夙学。尚飨。

祭英烈王祝文

钦诵旧史，仰瞻高风。报楚为孝，徇吴为忠。忠孝之至，实与天通。开塞阴阳，斡旋涛江。保障斯民，以食此邦。嗟我蠢愚，所向奇穷。岂以其诚，有请辄从。庚子之祷，海若伏降。完我岸闸，千夫奏功。牲酒薄陋，报微施丰。敬陈颂诗，侑此一钟。尚飨。

祈雨祝文

杭州之为郡，负山带江，水泽不留。逾旬不雨，农有忧色。挽舟浚河，公私告病。吏既无术，莫知所救。不敢坐视，惟神之求。庶几闵民之穷，赦吏之渎，赐以一雨，敢忘其报。尚飨。

谢雨祝文

旧谷不登，陈禀已发。稍失雨旸之节，则怀沟壑之忧。惟神至明，有祷必应。敢陈薄奠，少答殊私。愿推无倦之仁，以毕有年之赐。尚飨。

祈晴祝文

大雪连日，凝阴伤春。闵惟艰食之民，重此常寒之虐。役兵堕指，行旅摧辀。老弱号呼，吏既惭于无术；阴阳舒卷，神何惜而不为。愿扫重云，以昭灵贶。使民奉事，永岁益虔。尚飨。

谢晴祝文

轼以忧寄，出守此邦。岁之不登，实任其咎。政虽无术，心则在民。惟神聪明，其应如响。雨不暴物，晴不失时。喜愧之心，吏民所共。式陈菲荐，少答神休。尚飨。

祈晴吴山庙祝文

秋谷未登，既食其陈。嗣岁之虞，当敛其新。逮此秋旸，载获载舂。阴雨害之，穑人罔功。我发库泉，以实高廪。曷敕雨官，遄止其淫。既暵我场，万杵皆作。待此坻京，援我沟壑，英文烈武，雨雾在予。稽首告病，其忍弗图。尚飨。

谢晴祝文

赏罚在朝，吏申明之。及其有愆，吏得正之。雨旸在天，神奉行之。及其不时，神得请之。惟吏与神，各率其职。有求必获，则无虚食。淫雨既止，惟神之功。肴酒匪报，惟以告衷。尚飨。

开湖祭祷吴山水仙五龙三庙祝文

杭之西湖，如人之有目。湖生茭葑，如目之有翳。翳久不治，目亦将废。河渠有胶舟之苦，鳞介失解网之惠。六池化为眢井，而千顷无复丰岁矣。是用因赈恤之余资，兴开凿之利势。百日奏功，所患者淫雨；千夫在野，所忧者疾疠。庶神明之阴相，与人谋而协济。鱼龙前导以破坚，菰苇解拆而迎锐。复有唐之旧观，尽四山而为际。泽斯民于无穷，宜事神之益励。我将大合乐以为报，岂徒用樽酒之薄祭也。尚飨。

谢吴山水神五龙三庙祝文

西湖堙塞，积岁之患。坐阅百吏，熟视而叹。惟愚无知，妄谓非难。祷于有神，阴假其便。不愆于素，咸出幽赞。大堤云横，老葑席卷。历时未几，功已过半。嗣事告终，来哲所缮。神卒相之，罔咈民愿。肴酒之报，我愧不腆。尚飨。

请净慈法涌禅师入都疏

京师禅学之盛，发于本、秀二公。本既还山，秀复入寂。驸马都尉张君予来骋法涌，继扬宗风；东坡居士适在钱塘，实为敦劝。太丘道广，广则难周；仲举性峻，峻则少通。法涌童子画沙，已具佛智；维摩无语，犹涉二门。虽吾先师，不异是说；质之孔子，盖有成言。不为穿窬，仁义不可胜用；博施济众，尧舜其犹病诸。愿法涌广大慈悲，印宗仁得仁之侣；深严峻峙，诃未证谓证之人. 本自不然，伏惟珍重。

上清宫成诏告诸庙祝文

上清储祥宫成，敷宥四海，均福于下。有诏守臣，凡在秩祀，罔不祇荐。维神导和却沴，保民无疆，以称朝廷至仁之意。

【解题】

以上数文皆于元祐四年（1089）七月至元祐六年（1091）二月在杭州作。

谒文宣王庙祝文

轼以诸生遭遇，入侍帷幄，出典民社。莅事之始，祇见于学。先圣先师实临之。敬行所闻，敢忘其旧。尚飨。

谒诸庙祝文

轼以侍臣出守，承宣上意，以民为本。祇敬事神，所以芘民。莅事之始，祇见祠下。尚飨。

德音到州祭诸庙祝文

维年月日，具位苏轼，谨以清酌庶羞之奠，敢昭告于某神。上清储祥宫成，敷宥四海，均福于下。有诏守臣，凡在秩祀，罔不祇荐。维神导和却沴，保民无疆，以称朝廷至仁之意。尚飨。

祈雨迎张龙公祝文

维元祐六年，岁次辛未，十月丙辰朔，二十五日庚辰，龙图阁学士左朝奉郎知颍州军州事苏轼，谨请州学教授陈师道，并遣男承务郎迨，以清酌庶羞之奠，敢昭告于昭灵侯张公之神。稽首龙公，民所祇威。德博而化，能潜能飞。食于颍人，淮颍是依。受命天子，命服有辉。为国庇民，凡请莫违。岁旱夏秋，秋谷既微。冬又不雨，麦槁而腓。闵闵农夫，望岁畏饥。并走群望，莫哀我欷。于赫遗蜕，灵光照帏。惠肯临我，言从其妃。翱舞雩咏，荐其洁肥。雨雪在天，公执其机。游戏俯仰，千里一麾。被及淮甸，三辅王畿。积润滂流，浃日不晞。我率吏民，鼓钟旌旂。拜送于郊，以华其归。尚飨。

送张龙公祝文

维元祐六年，岁次辛未，十一月乙酉朔，十日甲午，龙图阁学士左朝奉郎知颍州军州事兼管内劝农使轻车都尉赐紫金鱼袋苏轼，谨以清酌庶羞之奠，敢昭告于昭灵侯张公之神。赫赫龙公，甚武且仁。赴民之急，如谋其身。有不应祈，惟汝不虔。我自洗濯，斋居诚陈。旱我之罪，勿移于民。公顾听之，如与我言。玉质金相，其重千钧。惠然肯来，期者四人。眷此行宫，为留浃辰。再雨一雪，既洽且均。何以报之，榜铭皆新。诏公之德，于亿万年。惟师道、迨，复饯公还。咨尔庶邦，益敬事神。尚飨。

立春祭土牛祝文

三阳既应，庶草将兴。爰出土牛，以戒农事。丹青设象，盖惟风俗之常；耕获待时，必有阴阳之助。仰惟灵德，佑我穑人。尚飨。

谢晴祝文

吏既不德，致灾害民。一雨一霁，辄号于神。风回雪止，农事并作。神则有功，吏亦知怍。冻馁之苏，其赐不赀。嗟我吏民，为报之微。尚飨。

【解题】

以上数文皆于元祐六年（1091）九月至元祐七年（1092）

二月在颍州作。

祈雨僧伽塔祝文

维元祐七年，岁次壬申，三月甲申朔，十二日乙未，龙图阁学士、左朝奉郎、新知扬州军州事充淮南东路兵马钤辖苏轼，谨以香烛茶果之供，敢昭告于大圣普照王之塔。淮东西连岁不稔，农末皆病，公私并竭。重以浙右大荒，无所仰食。望此夏田，以日为岁。大麦已秀，小麦已孕。时雨不至，垂将焦枯。凶丰之决，近在旬日。轼移守广陵，所部十郡。民穷为盗，职守当忧。才短德薄，救之无由。伏愿大圣普照王，以解脱力，行平等慈。噫欠风雷，咳唾雨泽。救焚拯溺，不待崇朝。敬沥肝胆，尚鉴听之。尚飨。

谒诸庙祝文

惟皇上帝，分命群祀。降厘下土，惟我元后。临遣近臣，镇抚一方。幽明虽殊，保民惟均。莅事之始，祗见祠下。若赋政疵纇，敢逃其罚。雨旸以时，疾疫不作，亦窃有望于神。尚飨。

再谒文宣王庙祝文

轼以诸生进位于朝，入参侍从，出典方面。莅事之始，祗见庙下。居敬行简，以临其民。轼虽不敏，请事斯语。尚飨。

重请戒长老住石塔疏

大士未曾说法，谁作金毛之声；众生各自开堂，何关石塔之事。去无作相，住亦随缘。长老戒公，开不二门，施无尽藏。念西湖之久别，本是偶然；为东坡而少留，无不可者。一时作礼，重听白椎。渡口船回，依旧云山之色；秋来雨过，一新钟鼓之音。

【解题】

以上数文皆于元祐七年（1092）三月至五月在扬州作。

醮上帝青词三首

一

臣闻报应如响，天无妄降之灾；恐惧自修，人有可延之寿。敢倾微悃，仰渎大钧。臣两遇祸灾，皆由满溢。早窃人间之美仕，多收天下之虚名。溢取三科，叨临八郡。少年多欲，沉湎以自残；褊性不容，刚愎而好胜。积为咎厉，遘此艰屯。臣今稽首投诚，洗心归命。誓除骄慢，永断贪嗔。幸不死于岭南，得退归于林下。少驻桑榆之暮景，庶几松柏之后凋。

二　代鲜于子骏

切以洪覆至神，固不期于报谢；群生多故，实有赖于祈禳。切输悃愊之私，仰渎高明之听。伏念某遭逢盛际，蒙被余恩。赋形宇宙之中，殆将四纪；窃禄江淮之上，几及二年。身虽曲尽于勤劳，事岂举无于过误。虑愆尤之浸广，恐谴责之阴加。粤自先朝，当聿修于醮事；及兹岁暮，辄谨按于科文。祇建坛场，肃陈香火。伏愿上真保佑，列圣扶持。宦路亨通，无谤伤之横至；私门安燕，绝灾衅之潜生。福逮亲闱，庆延子舍。

三　代陆和叔

伏闻妙道渊微，非尘凡之可测；圆穹杳邈，有诚信之能通。辄伸悃愊之私，上渎高明之德。切念臣叨司三局，从事六官。勤劳更历于岁终，修省每恭于夙夜。昨于正旦，尝启愿心。许大醮之祈禳，乞灵庇之保护。今逢诞日，恭按科文。集道侣于坛场，顶睟容于香火。仰回圣驭，曲享清羞。伏望上帝垂慈，列圣降佑。延偏亲之寿考，茂合族之禧祥。三考书成，祈有更代之庆；百神来相，俾无灾滞之虞。

祈雨龙祠祝文

神食于民，吏食于君。各思乃事，食则无愧。吏事农桑，神事雨旸。匪农不力，雨则时啬。召呼风霆，来会我庭。一勺之水，肤寸千里。尚飨。

祈雨吴山祝文

杭之为邦，山泽相半。十日之雨则病水，一月不雨则病旱。故水旱之请，黩神为甚。今者止雨之祷，未能逾月，又以旱告矣。吏以不得为愧，神以不倦为德。愿终其赐，俾克有秋。尚飨。

祭风伯雨师祝文

自秋不雨，以至于今。夏田将空，秋种不入。天子命我，祷于群望。云物既合，风辄散之。吏民皇皇，不知所获罪。敢以薄奠，诉于有神。风若不作，雨则随至。当以牲币，报神之赐。若格绝天泽，弃民乏嗣。上帝临视，神其不然。尚飨。

祈晴风伯祝文

维神开阖阴阳，鼓舞万类。行巽之权，直箕之次。阴淫为霖，神能散之。下土垫涝，神能暵之。发轸西北，弭节东南。风反雨霁，神亦不惭。尚飨。

祈晴雨师祝文

天以风雨寒暑付于神，亦如人君之设官置吏以治刑政也。人君未尝不欲民之安，天亦何尝不欲岁之丰乎？刑政之失中，民惟吏之怨。雨旸之不时，民亦不能无望于神也。今淫雨弥月，农工告穷，岁之丰凶，决于朝夕，而并走群望，莫肯顾答。维天之所以畀于神，神之所以食于民者，庶其在此。尚率厥职，俾克有秋。尚飨。

祈晴吴山祝文

岁既大熟，惟神之赐。害于垂成，匪神之意。筑场为涂，卧穟生耳。农泣于野，其忍安视。生为楚英，没为吴豪。烈气不泯，视此海涛。反雨为旸，何足告劳。有洁斯醴，匪神孰号。尚飨。

祷观音祈晴祝文

三吴之灾，连岁不稔。尚赖朝廷之泽，大分仓廪之陈。乃眷疲羸，仅免流殍。今者淫雨弥月，秋成半空。永惟嗣岁之忧，将有流离之惧。我大菩萨，行平等慈。睹此众生，皆同赤子。反雨旸于指顾，化丰歉于斯须。虽某等不德而召灾，念斯民无辜而可悯。愿兴慈率，一拯含生。

谢观音晴祝文

民无常心，固何知于帝力；天作淫雨，当有感于佛慈。慧光照临，阴沴消复。拯农工于沟壑，宽吏责于简书。某等共衔不报之恩，愿颂难名之德。恭驰梵宇，少荐微诚。

谢晴祝文

天作淫雨，害于粢盛。蒙神之休，犹得中蒸。薄奠匪报，式昭厥诚。

祈 雨 祝 文

六月不雨，乃时之常。或霖或霪，于稼则伤。稼将有秋，民饥所望。某也不德，守此一方。罪在守臣，无俾民殃。人不能神，易雨而旸。神其听之，庶乎降康。

谢 雨 祝 文

窃以农事告成，旱魃为沴。寖罹焦烁之害，遂稽收刈之勤。自非降灵，大庇群俗。以下膏泽之赐，庶有丰盈之期。实神助之使然，岂愚诚之能致。是用特临神宇，再款睟容。辄倾涓洁之诚，仰答灵威之祐。

祈 雪 祝 文

水旱辄求，惟吏之羞。有求不倦，惟神之休。乙卯之雪，肤寸而已。如燔舆薪，救以勺水。嘉肴旨酒，既谢且祈。愿终其赐，盈尺为期。

祭佛陀波利祝文

积雪始消，阴沴再作。小民无辜，弊于饥寒。草木昆虫，悉罹其虐。并走群望，祈而未报。意雨霁有数，非神得专。惟我大士含法分，无为不入尘数。愿以大解脱力，作不可思议事。愍此无生，豁然开明。尽二月晦，雨雪不作。大拯羸饿，以发信根。此大布施，实无限量。惟大士念之。

祈晴祝文

均籴之法，著于甲令。视岁丰凶，以驭重轻。岁且中熟，雨则害之。如此失时，公私交病。神食此土，民命系焉。无俾歉荒，以作神羞。

奉诏祷雨诸庙祝文

噫嗟艰岁，胡闷斯雨。念我东南，餔饷中土。迎秋饯伏，农不再举。有事郊庙，万方毕助。漕沟绝流，庭实未旅。下书哀痛，超轶尧禹。矧兹守臣，废食悼惧。民之祸福，间不容缕。今不愍救，后诉无所。天高莫谒，神或可吁。尚飨。

祷雨社神祝文

噫我侯社，我民所恃。祭于北墉，答阴之义。阳亢不反，自春徂秋。迄冬不雨，嗣岁之忧。吏民嗷嗷，谨以病告。锡之雨雪，民敢无报。尚飨。

祷雨后土祝文

神食于社，盖数千年。更历圣王，讫莫能迁。源深流远，爱民宜厚。雨不时应，亦神之疚。社稷惟神，我神惟人。去我不远，宜轸我民。尚飨。

祷雨稷神祝文

农民所病，春夏之际。旧谷告穷，新谷未稔。其间有麦，如暍得凉。如行千里，弛担得浆。今神何心，毖此雨雪。敢求其他，尚悯此麦。尚飨。

祷雨后稷祝文

维神之生，稼穑是力。瘽身为民，尚莫顾惜。矧今在天，与天同功。召呼风云，孰敢不从。岂惟农田，井竭无水。我求于神，亦云亟矣。尚飨。

明堂祭诸庙文

天子宗祀明堂，泽及幽显，敷天之下，遍于群神，德庇方州，位昭祀典。是用肃将昭意，以格神休。

祈晴文

常平之政，睹岁美恶。操其赢虚，以驭农末。秋谷未登，已食其陈。嗣岁之虞，当敛其新。迨兹秋旸，载获载舂。阴雨害之，穑人罔功。我发库泉，以实高廪。盍敕雨官，遄止其霔。既暵我场，万杵皆作。待此坻京，援我沟壑。丕显大神，雨霁在予。匪民焉依，其忍弗图。

日食祈祷祝文

呜呼！日官底日，实诏天戒。正阳之朔，将有薄食。上心震惧，侧身修德，诞布休命，赦宥多辟。凡在祀典，罔不咸秩。惟神聪明，照鉴诚忱，消复大眚，迎导和气，俾我有邦，享天之衷，民物康阜，以永保神之休无斁。

齐州请确长老疏

盖闻为一大事因缘，优昙时现；传吾正法眼藏，达麽西来。直指心源，不立文字。悟道虽由于自得，投机必赖于明师。齐有灵岩，世称王刹。寔先圣启封之国，迺至人建化之方。图志具存，丛林为盛。久虚法席，学者何依。旁采舆言，守臣有请。特降睿旨，慎择主僧。询于众中，无如师者。宜念传衣之嘱，敬仰佛恩；勿忘利物之心，上资圣化。不烦固避，以称宠休。谨疏。

修通济庙疏

南国大川，洞庭极险；上游群祝，通济最灵。实能关机阴阳，宰制生死。盛吸江吞海之气，有分风擘流之权。舟横中流，如幕上之巢燕；人依大庇，若仰德之婴儿。自非无知，孰敢不敬。而此庙结构，已久理葺。正烦大招开济之徒，肇兴重荣之役。期成功于不日，共徼福于来今。

中太一宫真室殿开启天皇九曜消灾集福道场青词

臣以冲眇，嗣承列圣之休；济于艰难，实赖文母之德。临莅四载，勤劳百为。畏天之威，未尝终日而豫怠；视民如子，惟恐一夫之困穷。伏愿上帝降祥，众真垂祐。消禳灾沴，永底寿康。恭陈宝箓之科，仰扣神游之馆。敢祈昭鉴，下察孝心。

皇太妃宫阁庆落成开启道场青词

伏以良辰袭吉，华构一新。仰荷褒崇之私，得伸鞠育之报。落成告备，法会有严。请命上穹，驰神真圣。庶精诚之必达，锡寿祉于无穷。无任悬祷之至。

奏告天地社稷宗庙宫观寺院等处祈雨雪青词斋祝文

伏以期年以来，水旱作沴。迨兹徂岁，复苦常旸。疾疫将兴，农末俱病。方斋居而默祷，庶精意之登闻。敢祈春腊之交，沛然雨雪之赐。愿均介福，敷锡群生。

五岳四渎等处祈雪祝文

伏以历冬不雪，两岁之忧。疾疠将兴，麦𪎭就槁。分命守土，告于有神。下民其咨，天听不远。毋爱同云之泽，以成盈尺之祥。苟利于民，敢忘其报。

内中添盖诸帝后神御殿告迁御容权奉安于慈氏殿祝文

于皇帝考，肇启閟祠。方增筑之未宁，惧格思之有渎。别严净宇，祇奉晬容。式燕圣灵，永绥慈嘏。

内中慈氏殿告迁神御于新添修殿奉安祝文

伏以增筑告成，閟严有奂。俨衣冠之来复，忾叹息之疑闻。昭格穆清，永绥燕翼。

景灵宫奉安神宗皇帝御容祝文

伏以恭承仙驭，奄宅珠庭。罄海宇以骏奔，俨人天之景从。愿回日月之照，少答神民之心。乃眷新宫，永垂余庆。

天章阁权奉安神宗皇帝御容祝文

伏以唐虞稽古，虽绝名言。文武重光，已新崇构。下慰华夷之望，仰摹天日之容。将往宅于灵宫，永怀攀慕；愿少安于秘殿，无尽瞻依。

内中神御殿张挂奉安神宗皇帝御容祝文

伏以祥祭告终，圣灵改御。僾如在位，威不违颜。虽天日之光，固难形似；而神人之奉，永有瞻依。悲慕愈深，照临无极。

神宗皇帝大祥祭讫撤馔除灵座时皇帝躬亲扶神御别设一祭祝文

伏以俛就终丧，礼当即远。永瞻陵庙，将撤几筵。攀慕若疑，追怀罔极。

天地社稷宗庙神庙等处祈雨祝文

惟德弗类，致常旸之灾；斯民何辜，有荐饥之惧。浃旬不雨，麦禾皆空。循省再三，夙夜祗栗，引领云霓之望，援手沟壑之余。既穷之词，其忍弗听。

神宗皇帝禫祭太皇太后亲行祝文

寒暑之变，忽焉再期；练祥之余，复将三月。勉从即吉之典，莫遂无穷之哀。

神宗皇帝禫祭皇帝亲行祝文

既祥之余，徙月而吉。迫于先王之礼，徒有终身之忧。瞻仰圣灵，伏深感慕。

神宗皇帝禫祭皇太后亲行祝文

丧期有数，禫月告终。哀虽未忘，礼弗敢过。追慕之至，中外所同。

永裕陵修移角堠门户柏窠奏告神宗皇帝祝文

园寝之奉，巡行以时。增植所宜，卜云其吉。先事而告，亦礼之常。

永裕陵修移角堠门户柏窠祭告土地祝文

园寝之奉，栽植以时。惟尔有神，实严所守。敢祈昭鉴，永底平宁。

景灵宫天兴殿开淘井眼祭告里域真官祝文

神游之庭，井泥不食。日辰之吉，浚治以时。谂尔明灵，庶无悔吝。

西路阙雨于济渎河渎淮渎庙祈雨祝文

伏以水旱之事，山川所司。农服穑以有秋，天密云而不雨。愧我不德，渎于有神。愿为三日之霖，大慰一方之望。国有常报，我其敢忘。

永定院修盖舍屋奏告诸帝后祝文

具严净宇，只奉寝园。眷惟焚燎之余，少缓增修之役。仰祈昭鉴，水底燕宁。

兴龙节功德疏五首

一

右伏以上帝垂休，真人诞降。乾坤合契，永为庆喜之辰；草木何知，举有欣荣之意。矧惟遭遇．获侍清闲。不缘梵释之因，曷致涓尘之效。伏愿皇帝陛下，受天之禄，如川方增。奄有汉唐之封疆，倍万唐虞之寿考。永均介福，下及函生。

二

右伏以三王之乐，固常与天下同；四海之心，莫不欲吾君寿。以兹愿力，扣彼佛乘。仰惟无碍之慈，副我必从之欲。伏愿皇帝陛下，配天而治，如日之中。安乐延年，锡帝龄之无算，寅畏享福，过周历以常新。下及海隅，同跻寿域。

三

右伏以候嘉平之腊，协气充流；歌长发之祥，群心踊跃。华夷交庆，草木增荣。矧惟扈从之私，获在封疆之守。敢缘愿力，祗叩佛乘。仰惟无碍之慈，副我必从之欲。伏愿皇帝陛下，配天而治，如日之中。安乐延年，锡帝龄之无算；寅畏享福，过周历以常新。下及海隅，同跻寿域。

四

右伏以瑞乙来翔，共纪生商之兆；群龙下集，适同浴佛之辰。爰崇胜因，以荐多祉。伏愿皇帝陛下，立民之极，先天不违。福如南山之不骞，寿等西方之无量。集宁海宇，永庇神天。

五

右伏以上帝立子，将开太平乏基；下民归仁，自享延鸿之寿。不假龙天之会，曷旌臣子之心。伏愿皇帝陛下，受禄无疆，如川方至。五兵不用，同万国之车书；多士克生，达四门之耳目。永均介福，普及函生。

兴龙节功德疏文二首

一

伏以明星出而佛前降，黄河清而圣人生。仰企至仁，同符大觉；虔修法会，上祝鸿休。伏愿皇帝陛下，先天不违，顺帝之则。清台考象，候南极之老人；浩劫纪年，配西方之寿佛。更均余祉，普及函生。

二

伏以长发其祥，已诞膺于眷生；至仁者寿，本无待于祷祈。爰假佛慈，以生民颂。伏愿皇帝陛下，上德不德，日新又新。《既醉》陈诗，具太平之五福，《无逸》作监，继迪哲于四人。普愿函生，咸均景福。

坤成节功德疏文七首

一

右伏以功存社稷，庆钟高密之门；泽及本枝，天胙大任之德。候西风之协应，占南极之嘉祥。特启真坛，仰祈睿算。顺帝之则，固不待于祷求；应地无疆，亦难忘于祝颂。臣无任恳祷激切之至。

二

右伏以慈俭之化，无得而名；保祐之功，云何可报。仰首云天之望，倾心草木之微。至哉坤元，德既超于载籍；养以天下，福宜冠于古今。敢冀神休，永为民极。臣无任。

三

右伏以宝俭以慈，地无私载；履信思顺，天且不违。眷惟江海之邦，日蒙雨露之施。民心所祝，神听必临。祈万寿于无疆，庶群生之永赖。臣无任。

四

右伏以上帝储休，遗宝龟而降圣；群方仰德，执瑞玉以来宾。恪修臣子之诚，虔奉天人之祷。供精蒲塞，文演贝多。致海众之庄严，广潮音之清净。胜因所集，睿算日隆。恭惟太皇太后陛下，伏愿大安大荣，永对无穷之问；时万时亿，独观有道之长。臣无任。

五

右伏以玉胜发祥，金行正候。合天人之宝运，实华夏之昌辰。已格鸿休，犹资善祷。展祇园之净供，发秘藏之真乘。庶假良因，盖崇睿算。恭惟太皇太后陛下，伏愿威神有截，尽龙象以瞻依；寿考无疆，等乾坤之久大。臣无任。

六

右伏以神圣在御，天地无可报之恩；臣子何知，佛老有归诚之法。敢缘净供，仰祝遐龄。恭惟太皇太后陛下，伏愿日照月临，海涵岳峙。帝简好生之德，锡寿无疆；民衔既富之仁，保邦何极。臣无任。

七

右伏以星火西流，方岁功之平秩；夕月既望，昭阴德之致隆。凡我有生，归诚兹日。佛身充满，天鉴聪明。恭惟太皇太后陛下，伏愿享德三灵，齐光两曜。坐俟云来之养，受禄无疆，屡观甲子之周，与民同乐。臣无任。

太皇太后本命岁功德疏文

右伏以天人合契，辅成继照之明；岁月袭祥，允协重坤之象。肇临正旦，寅奉德音。尽海宇之无疆，集缁黄而来会。旁推舜孝，仰叩佛乘。伏愿太皇太后陛下，下顺民心，仰膺天保。配西方之无量，与南山而不倾。岂独五音六律之旋，再临此岁；将推三统九会之复，以卜其年。永与函生，共兹介福。谨疏。

景灵宫祈福道场功德疏文

右伏以仁心浃物，自然忧乐之同；孝治格天，宜尔感通之速。庶殚精恳，仰叩上真。恭惟太皇太后陛下，保佑圣神，勤劳夙夜。偶倦东朝之御，未复太官之常。爰即珠庭，大陈妙供。法音上达，虽有假于云音；民志下同，自不劳于秘祝。愿膺勿药之喜，永保无疆之休。

代张安道进功德疏文

伏以圣神示化，弃黄屋以上宾；凡庶何知，抱乌号而水叹。不有崇荐，曷伸悃诚。故依妙湛之尊，特设清净之供。庶凭法力，仰导真游。恭惟神宗皇帝陛下，伏愿永证佛乘，圆成道果。储神无极，逍遥梵释之间；卜世愈延，跨越商周之盛。至于含识，并畅天和。

设供禳灾集福疏

躬俭节用，本严房闼之风；遗大投艰，猥当庙社之寄。常恐德之弗类，以召灾于厥身。敢用仁祠，肆陈净供。恭延梵释，普施人天。俾寿而康，非独辅安于寡昧；与民同利，固将燕及于华夷。仰冀能仁，曲垂昭鉴。

在京诸宫观开启神宗皇帝大祥道场斋文

伏以密音如昨，新谷再升。望仙驭于帝乡，陈法筵于净宇。人天来会，共修最胜之缘；梵释同游，永锡无疆之庆。

垂拱殿开启神宗皇帝大祥道场斋文

伏以丧期有数，方叹于壑舟；法海无边，聊资于岸筏。有严秘殿，恭启净筵。时御六龙，徘徊宫阙。永同千佛，陟降人天。

内中福宁殿下寒节为神宗皇帝作水陆道场斋文

伏以甚雨疾风，感春律之将变；钻燧改火，悼丧期之不留。爰启净筵，以资冥福。愿登大觉，永济函生。

景灵宫宣光殿奉安神宗皇帝御容日开启道场斋文

伏以祠宫夙启，真室告成。仗胜会于佛僧，导灵游于梵释。更推余祉，旁及含生。

【解题】

以上诸文皆于元祐年间苏轼任翰林学士，知制诰时所作。

告文宣王祝文

嗟嗟元王，三代之英。言不钧用于一君，而为无穷之遗教，身不宠利于一时，而有不朽之余荣。嗟嗟元王，以道而鸣。肆笔成书，吐辞为经。炳然不渝，言若丹青；久而愈盈，声非雷霆。瞽者可以使剔目以骇视，聩者可以使抉耳以奔惊。奈何辙环天下，卒老于行。载空言于典籍，示后世之仪刑。回狂澜于既倒，支大厦于将倾。揭日月之昭昭，破阴氛之冥冥。嗟乎，一气之委和，与万物之至精。或为淮夷之蠙珠，或为云汉之华星。虽光辉之成彩，未离乎散聚以流形。岂若王之道德，愈久而弥明。晔晔而华，涵涵而停。融而在天者，为云汉之文章；结而在地者，为山岳之英灵；诡然如龙翔凤跃，纯乎玉振而金声。嗟嗟元王，德博难名。某奉王命，俯临边城。亩有滞穗，境无交兵。鸣玉载道，纷袍在庭。有践笾豆，有丰粢盛。敢用昭荐，飨于克诚。尚飨。

告颜子祝文

志不行于时，而能驱世以归仁；泽不加于民，而能显道以终身。德无穷通，古难其人。惟公能之，绝世离伦。富贵不义，视之如云。饮止一瓢，不忧其贫。受教孔子，门人益亲。血食万世，配享惟神。敢不昭荐，公乎有闻。

告五岳祝文

相天以育物者，五方之帝也。配地以作镇者，五岳之神也。天为真君，地为真宰。五岳者，三公之象也。轼叨受朝寄，出守藩土。神不虐罚，民有丰岁。敢用告诚，以谢灵贶。

秋赛祝文二首

一

惟神聪明，为民依庇。宜秩典祀，钦奉灵祠。况农事之肇兴，赖神灵之降宥。一邦蒙惠，已膺风雨之时；百里有严，将享秋冬之报。

二

惟神光昭祀典，幽赞化功。享庙食以惟严，垂介福而无爽。属兹丰岁，爰举旧规。式陈蠲洁之仪，冀报有年之庆。

立春祭土牛祝文

敢昭告于勾芒之神。木铎传音，官师相儆，土牛示候，稼穑将兴。敢徼福于有神，庶保民于卒岁。无作水旱，以登麦禾。尚飨。

春祈北岳祝文

西起太行，东属碣石，南至于河，皆神所食。吏谨刑政，农毕其力。风雨时若，则神之职。方此东作，敬荐其洁。赐之丰岁，以昭灵德。尚飨。

春祈诸庙祝文

天既佑民，必期于无害；农惟岁望，敢请于有神。愿疾沴之不兴，庶风雨之时若。敢忘旧典，以报丰年。尚飨。

祈雨诸庙祝文

某神之灵。去岁之秋，民苦饥馑。望此一麦，以日为岁。不雨弥月，敢以病告。与其救之于已竭，不若起之于未枯。敢冀有神，时赐甘泽。丰登之报，我其敢忘。尚飨。

北岳祈雨祝文

维元祐九年，岁次甲戌，四月壬寅朔，十六日丁巳，端明殿学士兼翰林侍读学士、左朝奉郎、定州路安抚使兼马步军都总管知定州军州及管内劝农使轻车都尉赐紫金鱼袋苏轼，敢以制币茶果清酌之奠，敢昭告于北岳安天元圣帝。都城以北，燕蓟之南，既徂岁而不登，又历时而未雨。公私并竭，农末皆伤。麦将槁而禾未生，民既流而盗不止。丰凶之决，近在浃辰；沟壑之忧，上贻当宁。仰止乔岳，食于朔方。卷舒云霓，呼吸雨雰。若其安视小民之急，何以仰符上帝之仁。轼以短才，谬膺重寄。傥有罪以致旱，宁降罚于微躬。今者得请于朝，斋居以祷。旦夕是望，吁嗟而求。雨我夏田，兼致西成之富；实兹边廪，少宽北顾之忧。拜赐以时，敢忘其报。尚飨。

辞诸庙祝文

轼得罪于朝，将适岭表。虽以谪去，敢不告行。区区之心，神所鉴听。尚飨。

醮北岳青词

少年出仕，本有志于救人；晚节倦游，了无心于交物。蠢冥多罪，忧患再罹。飘然流行，靡所归宿。仰止高真之驭，降于乔岳之阳。稽首投诚，斋心悔过。庶一念之清净，洗千劫之尘劳。妙用无方，先解缠身之网；灵光所烛，幸逢出世之师。誓此余生，永依至道。

【解题】

以上诸文皆作于元祐八年（1093）十月至绍圣元年（1094）。

惠州荐朝云疏

千佛之后，二圣为尊。号曰楼至如来，又曰师子吼佛。以薄伽梵力，为执金刚身。护化诸方，大济群品。为悯海隅之有罪，久住河源之栖禅。屡显神通，以警愚浊。今兹别院，实在丰湖。像设具严，威灵如在。轼以罪责，迁于炎荒。有侍妾王朝云，一生辛勤，万里随从。遭时之疫，遘病而亡。念其忍死之言，欲托栖禅之下。故营幽室，以掩微躯。方负浼渎精蓝之愆，又虞惊触神祇之罪。而既葬三日，风雨之余，灵迹五踪，道路皆见。是知佛慈之广大，不择众生之细微。敢荐丹诚，躬修法会。伏愿山中一草一木，皆被佛光；今夜少香少花，遍周法界。湖山安吉，坟墓永坚。接引亡魂，早生净土。不论幽显，凡在见闻。俱证无上之菩提，永脱三界之火宅。

【解题】

本文作于绍圣三年（1096）八月。朝云是苏轼之妾，王姓，卒于惠州。

南华寺六祖塔功德疏

朝奉郎提举成都府玉局观苏轼，先于绍圣之初，谪往惠州，过南华寺，上谒六祖普觉大鉴禅师而后行。又谪过海南，遇赦放还。今蒙恩受前件官，再过祖师塔下。全家瞻礼，饭僧设浴，以致感恩念咎之意，为禳灾集福之因。具疏如后。

伏以窜流岭海，前后七年；契阔死生，丧亡九口。以前世罪业，应堕恶道；故一生忧患，常倍他人。今兹北还，粗有生望。

伏愿六祖普觉真空大鉴禅师，示大慈愍，出普光明。怜幼稚之何辜，除其疾恙；念余年之无几，赐以安闲。轼敢不自求本心，永离诸障；期成道果，以报佛恩。

荐苏子容功德疏

伏以自昔先君以采，常讲宗盟之好。俯仰之间，四十余年。在熙宁初，陪公文德殿下，已为三舍人之冠；及元祐际，缀公迩英阁前，又为五学士之首。虽凌厉高躅，不敢言同；而出处大概，无甚相愧。敢缘薄物，以荐一哀。伏惟三宝证明。云云。

【解题】

以上二文作于北归途中。

修法云寺浴室疏

浴为净因，佛所深赞。以一念顷破尘垢缘，于三际中获妙湛乐。永惟悉达，尝感此以受生；爰逮跋陁，亦因之而悟法。本院规摹素陋，年祀寖多。方澡雪乎精神，或震凌乎风雨。升堂入室，未称真游：运水搬柴，殊淹妙用。新以革故，今正是时。施及受人，亦俱功德。

苏州请通长老疏

指衣冠以命儒，盖儒之衰；忍禅律以为佛，皆佛之粗。本来清净，何教为律；一切解脱，宁复有禅。而世之惑者，禅律相殊，儒佛相笑。不有正觉，谁开众迷。成都通法师，族本缙绅，实西州之望；业通诗礼，为上国之光。爰自幼龄，绰有远韵。辞君亲于方壮，弃轩冕于垂成。自儒为佛，而未始业儒；由律入禅，而居常持律。报恩寺水陆禅院，四众之渊薮，三吴之会通。愿振法音，以助道化。所为者大，无事于谦。

散庆土道场疏

百神有相，致大厦之斯成；一国观新，洁盛仪而图报。因命祇园之侣，广宣呗竺之文。音涌海潮，花纷天雨。今则诚心已格，妙果斯圆。祈法力之有加，保皇图而永固。物无疵疠，民用平康。仰惟在上之尊，垂鉴由中之信。

忏经疏

如来大藏，起于《四十二章》；过去妙心，流出万五千卷。前言俱在，后句分明。纵有古佛六通，难转老婆一半。念我夙昔，见此本原。悟万善之同归，岂一法之敢舍。遍参重译，尽发秘函。全见摩尼珠，悉证贝多叶。作此大事，示诸有情。稽首双林之轮，不负三圣之偈。

散净狱道场疏

民知荣辱，自消五福之疵；政格平和，遂弛万人之狱。今者国家闲暇，囹圄空虚。虽仰荷于帝仁，亦阴资于神听。是用集祇园众，启大法筵。荡涤余氛，拔升宿滞。此则妙音普赞，胜果大圆。振九泉冤枉之魂，作万古清凉之地。扉生茂草，气召太和。岁常获于丰登，民永跻于仁寿。

装背罗汉荐欧阳妇疏

大觉现身，本无实相；应真随感，分化他方。指安养之归途，破阿鼻之疾苦。当五代末，有禅月大师，以诗句为佛事，以丹青为道场。名高身隐，寓西蜀以杜门，道契神交，梦天台之飞锡。故留真迹，以镇净方。今有礼部员外郎欧阳学士，为其亡女十四娘，舍所服用，重别装新；礼部尚书苏端明，亲制颂文，更加题赞。伏愿亡女欧阳氏，善根不坠，恶趣永离。冤亲两忘，福慧双证。

荐　鸡　疏

罪莫大于杀命，福无过于诵经。某以业缘，未忘肉味；加之老病，困此蒿藜。每翦血毛，以资口腹。惧罪修善，施财解冤。爰念世无不杀之鸡，均为一死；法有往生之路，可济三涂。是用每月之中，斋五戒道者庄悟空两日，转经若干卷，救援当月所杀鸡若干只。伏望佛慈，下悯微命。令所杀鸡，永离汤火，得生人天。

虔州法幢下水陆道场荐孤魂滞魄疏

苦海猕天，佛为彼岸；业风鼓浪，法是慈航。诸佛子等，久坠三涂，备尝万苦。不遇善友，永无出期。今者各于佛前，同发此愿。愿除无始以来贪嗔恶念，愿发今日以后清净善心，愿行行坐坐皈依佛、皈依法、皈依僧，愿世世生生远离财、远离色、远离酒。既获清凉之果，咸跻极乐之乡。普冀有缘，皆证无漏。

葬枯骨疏

诸佛众生，皆具大圆觉；天宫地狱，同在一刹尘。是故恶念才萌，便沦苦海；善根暂起，已证法身。要在摄心，易同反掌。窃见惠州太守左承议郎詹使君范，与在州官吏，奉行朝典，支破官钱。埋葬无主暴骨数百躯，既掩覆其形骸，复安存其魄识。使归泉壤，别受后身。轼因目睹胜缘，辄随喜事。以佛慈悲誓愿力，以我广大平等心。尊释迦之遗文，修地藏之本愿；起燋面之教法，设梁武之科仪。伏愿诸佛子等，乘此良因，离诸苦趣。沐浴达水，悟罪性之本空；鼓舞梵音，知道场之无碍。三皈已毕，莫起邪心；一饱之余，永无饥火。以戒、定、慧，灭贪、嗔、痴。勿眷恋于残躯，共逍遥于净土。伏乞三宝，俯赐证明。

施饿鬼文

鬼趣多饿，仁者当念济之。以锡若铁为斛，受一二升，每晨炊熟，取饭满斛，盖覆着净处，至夜，重馏，令热透，并一盏净水咒施。能不食酒肉固大善，不能，当以净水漱口，诵净口业真言七遍。烧香咒云：“佛弟子某甲夜夜具斛食净水，供养一切鬼神。”仍诵《般若心经》三卷，《破地狱》三偈，共二十一遍。又咒云：“愿此饭此水上承佛力，下承某甲，福力愿力变少为多，变粗为细，变垢为净。愿佛弟子等饮食此已，永除饥渴，诸障消灭，离苦即乐，究竟成佛。”以手掬饭三之一，散置屋上，余不妨以食贫者，水即散洒之，要在发平等慈悲无求心耳。

【解题】

以上数文皆不详作年。

十二　杂体

书太宗皇帝《急就章》

轼近至终南太平宫，得观三圣遗迹，有太宗书《急就章》一卷，为妙绝。自古英主少有不工书。鲁君之宋，呼于垤泽之门，守者曰：非吾君也，何其声之似我君也?”轼于书亦云。

【解题】

本文作于嘉祐八年（1063）九月。

书子美《骢马行》

余在岐下，见秦州进一马，骔如牛，颔下垂胡侧立，颠倒毛生肉端。蕃人云：“此肉骔马也。”乃知《邓公骢马行》云：“肉骢碨礧连钱动。”当作骔。

记子美逸诗

《闻惠子过东溪》诗云：“惠子白驴瘦，归溪唯病身。皇天无老眼，空谷滞斯人。岩密松花熟，山杯竹叶春。柴门了无事，黄绮未称臣。”此一篇，予与刘斯立得之于管城人家叶子册中，题云《杜员外诗集》，名甫字东美。其余诸篇，语多不同。如“故园杨柳今摇落，安得愁中却尽生”之类也。凤翔魏起兴叔云：“天兴人掘得此诗石刻，与此少异：‘岩密松花古，村醪竹叶春。柴门了生事，园绮未称臣。’”

【解题】

此二文皆作于嘉祐八年（1063）十一月。

书子美云安诗

“两边山木合，终日子规啼。”此老杜云安县诗也。非亲到其处，不知此诗之工。

【解题】

本文作于治平四年（1067）正月。子美，即杜甫。

书章詧诗

章詧，字隐之。本闽人，迁于成都数世矣。善属文，不仕。晚用太守王素荐，赐号冲退处士。

一日，梦有人寄书召之，云东岳道士书也。明日，与李士宁游青城，濯足水中，咍谓士宁曰；“脚踏西溪流去水。”士宁答曰：“手持东岳送来书。”詧大惊，不知其所自来也。未几，詧果死；其子禩亦逸民，举，仕一命乃死。

士宁，蓬州人也。语默不常，或以为得道者，百岁乃绝。尝见余于成都，曰：“子甚贵，当策举首。”已而果然。

【解题】

本文作于熙宁元年（1068）正月。文中记故人神异事。

书贺遂亮诗

“意气百年内，平生一寸心。欲交天下士，未面已虚襟。君子重名义，直道冠衣簪。风云何可托，怀抱自然深。落霞净霜景，坠叶下枫林。若上南登岸，希访北山岑。”此贺遂亮《赠韩思彦》诗也。《成都学馆记》，遂亮撰，颜有意书。书词皆奇雅有法。尝患不见遂亮他文，偶因读《国史补》，得此诗，乃为录之。

【解题】

本文作于熙宁元年（1068）十二月。

书王石草书

王正甫、石才翁对韩公草书。公言：“二子一似向马行头吹笛。”座客皆不晓。公为解之：“若非妙手，不敢向马行头吹也。”熙宁元年十二月晦书。

【解题】

本文作于熙宁元年（1068）十二月。王正甫名颐。石才翁名苍舒。韩公即韩琦。

记董传论诗

故人董传善论诗。予尝云：杜子美不免有凡语，“已知仙客意相亲，更觉良工心独苦”，岂非凡语耶？传笑曰：此句殆为君发。凡人用意深处，人罕能识，此所以为独苦，岂独画哉。

【解题】

本文作于熙宁二年（1069）正月。文中借董传之口，谓苏轼为文作诗皆精心营造，往往缺少知音。

书通叔篆

李元直，长安人。其先出于唐让帝。学篆书数十年，覃思甚苦，晓字法，得古意。用铦锋笔，纵手疾书，初不省度，见余所藏与可墨竹，求题其后。因戏书此数百言。通叔其字云。

【解题】

本文亦作于熙宁三年（1070）七月。

书苏子美《金鱼诗》

旧读苏子美《六和寺》诗云："松桥待金鱼，竟日独迟留"初不喻此语。及倅钱塘，乃知寺后池中有此鱼如金色也。昨日复游池上，投饼饵，久之，乃略出，不食，复入，不可复见。自子美作诗，至今四十余年。子美已有"迟留"之语，苟非难进易退而不妄食，安能如此寿耶！

【解题】

本文作于熙宁五年（1072）初，以亲历之事与诗相印证，释疑解惑。苏子美，即苏舜钦，宋代著名诗人，与梅尧臣齐名。亦善草书，有《苏学士文集》传世。

书赠法通师诗

“欲识当年杜伯升，飘然云水一孤僧。若教俯首随韁锁，料得而今似我能。”仆偶云：“通师子不脱屣场屋，今何为乎？”柳子玉云：“不过似我能。”因戏作此诗。熙宁七年二月日。

【解题】

本文作于熙宁七年（1074）二月。法通，俗名杜暹，成都人，出家前为进士。

书李主词

“三十余年家国，数千里地山河。几曾惯干戈！一旦归为臣虏，沈腰潘鬓消磨。最是苍皇辞庙日，教坊犹奏别离歌。挥泪对宫娥。”后主既为樊若水所卖，举国与人，故当恸哭于九庙之外，谢其民而后行，顾乃挥泪宫娥，听教坊离曲哉？

【解题】

本文作于熙宁七年（1074）三月。文中以亡国之君论李后主，对其词人本色颇有指责。

记子由诗

八月四日与子由同来，留小诗三首：“葱蒨门前路，行穿翠密中。却来堂上看，岩谷意无穷。”“夭矫庭中栢，枯枝鹊踏消。瘦皮缠鹤骨，高顶转龙腰。”“窈窕山头井，泉通伏涧清。欲知深几许，听放辘轳声。”子由和云：“岧峣山上寺，近在古城中。苦恨河流远，长教眼力穷。”“盘曲山前路，流年向此消。兴亡须一吊，范叟卧山腰。”“孤绝山南寺，僧居无限清。不知行道处，空听暮钟声。”子由诗过吾远甚。熙宁十年八月四日，子瞻。

【解题】

本文作于徐州太守任上。是年二月，苏轼与苏辙相偕共至徐州，沿途有诗，文中即记此事。

记谢中舍诗

寇元弼言：“去岁，徐州倅李陶有子年十七八，素不甚作诗，忽咏《落花》诗云：‘流水难穷目，斜阳易断肠。谁向砑光帽，一曲舞山香。’父惊问之，若有物凭附者。自云是谢中舍。问砑光帽事，云：‘西王母宴群仙，有舞者戴砑光帽，帽上簪花，舞山香一曲，未终，花皆落云。’”

【解题】

本文作于熙宁十年（1077）十二月。

自记吴兴诗

仆游吴兴，有《游飞英寺》诗云：“微雨止还作，小窗幽更妍。盆山不见日，草木自苍然。”非至吴越，不见此景也。

【解题】

本文作于元丰二年（1079）五月。

书《南史·卢度传》

余少不喜杀生，然未能断也。近来始能不杀猪羊，然性嗜蟹蛤，故不免杀。自去年得罪下狱，始意不免，既而得脱，遂自此不复杀一物。有见饷蟹蛤者，皆放之江中。虽知蛤在江水无活理，然犹庶几万一，便使不活，亦愈于煎烹也。非有所求觊，但以亲经患难，不异鸡鸭之在庖厨，不忍复以口腹之故，使有生之类，受无量怖苦尔，犹恨未能忘味食自死物也。

《南史·隐逸传》："始兴人卢度，字彦章。有道术。少随张永北侵魏，永败，魏人追急，淮水不得过。自誓若得免死，从今不复杀生。须臾见两楯，流来接之，得过。后隐居庐陵西昌三顾山，鸟兽随之，夜有鹿触其壁。度曰：'汝勿坏我壁。'鹿应声去。屋前有池，养鱼，皆名呼之，次第取食。逆知死年月，竟以寿终。"偶读此书，与余事粗相类，故并录之。

【解题】

本文作于元丰三年（1080）。苏轼自被祸入狱后，怜生悯死，渐渐认同于佛教思想，因此能对卢度故事产生共鸣。

书所获镜铭

元丰四年正月，余自齐安往岐亭，泛舟而还。过古黄州，获一镜，周尺有二寸，其背铭云："汉有善铜出白阳，取为镜，清而明，左龙右虎辅之。"其字如菽大，杂篆隶，甚精妙。白阳，疑南阳白水之阳也。其铜黑色，如漆。其背如刻玉。其明照人微小。旧闻古镜皆然，此道家聚形之法也。

【解题】

本文描摹所获古镜形貌并录其铭文，极简练。

书《鸡鸣歌》

余来黄州，闻黄人二三月皆群聚讴歌，其词固不可分，而其音亦不中律吕，但宛转其声，往反高下，如鸡唱尔。与庙堂中所闻鸡人传漏，微有相似，但极鄙野耳。《汉宫仪》："宫中不畜鸡，汝南出长鸣鸡，卫士候朱雀门外，专传鸡鸣。"又应劭曰："今《鸡鸣歌》也。"《晋太康地道记》曰："后汉固始、鲖阳、公安、细'阳四县，卫士习此曲于阙下歌之，今《鸡鸣歌》是也。"颜师古不考本末，妄破此说，余今所闻岂亦《鸡鸣》之遗声乎？土人谓之山歌云。

【解题】

本文作于元丰四年（1081）三月。文章自黄州山歌，考辨《鸡鸣歌》始末。题目虽微，而能多方引证，足见苏轼学识渊博。

杂书琴曲十二首　赠陈季常

子　夜　歌

《子夜歌》者，女子名子夜，造此声。晋孝武帝太元中，瑯琊王轲之家有鬼歌子夜，则子夜是此时人也。

凤　将　雏

《凤将雏》者，旧曲也。应璩《百一》诗，云是《凤将雏》。

则其来久矣。

前　汉　歌

《前汉歌》者，车骑将军沈充。

阿　子　歌

阿子及欢闻歌者，穆帝升平初，歌毕，辄呼“阿子汝闻否”？后人衍其声为此曲。

团　扇　歌

《团扇歌》者，中书令王珉，与嫂婢有情爱，棰挞过苦。婢素善歌，而珉好执白团扇，故作此声。

懊　侬　歌

《懊侬歌》者，隆安初，俗间讹谣之曲。

长　史　变

《长史变》者，司徒左长史王廞临败所作。

凡此诸曲，皆徒歌，既而被之管弦者。有因金石丝竹造歌以被之，如魏世三调歌之类是也。

杯　柈　舞

《杯柈舞》，手接杯柈反覆之。汉世惟有柈舞，而晋加之以杯。

公　莫　舞

《公莫舞》，今之巾舞也。相传项庄舞剑，项伯以袖隔之，使不及高祖，且语庄云：“公莫舞。”

公　莫　渡　河

琴操有《公莫渡河》，其声所从来已久。俗云项伯，非也。

白　纻　歌

白纻本吴地所出，宜是吴舞也。晋《俳歌》云：“皎皎白绪，节节为丛。”吴音谓绪为纻，白纻即白绪也。

瑶　池　燕

琴曲有《瑶池燕》，其词既不甚佳，而声亦怨咽。或改其词作《闺怨》云：“飞花成阵春心困，寸寸别肠，多少愁闷，无人问。偷啼自揾残妆粉，抱瑶琴、寻出新韵。玉纤趁。南风未解幽愠。低云鬟，眉峰敛，晕娇和恨。”

此曲奇妙，季常勿妄以与人。

【解题】

本文考评十二首琴曲之本事、源起，作于元丰四年（1081）六月。

书孟东野诗

元丰四年，与马梦得饮酒黄州东禅。醉后，诵孟东野诗云“我亦不笑原宪贫”，不觉失笑。东野何缘笑得原宪？遂书此以赠梦得。只梦得亦未必笑得东野也。

【解题】

本文作于元丰四年（1081）九月。孟东野，唐诗人，名孟郊，作诗多苦寒之音。孟郊穷困，自不当笑他人贫，故苏轼言此。

书张芸叟诗

张舜民芸叟，邠人也。通练西事。稍能诗，从高遵裕西征回，途中作诗二绝。一云：“灵州城下千株柳，总被官军斫作薪。他日玉关归去路，将何攀折赠行人。”一云：“青铜峡里韦州路，十去从军九不回。白骨似沙沙似雪，将军休上望乡台。”为转运判官李察所奏，贬郴州监税。舜民言：“官军围灵武不下，粮尽而退。西人从城上大呼官军汉人兀擦否？或仰而答曰：‘兀擦。’城上皆大笑。西人谓惭为兀擦也。”

【解题】

本文作于元丰五年（1082）六月，录张舜民诗二首，并其所说笑话，透露了苏轼主和反战的思想。

书子美《屏迹诗》

“用拙存吾道，幽居近物情。桑麻深雨露，燕雀半生成。村鼓时时急，渔舟个个轻。杖藜从白首，心迹喜双清。晚起家何事，无营地转幽。竹光团野色，山影漾江流。废学从儿懒，长贫任妇愁。百年浑得醉，一月不梳头。”子瞻云：“此东坡居士之诗也。”或者曰：“此杜子美《屏迹》诗也，居士安得窃之？”居士曰：“夫禾麻谷麦，起于神农、后稷，今家有仓廪。不予而取辄为盗，被盗者为失主。若必从其初，则农、稷之物也。今考其诗，字字皆居士实录，是则居士诗也，子美安得禁吾有哉！”

【解题】

本文作于元丰五年（1082）。苏轼在黄州的幽居生活与杜甫

《屏迹》诗中的描写相符，因而产生了认同感。

记参寥诗

昨夜梦参寥师手携一轴诗见过。觉而记其《饮茶》诗两句云："寒食清明都过了，石泉槐火一时新。"梦中问："火固新矣，泉何故新？"答云："俗以清明淘井。"当续成一诗，以记其事。

【解题】

本文作于元丰六年（1083）三月。苏轼曾多次梦及参寥此诗。

书四戒

出舆入辇，命曰"蹶痿之机"；洞房清宫，命曰"寒热之媒"；皓齿蛾眉，命曰"伐性之斧"；甘脆肥浓，命曰"腐肠之药"。此三十二字，吾当书之门窗、几席、缙绅、盘盂，使坐起见之，寝食念之。元丰六年十一月，雪堂书。

【解题】

本文反映了佛教拒绝物欲，坚持苦行的修身观念。

记梦诗文

昨夜欲晓，梦客有携诗文见过者。觉而记其一诗云："道恶贼其身，忠先爱厥亲。谁知畏九折，亦自是忠臣。"又有数句若铭赞者云："道之所以成，不害其耕。德之所以不修，以贼其牛。"元丰七年三月十一日。

【解题】

梦中所得诗文反映了苏轼对乌台诗案的怨望之情。时苏轼将由黄州移汝州。

书司空图诗

司空图表圣自论其诗，以为得味于味外。"绿树连村暗，黄花入麦稀。"此句最善。又云："棋声花院静，幡影石坛高。"吾尝游五老峰，入白鹤院，松阴满庭，不见一人，惟闻棋声，然后知此句之工也，但恨其寒俭有僧态。若杜子美云："暗飞萤自照，水宿鸟相呼。四更山吐月，残夜水明楼。"则才力富健，去表圣之流远矣。

【解题】

本文作于元丰七年（1084）四月。司空图，字表圣，唐诗人，著名诗论家，著有《二十四诗品》，以味论诗。

书遵师诗

游汤泉，览留题百余篇，独爱尊师一偈云："禅庭谁作石龙头，龙口汤泉沸不休。直待众生尘垢尽，我方清冷混常流。"戏作一绝答云："石龙有口口无根，自在流泉谁吐吞。若信众生本无垢，此泉何处觅寒温。"元丰七年五月十三日。

【解题】

本文作于离黄州途中。

书子由《金陵天庆观诗》

“兴废不可必，冶城今静祠。松声闻道路，竹色净轩墀。江近风云改，庭深草木滋。孤坟吊遗直，铭暗闵元规。”元丰三年四月，家弟子由过此留诗，七年七月十六日，为书之壁。

书李白《十咏》

过姑孰堂下，读李白《十咏》，疑其浅近。见孙邈，云闻之王安国，此乃李赤诗，秘阁下有赤集，此诗在焉，白集中无此。赤见《柳子厚集》，自比李白，故名赤。卒为厕鬼所惑而死。今观此诗，止如此，而以比白，则其人心恙已久，非特厕鬼之罪。

陶渊明诗

“丈夫志四海，我愿不知老。亲戚共一处，子孙远相保。觞弦肆朝日，尊中酒不燥。缓带尽欢娱，起晚眠常早。孰若当世士，冰炭满怀抱。百年归丘垅，用此空名道。”元丰七年十月二日，宜兴舟中写。东坡居士记。

【解题】

此三文述诗。其中第二首亦作于元丰七年（1084）七月。

楚 颂 帖

吾来阳羡，船入荆溪，意思豁然，如惬平生之欲。逝将归老，殆是前缘。王逸少云："我卒当以乐死。"殆非虚言。吾性好种植，能手自接果木，尤好栽橘。阳羡在洞庭上，柑橘栽至易得。暇当买一小园，种柑橘三百本。屈原作《橘颂》，吾园若成，当作一亭，名之曰楚颂。元丰七年十月二日书。

【解题】

本文表达了归老阳羡，种橘自娱的理想。

书柳子厚诗

仆自东武适文登，并海行数日，道傍诸峰，真若剑铓。诵柳子厚诗，知海山多尔耶？子柳子云："海上尖峰若剑铓，秋来处处割人肠。若为化作身千亿，遍上峰头望故乡。"

【解题】

本文作于元丰八年（1085）十月。

记白鹤观诗

昔游忠州白鹤观，壁上高绝处，有小诗，不知何人题也。诗云："仙人未必皆仙去，还在人间人不知。手把白髦从两鹿，相逢聊问姓名谁。"

记关右壁间诗

“欲挂衣冠神武门，先寻水竹渭南村。却将旧斩楼兰剑，买得黄牛教子孙。”余旧见此诗于关右壁间，爱之，不知何人诗也。

记 西 邸 诗

余官凤翔，见村邸壁上，书此数句，爱而诵之。云：“人间有漏仙，兀兀三杯醉。世人无眼禅，昏昏一枕睡。虽然没交涉，其奈略相似。相似尚如此，何况真个是。”

记沿流馆诗

“簾卷窗穿户不扃，隙尘风叶乱纵横。幽人睡足谁呼觉，欹枕床前有月明。”绍圣间，人得此诗于沿流馆中，不知何人诗也。今录之，以益箧笥之藏。

记临江驿诗

“淮西功业冠吾唐，吏部文章日月光。千载断碑人脍炙，不知世有段文昌。”“李白当年流夜郎，中原无复汉文章。纳官赎罪人何在？志士临风泪数行。”绍圣间临江军驿壁上得此诗，不知谁氏子作也。

【解题】

以上数篇皆记佚名诗作，不详作年。这些诗大体结构精巧，意境优美，反映了避世归隐的思想，故为苏轼所爱。尤其是末文所记李白流放夜郎诗，与晚年身处海南的苏轼的身世极相贴近，更能引起他的共鸣。

书付过

秦少游、张文潜才识学问，为当世第一，无能优劣二人者。少游下笔精悍，心所默识而口不能传者，能以笔传之。然而气韵雄拔，疏通秀朗，当推文潜。二人皆辱与余游，同升而并黜。有自雷州来者，递至少游所惠书诗累幅，近居蛮夷得此，如在齐闻韶也。汝可记之，勿忘吾言。

【解题】

本文评论门人秦观、张耒的才学，以为可并列当世第一。过，即苏轼幼子苏过。

书诸集伪谬

唐末五代，文章衰尽，诗有贯休，书有亚栖，村俗之气，大率相似。如苏子美家收张长史书云："隔簾歌已俊，对坐貌弥精。"语既凡恶，而字无法，真亚栖之流。近见曾子固编《太白集》，自谓颇获遗亡，而有《赠怀素草书歌》及《笑矣乎》数首，皆贯休以下词格。二人皆号有识知者，故深可怪。如白乐天赠徐凝、退之赠贾岛之类，皆世俗无知者所托，尤不足多怪。

书诸集改字

近世人轻以意改书，鄙浅之人，好恶多同，故从而和之者众，遂使古书日就讹舛，深可忿疾。孔子曰：“吾犹及史之阙文也。”自余少时，见前辈皆不敢轻改书，故蜀本大字书皆善本。蜀本《庄子》云：“用志不分，乃‘疑’于神。”此与《易》“阴‘疑’于阳”、《礼》“使人‘疑’汝于夫子”同。今四方本皆作“凝”。陶潜诗：“采菊东篱下，悠然见南山。”采菊之次，偶然见山，初不用意，而境与意会，故可喜也。今皆作“望南山”。杜子美云：“白鸥没浩荡，万里谁能驯。”盖灭没于烟波间耳。而宋敏求谓余云“鸥不解‘没’”，改作“波”。二诗改此两字，便觉一篇神气索然也。

【解题】

此二文讽刺作伪及自以为是，轻易改动古书的人。文中或列旁证，或析诗意，所论极为确凿，颇能见苏轼严肃审慎的治学态度。

书《左传》医和语

男子之生也覆，女子之生也仰。其死于水也亦然。男外阳而内阴，女子反之。故《易》曰：“坤至柔而动也刚。”《书》曰：“沈潜刚克。”古之达者，盖如此也。秦医和曰：“天有六气，淫为六疾。阳淫热疾，阴淫寒疾，风淫末疾，雨淫腹疾，晦淫惑疾，明淫心疾。夫女，阳物也而晦时，故淫则生内热蛊惑之疾。”女为蛊惑，世知之者众矣。其为阳物而内热，虽良医未之言也。

五劳七伤，皆热中而烝，晦淫者不为蛊则中风，皆热之所生。医和之语，吾当表而出之。读《左氏春秋》，书此。

【解题】

本文据自己的理解，对《左传》中医和关于男女阴阳之论有所发挥。

记孙卿韵语

孙卿子有韵语者，其言鄙近，多云“成相”，莫晓其义。《前汉·艺文志·诗赋类》中有《成相杂词》十一篇，则成相者，盖古讴谣之名乎？疑所谓“邻有丧，舂不相”者。又《乐记》云：“治乱以相。”亦恐由此得名，当更细考之。

【解题】

孙卿即战国时荀子，作有《成相辞》，为杂言体韵文形式，后人视之为赋。本文发明“成相”之义。

记徐陵语

徐陵多忘，每不识人，人以此咎之。陵曰：“公自难记，若曹、刘、沈、谢辈，阇中摸索，亦合认得。”诚哉是言。

【解题】

徐陵，南朝人，享有文名，著有《徐孝穆集》，并辑有《玉台新咏》，后者很有影响。

引说先友记

昔柳子厚记其先友六十七人于其墓碑之阴。考之于《传》，卓然知名者盖二十人。子厚曰：“先君之所友，天下之善士举集焉。”

袁　高：恕己子，《唐·传》第四十五卷。

姜公辅：七十七。

齐　映：七十五。

严　郢：七十。

穆　赞：举子，弟质，八十八。

裴　枢：六十五。

杜黄裳：九十四。

杨　凭：弟凝，八十五。

李　鄘：七十一。

梁　肃：一百二十七《文艺传》中。

韩　愈：一百一。

许孟容：八十七。

袁　滋：七十六。

卢　群：七十二。

郑余庆：九十。

奚　陟：八十九。

卢景亮：八十九。

杨於陵：八十八。

高　郢：九十。

柳　登：芳子，弟冕，五十七。

【解题】

本文列柳宗元父所交友名。

记欧公论把笔

把笔无定法，要使虚而宽。欧阳文忠公谓余，当使指运而腕，不知此语最妙。方其运也，左右前后却不免欹侧，及其定也，上下如引绳，此之谓笔正。柳诚悬之语良是。

记永叔评孟郊诗

欧阳永叔尝云：“孟东野诗‘鬓边虽有丝，不堪织寒衣’，就使堪织，能得多少。”

记欧阳论退之文

韩退之喜大颠，如喜澄观、文畅之意，了非信佛法也。世乃妄撰退之与大颠书，其词凡陋，退之家奴仆亦无此语。有一士人于其末妄题云：“欧阳永叔谓此文非退之莫能。”此又诬永叔也。永叔作《醉翁亭记》，其辞玩易，盖戏云耳，又不以为奇特也，而妄庸者亦作永叔语，云：“平生为此最得意。”又云：“吾不能为退之《画记》，退之又不能为《醉翁记》。”此又大妄也。仆尝谓退之《画记》近似甲名帐耳，了无可观，世人识真者少，可叹亦可愍也。

记欧阳公论文

顷岁孙莘老，识欧阳文忠公，尝乘间以文字问之。云："无它术，唯勤读书而多为之，自工。世人患作文字少，又懒读书，每一篇出，即求过人。如此，少有至者。疵病不必待人指擿，多作自能见之。"此公以其尝试者告人，故尤有味。

王文甫达轩评书

唐末五代文章卑陋，字画随之。杨公凝式笔为雄，往往与颜、柳相上下，甚可怪也。今世多称李建中、宋宣献。此二人书，仆所不晓。宋寒而李俗，殆是浪得名。惟近日蔡君谟，天资既高，而学亦至，当为本朝第一

书参寥论杜诗

参寥子言："老杜诗云：'楚江巫峡半云雨，清簟疏帘看弈棋。'此句可画，但恐画不就尔。"仆言："公禅人，亦复爱此绮语耶?"寥云："譬如不事口腹人，见江瑶柱，岂免一朵颐哉!"

记少游论诗文

秦少游言："人才各有分限。杜子美诗冠古今，而无韵者殆

不可读。曾子固以文名天下，而有韵者辄不工。此未易以理推之也。”

【解题】

上七文论欧阳修等对诗文、书法的评论。皆不详作年。

书温公志文异圹之语

《诗》云：“谷则异室，死则同穴。”古今之葬皆为一室。独蜀人为一坟而异藏，其间为通道，高不及肩，广不容人。生者之室，谓之寿堂，以偶人被甲执戈，谓之寿神以守之，而以石瓮塞其通道。既死而葬则去之。轼先夫人之葬也，先君为寿室。其后先君之葬，欧阳公志其墓，而司马君实追为先夫人墓志，故其文曰：“蜀人之祔也，同垅而异圹。”君实性谦，以为已之文不敢与欧阳公之文同藏也。东汉寿张侯樊宏，遗令棺柩一藏，不宜复见，如有腐败，伤子孙之心，使与夫人同坟异藏。光武善之，以书示百官。盖古亦有是也，然不为通道，又非诗人同穴之义，故蜀人之葬最为得礼也。

【解题】

本文释蜀人墓葬习俗，并考古今之变异。其文虽小，而足见苏轼学养深厚，见识过人。

记阳关第四声

旧传阳关三叠，然今歌者，每句再叠而已，通一首言之，又是四叠。皆非是。或每句三唱，以应三叠之说，则丛然无复节奏。

余在密州，有文勋长官，以事至密，自云得古本阳关，其声宛转凄断，不类向之所闻，每句皆再唱，而第一句不叠。乃知唐本三叠盖如此。及在黄州，偶读乐天《对酒》诗云；“相逢且莫推辞醉，新唱阳关第四声。”注：“第四声；‘劝君更尽一杯酒。’”以此验之，若第一句叠，则此句为第五声矣，今为第四声，则第一不叠审矣。

【解题】

本文考订《阳关三叠》唱法。

书《破地狱偈》

“若人欲了知，三世一切佛，应观法界性，一切惟心造。”近有人丧妻者，梦其妻求《破地狱偈》，觉而求之，无有也。问荐福古老，云：“此偈是也。”遂举家持诵。后见亡者宝衣天冠，缥缈空中，称谢而去。轼闻之佛印禅师，佛印闻之范尧夫。

【解题】

本文记佛家《破地狱偈》并神异传闻。

记　佛　语

佛告阿难，使汝流转心目之罪人，能降伏此两物，即去道不远矣。心既降伏，目亦自定，不须双言，但此两物常相表里。故佛云尔也。佛云：三千大千世界，犹如空华乱起乱灭。而况我在此空华起灭之中，寄此须臾贵贱、寿夭、贤愚、得丧，所计几何，惟有勤修善果以升辅神明，照遣虚妄，以识知本性，差为着身要事也。

记袁宏论佛

袁宏《汉记》曰："浮屠，佛也。西域天竺国有佛道焉。佛者，汉言觉也，将以觉悟群生。其教，以修善慈心为主，不杀生，专务清净。其精者为沙门。沙门，汉言息也。盖息意去欲，归于无为。又以为人死精神不灭，随复受形，生时善恶，皆有报应。故贵行善修道，炼精养神，以至无生而得为佛也。"东坡先生曰："此殆中国始知有佛时语也。虽若浅近，而大略具是矣。野人得鹿，正尔煮食之尔。其后卖与市人，遂入公庖中，馔之百方。鹿之所以美，未有丝毫加于煮食时也。"

改《观音经》

《观音经》云："咒咀诸毒药，所俗害身者。念彼观音力，还着于本人。"东坡居士曰："观音，慈悲者也。今人遭咒咀，念观音之力，而使还着于本人，则岂观音之心哉?"今改之曰："咒咀诸毒药，所欲害身者。念彼观音力，两家总没事。"

记朱炎禅颂

芝上人言：近有节度判官朱炎者，学禅久之，忽于《楞严经》若有所得者。问讲僧义江云："此身死后，此心何在?"江云："此身未死，此心何在?"炎良久以偈答曰："四大不须先后觉，六根还向用时空。难将语默呈师也，只在寻常语默中。"师可之。其后竟坐化。真庙时人也。

书咒语赠王君

王君善书符，行天心正一法，为里人疗疾驱邪。仆尝传咒法，当以传王君。其辞曰："汝是已死我，我是未死汝，汝若不吾祟，吾亦不汝苦。"

记导引家语

导引家云："心不离田，手不离宅。"此语极有理。又云："真人之心，如珠在渊；众人之心，如瓢在水。"此善喻者。

【解题】

上数文阐发佛道思想。"导引"为古医家之一种养生术，后为道家所利用。

书贾祐论真玉

步军指挥使贾逵之子祐为将官徐州，为予言：今世真玉至少，虽金铁不可近，须沙碾而后成者，世以为真玉矣。然犹未也，特珉之精者。真玉须定州磁芒所不能伤者，乃是云。问后苑老玉工，亦莫知其信否？

记徐仲车语

东坡将别，乞言于徐仲车。曰："自古皆有功，独称大禹之功；皆有才，独称周公之才。有德以将之故耳。"

记张公规论去欲

太守杨君素、通判张公规邀余游安国寺。坐中论调气养生之事。余曰："皆不足道，难在去欲。"张云："苏子卿齧雪啖毡，蹈背出血，无一语少屈，可谓了死生之际矣。然不免为胡妇生子。穷居海上，而况洞房绮疏之下乎！乃知此事不易消除。"众客皆大笑。余爱其语有理，故为录之。

记赵贫子语

赵贫子谓人曰："子神不全。"其人不服，曰："吾僚友万乘，蝼蚁三军，粃糠富贵，而昼夜死生，何谓神不全乎？"贫子笑曰："是血气所扶，名义所激，非神之功也。"明日，问其人曰："子父母在乎？"曰："亡久矣。""常梦之乎？"曰："多矣。""梦中知其亡乎，抑以为存也？"曰："皆有之。"贫子笑曰："父母之存亡，不待计议而知者也。昼日问子，则不思而对，夜梦见之，则以亡为存，死生之于梦觉有间矣。物之眩子而难知者，甚于父母之存亡。子自以为神全而不学，可忧也哉！予尝预闻其语，故录之。

记郑君老佛语

数随定，观还止，此道以老君、佛语兼修之。当念此身如槁木，坚定不动，若复动摇一毫发许，即堕大地狱，如孙武令、商君法，有死无犯。郑君所得，辄与老夫不谋而同，乃知前生俱是一会中人也。

记王彭论曹刘之泽

王彭尝云："涂巷小儿薄劣，为其家所厌苦，辄与数钱，令聚听说古话。至说三国事，闻玄德败，则嚬蹙有涕者。闻曹操败，则喜唱快。以是知君子小人之泽，百世不斩。"彭，恺之子，为武吏，颇知文章，余尝为作《哀词》，字大年。

张安道比孔北海

王巩云："张安道向渠说，子瞻比吾孔北海、诸葛孔明。孔明则吾岂敢，北海或似之，然不若融之蠢也。"吾谓北海以忠义气节冠天下，其势足与曹操相轩轾，决非两立者。北海以一死捍汉室，岂所谓轻于鸿毛者？何名为蠢哉！

俚　语　说

俚俗语有可取者。"处贫贱易，耐富贵难；安劳苦易，安闲散难；忍痛易，忍痒难。”人能安闲散，耐富贵，忍痒，真有道之士也。

记黄鲁直语

黄鲁直云：“士大夫三日不读书，则义理不交于胸中，对镜觉面目可憎，向人亦语言无味。”轼。

记李邦直言周瑜

李邦直言：“周瑜二十四，经略中原；今吾四十，但多睡善饭，贤愚相远如此！”安上言吾子似快活，未知孰贤与否？

史彦辅论黄霸

吾先君友人史经臣彦辅，豪伟人也。尝云：“黄霸本尚教化，庶几于富，而教之者，乃复用乌攫肉，小数，陋矣。颍川凤凰，盖可疑也。霸以鹖为神雀，不知颍川之凤以何物为之？”虽近于戏，亦有理也，故记之。

【解题】

上文记他人言论，大多也能代表苏轼自己的看法。黄霸，汉人，官至御史大夫、丞相，以宽和著名。

偶书二首

一

刘聪闻当为须遮国王，则不复惧死。人之爱富贵，有甚于生者。月犯少微，吴中高士求死不得。人之好名，有甚于生者。

二

张睢阳生犹骂贼，嚼齿穿龈；颜平原死不忘君，握拳透掌。

【解题】

前文言人为富贵、虚名所误，常置生死与不顾，后文言烈士为大义而置生死于度外。前文近讽，后文不加评论，而言辞慷慨，自见褒贬。

定州学生砚盖隐语

碑石犹在，岘山已摧。姜女既去，孟子不来。

【解题】

本文为苏轼所撰谜语。前两句离合为“砚”，后两句为“盖”（葢）。

宰相不学

王介甫先封舒公，后改封荆。《诗》云：“戎狄是膺，荆舒是惩。”识者谓宰相不学之过也。

【解题】

本文借王安石的二个封号，讥其不学无术，所引证据十分巧妙。

自　述

嗟呼，渊明不肯为五斗米一束带见乡里小儿。而子瞻出仕三十余年，为狱吏所折困，终不能悛，以陷大难，乃欲以桑榆之末景，自托于渊明，其谁肯信之！虽然，子瞻之仕，其出处进退，犹可考也，后之君子，其必有以处之矣。孔子曰：“述而不作，信而好古，窃比于我老彭。”孟子曰：“曾子、子思同道。”区区之迹，盖未足以论士也。

【解题】

苏轼对陶渊明不肯为五斗米折腰的气节非常钦佩，但他认为，自己虽然束带为官，然终未曾折腰，无愧于陶渊明。

书云成老

云成老来雪堂，日日昼寝。会东坡作陂，喧喧不复成寐。吾能于桔槔之上，听打百面腰鼓，一畔齁船且吃茶罢，当传此法也。

【解题】

云疑当作“崔”。崔成老，名闲，号玉涧道人，苏轼在黄州多与交往。

书拉杂变

司马长卿作《大人赋》，武帝览之，飘飘然有凌云之气。近时学者作拉杂变，便自谓长卿。长卿固不汝嗔，但恐览者渴睡落床难以凌云耳。

【解题】

本文讽刺那些无真才实学而又自命不凡的“近时学者”，文风恢谐、辛辣，涉笔成趣。拉杂变，喻杂乱拼凑之辞赋。

书张长史书法

世人见古有见桃花悟道者，便争颂桃花，便将桃花作饭吃。吃此饭五十年，转没交涉。正如张长史见担夫与公主争路，而得草书之法。欲学长史书，日就担夫求之，岂可得哉？

书张少公判状

张旭为常熟尉，有父老诉事，为判其状，欣然持去。不数日，复有所诉，亦为判之。他日复来。张甚怒，以为好讼。叩头曰：“非敢讼也，诚见少公笔势殊妙，欲家藏之尔。”张惊问其详，则其父盖天下工书者也。张由此尽得笔法之妙。古人得笔法有所自，张以剑器，容有是理。雷太简乃云闻江声而笔法进，文与可亦言见蛇斗而草书长，此殆谬矣。

书张长史草书

张长史草书，必俟醉，或以为奇，醒即天真不全。此乃长史未妙，犹有醉醒之辨，若逸少何尝寄于酒乎？仆亦未免此事。

【解题】

此三文评张旭书法。张旭，唐著名书法家，精楷法，尤善草书，喜醉后狂书，人称“草圣”。张旭曾任左率府长史，故又称张长史。

题苏才翁草书

才翁草书真迹，当为历世之宝。然《李白草书歌》，乃唐末五代效禅月而不及者，云“笺麻绢素排数箱”，村气可掬也。

书沈辽智静大师影堂铭

邻舍有睿达，寺僧不求其书，而独求予，非惟不敬东家，亦有不敬西家耶？

论沈辽米芾书

自君谟死后，笔法衰绝。沈辽少时本学其家传师者，晚乃讳之，自云学子敬。病其似传师也，故出私意新之，遂不如寻常人。近日米芾行书，王巩小草，亦颇有高韵，虽不逮古人，然亦必有传于世也。

【解题】

此三文为苏才翁、沈辽书法指疵。

记潘延之评予书

潘延之谓子由曰："寻常于石刻见子瞻书，今见真迹，乃知为颜鲁公不二。"尝评鲁公书与杜子美诗相似，一出之后，前人皆废。若予书者，乃似鲁公而不废前人者也。

【解题】

本文认为苏轼书法风格与颜真卿相近。

书摩诘蓝田烟雨图

味摩诘之诗，诗中有画；观摩诘之画，画中有诗。诗曰"蓝溪白石出，玉川红叶稀。山路元无雨，空翠湿人衣。"此摩诘之诗，或曰非也。好事者以补摩诘之遗。

【解题】

本文是一篇著名的诗画评论文字，经常为人所征引。文中谓王维的诗作中含有明晰而有层次的景物、形象，而他的画中则有诗的情调和意境，这是对王维诗画艺术极为精到的评价，也是苏轼的一项重要的美学见解。

书子由梦中诗

元丰八年，正月旦日，子由梦李士宁相过，草草为具。梦中赠一绝句云：“先生惠然肯见客，旋买鸡豚旋烹炙。人闲饮酒未须嫌，归去蓬莱却无吃。”明年闰二月六日为予道之，书以遗迟云。

【解题】

本文作于元祐元年（1086）闰二月。

记乐天《西掖通东省诗》

元祐元年，予为中书舍人。时执政患本省事多漏泄，欲以舍人厅后作露篱，禁同省往来。予白执政，应须简要清通，何必树篱插棘。诸公笑而止。明年竟作之。暇日，偶读乐天集，有云：“西省北院，新构小亭，种竹开窗，东通骑省，与李常侍隔窗小饮，作诗。”乃知唐时得西掖作窗以通东省，而今日本省不得往来，可叹也！

【解题】

本文作于元祐二年（1087）正月，文中以白居易诗序讽刺现实。

书鬼仙诗

“忽然湖上片云飞，不觉中流雨湿衣。折得荷花浑忘却，空将荷叶盖头归。”

“江上樯竿一百尺，山中楼台十二重。山僧楼上望江上，遥指樯竿笑杀侬。”

“湘中老人读黄老，手援紫藟坐碧草。春至不知湘水深，日暮忘却巴陵道。”

“爷嬢送我青枫根，不记青枫几回落。当时手刺衣上花，今日为灰不堪着。”

“浦口潮来初渺漫，莲舟溶漾采花难。芳心不惬空归去，会待潮平更折看。”

“酒尽君莫沽，壶倾我当发。城市多嚣尘，还山弄明月。”

“卜得上峡日，秋江风浪多。巴陵一夜雨，肠断木兰歌。”

“寒草白露里，乱山明月中。是夕苦吟罢，寒烛与君同。”

元祐三年二月二十一日夜，与鲁直、寿朋、天启会于伯时斋舍。此一卷，皆仙鬼作或梦中所作也。又记《太平广记》中，有人为鬼物所引入墟墓，皆华屋洞户，忽为劫墓者所惊，出，遂失所见。但云“芫花半落，松风晚清”。吾每爱此两句，故附之书末。

【解题】

苏轼爱奇，此亦其风流放旷性格之体现。

书试院中诗

元祐三年二月二十一日领贡举事，辟李伯时为考校官。三月初，考校既毕，待诸厅参会，故数往诣伯时。伯时苦水悸，愊愊不欲食，作欲骣马以排闷。黄鲁直诗先成，遂得之。鲁直诗云：“仪鸾供帐饕虱行，翰林湿薪爆竹声，风帘官烛泪从横。木穿石盘末渠透，坐窗不遨令人瘦，贫马百啮逢一豆。眼明见此玉花骢，径思着鞭随诗翁，城西野桃寻小红。”子瞻次韵云：“少年鞍马勤远行，夜闻啮草风雨声，见此忽思短策横。千重故纸钻未透，那更陪君作诗瘦，不如芋魁归饭豆。门前欲嘶御史骢，诏恩三日休老翁，羡君怀中双橘红。”蔡天启、晁无咎、舒尧文、廖明略皆继，此不能尽录。予又戏作绝句：“竹头抢地风不举，文书堆案睡自语。看马欲骒顿风尘，亦思归家洗袍袴。”伯时笑曰：“有顿尘马欲入笔。”疾取纸来写之后。三月六日所作皆是也。眉山苏轼书。

【解题】

元祐三年（1088），苏轼任翰林学士，知制诰兼侍读，并于二月领贡举事。苏轼任命黄庭坚、晁补之、张耒等为点检试卷等官，李伯时为考校官。三月试毕，遂相聚为诗，本文即记作诗事。

书《出局诗》

“急景归来早，浓阴晚不开。倾杯不能饮，待得卯君来。”今日局中早出，阴晦欲雪，而子由在户部晚出，作此数句。忽记十年前在彭城时，王定国来相过，留十余日，还南都。时子由为宋幕，定国临去，求家书，仆醉不能作，独以一绝与之。云：“王郎西去路漫漫，野店无人霜月寒。泪湿粉笺书不得，凭君送与卯君看。”卯君，子由小名也。今日情味虽差胜彭城，然不若同归林下，夜雨对床，乃为乐耳。元祐三年十月二十三日。

【解题】

本文写兄弟情深，亦发身在魏阙，心在江湖之悠情。

赠李方叔赐马券

元祐元年，予初入玉堂，蒙恩赐玉鼻骍。今年出守杭州，复沾此赐。东南例乘肩舆，得一马足矣，而李方叔未有马，故以赠之。又恐方叔别获嘉马，不免卖此，故为出公据。四年四月十五日，轼书。

【解题】

苏轼考虑李方叔可能将自己所赠的马卖掉，故连朝廷所颁赐马券亦送与他。

书参寥诗

仆在黄州，参寥自吴中来访，馆之东坡。一日，梦见参寥所作诗，觉而记其两句云："寒食清明都过了，石泉槐火一时新。"后七年，仆出守钱塘，而参寥始卜居西湖智果院。院有泉出石缝间，甘冷宜茶。寒食之明日，仆与客泛湖，自孤山来谒参寥，汲泉钻火，烹黄蘗茶，忽悟所梦诗，兆于七年之前。众客皆惊叹，知传记所载，非虚语也。元祐五年二月二十七日，眉山苏轼书并题。

【解题】

本文记梦诗应验事，很有传奇色彩。

书所和回先生诗

回先生诗云："西邻已富忧不足，东老虽贫乐有余。白酒酿来因好客，黄金散尽为收书。”东坡居士和云：“世俗何知贫是病，神仙可学道之余。但知白酒留佳客，不问黄公觅素书。”熙宁元年八月十九日，有道人过沈东老饮酒，用石榴皮写句壁上，自称回山人。东老送之出门，至石桥上。先渡桥数十步，不知其所往。或曰：“此吕先生洞宾也。”七年，仆过晋陵，见东老之子偕，道其事。时东老既没三年矣，为和此诗。其后十六年，复与偕相遇钱塘，更为书之。偕字君与，有文行，世其家云。元祐五年五月二十五日，东坡先生书。

【解题】

本文记回先生诗及己之和诗，其事神异，极富传奇色彩。

书林道人论琴棋

元祐五年十二月一日，游小灵隐，听林道人论琴棋，极通妙理。余虽不通此二技，然以理度之，知其言之信也。杜子美论画云：“更觉良工心独苦。”用意之妙，有举世莫之知者。此其所以为独苦欤?

【解题】

本文记自己领会林道人所论妙理。

书韩李诗

元祐六年八月十五日，与柳展如饮酒，一杯便醉，作字数琴。书李太白诗云：“遗我鸟迹书，飘然落岩间。其字乃上古，读之了不闲。”戏谓柳生，李白尚气，乃自招不识字，可一大笑。不如韩愈倔强，云“我宁屈曲自世间，安能随汝巢神仙”也。

【解题】

本文比较李白、韩愈诗歌及个性，很是精辟。

书颍州祷雨诗

元祐六年十月，颍州久旱，闻颍上有张龙公神祠，极灵异，乃斋戒遣男迨与州学教授陈履常往祷之。迨亦颇信道教，沐浴斋居而往。明日，当以龙骨至，天色少变。二十六日，会景贶、履常、二欧阳，作诗云：“后夜龙作云，天明雪填渠。梦回闻剥啄，谁呼赵、陈、予？”景贶拊掌曰：“句法甚新，前此未有此法。”季默曰：“有之。长官请客吏请客，目曰‘主薄、少府、我’。即此语也。”相与笑语。至三更归时，星斗灿然，就枕未几，而雨已鸣檐矣。至朔旦日，作五人者复会于郡斋。既感叹龙公之威德，复嘉诗语之不谬。季默欲书之，以为异日一笑。是日，景贶出迨诗云：“吾侪归卧髀骨裂，会友携壶劳行役。”仆笑曰：“是男也，好勇过我。”

【解题】

本文记颍州祷雨事及祷雨诗，呼风唤雨，满纸洒脱。

记梦中论左传

元祐六年十一月十九日，五更，梦数人论《左传》，云：“《祈招》之诗固善语，然未见所以感切穆王之心、已其车辙马迹之意者。”有答者曰：“以民力从王事，当如饮酒，适于饥饱之度而已。若过于醉饱，则民不堪命，王不获没矣。”觉而念其言，似有理，故录之。

【解题】

本文记梦中所得对《左传》之领会。

书渊明诗

“种豆南山下，草盛豆苗稀。侵晨理荒秽，带月荷锄归。道狭草木长，夕露沾我衣。衣沾不足惜，但使愿无违。”览渊明此诗，相与太息。噫嘻，以夕露沾衣之故而犯所愧者多矣。元祐九年正月十六日，李端叔、王几仁、孙子发皆在。东坡记。

【解题】

本文录陶渊明诗，并有感慨。在定州作。

书蜀僧诗

王中令既平蜀，捕逐余寇，与部队相远，饥甚。入一村寺中，主僧醉甚，箕踞。公怒，欲斩之。僧应对不惧，公奇而赦之，问求蔬食。僧对曰：“有肉无蔬。”公益奇之。馈以蒸猪头，食之甚美。公喜，问僧：“止能饮酒食肉耶，抑有他技也?”僧自言：“能为诗。”公命赋蒸豚。操笔立成云：“觜长毛短浅含臕，久向山中食药苗。蒸处已将蕉叶裹，熟时兼用杏浆浇。红鲜雅称金盘饤，软熟真堪玉筯挑。若把氈根来比并，氈根自合吃藤条。”公大喜，与紫衣师号。元祐九年二月十三日，偶与公之玄孙讷道此，因记之。

【解题】

蜀僧性情奇特，且能诗；王中令爱奇好才，皆为性情中人，故苏轼视为佳话而笔录之。

书《彭城观月诗》

“暮云收尽溢清寒，银汉无声转玉盘。此生此夜不长好，明月明年何处看。”余十八年前中秋夜，与子由观月彭城，作此诗，以《阳关》歌之。今复此夜宿于赣上，方迁岭表，独歌此曲，聊复书之，以识一时之事，殊未觉有今夕之悲，悬知有他日之喜也。

【解题】

彭城，即徐州。本文作于绍圣元年（1094）中秋之日，时苏轼被贬往惠州，途径赣州，逢佳节而思亲，借旧诗以抒情。

书乐天诗

“一山门作两山门，两寺元从一寺分。东涧水流西涧水，南山云起北山云。前台花发后台见，上界钟清下界闻。遥想高僧行道处，天香桂子落纷纷。”唐韬光禅师自钱塘天竺来住此山，乐天守苏日，以此诗寄之。庆历中，先君游此山，犹见乐天真迹。后四十七年，轼南迁过虔，复经此寺，徒见石刻而已。绍圣元年八月十七日。

【解题】

本文满怀惆怅，发思古之悠情。乐天，即白居易。

题虔州祥符宫乞签

冲妙先生李君思聪所制观妙法像。轼以忧患之余，稽首洗心，皈命真寂。自惟尘缘深重，恐此志不遂，敢以签卜。得真君第二签，云："平生常无患，见善其何乐。执心既坚固，自励勤修学。"敬再拜受教，书《庄子·养生主》一篇，致自励之意，敢有废坠，真圣殛之！绍圣元年八月二十三日，东坡居士南迁至虔，与王嵎翁同谒祥符宫，拜九天采访使者堂下，观观妙法像，实闻此言。

【解题】

本文记往道观问卜求签事。苏轼平生即礼爱佛道，到惠州后，环境恶劣，尤以道家斋心炼神之事为解脱之途。此次求签即惠州修道之开端。

书润州道上诗

"行歌野哭两堪悲，远火低星渐向微。病眼不眠非守岁，乡音无伴苦思归。重衾脚冷知霜重，新沐头轻感发稀。只有残灯不嫌客，孤舟一夜许相依。"仆时三十九岁，润州道中，值除夜而作。后二十年，在惠州守岁，录付过。

【解题】

本文作于绍圣元年（1094）除夕，时在惠州。苏轼半生飘零于宦途，晚年更至岭南，其寂寞游子之感、思乡念亲之情，愈浓愈悲，感人至深。

书《绿筠亭诗》

"爱竹能延客，求诗剩挂墙。风梢千纛乱，日影万夫长。谷鸟惊棋响，山蜂识酒香。只应陶靖节，解听北窗凉。"清献先生尝求东坡居士作绿筠亭诗，曰："此吾乡人梁处士之居也。"后二十五年，乃见处士之子琯，请书此本。绍圣二年四月十三日。

【解题】

本文记作《绿筠亭诗》经过，诗中反映了归隐思想。

书陆道士诗

陆道士惟忠，字子厚，眉山人。好丹药，通术数，能诗，萧然有出尘之姿。久客江南，无知之者。予昔在齐安，盖相从游，因是谒子由高安，子由大赏其诗。会吴远游之过彼，遂与俱来惠州，出此诗。

【解题】

本文简记陆惟忠及其诗，作于绍圣二年（1095）十二月。

书柳子厚《南涧诗》

"秋气集南涧，独游亭午时。回风一萧索，林影久参差。始至若有得，稍深遂忘疲。羁禽响幽谷，寒藻舞沦漪。去国魂已游，怀人泪空垂。孤生易为感，末路少所宜。寂寞竟何事，迟回只自知。谁欤后来者，当与此心期。"柳子厚南迁后诗，清劲纡余，大率类此。绍圣三年三月六日。

书《天蓬咒》

绍圣三年端午，惠州道士邹葆光云："今日今月皆甲午，而午时当庚甲合，人之遇此也难。请书《天蓬神咒》。”予嘉其意，乃为斋戒书之。

书陆道士诗

江南人好作盘游饭，鲊脯脍炙无不有，然皆埋之饭中。故里谚云：“撅得窖子。”罗浮颖老取凡饮食杂烹之，名谷董羹，坐客皆称善。诗人陆道士，遂出一联句云：“投醪谷董羹锅里，撅窖盘游饭碗中。”东坡大喜，乃为录之，以付江秀才收，为异时一笑。吴子野云：“此羹可以浇佛。”翟夫子无言，但咽唾而已。丙子十二月八日。

对韩柳诗

韩退之诗云：“水作青罗带，山为碧玉簪。”柳子厚诗云：“海上群山若剑铓，秋来处处割愁肠。”陆道士云；“二公当时不相计会，好做成一属对。”东坡为之对云：“系闷岂无罗带水，割愁还有剑铓山。”此可编入诗话也。

【解题】

上文皆作于绍圣三年（1096）。

书《鲍静传》

鲍静字太玄，东海人。五岁语父母云：“本曲阳李氏子，九岁堕井死。”父母以其言访之，皆验。静学兼内外，明天文河洛书。为南海太守行部入海，遇风，饥甚，煮白石食之。静尝见仙人阴君受道诀，百余岁卒。

阴真君名长生。予尝游忠州酆都观，则阴君与王方平上升处也。古松柏数千株，皆百围，松脂如酥乳，不烦煮炼，正尔食之，滑甘不可言。二真君皆画像观中，极古雅，有西晋时殿宇，尚存也。戊寅九月十一日夜坐书。

【解题】

本文作于元符元年（1098）九月。文中叙鲍静神异事。

书北极灵签

东坡居士迁于海南，忧患不已，戊寅九月晦，游天庆观，谒北极真圣，探灵签，以决余生之祸福吉凶。其词曰：“道以信为合，法以智为先。二者不相离，寿命已得延。”览之悚然，若有所得，敬书而藏之，以无忘信道、法智二者不相离之意。

古之真人，未有不以信入者。子思曰：“自诚而明谓之性。”此之谓也。孟子曰：“执中无权，犹执一也。”守法而不智，则天下之死法也。道不患不知，患不疑；法不患不立，患不活。以信合道则道疑，以智先法而法活。道疑而法活，虽度世可也，况乃延寿命乎？

书　筮

戊寅九月十五日，以久不得子由书，忧不去心。以《周易》筮之，遇《涣》之内三爻，《初六》变为《中孚》。其繇曰：“用拯马壮吉。”《中孚》之《九二》变为《益》，其繇曰：“鸣鹤在阴，其子和之。我有好爵，吾与尔縻之。”《益》之《六三》变为《家人》，其繇曰：“益之，用凶事，有咎。有孚中行，告公用圭。”《家人》之繇曰：“《家人》利女贞。”又曰：“风自火出，《家人》。君子以言有物，而行有恒。”吾考此卦极精详，口以授过，又书而藏之。

【解题】

上二文皆作于元符元年（1098）九月，记占卜事。

书《陶淡传》

《晋史·隐逸传》：陶淡字处静，太尉侃之孙也，父夏，以无行被废。淡幼孤，好导养之术，谓仙道可祈。年十五六，便服食绝谷。不娶。家累千金，僮客百数，淡了不营问。好读《易》，善卜筮。于长沙临湘山中，结庐居之。养一白鹿以自随。人有候之者，辄移渡涧水，莫得近。州举秀才，淡遂逃罗县埤山中，不知所终。

陶士行诸子皆凶暴，不独夏也，而诸孙中乃有淡，曾孙中乃有潜。潜集中乃有仲德、敬通之流，皆隐约有行义，又皆贫困，何也？淡高逸如此，近类得道，与潜近亲，而潜无一言及之，此又未喻也。戊寅九月七日，阅《晋史》，偶录之以俟知者。儋州城南记。

【解题】

本文作于元符元年（1098）九月，时苏轼在儋州。因人生失意，喜读隐逸传、陶渊明诗之类。本文就陶淡为隐而发感慨，并就此提出两处疑问。

书董京诗

《晋史》："董京字威辇，作诗答孙子荆，其略曰：'玄鸟纡幕，而不被害？鸣隼远巢，咸以欲死。眄彼梁鱼，逡巡倒尾。沉吟不决，忽焉失水。嗟乎，鱼鸟相与，万世而不悟。以我观之，乃明其故。焉知不有达人，深穆其度，亦将窥我，颦蹙而去。'"京之意盖曰：以鱼鸟自观，虽万世而不悟其非也，我所以能知鱼鸟之非者，以我不与鱼鸟同所恶也。彼达人者不与我同欲恶，则其观我之所为，亦欲如我之观鱼鸟矣。京，得道人也，哀世俗不晓其语，故粗为说之。戊寅九月八日。

【解题】

本文疏解董京诗，作于元符元年（1098）九月。

书柳子厚《觉衰》诗

戊寅十二月十四日，试新端砚，书柳子厚《觉衰》一首。

【解题】

本文元符元年（1098）十二月作。

书杜子美诗

"崔郎忧病士，书信有柴胡。饮子频通汗，怀君想报珠。亲知天畔少，药味峡中无。归楫生衣卧，春鸥洗翅呼。酒闻上急水，早作耻平途。万里皇华使，为僚记腐儒。"此杜子美诗也。

沈佺期《回波》诗云："姓名虽蒙齿录，袍笏未易牙绯。"子美用"饮子"对"怀君"，亦"齿录"、"牙绯"之比也。广州舶信到，得柴胡等药，偶录此诗遣闷。己卯正月十三日，久旱，微雨阴翳，未快。

【解题】

本文作于元符二年（1099）正月。

书柳子厚诗

柳柳州《酬娄秀才寓居开元寺早秋病中见寄》："客有故园思，潇湘生夜愁。病依居士室，梦绕羽人丘。味道怜知止，遗名得自求。壁空残月曙，门掩候虫秋。谬委双金重，难征杂珮酬。碧霄无枉路，徒此助离忧。"元符己卯十一月十九日，忽得龙川信，寄此纸，试书此篇。

【解题】

本文作于元符二年（1099）十一月。柳子厚，即柳宗元。

书罗浮《五色雀》诗

罗浮有五色雀，以绛羽为长，余皆从之东西。俗云："有贵人入山则出。"余安道有诗云："多谢珍禽不随俗，谪官犹作贵人看。"余过南华亦见之。海南人则谓之凤皇。云："久旱而见则雨，潦则反是。"及谪儋耳，亦尝集于城南所居。余今日游进士黎威家，又集庭下，锵然和鸣，回翔久之。余举酒嘱之，汝若为余来者，当再集也。已而果然。

【解题】

本文作于元符三年（1100）正月。文中于自己的人品充满自信，见其旷达情怀。

书渊明酬刘柴桑诗

自夏历秋，毒热七八十日不解，炮灼理极，意谓不复有清凉时。今日忽凄风微雨，遂御裌衣，顾念兹岁，屈指可尽。陶彭泽云：“今我不为乐，知有来岁不?”此言真可为惕然也。

录陶渊明诗

“清晨闻扣门，倒裳自往开。问子为谁与？田父有好怀。壶浆远见候，疑我与时乖。褴缕茅檐下，未足为高栖。一世皆尚同，愿君汩其泥。深感父老言，禀气寡所谐。纡辔诚可学，违己讵非迷。且共欢此饮，吾驾不可回。”此诗叔弼爱之，予亦爱之。予尝有云：言发于心而冲于口，吐之则逆人，茹之则逆予，以谓宁逆人也，故卒吐之。与渊明诗意不谋而合，故并录之。

书渊明诗二首

一

孔文举云：“坐上客常满，樽中酒不空。吾无事矣。”此语甚得酒中趣。及见渊明云：“偶有佳酒，无夕不倾，顾影独尽，悠然复醉。”便觉文举多事矣。

二

陶诗云："但恐多谬误，君当恕醉人。"此未醉时说也，若已醉，何暇忧误哉？然世人言醉时是醒时语，此最名言。

张安道饮酒初不言盏数，少时与刘潜、石曼卿饮，但言当饮几日而已。欧公盛年时，能饮百盏，然常为安道所困。圣俞亦能饮百许盏，然醉后高叉手而语弥温谨。此亦知其所不足而勉之，非善饮者。善饮者，澹然与平时无少异也。

若仆者，又何其不能饮，饮一盏而醉，醉中味与数君无异，亦所羡尔。

书渊明《归去来序》

俗传书生入官库，见钱不识。或怪而问之。生曰："固知其为钱，但怪其不在纸裹中耳。"予偶读渊明《归去来辞》云："幼稚盈室，瓶无储粟。"乃知俗传信而有征。使瓶有储粟，亦甚微矣。此翁平生，只于瓶中见粟也耶？《马后纪》：宫人见大练，反以为异物。晋惠帝问饥民，何不食肉糜？细思之，皆一理也。聊为好事者一笑。

【解题】

上文皆评点、体味陶渊明诗文。此下诸文俱不详作年。

书唐太宗诗

唐太宗作诗至多，亦有徐、庾风气，而世不传，独于《初学纪》时时见之。

读文宗诗句

“人皆苦炎热，我爱夏日长。薰风自南来，殿阁生微凉。”世未有续之者。予亦有诗云：“卧闻疏响梧桐雨，独咏微凉殿阁风。”

【解题】

以上二文录帝王诗。

书 李 峤 诗

“昔时青楼对歌舞，今日黄哀聚荆棘。山川满目泪沾衣，富贵荣华能几时。不见秖今汾水上，惟有年年秋雁飞。”李峤诗也。盖当时未有太白、子美，故峤辈得称雄耳。其遭离世故，不得不尔。雨中闻铃且犹涕下，峤诗可不如撼铃耶？以此论工拙，殆未可也。

【解题】

李峤，字巨山，初唐诗人。本文论诗与时世之关系。

书太白《广武战场诗》

昔先友史经臣彦辅谓余：“阮籍登广武而叹曰：‘时无英雄，使竖子成名。’岂谓沛公竖子乎？”余曰：“非也，伤时无刘、项也。竖子者，指魏、晋间人耳。”其后余游京口甘露寺，有孔明、孙权、梁武、李德裕之遗迹。余感之，因题诗，其略曰：“四雄皆龙虎，遗迹了未刓。方其盛壮时，争夺肯少安。废兴属造物，迁逝谁控抟。况彼妄庸子，而欲事所难。聊兴广武叹，不待雍门弹。”则犹此意也。

今日读李白《广武古战场》诗云：“沉湎呼竖子，狂言非至公。”乃知李白亦误认嗣宗语，与先友之意无异也。

嗣宗虽放荡，本有意于世，以魏、晋间多故，一放于酒耳，何至以沛公为竖子乎?

【解题】

本文论阮籍本有意于用世，不得已而避于酒中，故发“时无英雄”之感叹。此论不同常说，能更深刻地揭示出阮籍的内心世界。

书《李白集》

今太白集中，有《归来乎》、《笑矣乎》及《赠怀素草书》数诗，决非太白作。盖唐末五代间贯休、齐已辈诗也。余旧在富阳，见国清院太白诗，绝凡。近过彭泽唐兴院，又见太白诗，亦非是。良由太白豪俊，语不甚择，集中往往有临时率然之句，故使妄庸辈敢尔。若杜子美，世岂复有伪撰者耶?

记太白诗二首

一

“湘中老人读黄老，手援紫藟坐碧草。春至不知湘水深，日暮忘却巴陵道。”唐末有见人作此诗者，词气殆是李谪仙。余在都下，见有人携一纸文书，字则颜鲁公也，墨迹如未乾，纸亦新健。其首两句云："朝披梦泽云，笠钓青茫茫。"此语亦非太白不能道也。

二

"人生烛上花，光灭巧妍尽。春风绕树头，日与化工进。惟知雨露贪，不念零落近。昔我飞骨时，惨见当涂坟。青松霭明霞，缥缈上下村。既死明月魄，无彼玻璃魂。念此一脱洒，长啸登昆仑。醉着鸾凤衣，星斗俯可扪。""朝披云梦泽，笠钓青茫茫。寻丝得双鲤，中有三元章。篆字若丹蛇，逸势如飞翔。归来问天姥，妙义不可量。金刀割青素，灵文烂煌煌。燕服十二镮，想见仙人房。暮跨紫鳞去，海气侵肌凉。龙子喜变化，化作梅花妆。遗我累累珠，靡靡明月光。劝我穿绛缕，系作裙间珰。揖余以辞去，谈笑闻余香。"余顷在京师，有道人相访，风骨甚异，语论不凡。自云："常与物外诸公往还。"口诵此二篇，云："东华上清监清逸真人李太白作也。"

书学太白诗

李白诗飘逸绝尘，而伤于易。学之者又不至，玉川子是也，犹有可观者。有狂人李赤，乃敢自比谪仙，准律，不应从重。又有崔颢者，曾未及豁达李老，作《黄鹤楼诗》，颇类上士游山水，而世俗云李白，盖当与徐凝一场决杀也。醉中聊为一笑。

【解题】

上文皆辨别李白诗作真伪。

辨杜子美《杜鹃》诗

南都王谊伯《书江滨驿垣》，谓子美诗历五季兵火，舛缺离异，虽经其祖父公所理，尚有疑阙者。谊伯谓“西川有杜鹃、东川无杜鹃、涪万无杜鹃、云安有杜鹃”，盖是题下注，断自“我昔游锦城”为首句。谊伯误矣。

且子美诗，备诸家体，非必牵合程度侃侃然者也。是篇句落处，凡五杜鹃，岂可以文害辞、辞害意耶？原子美之意，类有所感，托物以发者也。亦六义之比、兴，《离骚》之法欤？按《博物志》，杜鹃生子，寄之他巢，百鸟为饲之。今江东所谓“杜宇曾为蜀帝王，化禽飞去旧城荒”是也。且禽鸟至微，犹知有尊，故子美云“重是古帝魂”，又云“礼若奉至尊”，子美盖讥当时之刺史，有不禽鸟若也。

唐自明皇已后，天步多棘，刺史能造次不忘于君者，可一二数也。严武在蜀，虽横敛刻薄，而实致职以资中原，是“西川有杜鹃”。其不虔王命负固以自抗，擅军旅，绝贡赋，如杜克逊在梓州，为朝廷西顾忧，是“东川无杜鹃”耳。至于涪、万、云安刺史，微不可考，凡其尊君者为有也，怀贰者为无也，不在夫杜鹃之真有无也。

谊伯以为来东川，闻杜鹃声繁而急，乃始疑子美诗跋嚏纸上语，又云子美不应叠用韵，何耶？子美自我作古，叠用韵，无害于为诗，仆所见如此。谊伯博学强辩，殆必有以折衷之。

记子美《八阵图》诗

仆尝梦见一人，云是杜子美，谓仆：“世多误会予诗。《八阵图》云：‘江流石不转，遗恨失吞吴。’世人皆以谓先主、武侯欲与关羽复仇，故恨不能灭吴，非也。我意本谓吴、蜀唇齿之国，不当相图，晋之所以能取蜀者，以蜀有吞吴之意，此为恨耳。”此理甚近。然子美死近四百年，犹不忘诗，区区自明其意者，此真书生习气也。

书子美《自平》诗

杜子美诗云：“自平宫中吕太一。”世莫晓其义，而妄者至以为唐时有自平宫。偶读《玄宗实录》，有中官吕太一叛于广南。杜诗盖云自平宫中吕太一，故下有南海收珠之句。见书不广而以意改文字，鲜不为人所笑也。

书子美《黄四娘》诗

子美诗云：“黄四娘家花满蹊，千朵万朵压枝低。留连戏蝶时时舞，自在娇莺恰恰啼。”东坡云：此诗虽不甚佳，可以见子美清狂野逸之态，故仆喜书之。昔齐鲁有大臣，史失其名，黄四娘独何人哉，而托此诗以不朽，可以使览者一笑。

记子美陋句

“减米散同舟，路难思共济。向来云涛盘，众力亦不细。呀帆忽遇眠，飞橹本无蒂。得失瞬息间，致远疑恐泥。百虑视安危，分明曩贤计。兹理庶可广，拳拳期勿替。”杜甫诗固无敌，然自“致远”以下句，真村陋也。此取其瑕疵，世人雷同，不复讥评，过矣！然亦不能掩其善也。

书子美《忆昔》诗

《忆昔》诗云：“关中小儿坏纪纲。”谓李辅国也；“张后不乐上为忙。”谓肃宗张皇后也；“为留猛士守未央。”谓郭子仪夺兵柄入宿卫也。

杂书子美诗

《悲陈陶》云：“四万义军同日死。”此房琯之败也。《唐书》作“陈涛邪”，不知孰是？时琯临败，犹欲持重有所伺，而中人邢延恩促战，遂大败。故次篇《悲青坂》云：“为得附书与我军，留待明年莫仓卒。”

《北征》诗云：“桓桓陈将军，仗钺奋忠烈。”此谓陈元礼也。元礼佐玄宗平内难，又从幸蜀，首建诛杨国忠之策。

《洗兵马行》：“张公一生江海客，身长九尺须眉苍。”此张镐也。

明皇虽诛萧至忠，然常怀之。侯君集云“蹭蹬至此”，至忠亦蹭蹬者耶？故子美亦哀之云：“赫赫萧京兆，今为时所怜。”

《后出塞》云：“我本良家子，出师亦多门。将驱益愁思，身废不足论。跃马二十年，恐辜明主恩。坐见幽州骑，长驱河洛昏。中夜间道归，故里但空村。恶名幸脱免，穷老无儿孙。”详味此诗，盖禄山反时，其将校有脱身归国而禄山杀其妻子者，不知其姓名，可恨也。

【解题】

上文皆解释、评点杜甫诗。

书 退 之 诗

韩退之《游青龙寺》诗，终篇言赤色，莫晓其故。尝见小说，郑虔寓青龙寺，贫无纸，取柿叶学书。九月柿叶赤而实红，退之诗乃寓此也。

记退之抛青春句

韩退之诗曰："百年未满不得死，且可勤买抛青春。"《国史补》云："酒有郢之富春，乌程之若下春，荥阳之土窟春，富平之石冻春，剑南之烧春。"杜子美亦云："闻道云安麹米春，才倾一盏便醺人。"近世裴铏作《传奇》，记裴航事，亦有酒名松醪春。乃知唐人名酒多以春，则"抛青春"亦必酒名也。

书 退 之 诗

退之诗云："我生之辰，月宿南斗。"乃知退之得磨蝎为身宫。而仆乃以磨蝎为命，平生多得谤誉，殆是同病也。

【解题】

此三文为韩愈诗解疑，或借之泄心头之愤。

书柳子厚《渔翁》诗

诗以奇趣为宗，反常合道为趣。熟味此诗有奇趣，然其尾两句，虽不必亦可。

题柳子厚诗二首

一

柳子厚诗云："鹤鸣楚山静。"又云："隐忧倦永夜。"东坡曰：子厚此诗，远出灵运上。

二

诗须要有为而作，用事当以故为新，以俗为雅。好奇务新，乃诗之病。柳子厚晚年诗，极似陶渊明，知诗病者也。

书子厚梦得造语

子厚《记》云："每风自四山而下，震动大木，掩冉众草，纷红骇绿，蓊葧芗气。"柳子厚、刘梦得皆善造语，若此句，殆入妙矣。梦得云："水禽嬉戏，引吭伸翮，纷惊鸣而决起，拾彩翠于沙砾。"亦妙语也。

书子厚诗

柳子厚诗云："盛时一失贵反贱，桃笙葵扇安敢当。"不知桃笙为何物。偶阅《方言》："簟，宋、魏之间谓之笙。"乃悟桃笙以桃竹为簟也。梁简文《答湘南王献簟书》云："五离九折，出桃枝之翠笋。"乃谓桃枝竹簟也。桃竹出巴、渝间，杜子美有《桃竹杖歌》。

【解题】

上文评柳宗元诗。

书杜牧集僧制

杜牧集有《燉煌郡僧正兼州学博士僧慧苑除临坛大德制词》，盖宣宗复河、湟时也。蕃僧最贵中国紫衣师号。种谔知青涧城，无以使此等，辄出牒授。君子予其权，不责其专也。

【解题】

本文言为官当知权变，不必固守陈规。

书韦苏州诗

世传王子敬贴，有"黄柑三百颗"之语。此贴乃在刘景文处。景文死，不知今在谁家矣。韦苏州有诗云："书后欲题三百颗，洞庭须待满林霜。"盖苏州亦见此贴也。余亦尝有诗与景文云："君家子敬十六字，气压邺侯三万签。"

【解题】

韦应物，唐诗人，曾任苏州刺史，故又称韦苏州，其诗闲淡简远，有似陶渊明。

书郑谷诗

郑谷诗云：“江上晚来堪画处，渔人披得一蓑归。”此村学中诗也。柳子厚云：“千山鸟飞绝，万径人踪灭。扁舟蓑笠翁，独钓寒江雪。”人性有隔也哉，殆天所赋，不可及也已。

【解题】

郑谷，字守愚，唐诗人。本文论诗之品味与人之禀赋有关。

书常建诗

常建诗云:“竹径通幽处，禅房花木深。”欧阳公最爱赏，以为不可及。此语诚可人意，然于公何足道，岂非厌饫刍豢反思螺蛤耶?

【解题】

常建，唐代诗人。本文推崇欧阳修诗，并暗喻欧诗与常建之诗风格不同。

书李主诗

“心事数茎白发，生涯一片青山。空林有雪相待，古路无人自还。”李主好书神仙隐遁之词，岂非遭离世故，欲脱世网而不得者耶？

【解题】

本文论南唐后主李煜之心态，极精辟。

书韩定辞马郁诗

韩定辞，不知何许人，为镇州王镕书记，聘燕。帅刘仁恭舍于宾馆，命幕客马郁延接。马有诗赠韩曰："燧林芳草绵绵思，尽日相逢陟丽谯。别后巏嵍山上望，羡君时复见王乔。"郁诗虽清秀，然意在试其学问。韩即席酬之："崇霞台上神仙客，学辨痴龙艺更多。盛德好将银管述，丽辞堪与雪儿歌。"坐中宾客靡不钦讶，称为妙句，然疑其银管之僻也。他日郁从容问韩以雪儿、银管之事。韩曰："昔梁元帝为湘东王时，好学著书，常记录忠臣义士及文章之美者。笔有三品，或以金、银饰，或用斑竹为管。忠孝全者，用金管书之；德行清粹者，用银管书之；文章赡丽者，用斑竹管书之。故湘东王之誉振于江表。雪儿，李密之爱姬，能歌舞。每见宾僚文章有奇丽中意者，即付雪儿协音律歌之。"又问痴龙出自何处？曰："洛下有洞穴，曾有人误坠其中，因行数里，渐见明旷，见有宫殿、人物，凡九处。又有大羊，羊髯有珠，人取食之。不知何所。后出，以问张华。华曰：'此地仙九馆也，大羊名痴龙耳。'"定辞复问郁巏嵍山今当在何处？郁曰："此隋郡之故事，何谦逊而下问。"由是两相悦服，结交而去。

书谢瞻诗

李善注《文选》，本末详备，极可喜。所谓五臣者，真俚儒之荒陋者也，而世以为胜善，亦谬矣。

谢瞻《张子房》诗曰："苟慝暴三殇。"此《礼》所谓上中下三殇。言暴秦无道，戮及孥稚也。而乃引"苛政猛于虎，吾父吾子吾夫皆死于是"。谓夫与父为殇，此岂非俚儒之荒陋者乎？诸如此甚多，不足言，故不言。

书王梵志诗

王梵志诗云："城外土馒头，馅草在城里。每人吃一个，莫嫌无滋味。己且为馅草，当使谁食之。"为易其后两句云："预先着酒浇，图教有滋味。"

书乐天香山寺诗

白乐天为王涯所谗，谪江州司马。甘露之祸，乐天在洛，适游香山寺，有诗云："当君白首同归日，是我青山独往时。"不知者，以乐天为幸之，乐天岂幸人之祸者哉，盖悲之也！

书薛能茶诗

唐人煎茶用姜。故薛能诗云："盐损添常戒，姜宜着更夸。"据此，则又有用盐者矣。近世有用此二物者，辄大笑之。然茶之中等者，用姜煎信佳也，盐则不可。

书日月蚀诗

玉川子作《月蚀》诗，以为蚀月者，月中之虾蟆也。梅圣俞作《日蚀》诗云："食日者三足乌。"此固因俚说以寓其意也。《战国策》曰："日月晖于外，其贼在内。"则俚说亦当矣。

书卢仝诗

卢仝诗云："何时得去禁酒国。"吾今谪岭南，万户酒家有一婢，昔尝为酒肆，颇能伺候冷暖。自今当不乏酒，可以日饮无何，其去禁酒国矣。

书狄遵度诗

"佳城郁郁颓寒烟，饥雏乳兽号荒阡。夜卧北斗寒挂枕，霜拱木落雁横天。浮云西去不复返，落日东逝随长川。乾坤未死吾尚在，肯与蟪蛄论大年。"狄遵度自儿童已能属文，落落有声。年十六，一夕，梦子美诵平生所为诗，皆集中所无者，觉而记两句，后遂续之云耳。

书曹希蕴诗

近世有妇人曹希蕴者，颇能诗，虽格韵不高，然时有巧语。

尝作《墨竹》诗云："记得小轩岑寂夜，月移疏影上东墙。"此语甚工。

书荆公暮年诗

荆公暮年诗，始有合处。五字最胜，二韵小诗次之，七言诗终有晚唐气味。如平甫七字，复为佳耳。

书辩才次韵参寥诗

"峈栖木食已皤然，交旧何人慰眼前。素与昼公心印合，每思秦子意珠圆。当年步月来幽谷，柱杖穿云冒夕烟。台阁山林本无异，故应文字未离禅。"辩才作此诗时，年八十一矣。平生不学作诗，如风吹水，自成文理。而参寥与吾辈诗，乃如巧人织绣耳。

【解题】

上数文评点他人诗作。皆不详作年。

记郭震诗

蜀人任介、郭震、李畋，皆博学能诗，晓音律，相与为莫逆之交。游荡不羁，礼法之士鄙之。然皆才识过人。李顺之将乱，震游成都东郊，忽赋诗曰："今日出东郊，东郊好春色。青青原上草，莫教征马食。"遂走京师上书，言蜀将乱，不报。期年，其言乃效。震竟不仕。介为陕西一幕官而死。畋稍达，仕至尚书郎。震将死，其友往问之，侧卧欹枕而言。其友曰：“子且正身。”震笑曰：“此行岂可复替名哉！”虽平生诙谐之余习，然亦足以见其临死而不乱也。

【解题】

本文记郭震生平，并通过二事写其独立不羁、才识过人之个性，栩栩如生，给人以深刻之印象。

记梦中句

昨日梦人告我云：“知真飧佛寿，识妄吃天厨。”余甚领其意。或曰：“真即飧佛寿，不妄吃天厨？”余曰：“真即是佛，不妄即是天，何但飧而吃之乎？”其人甚可余言。

书梦中《靴铭》

轼倅武林日，梦神宗召入禁中，宫女围侍，一红衣女童，捧红靴一只，命轼铭之。觉而忘之，记其一联云：“寒女之丝，铢积寸累。天步所临，云蒸雾起。”既毕，进御，上极叹其敏，使宫女送出，睇视裙带间，有六言诗一首云：“百叠漪漪水皱，六铢縰縰云轻，直立含风广殿，微闻环珮摇声。

【解题】

日有所思，则夜有所梦。苏轼文彩飞扬，日日含英茹芳，于梦中亦常有佳句涌出。

记所作诗

吾有诗云："日日出东门，步寻东城游。诚门抱关卒，怪我此何求。吾亦无所求，驾言写我忧。"章子厚谓参寥曰："前步而后驾，何其上下纷纷也？仆闻之曰："吾以尻为轮，以神为马，何曾上下乎？"参寥曰："子瞻文过有理似孙子荆。子荆曰：'所以枕流，欲洗其耳；所以漱石，欲砺其齿。'"

【解题】

本文自嘲强词夺理，亦有趣。

记宝山题诗

予昔在钱塘，一日，昼寝于宝山僧舍，起，题其壁云："七尺顽躯走世尘，十围便腹贮天真。此中空洞全无物，何止容君数百人。"其后有数小子亦题名壁上，见者乃谓予诮之也。周伯仁所谓君者，乃王茂弘之流，岂此等辈哉？世子多讳，盖僭者也。吾尝作《李太白真赞》云："生平不识高将军，手污吾足乃敢嗔。"吾今复书此者，欲使后之小人少知自揆也。

【解题】

本文自释诗意，亦讥世上不自量力之小人。

书赠陈季常诗

余谪黄州，与陈慥季常往来，每过之，辄作"汁"字韵诗一篇。季常不禁杀，故以此讽之。季常既不复杀，而里中皆化之，至有不食肉者。皆云“未死神已泣”，此语使人凄然也。

书《清泉寺词》

黄州东南三十里，为沙湖，亦曰螺师店。余将买田其间，因往相田。得疾，闻麻桥人庞安时善医而聋，遂往求疗。安时虽聋，而颖悟过人，以指画字，不尽数字，辄了人深意。余戏之云：“余以手为口，君以眼为耳，皆一时异人也。”

疾愈，与之同游清泉寺。寺在蕲水郭门外二里许。有王逸少洗笔泉，水极甘，下临兰溪，溪水西流。余作歌云：“山下兰芽短浸溪，松间沙路净无泥，萧萧暮雨子规啼。谁道人生难再少？君看流水尚能西，休将白发唱黄鸡。”是日，极饮而归。

书黄州诗记刘原父语

昔为凤翔幕官，过长安，见刘原父，留吾剧饮数日。酒酣，谓吾曰：“昔陈季弼告陈元龙曰：‘闻远近之论，谓明府骄而自矜。’元龙曰：‘夫闺门雍穆，有德有行，吾敬陈元方兄弟。渊清玉洁，有礼有法，吾敬华子鱼。清修疾恶，有识有义，吾敬赵元达。博闻强记，奇逸卓荦，吾敬孔文举。雄姿杰出，有王霸之略，吾敬刘玄德，所敬如此，何骄之有。余子琐琐，亦安足录哉！’”因仰天太息。此亦原父之雅趣也。

吾后在黄州，作诗云：“平生我亦轻余子，晚岁人谁念此翁。”盖记原父语也。

原父既没久矣，尚有贡父在。每与语，强人意，今复死矣。

何时复见此俊杰人乎？悲夫！

记黄州对月诗

仆在徐州，王子立、子敏皆馆于官舍。而蜀人张师厚来过。二王方年少，吹洞箫，饮酒杏花下。

明年，余谪居黄州，对月独饮，尝有诗云："去年花落在徐州，对月酣歌美清夜。今年黄州见花发，小院闭门风露下。"盖忆与二王饮时也。

张师厚久已死，今年子立复为古人，哀哉！

【解题】

此四文记自己在黄州所作诗并当时情景，因以怀念故人。

书子由绝胜亭诗

"夜郎秋涨水连空，上有虚亭缥缈中。山满长天宜落日，江吹旷野作惊风。爨烟惨淡浮前浦，渔艇纵横逐钓筒。未省岳阳何似此，应须子细问南公。"蜀州新建绝胜亭，舍弟十九岁作。

书　迈　诗

儿子迈，幼时尝作《林檎》诗云："熟颗无风时自脱，半腮迎日斗先红。"于等辈中，亦号有思致者。今已老，无他技，但亦时出新句也。尝作酸枣尉，有诗云："叶随流水归何处，牛载寒鸦过别村。"亦可喜也。

书昙秀诗

予在广陵，与晁无咎、昙秀道人同舟送客山光寺。客去，予醉卧舟中。昙秀作诗云："扁舟乘兴到山光，古寺临流胜气藏。惭愧南风知我意，吹将草木作天香。"予和云："闲里清游借隙光，醉时真境发天藏。梦回拾得吹来句，十里南风草木香。"予昔对欧阳文忠公诵文与可诗云："美人却扇坐，羞落庭下花。"公云："此非与可诗，世间元有此句，与可拾得耳。"后三年，秀来惠州，见予，偶记此事。

记刘景文诗

刘季孙景文，平之子也。慷慨奇士，博学能诗。仆荐之，得隰州以殁，哀哉！尝有诗寄仆曰："四海共知霜鬓满，重阳能插菊花无。"死之日，家无一钱，但有书三万轴，画数百幅耳。

【解题】

上文记亲友早年所作诗。

记虏使诵诗

昔余与北使刘霄会食。霄诵仆诗云："痛饮从今有几日，西轩月色夜来新。公岂不饮者耶?"虏亦喜吾诗，可怪也。

【解题】

苏轼诗在其生前即广为流传，辽人亦知。

书黄筌画雀

黄筌画飞鸟，颈足皆展。或曰："飞鸟缩颈则展足，缩足则展颈，无两展者。"验之信然。乃知观物不审者，虽画师且不能，况其大者乎？君子是以务学而好问也。

【解题】

黄筌，字要叔，五代前期画家，诸画题材皆备，而以花鸟最有成就，后人称"黄体"。苏轼自黄筌雀画失真之处，告诫人们当仔细观察事物，而不是靠想当然，才能达到真理。

书戴嵩画牛

蜀中有杜处士，好书画，所宝以百数。有戴嵩《牛》一轴，尤所爱，锦囊玉轴，常以自随。一日曝书画，有一牧童见之，拊掌大笑，曰："此画斗牛也。牛斗，力在角，尾搐入两股间，今乃掉尾而斗，谬矣。"处士笑而然之。古语有云："耕当问奴，织当问婢。"不可改也。

【解题】

戴嵩，唐代著名画家，擅绘田园景色，尤以画牛著称，后人将其与韩幹并称为"韩马戴牛"。本文言简意赅，生动有趣，颇能给人以启发。

书唐名臣像

李卫公言唐俭辈不足惜。观其容貌，殆非所谓名下无虚士。

书许道宁画

秦人有屈鼎笔者，许道宁之师。善分布涧谷，间见屈曲之状，然有笔而无思致，林木皆晻霭而已。道宁气格似过之，学不及也。

【解题】

此二文论画。

题　粗　纸

此纸甚恶，止可鑞钱饷鬼而已。余作字其上，后世当有锦囊玉轴什袭之宠。

戏书赫蹄纸

此纸可以鑞钱祭鬼。东坡试笔，偶书其上。后五百年，当成百金之直。物固有遇不遇也。

【解题】

赫蹄，西汉末流行的一种小幅簿纸。

杂书琵琶二首

一

唐僧段和尚善弹琵琶，制道调。梁州国工康昆仑求之不得，后于元载子伯和处得女乐八人，以其半遗段，乃得之。予家旧有婢，亦善作此曲，音节皆妙，但不知道调所谓。今日读《唐史·乐志》云：高宗以为李氏老子之后，故命乐工制道调。

二

今琵琶有独弹，不合胡部诸调：曰某宫，多不可晓。《乐志》又云：凉州者，本西凉所献也。其声本宫调，有大遍小遍。贞元初，乐工康昆仑寓其声于琵琶，奏于玉宸殿，因号玉宸宫调。予尝闻琵琶中作《轹弦薄媚》者，乃云是玉宸宫调也。

【解题】

本文记述琵琶乐调。

饮 酒 说

予虽饮酒不多，然而日欲把盏为乐，殆不可一日无此君。州酿既少，官酤又恶而贵，遂不免闭户自醖。麴既不佳，手诀亦疏谬，不甜而败，则苦硬不可向口。慨然而叹，知穷人之所为无一成者。然甜酸甘苦，忽然过口，何足追计，取能醉人，则吾酒何以佳为，但客不喜尔，然客之喜怒，亦何与吾事哉！元丰四年十月二十一日书。

节饮食说

东坡居士自今日以往，早晚饮食，不过一爵一肉。有尊客盛馔，则三之，可损不可增。有召我者，预以此告之，主人不从而过是，乃止。一曰安分以养福。二曰宽胃以养气。三曰省费以养财。元丰六年八月二十七日书。

大还丹诀

凡物皆有英华，轶于形器之外。为人所喜者，皆其华也，形自若也。而不见可喜，其华亡也。故凡作而为声，发而为光，流而为味，蓄而为力，浮而为膏者，皆其华也。吾有了然常知者存乎其内，而不物于物，则此六华者，苟与吾接，必为吾所取。非取之也，此了然常知者与是六华者盖尝合而生我矣。我生之初，其所安在，此了然常知者苟存乎中，则必与是六华者皆处于此矣。其凡与吾接者，又安得不赴其类，而归其根乎？吾方养之以至静，守之以至虚，则火自炼之，水自伏之，升降开阖，彼自有数，日月既至，自变自成，吾预知可也。《易》曰："精气为物，游魂为变。"《传》曰："用物精多则魂魄强。"《礼》曰："体魄则降，志气在上。"人不为是道，则了然常知者生为志气，死为魂神，而升于天。此六华者，生为体为精，死为魄为鬼而降于地。其知是道者，魂魄合，形气一。其至者，至骑箕尾而为列星。敬之信之，密之行之，守之终之。元祐三年九月二十八日书。

书煮鱼羹

予在东坡，尝亲执枪匕，煮鱼羹以设客，客未尝不称善，意穷约中易为口腹耳！今出守钱塘，厌水陆之品，今日偶与仲天贶、王元直、秦少章会食，复作此味，客皆云：此羹超然有高韵，非世俗庖人所能彷佛。岁暮寡欲，聚散难常，当时作此，以发一笑也。元祐四年十一月二十九日。

漱茶说

除烦去腻，世不可阙茶。然阇中损人，殆不少。昔人云："自茗饮盛后，人多患气，不复病黄，虽损益相半，而消阳助阴，益不偿损也。"吾有一法，常自珍之。每食已，辄以浓茶漱口，烦腻既去，而脾胃不知。凡肉之在齿间者，得茶浸漱之，乃消缩不觉脱去，不烦挑刺也。而齿便漱濯，缘此渐坚密，蠹病自已。然率皆用中下茶，其上者自不常有，间数日一啜，亦不为害也。此大是有理，而人罕知者。故详述云。元祐六年八月十三日。

医者以意用药

欧阳文忠公尝言：有患疾者，医问其得疾之由，曰："乘船遇风，惊而得之。"医取多年柂牙为柂工手汗所渍处，刮末，杂丹砂、茯神之流，饮之而愈。今《本草》注引《药性论》云："止汗用麻黄根节及故竹扇，为末服之。"文忠因言："医以意用药，多此比。初似儿戏，然或有验，殆未易致诘也。”予因谓公，以笔墨烧灰饮学者，当治昏惰耶？推此而广之，则饮伯夷之盥水，可以疗贪，食比干之馂余，可以已佞，舐樊哙之盾，可以治怯，嗅西子之珥，可以疗恶疾矣。公遂大笑。元祐六年闰八月十七日，舟行入颍州界，坐念二十年前见文忠公于此，偶记一时谈笑之语，聊复识之。

记子由言修身

子由言：有一人死而复生，问冥官：“如何修身，可以免罪？”答曰：“子且置一卷历，昼日之所为，暮夜必记之。但不可记者，是不可言不可作也。无事静坐，便觉一日似两日，若能处置此生常似今日，得至七十，便是百四十岁。人世间何药可能有此奇效：既无反恶，又省药钱。此方人人收得，但苦无好汤使，多咽不下。”元祐七年四月二十五日。

记张元方论麦虫

元祐八年五月十日，雍丘令米芾有书，言县有虫食麦叶而不食实。适会金部郎中张元方见过，云：“麦、豆未尝有虫，有虫盖异事也，既食其叶，则实自病，安有不为害之理？”元方因言：“方虫为害，有小甲虫，见，辄断其腰而去，俗谓之旁不肯。”前此吾未尝闻也，故录之。

寄子由三法

食 芡 法

吴子野云："芡实盖温平尔，本不能大益人。"然俗谓之水硫黄，何也？人之食芡也，必枚啮而细嚼之，未有多嘬而亟咽者也。舌颊唇齿，终日嗫嚅，而芡无五味，腴而不腻，足以致上池之水。故食芡者，能使人华液通流，转相挹注，积其力，虽过乳石可也。以此，知人能澹食而徐饱者，当有大益。吾在黄冈山中见牧羊者，必驱之瘠土，云："草短而有味，羊得细嚼，则肥而无疾。"羊犹尔，况人乎？

胎 息 法

养生之方，以胎息为本。此固不刊之语，更无可议。但以气若不闭，任其出入，则眇绵洸漭，无卓然近效。待其兀然自住，恐终无此期。若闭而留之，不过三五十息奔突而出，虽有微暖养下丹田，益不偿于损，决非度世之术。近日深思，似有所得。盖因看孙真人《养生门》中《调气》第五篇，反复寻究，恐是如此。其略曰："和神养气之道，当得密室，闭户，安床暖席。枕高二寸半，正身偃仰，瞑目闭气于胸鬲间，以鸿毛着鼻上而不动。经三百息，耳无所闻，目无所见，心无所思。如此，则寒暑不能侵，蜂虿不能毒，寿三百六十岁。此邻于真人也。"此一段要诀，弟且静心细意，字字研究看。既云闭气于胸鬲中，令鼻端鸿毛不动，则初机之人，安能持三百息之久哉？恐是元不闭鼻气，只以意坚守此气于胸鬲中，令出入息似动不动，氤缊缈缈，如香炉盖上烟，汤瓶嘴上气，自在出入，无呼吸之者，则鸿毛可以不动。若心不起念，虽过三百息可也，仍须一切依此本诀，卧而为之，仍须真以鸿毛粘着鼻端，以意守气于胸中，遇欲吸时，不免微吸，及其呼时，全不得呼，但任其细缊缥缈，微微自出尽，气平，则又微吸。如此出入元不断，而鸿毛自不动，动亦极微。觉其微动，则又加意制勒之，以不动为度。虽云制勒，然终不闭。至数百息，出者少，不出者多，则内守充盛，血脉流通，上下相灌输，而生理备矣。兄悟此玄意，甚以为奇。恐是夜夜烧香，神启其心，自悟自证。适值痔疾，及热甚，未能力行，亦时时小试，觉其理不谬。更俟疾平天凉，稍稍致力，续见效，当报。弟不可谓出意杜撰而轻之也。

藏丹砂法

《抱朴子》云：古人藏丹砂井中，而饮者犹获上寿。今但悬望大丹，丹既不可望，又欲学烧，而药物火候，皆未必真，纵使烧成，又畏火毒而不敢服，何不趁取且服生丹砂。意谓煮过百日者，力亦不慢。草药是覆盆子，亦神仙所饵，百日熬炼，草石之气，且相乳入。每日五更，以井华水服三丸。服竟，以意送至下丹田，心火温养，久之，意谓必有丝毫留者。积三百余服，恐必有刀圭留丹田。致一之道，初若眇昧，久乃有不可量者。兄老大无见解，直欲以拙守而致神仙，此大可笑，亦可取也。

吾虽了了见此理，而资躁褊，害之者众，事不便成。子由端静淳淑，使少加意，当先我得道。得道之日，必却度我。故书此纸，为异日符信，非虚语也。绍圣二年八月二十七日，居士记。

海　漆　录

吾谪居海南，以五月出陆至藤州，自藤至儋，野花夹道，如芍药而小，红鲜可爱，朴樕丛生。土人云："倒粘子花也。"至儋则已。结子马乳，烂紫可食，殊甘美。中有细核，嚼之瑟瑟有声。亦颇苦涩。童儿食之，或大便难通。叶皆白，如白蘼状。野人夏秋痢下，食叶辄已。海南无柿，人取其皮，剥浸揉捆之，得胶，以代柿，盖愈于柿也。吾久苦小便白胶，近又大腑滑，百药不差。取倒黏子嫩叶酒蒸之，焙燥为末，以酢糊丸，日吞百余，二腑皆平复，然后知其奇药也。因名之曰海漆，而私记之，以贻好事君子。明年子熟，当取子研滤，酒煮为膏以剂之，不复用糊矣。戊寅十一月一日记。

书药方赠民某君

药方有兵部手集者，唐宰相李公绛所编，方无不验者。疗折伤骨破碎，或五脏内损垂死者，用生地黄捣取自然汁，和热酒服之；骨破碎者，自大便下，复生新骨补故处；有瘀血者，立取下即平复。云天设此法，以救人命。地黄滓以酒和，傅伤破或肿处。予在儋耳，民有相殴内损者，不下粥饮，且不能言。予以家传接骨丹疗之，乃能言。又以南岳活血丹授之，下少黑血，乃能食，然尚呻号不能转动也。小圃中有地黄，然地瘠，根细如发，乃并叶捣治，饮、傅之，取血块升余，遂能起行。此人与进士黎先觉有亲，乃书以授之，使多植此药，以救人命。戊寅十二月五日。

苍 耳 录

药至贱而为世要用，未有若苍耳者。他药虽贱，或地有不产，惟此药不问南北、夷夏、山泽、斥卤、泥土、沙石，但有地则产。其花叶根实皆可食，食之则如药。治病无毒，生熟丸散，无适不可。愈食愈善，乃使人骨髓满，肌如玉，长生药也。主疗风痺、瘫缓、癃瘧、疮痒，不可胜言。尤治瘿金疮。一名羊负来。《诗》谓之卷耳，《疏》谓之枲耳，俗谓之道人头。海南无药，惟此药生舍下，迁客之幸也。己卯二月望日书。

学龟息法

洛下有洞穴，深不可测。有人堕其中，不能出，饥甚。见龟蛇无数，每旦辄引吭东望，吸初日光，咽之。其人亦随其所向，效之不已，遂不复饥，身轻力强。后卒还家，不食，不知其所终。此晋武帝时事。辟谷之法，类皆百数，此为上，妙法止于此。能复服玉泉，使铅汞，具体去仙不远矣。此法甚易知，甚易行。然天下莫能知，知者莫能行。何则？虚一而静者，世无有也。元符二年，儋耳米贵，吾方有绝粮之忧，欲与过子共行此法，故书以授之。四月十九日记。

四神丹说

熟地黄、玄参、当归、羌活各等分。右捣为末，蜜和丸，梧桐子大，空心酒服，丸数随宜。《列仙传》：“有山图者，入山采药，折足，仙人教服此四物而愈。因久服，遂度世。”顷余以问名医康师孟，大异之，云：“医家用此多矣，然未有专用此四物如此方者。”师孟遂名之曰四神丹。洛下公卿士庶争饵之，百疾皆愈，药性中和，可常服。大略补虚益血，治风气，亦可名草还丹。己卯十一月八日，东坡居士儋耳书。

食　蚝

己卯冬至前二日，海蛮献蚝，剖之，得数升，肉与浆入水，与酒并煮，食之甚美，未始有也。又取其大者，炙熟，正尔啖嚼，又益□煮者。海国食□蟹□螺八足鱼，岂有献□。每戒过子慎勿说，恐北方君子闻之，争欲为东坡所为，求谪海南，分我此美也。

记养黄中

元符三年，岁庚辰；正月朔戊辰；是日辰时，则丙辰也。三辰一戊，四土会焉，而加丙与庚，丙，土母，而庚其子也。土之富，未有过于斯时者。吾当以斯时肇养黄中之气。过子又欲以此时取薤姜蜜作亦以啖。吾终日默坐，以守黄中，非谪于海外，安得此庆耶！东坡居士记。

金谷说

吾尝求田蕲水。由在山谷间者，投种一斗，得稻十斛。问其故。云：“连山皆野草散木，不生五谷，地气不耗，故发如此。”吾是以知五谷耗地气为最甚也。王莽末，天下旱蝗，黄金一斤，易粟一斛。至建武二年，野谷旅生，麻菽尤盛，野蚕成茧，被于山泽，人收其利，岁以为常。至五年，野谷渐少，而农事益修。

盖久不生谷，地气无所耗，蕴蓄自发，而为野蚕旅谷，其理明甚。庚辰岁正月六日，读《世祖本纪》，书其事，以为卫生之方。地不生草木者，多产金锡珠贝，亦此理也。

五君子说

齐、鲁、赵、魏桑者，衣被天下。蚕既登簇，缫者如救火避寇，日不暇给，而蛹已眉羽矣。故必以盐杀之，蛹死而丝亦韧，缫既毕绪，蛹亦煮熟，如啖蚳蝝，瓮中之液，味兼盐蛹，投以刺瓜、芦菔，以为荠腊，久而助醢，醢亦几半天下。吾久居南荒，每念此味，今日复见一洺州人，与论蒸饼之美，浆水、粟米饭之快，若复加以关中不拓，则此五君子者，真可与相处至老死也。元符三年四月十五日。

【解题】

上文记养生、医药、饮食之法。

庞安常善医

蕲州庞安常，善医而聩。与人语，在纸始能答。东坡笑曰：“吾与君皆异人也。吾以手为口，君以眼为耳。非异人而何。”

求医诊脉

脉之难明，古今所病也。至虚有实候，而太实有羸状。差之毫厘疑似之间，便有死生祸福之异，此古今所病也。病不可不谒医，而医之明脉者，天下盖一二数。骐骥不时有，天下未尝徒行。和、扁不世出，病者终不徒死。亦因其长而护其短耳。士大夫多秘所患而求诊，以验医之能否，使索病于冥漠之中，辨虚实冷热于疑似之间。医不幸而失，终不肯自谓失也，则巧饰遂非以全其名。至于不救，则曰："是固难治也。"间有谨愿者，虽或因主人之言，亦复参以所见，两存而杂治，以故药不效。此世之通患而莫之悟也。

吾平生救医，盖于平时默验其工拙。至于有疾而求疗，必先尽告以所患而后求诊，使医者了然知患之所在也。然后求之诊，虚实冷热，先定于中，则脉之疑似不能惑也。故虽中医治吾疾常愈。吾求疾愈而已，岂以困医为事哉？

目忌点濯说

前日，与欧阳叔弼、晁无咎、张文潜同在戒坛。余病目昏，数以热水洗之。文潜云："目忌点濯。目有病，当存之，齿有病，当劳之，不可同也。治目当如治民，治齿当如治军。治民当如曹参之治齐，治兵当如商鞅之治秦。"此颇有理，退而记之。

钱子飞施药

王斿元龙言：钱子飞有治大风方，极验，常以施人。一日，梦人云："天使已以此病人，君违天怒，若施不已，君当得此病，药不能救。"子飞惧，遂不施。

仆以为天之所病，不可疗耶？则药不应复有效。药有效者，则是天不能病。当是病之祟畏是药，假天以禁人耳。晋侯之病，为二竖子。李子豫赤丸，亦先见于梦。盖有或使之者。子飞不察，为鬼所胁。若余则不然。苟病者得愈，愿代受其苦。家有一方，以傅皮肤，能下腹中秽恶。在黄州试之，病良已，今当常以施人。

宪宗姜茶汤

宪宗赐马总治泄痢腹痛方，以生姜和皮切碎，如粟米，用一大戋，并草茶相等，煎服。元祐二年，文潞公得此疾，百药不效。而余传此方，得愈。

裕陵偏头疼方

裕陵传王荆公偏头疼方，云是禁中秘方，用生萝卜汁一蚬壳注鼻中，左痛注右，右痛注左，或两鼻皆注亦可。虽数十年患，皆一注而愈。荆公与仆言之，已愈数人矣。

枳　枸　汤

眉山有杨颖臣者，长七尺，健饮啖，倜傥人也。忽得消渴疾，口饮水数斗，食倍常而数溺。服消渴药逾年，疾日甚。自度必死，治棺衾，嘱其子于人。蜀有良医张玄隐之子，不记其名，为诊脉，笑曰："君几误死矣。"取麝香当门子，以酒濡之，作十许丸。取枳枸子为汤，饮之，遂愈。问其故。张生言："消渴消中，皆脾衰而肾败土，不能胜水，肾液不上泝，乃成此疾。今诊颖臣，脾脉热而肾且衰，当由果实、酒过度，虚热在脾，故饮食兼人，而多饮水，水既多，不得不多溺也，非消渴也。麝香能败酒，瓜果近辄不实，而枳枸亦能胜酒。屋外有此木，屋中酿酒不熟，以其木为屋，其下亦不可酿酒。故以此二物为药，以去酒、果之毒也。宋玉云：“枳枸来巢”。枳，音俱里切。枸，音矩。以其实如鸟乳，故能来巢。今俗讹谓之“鸡枸子”，亦谓之“癞汉指头”盖取其似也。嚼之如乳，小儿喜食之。

服生姜法

予昔监郡钱塘，游净慈寺，众中有僧号聪药王，年八十余，颜如渥丹，目光炯然。问其所能，盖诊脉知吉凶如智缘者。自言服生姜四十年，故不老云。姜能健脾温肾，活血益气。其法取生姜之无筋滓者，然不用子姜，错之，并皮裂，取汁贮器中。久之，澄去其上黄而清者，取其下白而浓者，阴乾刮取，如面，谓之姜乳。以蒸饼或饭搜和丸如桐子，以酒或盐米汤吞数十粒，或取末置酒食茶饮中食之，皆可。聪云：山僧孤贫，无力治此，正尔和皮嚼烂，以温水咽之耳。初固辣，稍久则否，今但觉甘美而已。

服葳灵仙法

服葳灵仙有二法。其一，净洗阴干，捣罗为末，酒浸牛膝末，或蜜丸，或为散酒。调牛膝之多少，视脏腑之虚实而增减之。此眉山一亲知，患脚气至重，依此，服半年，遂永除。其一法，取此药粗细得中者，寸截之七十，予作一贴。每岁作三百六十贴，置床头。五更初，面东，细嚼一贴，候津液满口，咽下。此牢山一僧，年百余岁，上下山如飞，云得此药力。二法皆以得真为要。真者有五验：一味极苦，二色深翠，三折之脆而不韧，四折之有微尘，如胡黄连状，五断处有白晕，谓之鸲鹆眼。无此五验，则藁本根之细者耳。又须忌茶。以槐角皂角牙之嫩者，依造草茶法作。或只取《外台秘要》代茶饮子方，常合服乃可。

服茯苓法

茯苓自是神仙上药，但其中有赤筋脉，若不能去，服久不利人眼，或使人眼小。当削去皮，斫为方寸块银石器中，清水煮以酥软，解散为度，入细布袋中，以冷水揉搜，如作葛粉状，澄取粉，而筋脉留袋中，弃去不用。用其粉，以蜜和，如湿香状，蒸过，食之尤佳。胡麻但取纯黑。脂麻九蒸九暴，入水烂研，滤取白汁银石器中熬。如作杏酪汤，更入，去皮核，烂研枣肉与茯苓粉一处搜和，食之尤有奇效。

服地黄法

肥嫩地黄一二寸，截去，薄纸裹两头，以生猪脑涂其肤周匝，置小盘中。挂通风处十余日，自乾。抖数之，出细黄粉，其肤独一一如鹅管状，其粉沸汤点，或谓之金粉汤。

艾人着灸法

端午日，日未出，以意求艾似人者，辄撷之以灸，殊有效。

幼时见一书中云尔，忘其为何书也。艾未有真似人者，于明暗间，苟以意命之而已。万法皆妄，无一真者，此何疑焉。

井 华 水

时雨降，多置器广庭中，所得甘滑不可名，以泼茶、煮药，皆美而有益，正尔食之不辍，可以长生。其次井泉，甘冷者皆良药也。《乾》以九二化，《坤》之六二为坎，故天一为水。吾闻之道士，人能服井华，其效与石硫黄、钟乳等。非其人而服之，亦能发背脑为疽。盖尝观之。又分、至日，取井水，储之有方。后七日，辄生物如云母状。道士谓“水中金”，可养炼为丹。此固尝见之者。此至浅近，世独不能为，况所谓玄者乎?

治 内 障 眼

《本草》云：“熟地黄、麦门冬、车前子相杂，治内障眼有效。”屡试信然。其法，细捣罗，蜜为丸，如桐子大。三药皆难捣罗和合，异常甘香，真奇药也。露蜂房、蛇蜕皮、乱发，各烧灰存性，用钱匕，酒服。治疮口久不合，亦大效。

治 马 肺 法

马肺损，鼻中出脓，天厩医所不疗。云：“肺药率用凉冷，须食上饮之，而肺痛畏草所刺，不敢食草。若不食饮凉药，是速其死也。故不医。”有老卒教予以芦菔根煮糯米为稠粥，入少许阿胶其中，啖之，马乃敢食。食已用常肺药，入诃梨勒皮饮之。凉药为诃子所涩于肺上，必愈。用其言，信然。

治马背骏法

仆有一相识，能治马背骏。有富家翁买一马，直百余千，以有此病，故以四十千得之。已而置酒饮人，求治之。酒未三行，而骏已正，举坐大笑。其方用烹猪汤一味，暖令热，一浴其鬃，随手即正不复回。良久，乃以少冷水洗之。此物兼能令马尾软细，及治尾焦秃。频以洗之，不月余，效极神良。秘之！秘之！

天　麻　煎

世传四味五两天麻煎，盖古方。本以四时加减，世但传春利耳。春肝王多风，故倍天麻。夏伏阴，故倍乌头。秋多利下，故倍地榆。冬伏阳，故倍玄参。当须去皮，生用治之。万捣乌头，无复毒。依此常服，不独去病，乃保真延年，与仲景八味丸并驱矣。

代 茶 饮 子

王焘集《外台秘要》，有《代茶饮子》一首云。格韵高绝，惟山居逸人乃当作之。予尝依法治服，其利鬲调中，信如所云，而其气味，乃一服煮散耳，与茶了无干涉。薛能诗云："粗官与世真抛着，赖有诗情合得尝。"又作《鸟觜茶》诗云："盐损添常戒，姜宜著更夸。”乃知唐人之于茶，盖有河朔脂麻气也。

治痢腹痛法

治痢腹痛，用生姜，切如粟米大，杂茶相对烹，并滓食之，实有奇效。又用豆蔻刳作瓮子，入通明乳香少许，复以塞之。不尽，即用和面少许，裹豆蔻煨熟，焦黄为度。三物皆研末，仍以茶末对烹之。比前方益奇。

服绢法

医博张君传服绢方，真神仙一药也。然绢本以御寒，今乃以充服食，至寒时，当盖稻子席耳。世言着衣吃饭，今乃吃衣着饭耶？

服松脂法 赠米元章

松脂以真定者为良。细布袋盛清水为沸汤煮，浮水面者，以新罩篱掠取置新水中。久煮不出者，皆弃不用。入生白茯苓末，不制，但削去皮，捣罗拌匀，每日早取三钱匕着口中。用少熟水搅漱，仍以脂如常法揩齿。毕，更啜少熟水咽之，仍漱吐如法。能坚牢齿、驻颜、乌髭也。

书诸药法 赠昙秀

右并于孙真人《千金方》录出。今与孙相去百四十余年，陵谷迁易，未必一一如其言，然犹庶几可寻其彷佛。俗士扰扰，岂复能究此，而山僧逸民，或有得者自服之耳，岂复能见饷哉！今因昙秀归南，为录此数纸，恐山中有能哀东坡之流落又不忍独不死者，或能为致之。果尔，便以此赠之耳。

炼枲耳霜法

枲耳，并根、苗、叶、实，皆濯去尘土，悬阴净扫洒地上，烧为灰，澄淋，取浓汁泥，连二灶炼之。俟灰汁耗，即旋取旁釜中已衮灰汁益之。经一日夜，不绝火，乃渐得霜。干瓷瓶盛，每服，早、晚、临睡，酒调一钱匕。补暖、去风、驻颜，不可备言。尤治皮肤风，令人肤革滑净。每净面及浴，取少许如澡豆用，尤佳，无所忌。苏昌图之父从谏，宜州文学，家居于邕。服此十余年，年八十七，红润轻健，盖专得此药力也。

服黄连法

丙子寒食日，实积长老昙颖言：惠州澄海十五指挥使姚欢，守把阜民监。熙宁中，赵熙明知州，巡检姓申者，与知监俞懿有隙。吏士与监卒忿争，遂告监卒反，熙明为闭衙门，出甲付巡检往讨之。欢执杖立监门，白巡检以身任。监卒不反，乞不交锋，巡检无以夺，为敛兵而止。是日微欢，惠州几殆。欢今年八十余，以南安军功迁雄略指挥使，老于广州，须发不白。自言：六十岁患癣疥，周匝顶踵，或教服黄连，遂愈，久服，故发不白。其法，以黄连去头，酒浸一宿，焙干为末，蜜丸如桐子大。空心、日午、临卧，酒吞二十丸。

辨漆叶青黏散方

按《嘉祐补注本草·女萎》条注引陈藏器云："女萎、萎蕤，二物同传。陶云：同是一物，但名异耳。下痢方多用女萎，而此都无止泄之说，疑必非也。按女萎，苏又于中品之中出之，云主霍乱、泄痢、肠鸣，正与陶注上品女萎相会，如此，即二萎功用同矣，更非二物。苏乃剩出一条。苏又云：女萎与萎蕤不同。其萎蕤，一名玉竹，为其似竹；一名地节，为有节。《魏志·樊阿传》：青黏一名黄芝，一名地节，此即萎蕤。极似偏精。本功外主聪明，调血气，令人强壮。和漆叶为散，主五脏，益精，去三虫，轻身不老，变白，润肌肤，暖腰脚，惟有热不可服。晋嵇绍有胸中寒疾，每酒后苦唾，服之得愈。草似竹，取根、花、叶阴干。昔华佗入山，见仙人服之，以告樊阿，服之百岁。"

右予少时读《后汉书》、《三国志》华佗传，皆云：佗弟子樊阿"从佗求可服食益于人者，佗授以漆叶青黏散：漆叶屑一升，青黏屑十四两，以是为率。言久服，去三虫，利五脏，轻体，使人头不白。阿从其言，寿百余岁。漆叶处所皆有，青黏生于丰、沛、彭城及朝歌"。《魏志注》引《佗别传》云："青黏，一名地节，一名黄芝，主理五脏，益精气。本出于陕，入山者，见仙人服之，以告佗。佗以为佳，辄语阿，阿大秘之。近者人见阿之寿而气力强盛，怪之，遂责阿所服，因醉乱误道之。法一旋，人多服者，皆有大验。”而《后汉注》亦引《佗别传》，同此文，但“黏”字书“𪏆”字，“相传音女廉反，然今人无识此者，甚可恨惜”。吾详佗文“恨惜不识”之语，乃章怀太子贤所云也。吾性好服食，每以问好事君子，莫有知者。绍圣四年九月十三日，在昌化军，借《嘉祐补注本草》，乃知是女萎，喜跃之甚，登即录之。但恨陶隐居与苏恭二论未决。恭唐人，今《本草》云唐本者，皆恭注也。详其所论，多立异，又殊喜与陶公相反几至于骂者。然细考之，陶未必非，恭未必是。予以谓隐居精识博物，可信，当更以问能者。若青黏便是萎蕤，岂不一大庆乎？过当录此以寄子由，同讲求之。

苍术录

黄州山中苍术至多，就野买一斤，数钱尔。此长生药也。人以为易得，不复贵重，至以熏蚊子。此亦可为太息。舒州白术，茎叶亦甚相似，特华紫尔。然至难得，三百一两。其效止于和胃去游风，非神仙上药也。

墓头回草录

王屋山有异草，制百毒，能于鬼手夺命。故山中人谓此草墓头回。蹇葆光托吴远游寄来。吾闻兵无刃，虫无毒，皆不可任。若阿罗汉永断三毒，此药遂无所施邪？

益　智　录

海南产益智花，实皆作长穗，而分二节。其实熟否，以候岁之丰歉。其下节以候蚕禾，中、上亦如之。大吉则实，大凶之岁，则皆不实，盖罕有三节并熟者。其为药治气止水，而无益于智。智岂求之于药香乎？其得此名者，岂以知岁邪？今日见儋耳黎子云言，候之审矣。聊复记之，以俟后日好事补注《本草》者。

蘩　草　录

杜甫诗有除蘩草一篇，今蜀中谓之毛琰，毛芒可畏，触之如蜂虿，然治风疹，择最先者，以此草点之，一身皆失去。叶背紫者入药。杜诗注云："蘩，音灊，山韭也。"

治暴下法

欧阳文忠公常得暴下，国医不能愈。夫人云："市人有此药，三文一贴，甚效。"公曰："吾辈脏腑，与市人不同，不可服。"夫人使以国医药杂进之，一服而愈。公召卖者厚遗之，求其方，久之，乃肯传。但用车前子一味为末，米饮下二钱匕，云："此药利水道而不动气，水道利则清浊分，谷藏自止矣。"

【解题】

上数文记药效及用法，并论医理，作年皆不详。

种松法

十月以后，冬至以前，松实结熟而未落，折取，并萼收之竹器中，悬之风道。未熟则不生，过熟则随风飞去。至春初，敲取其实，以大铁锤入荒茅地中数寸，置数粒其中，得春雨自生。自采实至种，皆以不犯手气为佳。松性至坚悍，然始生至脆弱，多畏日与牛羊，故须荒茅地，以茅阴障日。若白地，当杂大麦数十粒种之，赖麦阴乃活。须护以棘，日使人行视，三五年乃成。五年之后，乃可洗其下枝使高，七年之后，乃可去其细密者使大。大略如此。

记松

松之有利于世者甚博。松花、脂、茯苓，服之皆长生。其节煮之以酿酒，愈风痺，强腰足。其根、皮食之肤革香，久则香闻下风数十步外。其实食之滋血髓，研为膏，入漓酒中，则醇酽可饮。其明为烛，其烟为墨。其皮上藓为艾纳，聚诸香烟。其材产西北者至良，名黄松，坚韧冠百木。略数其用于世，凡十有一。不是闲居，不能究物理之精如此也。

四花相似说

荼蘼花似通草花，桃花似蜡花，海棠花似绢花，罂粟花似纸花。三月十一日会王文甫家，众议评花如此。

菱芡桃杏说

今日见提举陈贻叔，云："舒州有医人李惟熙者，为人清妙，善论物理。云：'菱芡皆水物，菱寒而芡暖者，菱开花背日，芡开花向日故也。'又云：'桃杏花双仁辄杀人者，其花本五出，六出必双。旧说草木花皆五出，惟栀子与雪花六出，此殆阴阳之理。今桃杏之双仁皆杀人者，失常故也。木实之蠹者必不沙烂，沙烂者必不蠹而能浮，不浮者亦杀人。'"余尝考其理，既沙烂散，则不能蕴蓄而生虫，瓜至甘而不蠹者，以其沙也。此虽末事，亦理有不可欺者。

菊　说

《夏小正》以物为节，如王瓜、苦菜之类，验之略不差；而菊有黄花，尤不失毫厘。近时都下菊品至多，皆智者以他草接成，不复与时节相应。始八月，尽十月，菊不绝于市，亦可怪也。

接　果　说

蜀中人接花果，皆用芋胶合其罅。予少时颇能之。尝与子由戏用若楝木接李，既实，不可向口，无复李味。《传》云："一薰一莸，十年尚犹有臭。"非虚语也。芋自是一种，不甚堪食，名接果。

荔枝似江瑶柱说

仆尝问："荔枝何所似？"或曰："似龙眼。"坐客皆笑其陋。荔枝实无所似也。仆曰："荔枝似江瑶柱。"应者皆怃然。仆亦不辨。昨日见毕仲游。仆问："杜甫似何人？"仲游云："似司马迁。"仆喜而不答，盖与曩言会也。

荔枝龙眼说

闽越人高荔子而下龙眼，吾为评之。荔子如食蝤蛑大蟹，斫雪流膏，一啖可饱。龙眼如食彭越石蟹，嚼啮久之，了无所得。然酒阑口爽，餍饱之余，则咂啄之味，石蟹有时胜蝤蛑也。戏书此纸，为饮流一笑。

记惠州土芋

岷山之下，凶年以蹲鸱为粮，不复疫疠，知此物之宜人也。《本草》谓芋，土芝，云："益气充肌。"惠州富此物，然人食者不免瘴。吴远游曰："此非芋之罪也。芋当去皮，湿纸包，煨之火，过熟，乃热啖之，则松而腻，乃能益气充肌。今惠人皆和皮水煮冷啖，坚顽少味，其发瘴固宜。"丙子除夜前两日，夜饥甚，远游煨芋两枚见啖，美甚，乃为书此帖。

记岭南竹

岭南人，当有愧于竹。食者竹笋，庇者竹瓦，载者竹筏，爨者竹薪，衣者竹皮，书者竹纸，履者竹鞋，真可谓一日不可无此君也耶？

记竹雌雄

竹有雌雄，雌者多笋，故种竹当种雌。自根而上至梢一节二发者为雌。物无逃于阴阳，可不信哉！

芍药与牡丹

吕穉卿言，芍药不及牡丹者，以重耳戴芍药一枝，比牡丹三四花间犹当着数品，盖有其地而无其花，譬如荔子之与温柑也耶！

记海南菊

菊黄中之色香味和正，花叶根实，皆长生药也。北方随秋之早晚，大略至菊有黄花乃开。独岭南不然，至冬乃盛发。岭南地暖，百卉造作无时，而菊独后开。考其理，菊性介烈，不与百卉并盛衰，须霜降乃发，而岭南常以冬至微霜故也。其天姿高洁如此，宜其通仙灵也。吾在海南，艺菊九畹，以十一月望，与客汎菊作重九，书此为记。

金　盐　说

王莽败时，省中黄金三十万斤，为匮者尚余十许。陈平用四万斤间楚，董卓郿坞，金亦至多。其余赐三五十斤者，不可胜数。近世金以两计，虽人主未尝以百金与人者，何古多而今少也？凿山披沙无虚日，縻坏至少，金为何往哉？疑宝货神变不可知，复归山泽耶？吾闻盐亦然。峡中大宁监日有定数，若大商覆舟，则盐泉顿增。乃知瞻常随便液出，不以远近，皆归本原也。

蜀　盐　说

蜀去海远，取盐于井。陵州井最古，淯井、富顺监亦久矣。惟邛州薄江县井，乃祥符中民王鸾所开，利入至厚。自庆历、皇祐以来，蜀始创“筒井”，用圆刃凿山如碗大，深者至数十丈，以巨竹去节，牝牡相衔为井，以隔横入淡水，则咸泉自上。又以竹之差小者出入井中为桶，无底而窍其上，悬熟皮数寸，出入水中，气自呼吸而启闭之，一筒致水数斗。凡筒水皆用机械，利之所在，人无不智。《后汉书》有“水韝”。此法惟蜀中铁冶用之，大略似盐井取水筒。太子贤不识，妄以意解，非也。

黍　麦　说

晋醉客云：“麦熟头昂，黍熟头低，黍麦皆熟，是以低昂。”

此虽戏语，然古人造酒，理盖如此。黍稻之出穗也必直而仰，其熟也必曲而俯，麦则反是。此阴阳之物也。北方之稻不足于阴，南方之麦不足于阳，故南方无嘉酒者，以麴麦杂阴气也，又况如南海无麦而用米作麴耶？吾尝在京师，载麦百斛至钱塘以踏麴。是岁官酒比京醖。而北方造酒皆用南米，故当有善酒。吾昔在高密，用土米作酒，皆无味。今在海南，取舶上面作麴，则酒亦绝佳。以此知其验也。

马眼糯说

黎子云言："海南秫稻，率三五岁一变。"顷岁儋人最重铁脚糯，今岁乃变为马眼糯。草木性理有不可知者。如欧阳公言，洛中牡丹时出新枝者，韩缜《花谱》乃有三百余品，若随人意所欲为者，可奇也夫。

香　说

温成皇后阁中香，用松子膜、荔枝皮、苦练花之类。沉檀、龙麝皆不用。或以此香遗余，虽诚有思致，然终不如婴香之酷烈。贵人口厌刍豢，则嗜笋蕨，鼻厌龙麝，故奇此香，皆非其正。婴香云《真诰》其香见沈立《香谱》。

饮酒说

嗜饮酒人，一日无酒则病，一旦断酒，酒病皆作。谓酒不可断也，则死于酒而已。断酒而病，病有时已，常饮而不病，一病则死矣。吾平生常服热药，饮酒虽不多，然未尝一日不把盏。自去年来，不服热药，今年饮酒至少，日日病，虽不为大害，然不似饮酒服热药时无病也。今日眼痛，静思其理，岂或然耶？

煮鱼法

子瞻在黄州，好自煮鱼。其法，以鲜鲫鱼或鲤治斫冷水下入盐如常法，以菘菜心芼之，仍入浑葱白数茎，不得搅。半熟，入生姜萝卜汁及酒各少许，三物相等，调匀乃下。临熟，入橘皮线，乃食之。其珍食者自知，不尽谈也。

真一酒法 寄建安徐得之

岭南不禁酒，近得一酿法，乃是神授。只用白面、糯米、清水三物，谓之真一法酒。酿之成玉色，有自然香味，绝似王太驸马家碧玉香也。奇绝！奇绝！白面乃上等面，如常法起酵，作蒸饼，蒸熟后，以竹篾穿挂风道中，两月后可用。每料不过五斗，只三斗尤佳。每米一斗，炊熟，急水淘过，控乾，候令人捣细白麹末三两，拌匀入瓮中，使有力者以手拍实。按中为井子，上广下锐，如绰面尖底碗状，于三两麹末中，预留少许糁盖醅面，以裌幕覆之，候浆水满井中，以刀划破，仍更炊新饭投之。每斗投三升，令入井子中，以醅盖合，每斗入熟水两碗，更三五日，熟，可得好酒六升。其余更取醨者四五升，俗谓之二娘子，犹可饮，日数随天气冷暖，自以意候之。天大热，减麹半两。干汞法传人不妨，此法不可传也。

食鸡卵说

水族痴暗，人轻杀之。或云不能偿冤。是乃欺善怕恶。杀之，其不仁甚于杀能偿冤者。李公择尝谓余："鸡有无雄而卵者，抱之，虽能破壳而出，然不数日辄死。此卵可食，非杀也。"余曰："不然。凡能动者，皆佛子也。竹虱，初如涂粉竹叶上尔，然久乃能动。百千为曹，无非佛子者。梁武水陆画像，有六道外者，以淡墨作人畜禽兽等形，罔罔然于空中也。乃是佛子流浪，陋劣之极。至于湿生如竹虱者，犹不可得，但若存若亡于冥漠间尔，而谓水族鸡卵可杀乎？但吾起一杀念，则地狱已具，不在其能诉与不能诉也。"吾久戒杀，到惠州，忽破戒数食蛤蟹。自今日忏悔，复修前戒。今日从者买一鲤鱼，长尺有咫，虽困，尚能微动，乃置水瓮中，须其死而食，生即赦之。聊记其事，以为一笑。

止水活鱼说

孙思邈《千金方·人参汤》言：须用流水，用止水即不验。人多疑流水、止水无别。予尝见丞相荆公喜放生。每日就市买活鱼，纵之江中，莫不浮。然唯鳝鲍入江中辄死。乃知鳝鲍但可居止水，则流水与止水果不同，不可不信。又鲫鱼生流水中，则背鳞白，生止水中，则背鳞黑而味恶，此亦一验也。

书茶墨相反

茶欲其白，常患其黑。墨则反是。然墨磨隔宿则色暗，茶碾过日则香减，颇相似也。茶以新为贵，墨以古为佳，又相反矣。茶可于口，墨可于目。蔡君谟老病不能饮，则烹而玩之。吕行甫好藏墨而不能书，则时磨而小啜之。此又可以发来者之一笑也。

书 茶 与 墨

近时，世人好蓄茶与墨，闲暇辄出二物校胜负，云：茶以白为尚，墨以黑为胜。予既不能校，则以茶校墨，以墨校茶，未尝不胜也。

又书茶与墨

真松煤远烟，馥然自有龙麝气，初不假二物也。世之嗜者，如滕达道、苏浩然、吕行甫。暇日晴暖，研墨水数合，弄笔之余，少啜饮之。蔡君谟嗜茶，老病不能复饮，则把玩而已。看茶而啜墨，亦事之可笑者也。

论 食

烂蒸同州羊羔，灌以杏酪，食之以匕不以箸；南郡麦心面，作槐芽温淘，渗以襄邑抹猪炊、共城香粳，荐以蒸子鹅；吴兴庖人斫松江鲙。既饱，以庐山康王谷廉泉，烹曾坑斗品茶。少焉，解衣仰卧，使人诵东坡先生《赤壁前、后赋》，亦足以一笑也。东坡在儋耳，独有二赋而已。

着饭吃衣

无糊绢，以桑灰水煮烂，更以清水煮脱灰气，细研如粉，酒煮面糊，丸如桐子大，空心，酒下三五十丸，治风壮元。此所谓着饭吃衣者也。或问饭非可着衣非可吃？答云：“所以着饭，不过为穷，所以吃衣，不过为风。”正与孙子荆枕流漱石作对。或人未喻，曰：“夜寒藁荐，岂非着饭也耶！”

牛酒帖

今日与数客饮酒，而纯臣适至，秋熟未已而酒白色，此何等酒也？入腹无赃，任见大王。既与纯臣饮，无以侑酒。西邻耕牛适病足，乃以为肴。饮既醉，遂从东坡之东直出，至春草亭而归，时已三鼓矣。

东坡酒经

南方之氓，以糯与杭，杂以卉药而为饼。嗅之香，嚼之辣，揣之枵然而轻，此饼之良者也。吾始取面而起肥之，和之以姜液，烝之使十裂，绳穿而风戾之，愈久而益悍，此麹之精者也。

米五斗以为率，而五分之，为三斗者一，为五升者四。三斗者以酿，五升者以投，三投而止，尚有五升之赢也。始酿以四两之饼，而每投以二两之麴，皆泽以少水，取足以散解而匀停也。酿者必瓮按而井泓之，三日而井溢，此吾酒之萌也。酒之始萌也，甚烈而微苦，盖三投而后平也。凡饼烈而麴和，投者必屡尝而增损之，以舌为权衡也。既溢之，三日乃投，九日三投，通十有五日而后定也。既定乃注以斗水，凡水必熟而冷者也。凡酿与投，必寒之而后下，此炎州之令也。既水五日乃篘，得二斗有半，此吾酒之正也。先篘，半日，取所谓赢者为粥，米一而水三之，揉以饼麴，凡四两，二物并也。投之糟中，熟𢭃而再酿之，五日压得斗有半，此吾酒之少劲者也。劲正合为四斗，又五日而饮，则和而力严而不猛也。篘绝不旋踵而粥投之，少留，则糟枯中风而酒病也。酿久者酒醇而丰，速者反是，故吾酒三十日而成也。

【解题】

上文所记，皆有关草木饮食方面的内容，较为驳杂，反映了苏轼对日常生活知识的广泛兴趣，和有闻必录的良好习惯。

朱元经炉药

光州有朱元经道人者，百许岁，世多言其有道术。予来黄州，本欲一过之，既而不果。到黄未久，遂闻其死。故人曹九章适为光守，遂与棺敛葬之，亦无他异。但有药金银及药甚多，郡中争欲分买其药，曹不许，悉封付有司。余以书语曹，他日或为贪者所盗换，不若以闻于朝廷入秘府为嘉也。不知曹能用否？黄金可成，本非虚语，然须视金如土者乃能得之。

异人有无

自省事以来，闻世所谓道人有延年之术者，如赵抱一、徐登、张无梦，皆近百岁，然竟死，与常人无异。及来黄州，闻浮光有朱元经，尤异，公卿尊师之甚众，然卒亦病死。死时，中风搐搦。但实能黄白，有余药，药、金皆入官。不知世果无异人耶？抑有而人不见，此等举非耶？不知古所记异人虚实，无乃与此等不大相远，而好事者缘饰之耶？

阳丹阴炼

冬至后，斋居常吸鼻液漱炼，令甘，乃咽入下丹田。以三十瓷器，皆有盖，溺其中，已，随手盖之，书识其上。自一至三十。置净室，选谨朴者掌之。满三十日开视，其上当结细砂，如浮蚁状，或黄或亦，密绢帕滤取。新汲水净淘澄，无度，以秽气尽为度，净瓷瓶合贮之。夏至后，取细研枣肉，为丸如桐子大，空心酒吞下。不限数，三五日内服尽。夏至后，仍依前法采取，却候冬至后服。此名阳丹阴炼，须尽绝欲，若不绝，砂不结。

阴丹阳炼

取首生男子之乳，父母皆无疾恙者，并养其子，善饮食之。日取其乳一升许，少只半升以来，可以朱砂银作鼎与匙。如无朱砂银，山泽银亦得。慢火熬炼，不住手，搅如淡金色，可丸即丸，如桐子大，空心酒吞下，亦不限丸数。此名阴丹阳炼。世人亦知服秋石，皆非清净所结。又此阳物也，须复经火，经火之余，皆其糟粕，与烧盐无异。世人亦知服乳。乳，阴物，不经火炼，则冷滑而漏精气。此阳丹阴炼。阴丹阳炼，盖道士灵智妙用，沉机捷法，非其人不可轻泄，慎之。

符陵丹砂

尔朱道士晚客于眉山，故蜀人多记其事。自言："受记于师，云：'汝后遇白石浮，当飞仙去。'"尔朱虽以此语人，亦莫识所谓。后去眉山，乃客于涪州，爱其产丹砂，虽琐碎，而皆矢镞状，莹彻不杂土石。遂止。炼丹数年，竟于涪之白石县仙去。乃知师所言不谬。吾闻长老道其事甚多，然不记其名字，可恨也。《本草》言："丹砂出符陵。"而陶隐居云："符陵是涪州。"今无复采者。吾闻熟于涪者云："采药者时复得之，但时方贵辰、锦砂，故此不甚采尔。"读《本草》，偶记之。

松气炼砂

祥符东封，有扈驾军士，昼卧东岳真君观古松下，见松根去地尺余，有补塞处，偶以所执兵攻刺之。塞者动，有物如流火，自塞下出，迳走入地中。军士以语观中人。有老道士拊膺曰："吾藏丹砂，于是三十年矣，方卜日取之。"因掘地数丈，不复见。道士怅慨成疾，竟死。其法用次砂精良者，凿大松腹，以松气炼之，自然成丹。吾老矣，不暇为此，当以山泽银为鼎，有盖，择砂之良者二斤，以松明根节悬胎煮之，置砂瓶煎水以补耗，满百日，取砂，玉槌研七日，投热蜜中，通油瓷瓶盛，日以银匕取少许，醇酒搅汤饮之，当有益也。

龙虎铅汞说 寄子由

人之所以生死，未有不自坎、离者。坎、离交则生，分则死，必然之道也。离为心，坎为肾，心之所然，未有不正，虽桀、跖亦然。其所以为桀、跖者，以内轻而外重。故常行其所不然者尔。肾强而溢，则有欲念，虽尧、颜亦然。其所以为尧、颜者，以内重而外轻。故常行其所然者耳。由此观之，心之性法而正，肾之性淫而邪，水火之德，固如是也。子产曰："火烈，人望而畏之；水弱，人狎而侮之。"古之达者，未有不知此者也。龙者，汞也，精也，血也。出于肾，而肝藏之，坎之物也。虎者，铅也，气也，力也，出于心，而肺生之，离之物也。心动，则气力随之而作。肾溢，则精血随之而流。如火之有烟，未有复反于薪者也。世之不学道。其龙常出于水，故龙飞而汞轻。其虎常出于火，故虎走而铅枯，此生人之常理也。顺此者死，逆此者仙。故真人之言曰："顺行则为人，逆行则为道。"又曰："五行颠倒术，龙从火里出。五行不顺行，虎向水中生。"

有隐者教予曰："人能正坐，瞑目调息，握固定心，息微则徐闭之。（达摩胎息法，亦须闭。若如佛经，待其自止，恐汞不能到也）虽无所念，而卓然精明，毅然刚烈，如火之不可犯，息极则小通之，微则复闭之。（方其通时，亦限一息，一息归之，已下丹田中也）为之。惟数以多为贤，以久为功，不过十日，则丹田温而水上行，愈久愈温，几至如烹，上行如水，蓊然如云，烝于泥丸。盖离者，丽也，着物而见火之性也。吾目引于色，耳引于声，口引于味，鼻引于香，火辄随而丽之。今吾寂然无所引于外，火无所丽，则将焉往？水其所妃也，势必从之。坎者，陷也，物至则受水之性也，而况其妃乎？水火合，则火不炎而水自上，则所谓‘龙从火里出’也。龙出于火，则龙不飞，而汞不干。旬日之外，脑满而腰足轻，方闭息时，常卷舌而上，以舐悬痈，虽不能到，而意到焉，久则能到也。如是不已，则汞下入口。方调息时，则漱而烹之，须满口而后咽。（若未满，且留口中，俟后次也）仍以空气送至下丹田，常以意养之，久则化而为铅。此所谓‘虎向水中生’也。”

此论奇而通，妙而简，决为可信者。然吾有大患，平生发此志愿百十回矣，皆缪悠无成，意此道非捐躯以赴之，刳心以受之，尽命以守之，不能成也。吾今年已六十，名位破败，兄弟隔绝，父子离散，身居蛮夷，北归无日，区区世味，亦可知矣。若复缪悠于此，真不如人矣。故数日来，别发誓愿。譬如古人避难穷山，或使绝域，啮草啖雪，彼何人哉！已令造一禅榻、两大案，明窗之下，专欲治此。并已作干蒸饼百枚。自二月一日为首，尽绝人事。饥则食此饼，不饮汤水，不啖食物，细嚼以致津液，或饮少酒而已。午后，略睡。一更便卧，三更乃起，坐以待旦。有日采日，有月采月，余时非数息炼阴，则行今所谓龙虎诀尔。如此百日，或有所成。不读书著文，且一时阁起，以待异日。不游山水，除见道人外，不接客，不会饮，无益也。深恐易流之性，不能终践此言，故先书以报，庶几他日有惭于弟而不敢变也。此事大难，不知其果然不惭否？此书既以自坚，又欲以发弟也。

卷舌以舐悬痈，近得此法，初甚秘惜之。此禅家所谓“向上一路子，千圣不传人”，所见如此，虽可笑，然极有验也。但行之数日间，舌下筋急痛，当以渐驯致。若舌尖果能及悬痈，则致华池之水，莫捷于此也。又言：“此法名‘洪炉上一点雪’。”宜自秘之。

李若之布气

《晋·方技传》有幸灵者，父母使守稻。牛食之，灵见而不驱。牛去，乃理其残乱者。父母怒之。灵曰："物各欲得食，牛方食，奈何驱之?"父母愈怒，曰："即如此，何用理乱者为?"灵曰："此稻又欲得生。"此言有理，灵故有道者也。吕猗母皇得痿痹病十余年，灵疗之。去皇数步，坐瞑目，'寂然有顷，曰："扶夫人起。"猗曰："老人得病十有余年，岂可仓卒令起耶?"灵曰："但试扶起。"令两人扶起，两人夹扶而立。少顷去扶者，遂能行。学道养气者，至足之余，能以气与人。都下道士李若之能之，谓之"布气"。吾中子迨，少羸，多疾。若之相对坐为布气，迨闻腹中如初日所照，温温也。若之盖尝遇得道异人于华岳下云。

侍其公气术

扬州有武官侍其者，偶忘其名。官于二广恶地十余年，终不染瘴。面红盛，腰足轻快，年八十九乃死。初不服药，唯用一法，每日五更起坐，两掌相乡，热摩涌泉穴无数，以汗出为度。欧阳文忠公不信仙佛，笑人行气。晚年见之，云："吾数年来患足气，一痛殆不可忍。近日有人传一法，用之三日，不觉失去。"其法：垂足坐，闭目握固，缩谷道，摇飐两足，如摄气球状，无数。气极即少休，气平复为之，日七八度，得暇即为之，无定时。盖涌泉与脑通，闭缩摇飐，即气上潮，此乃般运捷法也。文忠疾已则废，使其不废，当有益。至言不烦，不可忽也。

养　生　诀　上张安道

近年颇留意养生。读书，延问方士多矣，其法百数，择其简易可行者，间或为之，辄有奇验。今此闲放益究其妙，乃知神仙长生非虚语尔。其效初不甚觉，但积累百余日，功用不可量。比之服药，其力百倍。久欲献之左右，其妙处，非言语文字所能形容。然可道其大略。若信而行之，必有大益，其诀如左。

每夜以子后三更三四点至五更以来。披衣起，只床上拥被坐亦可。面东或南，盘足，叩齿三十六通，握固，（以两拇指握第三指，或第四指握拇指，两手柱腰腹间也。闭息，闭息，最是道家要妙。先须闭目净虑，扫灭妄想，使心源湛然，诸念不起，自觉出入息调匀，即闭定口鼻）内观五脏，肺白、肝青、脾黄、心赤、肾黑。当更求五脏图，常挂壁上，使心中熟识五脏六腑之形状。次想心为炎火，光明洞彻，入下丹田中。待腹满气极，即徐出气。不得令耳闻。候出入息匀调，即以舌接唇齿，内外漱炼津液，（若有鼻涕，亦须漱炼，不嫌其咸，漱炼良久，自然甘美，此是真气，不可弃之）未得咽下。复前法。闭息内观，纳心丹田，调息漱津，皆依前法。如此者三，津液满口，即低头咽下，以气送入丹田。须用意精猛，令津与气谷谷然有声，径入丹田。又依前法为之。凡九闭息，三咽津而止。然后以左右手热摩两脚心，此涌泉穴上彻顶门，气诀之妙。及脐下腰脊间，皆令热彻，徐徐摩之，微汗出，不妨，不可喘促。次以两手摩熨眼、面、耳、项，皆令极热。仍按捏鼻梁左右五七下，梳头百余梳而卧，熟寝至明。

右其法至简近，唯在常久不废，即有深功。且试行一二十日，精神自已不同，觉脐下实热，腰脚轻快，面目有光，久之不已，去仙不远。但当习闭息，使渐能迟久。以脉候之，五至为一息。近来闭得渐久，每一闭百二十至而开，盖已闭得二十余息也。又不可强闭多时，使气错乱，或奔突而出，反为害。慎之！慎之！又须常节晚食，令腹中宽虚，气得回转。昼日无事，亦时时闭目内观，漱炼津液咽之，摩熨耳目，以助真气。但清净专一，即易见功矣。神仙至术，有不可学者。一忿躁，二阴险，三贪欲。公雅量清德，无此三疾，切谓可学。故献其区区，笃信力行，他日相见，复陈其妙者焉。文书口诀，多枝词隐语，卒不见下手门路。今直指精要，可谓至言不烦，长生之根本也。幸深加宝秘，勿使浅妄者窥见，以泄至道也。

【解题】

上文皆记养生修炼之法，大抵荒诞不经，为道家末流之术，亦不详作年。

书赠古氏

古氏南坡修竹数千竿，大者皆七寸围，盛夏不见日，蝉鸣鸟呼，有山谷气象。竹林之西，又有隙地数亩，种桃李杂花。今年秋冬，当作三间一龟头，取雪堂规模，东荫修竹，西眺江山。若果成此，遂为一郡之嘉观也。

帖赠杨世昌二首

一

仆谪居黄冈，绵竹武都山道士杨世昌子京，自庐山来过余，

□□年乃去。其人善画山水，能鼓琴，晓星历骨色及作轨革卦影，通知黄白药术，可谓艺矣。明日当舍余去，为之怅然。浮屠不三宿木下，真有以也。元丰六年五月八日，东坡居士书。

二

十月十五日夜，与杨道士泛舟赤壁，饮醉，夜半，有一鹤自江南来，翅如车轮，嘎然长鸣，掠余舟而西，不知其为何祥也，聊复记云。

书赠何圣可

岁云暮矣，风雨凄然；纸窗竹室，灯火青荧，辄于此间得少佳趣。今分一半，寄与黄冈何圣可。若欲同享，须择佳客，若非其人，当立遣人去追索也。

书赠王文甫

王文甫好典买古书画诸物。今日自言典两端砚及陈归圣篆字，用钱五千。余请攀归圣例，每日持一两纸，只典三百文。文甫言甚善。川僧清悟在旁知状。

再书赠王文甫

昨日大风，欲去而不可，今日无风，可去而我意欲留。文甫欲我去者，当使风水与我意会。如此，便当作留客过岁准备也。

书遗蔡允元

仆闲居六年，复出从仕。自六月被命，今始至淮上，大风三日不得渡。故人蔡允元来船中相别。允元眷眷不忍归，而仆迟回不发，意甚愿来日复风。坐客皆云东坡赴官之意，殆似小儿迁延避学。爱其语切类，故书之，以遗允元，为他日归休一笑。

书赠柳仲矩

柳十九仲矩，自共城来，持太官米作饭食我。且言百泉之奇胜，劝我卜邻。此心飘然，已在太行之麓矣。元祐三年九月十七日，东坡居士书。

书赠王元直三首

一

王箴字元直，小名三老翁，小字惇叔。

元祐四年十月十八日夜，与王元直饮酒，掇荠菜食之，甚美。颇忆蜀中巢菜，怅然久之。

二

王十六见惠拍板两联，意谓仆有歌人，不知初无有也。然亦有用，当陪傅大士唱《金刚经颂》耳。元祐四年十一月四日二鼓。

三

元祐四年十一月二十八日，既雨，微雪。予以寒疾在告，危坐至夜。与王元直饮姜蜜酒一杯，醺然径醉。亲执枪匕作荠青虾羹，食之甚美。他日归乡，勿忘此味也。

书赠张临溪

吾友张希元有异材，使其登时遇合，当以功名闻，不幸早世，其命矣夫！元祐七年九月二日，行临溪道中，见其子堂来令兹邑，问以民事，家风凛然，希元为不亡矣。勉之！勉之！岂常栖枳棘间乎？东坡居士书。

书赠杨子微

故人杨济甫之子明字子微，不远数千里，来见仆与子由。会子由有汝海之行，仆亦迁岭表，子微追及仆于陈留，留连不忍去。欲作济甫书，行役倦甚，不果。可持是示济甫，此即书也，何必更作。子微笃学有文，自言知数术，云仆必不死岭表。若斯言有征，当为写《道德经》相偿，此纸所以志也。绍圣元年闰四月十八日，新英州守苏轼书。

书《归去来词》赠契顺

余谪居惠州，子由在高安，各以一子自随。余分寓许昌、宜兴，岭海隔绝。诸子不闻余耗，忧愁无聊。苏州定慧院学佛者卓契顺谓迈曰：“子何忧之甚，惠州不在天上，行即到耳，当为子将书问之。”

绍圣三年三月二日，契顺涉江度岭，徒行露宿，僵仆瘴雾，黧面茧足以至惠州。得书径还。

余问其所求。答曰：“契顺惟无所求，而后来惠州。若有所求，当走都下矣。”苦问不已。乃曰：“昔蔡明远鄱阳一校耳，颜鲁公绝粮江淮之间，明远载米以周之。鲁公怜其意，遗以尺书，天下至今知有明远也。今契顺虽无米与公，然区区万里之勤，傥可以援明远例，得数字乎？”余欣然许之，独愧名节之重，字画之好，不逮鲁公。故为书渊明《归去来词》以遗之，庶几契顺托此文以不朽也。

书赠游浙僧

到杭，一游龙井，谒辩才遗像，仍持密云团为献龙井。孤山下，有石室。室前有六一泉，白而甘，当往一酌。湖上寿星院竹，极伟。其傍智果院，有参寥泉及新泉，皆甘冷异常，当特往一酌，仍寻参寥子妙总师之遗迹，见颖沙弥，亦当致意。灵隐寺后高峰塔，一上五里，上有僧，不下三十余年矣，不知今在否？亦可一往。元符二年五月十六日，东坡居士书。

书赠邵道士

身如芭蕉，心如莲花。百节疏通，万窍玲珑。来时一，去时八万四千。此义出《楞严》，世未有知之者也。元符三年九月二十日，书赠都峤邵道士。

书赠孙叔静

今日于叔静家饮官法酒，烹团茶，烧衙香，用诸葛笔，皆北归喜事。

书赠徐信

尝见王平甫自负其《甘露寺》诗："平地风烟飞白鸟，半山云水卷苍藤。"余应之曰："神情全在'卷'字上，但恨'飞'字不称耳。"平甫沉吟久之，请余易。余遂易之以"横"字，平甫叹服。大抵作诗当日煅月炼，非欲夸奇斗异，要当淘汰出合用事。建中靖国元年正月三日甲子，玉局老书。

书赠荣师

赠监大师显荣，行解俱高，得数日相从，殊慰所怀。

书别子开

子开将往河北，相度河宁。以冬至前一日被旨，过节遂行。仆以节日来贺，且别之，留饮数盏，颓然竟醉。案上有此佳纸，故为作草露书数纸。迨其北还，则又春矣，当为我置酒、蟹、山药、桃、杏，是时当复从公饮也。

书赠徐大正四首

一

此蔡公家赐纸也。建安徐大正得之于公之子谷。来求东坡居士草书，居士既醉，为作此数纸。

二

得之，天下奇男子也。世未有用之者。然丈夫穷达固自有时耶？

三

江湖间，有鸟鸣于四五月，其声若云麦熟即快活。今年二麦如云，此鸟不妄言也。

四

或问东坡草书。坡云：“不会。”进云：“学人不会？”坡云：“则我也不会。”

书四适赠张鹗

张君持此纸，求仆书，且欲“发药”。不知药，君当以何品？吾闻《战国策》中有一方，吾尝服之，有效，故以奉传。其药四味而已：一曰无事以当贵，二曰早寝以当富，三曰安步以当车，四曰晚食以当肉。夫已饥而食，蔬食有过于八珍。而既饱之余，虽刍豢满前，惟恐其不持去也。若此可谓善处穷者矣。然而于道则未也。安步自佚，晚食自美，安以当车与肉为哉？车与肉犹存于胸中，是以有此言也。

书赠王十六二首

一

王十六秀才禹锡，好蓄余书，相从三年，得两牛腰。既入太学，重不可致，乃留文甫许分遗。然缄锁牢甚。文甫云："相与有瓜葛，那得尔耶？"

二

十六及第，当以凤咮风字大砚与之。请文甫收此为据。十六及第，当以石绿天猊为仆作利市也。

偶书赠陈处士

或对一贵人弹琴者，天阴声不发。贵人怪之，曰："岂弦慢耶？"对曰："弦也不慢。"

赌　书　字

张怀民与张昌言围棋，赌仆书字一纸，胜者得此，负者出钱五百足作饭会以饭仆。社鬼听之，若不赛者，俾坠其师，无克复国。

书杜介求字

杜几先以此纸求余书，云："大小不得过此。"且先于卷首自写数字。其意不问工拙，但恐字大费纸不能多耳。严子陵若见，当复有卖菜之语。无以惩其失言，当乾没此纸也。

书赠宗人镕

宗人镕，贫甚，吾无以济之。昔年尝见李驸马璋以五百千购王夷甫帖，吾书不下夷甫，而其人则吾之所耻也。书此以遗生，不得五百千，勿以予人。然事在五百年外，价直如是，不亦钝乎？然吾佛一坐六十小劫，五百年何足道哉！东坡居士。

【解题】

上数文皆苏轼赠人文字，但其所赠不在于文章，而在于书法，因此大多随意为之，间有精彩的文字，但还是不能等同于赠序文章。首篇作于元丰五年（1082）六月、《书赠何圣可》作于元丰六年（1083）十二月，《再书赠王文甫》作于元丰七年（1084）四月，《书遗蔡允元》作于元丰八年（1085）九月，《书赠孙叔静》作于元符三年（1100）十月。自《书赠荣师》以下皆不详作年。

代侯公说项羽辞　并叙

汉与楚战，败于彭城。太公间走，见获于楚。项羽常置军中以为质。汉王遣辩士陆贾说项羽请之，不听。后遣侯公，羽许之，遂归太公。侯公之辩，过陆生矣。而史阙其所以说羽之辞，遂探其事情以补之，作《代侯公说项羽辞》

汉王四年，遣辩士陆贾东说项王，请还太公。项王弗听，贾还。汉王不怿者累日。左右计无所出。侯公在军中，而未知名，乃趋进而言曰："秦为无道，荼毒天下，戮人之父，刑人之子，如刈草菅。大王奋不顾身，建大义，除残贼，为万民请命。今秦氏已诛，天下且定，民之父子室家，皆得保完以相守也，其庆大矣。宜与太公享万岁无穷之欢。不幸太公拘于强仇，以重大王夙夜之忧。臣闻主忧臣辱，主辱臣死。大王诸臣，未有输忠出奇，以还太公之属车，蹈义死节，以折项王之狼心者，臣恐天下有以议汉为无人矣，此臣等之罪也。臣愿先即辱国之诛。"汉王嘻戚曰："吾惟不孝不武，而太公暴露拘辱于楚者，三年矣。吾重念天下大计，未获即死之，此吾所以早夜痛心疾首东向而不忘者也。顾为之奈何?"侯公曰："臣虽不敏，愿大王假臣革车一乘，骑卒十人，臣朝驰至楚壁，而暮与太公骖乘而归，可乎?"汉王慢骂曰："腐儒，何言之易也。夫陆贾天下之辩士，吾前日遣之，智穷辞屈，抱头鼠窜，颠狈而归，仅以身免。若何言之易也!"侯公曰；"待人以必能者，不能，则丧气；倚事之必集者，不集，则挫心。大王前日之遣贾也，恃之为必能之人，望之有必集之事。今贾乃困辱而归，是大王气丧而心挫也，宜其有以深鄙臣也。且大王一失任于陆贾，乃遂惩艾以为无足使令者，是大王示太公之无还期，待天下为无士也。"汉王曰："吾岂忘亲者耶，顾若岂足以办此？且项王阴忮不仁，徒触其锋，与之俱靡耳。”侯公曰：“昔赵平原君苦秦之侵，欲结楚从也，求其可与从适楚者二十人。盖择于门下也，食客数千，得十九焉，其一人无得也，最下客毛遂请行。平原君不择而与之俱，卒至强楚，廷叱其王，而定从于立谈之间者，毛遂功也。日者，赵王武臣见获于燕，以其臣陈余、张耳之贤，择人请王，往者十辈，无一返者。终于养卒请行，朝炊未终，乃与赵王同载而归。此大王之所知者。臣乃今日愿为大王之毛遂、养卒，大王何慊不辱平原、余、耳之听哉。”汉王曰：“善。”即饬车十乘，骑卒百人，以遣侯公。

侯公至楚，晨扣军门，谒项王曰：“臣闻汉王之父太公为俘囚，臣窃庆大王获所以胜于汉者。前日汉王遣使请之，而大王不与，至将烹焉，臣窃吊大王似不恤楚矣。”项王瞋目大怒，叱侯公曰：“若自荐死，乃欲为而主行说以侥幸也。且吾亲与人角，而获其父，固将甘心焉。今乃言无恤者，何也？”侯公曰：“臣以区区之身，备汉之使，而有谒于大王，故大王以臣为汉游说而忘忠楚也。大王试幸听之。使其言有可用，则楚汉之大利，两君之至欢，岂臣之私幸也。使其言无可用，则臣徐蹈鼎镬，以从太公之烹，盖未晚也。”

项王曰：“太公之不得归必矣，若将何言？”侯公曰：“夫汉王失职，怏怏而西，因思归之士，收豪杰之伍，举梁汉之师，下巴蜀之粟，并三秦，定齐魏，日引而东，以与大王决一旦之命。大王视其志，固将一天下，朝诸侯，建七庙，定大号，为万世基业耶？抑将区区殉匹夫之节，为曾参之孝而已者耶？且连兵带垒，与楚百战以决雌雄，乃有天下三分之二。大王军覆将死，自救不暇，凡所以运奇决胜为大王之勍敌者，在汉王与诸将了事耶？抑太公实为之也耶？虽庸人孺子固知之。然则太公，独一亡似人耳，不足为楚、汉之轻重。大王幸虏获之，而祸福实系焉，视其用之如何耳。得所以用而用之者强，失所以用而用之者亡。苟为失其所用，未若不获之为善也。大王所以久拘而不归者，固以要之。要之诚是也。且要而能致之，则权在我。要而不能致，则权在人。权之所在，以战必克。则要者，名也；归者，实也。大王苟不得志于名，当速收效于实，无为两失而自遗其患。是以臣窃为大王慎惜此举也。大王固尝置之俎上而命之矣，彼报之曰：'必欲烹之，幸分羹焉。'且父子相爱之情，岂相远哉。方汉王窘于彭城，二子同载，推堕捐之，弗顾也，安知其视父不与子同也。太公之囚楚者，三年矣，彼诚笃于爱父，固将捐兵解甲，膝行顿颡楚之辕门，为之请一旦之命。今励士方力，督战方急，无一日而忘与楚从事，此其志在天下，无以亲为也。大王今不归之，以收其实，将久留之，以执其名，故曰似不恤楚也。"

项王怒气少息，徐曰："顾吾所雠者汉王尔，其父何与耶？且汉王亲以其身投吾掌握者，数矣，我常易而释之，今乃日东向必欲亡楚而后已，故吾深雠之，欲菹醢其父，聊快于一时，况与之归耶？"侯公曰："辱大王幸赐听臣，臣请言其不可者。夫首建大义诛暴秦者，惟楚；世为贤明显名于天下者，惟楚；天下豪杰乐从而争赴者，惟楚。被坚执锐为士卒先，所向摧靡，莫如大王；兵强将武，百战百胜，莫如大王；诸侯畏慑，惟所号令，莫如大王；割地据国，连城数十，莫如大王。大王持此数者以令天下，朝诸侯，建大号，何待于今。然而为之八年，智穷兵败，土疆日蹙，反为汉雌。大王尝自知其所以失乎？"项王曰："吾诚每不自知，如公言焉，公试论吾所以失者。"侯公曰："大王知夫博者事乎？夫财均则气均，气均则敌偶，然后胜负之势，决于一时。今大王求与汉博，方布席徒手未及投地，而骤以己资推遗之，已而财索气竭，徒手而校之，则大王之胜势去矣。夫仁义智信，所以取天下之资，而制敌之具也。大王乃弃资委具，以为无所事，以故汉皆获而收执之，此所以日引而东，视大王如无也。"

项王曰："何谓弃资委具?"侯公曰："夫秦民之不聊生久矣。汉王之入关也，秋毫无所犯，解秦之罟，约法三章，民大庆悦，惟恐其不王秦也。大王之至，燔烧屠戮，酷甚于秦，秦人失望，何以为仁？大王始与诸侯受约怀王，先入关者，王之。汉王出万死不顾一生之计，叩关决战，降俘其主，以待大王，而大王背约，迁之南郑，何以为信？大王以世为楚将，方举大义，不立其后，无以令天下，遂共立怀王而禀听之，及天下且定，乃阳尊为帝而放杀之，何以为义？以范增之忠，陈平之智，韩信之勇，皆人杰。争天下者，视此三人为之存亡。然而增死于疑，平、信去而不用，何以为智？是以汉王于其入关也，天下归其仁。其还定三秦也，天下归其信。为义帝缟素也，天下归其义。其用平、信也，天下归其智。此四者，大王素有之资，可畜之具，惟其委弃而不用，故汉皆得而收执之，是以大王未得所以税驾也。方今之势，汉王者，高资富室也。大王者，窭人也。天下者，市人也。市人不趋窭人而趋高资富室，明矣。然则大王今日之资，恃有一太公尔。天所以相楚也。今不归之，以伸区区之信义，纾旦夕之急，臣恐汉人怒气益奋，战士倍我，是大王又以其资遗汉，且将索然而为穷人矣。此臣所以为大王寒心也。夫制人之与见制于人，克人之与见克于人，岂可同日而语哉。愿大王熟计之。"

项王曰："孤所以恩汉者亦至矣。然去辄背我，今其父在此，犹日急斗，诚一旦归之，徒益其气尔。"侯公曰："不然。臣闻怀敌者强，怒敌者亡。大王于汉，未能怀而制之，乃欲怒而斗之，臣意天溺大王之衷，将遂孤楚矣。大王诚惠辱一介之使护太公，且致言于汉王曰：'前日太公播越于外，羁旅敝军，获侍盥沐者三年于兹，而君王方深督过之，是以下国君臣未敢议太公之归。今君王敕驾迎之，孤恐久稽君王旦暮问安侍膳之欢，敢不承令，敬遣下臣卫送太公之属车以还行宫。孤亦愿自今之日，与君王捐忿弃瑕，继平昔之欢，君王有以报不榖者，皇天后土，实与闻之。'如此而汉不解甲罢兵以答大义，则曲在彼矣。大王因之号令士卒，以趋汉王，此秦所以获晋惠公也。今大王不辱听臣，臣无所受命而归，汉王固将恸哭于军曰：'楚之仇我者深矣，使者再返，而太公不归矣，且号为举大义，除残贼，拯万民，终之有不共戴天之仇，何面目以视天下。今日之事，有楚无汉，有汉无楚，吾将前死楚军，不返顾矣。'汉王持此感怒士心，整甲而趋楚军，此伍子胥所以鞭平王之尸也。"

项王曰："善。吾听公，姑无烹。公第还，语而主令罢兵，吾今归之矣。"侯公曰："此又不可。夫智贵乎早决，勇贵乎必为。早决者无后悔，必为者无弃功。王陵，楚之骁将也，一旦亡去汉，大王拘执其母，将以还陵也，而其母慷慨对使者为陵陈去就之义，敕陵无还，遂伏剑而死。故天下皆贤智其母，而莫不哀其死也。今太公幽囚郁抑于大王之军，久矣。今闻使者再返，而大王无意幸赦还之，臣窃意其变生于无聊，不胜恚辱之积，一旦引决，以蹈陵母之义，则大王追悔前失，虽欲回汉军之锋，不可得矣。臣闻来而不可失者，时也。蹈而不可失者，机也。方今大王粮匮师老，无以支汉，而韩信之军，乘胜之锋，亦且至矣，大王虽欲解而东归，不可得矣。臣愿大王因其时而用其机，急归太公，与汉王约，中分天下，割鸿沟以西为汉，以东为楚。大王解甲登坛，建号东帝，以抚东方之诸侯，亦休兵储粟，以待天下之变。汉王老，且厌兵，尚何求哉，固将世为西藩，以事楚矣。"项王大悦。听其计，引侯生为上客，召太公，置酒高会三日而归之。

太公、吕后既至，汉王大悦，军皆称万岁。即日封侯公平国君，曰："此天下辩士，所居倾国者，故号平国君焉。"

【解题】

本文是苏轼依据历史事件，杜撰而成的说辞；文中首先阐明刘邦不重父子之情，故项羽留太公并不能要挟刘邦；其次言项羽所失在于仁义智信，送还太公可以挽回信义，终于说服项羽，使太公回到刘邦身边。本文分析透辟，言辞犀利，具有很强的说服力，充分反映了苏轼辩才无碍，见识过人。或云本文为刘敞作。

拟孙权答曹操书

权白孟德足下。辱书开示祸福，使之内杀子布，外擒刘备以自效。书辞勤款，若出至诚，虽三尺童子，亦晓然知利害所在矣。然仆怀固陋，敢略布。

昔田横，齐之遗虏，汉高祖释郦生之憾，遣使海岛，谓横来大者王，小者侯，犹能以刀自刭，不肯以身辱于刘氏。韩信以全齐之地，束手于汉，而不能死于牖下。自古同功一体之人，英雄豪杰之士，世乱则藉以剪伐，承平则理必猜疑，与其受韩信之诛，岂若死田横之节也哉。

仆先将军破虏，遭汉陵夷，董卓僭乱，焚烧宗庙，发掘陵寝，故依袁术以举义师，所指城邑响应，天下思得董卓而食之不厌。不幸此志未遂，而无禄早世。先兄伯符嗣命，驰驱锋镝，周旋江汉，岂有他哉？上以雪天子之耻，下以毕先将军之志耳。不意袁术亦僭位号，污辱义师，又闻诸君各盗名字，伯符提偏师，进无所归，退无所守，故资江东为之业耳，不幸有荆轲、舞阳之变。不以权不肖，使统部曲，以卒先臣之志。仆受遗以来，卧薪尝胆，悼日月之逾迈，而叹功名之不立，上负先臣未报之忠，下忝伯符知人之明。且权先世以德显于吴，权若效诸君有非常之志，纵不蒙显戮，岂不坠其家声耶？

汉自桓、灵以来，上失其道，政出多门，宦官之乱才息，董卓之祸复兴，傕、汜未诛，袁、刘割据，天下所恃，惟权与公及刘备三人耳。比闻卓已鲸鲵，天子反正，仆意公当扫除余孽，同奖王室，上助天子，与宗庙社稷之灵，退守藩国，无失春秋朝觐之节。而足下乃有欺孤之志，威挟天子，以令天下，妄引历数，阴搆符命，昔笑王莽之愚，今窃叹足下蹈覆车也。仆与公有婚姻之旧，加之同好相求，然自闻求九锡，纳椒房，不唯同志失望，天下甚籍籍也。刘备之兵虽少，然仆观其为人，雄材大略，宽而有容，拙于攻取，巧于驭人，有汉高祖之余风，辅以孔明，未可量也，且以忠义不替曩昔，仆以为今海内所望，惟我二人耳。仆之有张昭，正如备之孔明，左提右挈，以就大事，国中文武之事，尽以委之，而见教杀昭与备，仆岂病狂也哉。古谚有之："辅车相依，唇亡齿寒。"仆与刘备，实有唇齿相须之势。足下所以不能取武昌，又不能到成都者，吴、蜀皆存也。今使仆取蜀，是吴不得独存也。蜀亡，吴亦随之矣。晋以垂棘屈产，假道于虞以伐虢，夫灭虢是所以取虞，虞以不知，故及祸。足下意何以异此。

古人有言曰："白首如新，倾盖如故。"言以身托人，必择所安。孟德视仆，岂惜此尺寸之土者哉，特以公非所托故也。荀文若与公共起艰危，一旦劝公让九锡，意便憾，使卒忧死。矧仆与公有赤壁之隙，虽复尽释前憾，然岂敢必公不食斯言乎？今日归朝，一匹夫耳，何能为哉。纵公不见害，交锋两阵之间，所杀过当，今其父兄子弟，实在公侧，怨仇多矣，其能安乎？季布数窘汉王，及即位，犹下三族之令，矧足下记人之过，忘人之功，不肯忘文若于九锡，其肯赦仆于赤壁乎？孔文举与杨德祖，海内奇士，足下杀之如皂隶，岂复有爱于权！天下之才在公右者，即害之矣，一失江东，岂容复悔耶？甘言重布，幸勿复再。

【解题】

本文假托孙权之口，揭露曹操篡夺皇权，意欲独霸江山的阴谋，并表达了忠于汉室的正统观念。本文在写作方法及表达风格上显然是受到司马迁《报任安书》等文章的影响。

海会殿上梁文

经来白马寺，僧到赤乌年。自此佛法大行，以至海隅皆满。伏惟我海会禅师，施无尽藏，开不二门。来作西方之主人，且为东坡之道友。爰因胜地，以建道场。有大富长者八人，追释迦宝像一所。瑶阶肪截，碧瓦鳞差。庶几鹫岭之雄，岂特鹅湖之冠。共凭佛力，仰祝尧年。如日之升，与天无极。举城僚友，阖郡士民。皆兴有作之慈，共享无边之福。

儿郎伟，抛梁东。日出三竿照海红。作礼禅师为祖席，东坡请到雪髯翁。

儿郎伟，抛梁西。此去西方路不迷。一礼慈尊无量寿，万年天子与天齐。

儿郎伟，抛梁南。南海薰风动碧潭。过尽千帆并万舶，归来金鼓结珠龛。

儿郎伟，抛梁北。玉辇巍巍天北极。侯门鼓吹到山门，为作龙兴千万亿。

儿郎伟，抛梁上。瑞气葱葱荫龙象。劝师举足不须踏，踏着毗卢恶模样。

儿郎伟，抛梁下。礼足阇黎来请话。五叶花开到处春，千灯光照何曾夜。

伏愿上梁以后，年丰米贱，气爽人安。郡侯日转千阶，旋主日增万镒。果肴云散，钱宝星飞。各务纷拏，共为笑乐。

白鹤新居上梁文

鹅城万室，错居二水之间，鹤观一峰，独立千岩之上。海山浮动而出没，仙圣飞腾而往来。古有斋宫，号称福地。鞠为茂草，奄宅狐狸。物有废兴，时而隐显。东坡先生，南迁万里，侨寓三年。不起归欤之心，更作终焉之计。越山斩木，溯江水以北来；古邑为邻，逶牙墙而南峙。送归帆于天末，挂落月于床头。方将开逸少之墨池，安稚川之丹灶。去家千岁，终同丁令之来归；有宅一区，聊记扬雄之住处。今者既兴百堵，爰驾两楹。道俗来观，里闾助作。愿同父老，宴乡社之鸡豚；已戒儿童，恼比邻之鹅鸭。何辞一笑之乐，永结无穷之欢。

儿郎伟，抛梁东。乔木参天梵释宫。尽道先生春睡美，道人轻打五更钟。

儿郎伟，抛梁西。嫋嫋虹桥跨碧溪。时有使君来问道，夜深灯火乱长堤。

儿郎伟，抛梁南。南江古木荫回潭。共笑先生垂白发，舍南亲种两株柑。

儿郎伟，抛梁北。北江江水摇山麓。先生亲筑钓鱼台，终朝弄水何曾足。

儿郎伟，抛梁上。璧月珠星临蕙帐。明年更起望仙台，缥缈空山隘云仗。

儿郎伟，抛梁下。凿井疏畦散邻社。千年枸杞夜长号，万丈丹梯谁羽化。

伏愿上梁之后，山有宿麦，海无飓风。气爽人安，陈公之药不散；年丰米贱，林婆之酒可赊。凡我往还，同增福寿。

【解题】

本文作于绍圣三年（1096）四月，用于祝贺新居上梁并祈祷吉祥。文中描述了新居景物之美及自己安居养老于此的心愿，语言雅致灵动，极有韵味。

判营妓从良

五日京兆，判状不难；九尾野狐，从良任便。

判 周 妓 牒

慕周南之化，此意虽可嘉；空冀北之群，所请宜不允。

判 幸 酒 状

道士某，面欺主人，旁及邻生。侧左元方之盏，已自厚颜；倾西王母之杯，宜从薄罚。可罚一大青酰。

【解题】

此三文为判状。前二文作于通判杭州时，后文为游戏之作，作于绍圣三年（1096）十二月。

舍铜龟子文

苏州报恩寺重造古塔，诸公皆舍所藏舍利。予无舍利可舍，独舍盛舍利者，敬为四恩三有舍之。故人王颐为武功宰，长安有修古塔者，发旧葬，得之以遗予，予以藏私印。成坏者有形之所不免，而以藏舍利则可以久存，藏私印或以速坏。贵舍利而贱私印，乐久存而悲速坏，物岂有是哉。予其并舍之。

【解题】

本文记为苏州重建古塔而施舍贮藏舍利之盒。

药 诵

嵇中散作《幽愤》诗，知不免矣，而卒章乃曰“采薇山阿，散发岩岫，永啸长吟，颐性养寿”者，悼此志之不遂也。司马景王既杀中散而悔，使悔于未杀之前，中散得免于死者，吾知其扫迹灭景于人间，如脱兔之投林也，采薇散发，岂其所难哉。孙真人著《大风恶疾论》曰：《神仙传》有数十人，皆因恶疾而得仙道。何者？割弃尘累，怀颍阳之风，所以因祸而取福也。

吾始得罪迁岭表，不自意全，既逾年无后命，知不死矣。然旧苦痔，至是大作，呻呼几百日。地无医药，有亦不效。道士教吾去滋味，绝薰血，以清净胜之。痔有虫馆于吾后，滋味薰血，既以自养，亦以养虫。自今日以往，旦夕食淡面四两，犹复念食，则以胡麻、茯苓麨足之。饮食之外，不啖一物。主人枯槁，则客自弃去。

尚恐习性易流，故取中散真人之言，对病为药，使人诵之日三。曰：东坡居士，汝忘逾年之忧，百日之苦乎？使汝不幸而有中散之祸，伯牛之疾，虽欲采薇散发，岂可得哉，今食麻、麦、茯苓多矣。居士则歌以答之曰：事无事之事，百事治兮。味无味之味，五味备兮。茯苓、麻、麦，有时而匮兮。有则食无则已者，与我无既兮。呜呼噫嘻，馆客不终，以是为愧兮。

【解题】

本文以言辞为药，以治痔疾，极有趣味，体现了苏轼达观的生活态度。

试馆职策问三首

师仁祖之忠厚法神考之励精

问。《传》曰："秦失之强，周失之弱。"昔周公治鲁，亲亲而尊尊，至其后世，有浸微之忧。太公治齐，举贤而上功，而其末流，亦有争夺之祸。夫亲亲而尊尊，举贤而上功，三代之所共也。而齐鲁行之，皆不免于衰乱，其故何哉？国家承平百年，六圣相授，为治不同，同归于仁。今朝廷欲师仁祖之忠厚，而患百官有司不举其职，或至于偷；欲法神考之励精，而恐监司守令不识其意，流入于刻。夫使忠厚而不偷，励精而不刻，亦必有道矣。昔汉文宽仁长者，至于朝廷之间，耻言人过，而不闻其有怠废不举之病。宣帝综核名实，至于文学理法之士，咸精其能，而不闻其有督责过甚之失。何修何营可以及此？愿深明所以然之故，而条具所当行之事，悉著于篇，以备采择。

两汉之政治

问。古之君子，见礼而知俗，闻乐而知政，于以论兴亡之先后。考古以证今，盖学士大夫之职，而人主与群臣之所欲闻也。请借汉而论之。西汉十二世，而有道之君六，虽成、哀失德，祸不及民，宜其立国之势，强固不拔，而王莽以斗筲穿窬之才，谈笑而取之。东汉自安、顺以降，日趋于衰乱，而桓、灵之虐，甚于三季，其势宜易动；而董、吕、二袁，皆以绝人之姿，欲取而不敢；曹操功盖天下，其才百倍王莽，尽其智力，终身莫能得。夫治乱相绝，而安危之效，相反如此。愿考其政，察其俗，悉陈其所以然者。

冗官之弊水旱之灾河决之患

问。国家及闲暇无事时，辟三馆以储士，既命丞弼之臣，各举其所知，又诏有司发策而访焉，非独以观子大夫之能，抑亦欲闻天下之要务，决当今之滞论也。官冗之弊久矣，而近岁尤甚。文武之吏，待次于都下者，几数千人。坐视而不救欤？则下有食贫失职之叹。裁损入流，减削任子以救之欤？则上有伤恩失士之忧。河朔之民，不安其居久矣，一遇水旱，则扶老携幼，转徙而南。下令而禁之欤？则民违死而趋生，令必不行。听其南而不禁欤？则河朔渐空，而流民聚于南方，有足忧者。河自近岁屡决而西，听其西而不塞欤？则泛滥千里，农民失业。塞而归之故道欤？则水未必听，或至于啮坏都邑。此三者，皆安危之所系，利害相持而未决者也。子大夫讲之熟矣，愿闻其说。

私试策问八首

汉之变故有六

问。人主莫不欲安存而恶危亡，然而其国常至于不可救者，何也？所忧者，非其所以乱与亡，而其所以乱与亡者，常出于其所不忧也。请借汉以言之。昔者高帝之世，天下既平矣，当时之所忧者，韩、彭、英、卢而已。此四王者，皆不能终高帝之世，相继仆灭，而不复续。及至吕氏之祸，则由异姓也。吕氏既已灭矣，而吴、楚之忧，几至于亡国。方韩、彭、吕氏之祸，惟恐同姓之不蕃炽昌大也。然至其为变，则又过于异姓远矣。文、景之世，以为诸侯分裂破弱，则汉可以百世而无忧。至于武帝，诸侯之难少衰，而匈奴之患方炽。则又以为天下之忧，止于此矣。及昭、宣、元、成之世，诸侯王既已无足忧者，而匈奴又破灭臣事于汉。然其所以卒至于中绝而不救，则其所不虑之王氏也。世祖既立，上惩韩、彭之难，中鉴七国之变，而下悼王氏之祸，于是尽侯诸将，而不任以事，裁减同姓之封，而黜三公之权，以为前世之弊尽去矣。及其衰也，宦官之权盛，则党锢之难起，士大夫相与搤腕而游谈者，以为天子一日诛宦官而解党锢，则天下犹可以无事。于是外召诸将，而内胁其君。宦官既诛无遗类，而董卓、曹操之徒，亦因以亡汉。汉之所忧者凡六变，而其乱与亡，辄出于其所不忧，而终不可备。由此观之，治乱存亡之势，其皆有以取之欤？抑将不可推，如江河之徙移，其势自有以相激，而不自知欤？其亦可以理推力救而莫之为也？今将使事至而应之，患至而为之谋，则天下之患，不可以胜防，而教化不可以胜变矣。则亦将朝文而暮质，忽宽而骤猛欤？意者亦有可以长守而不变，虽有小患而不足恤者欤？愿因论汉，而极言其所以然。

职官令录郡守而用弃材

问。昔三代之际，公卿有世而为之者，士有至老而不迁者。官有常人，而人有常心。故为周之公卿者，非周、召、毛、原，则王之子弟也。发于畎亩，起于匹夫，而至于公相，盖亦有几人而已，士之勤苦终身于学，讲肄道艺，而修其廉隅，以邀乡里之名者，不过以望乡大夫贤能之书。其选举而上，不过以为一命之士。其杰异者至于大夫，极矣。夫周之世，诸侯为政之卿，皆其世臣之子孙，则夫布衣之士，其进盖亦有所止也。当是之时，士皆安其习而乐其分，不倦于小官，而乐为之，故其民事修而世务举。及其后世不然，使天下旅进而更为之，虽布衣之贤，得以骤进于朝廷，而士始有无厌之心矣。官事之不修，民事之不缉，非其不能，不屑为之也。先王之用人，欲其人人自喜，终老而不倦，是以能尽其才。今以凡人之才，而又加之以既倦之意，其为弊可胜言乎！今夫州县之吏，有故而不得改官者，盘桓于州县而不能去，久者不过以为职官令录，仕而达者，自县宰为郡之通守，自郡之通守以至郡守，为郡守而无他才能，则盘桓于太守，而不得去。由此观之，是职官令录与郡守四者，为国家弃材之委，而仕不达者之所盘桓而无聊也。夫以太守之重，职官令录之近于民，而用弃材焉，使不达者盘桓于其职，此岂先王所以使人不倦之意欤？嗟夫，盖亦有不得已也。居今之势，何以使天下之士各安其分，而无轻于小官？何以使此四者流徙不倦，而无不自聊赖之意？其悉书于篇。

关中战守古今不同与夫用民兵储粟马之术

问。古者师出受成于学，兵固学者之所宜知也。今关中之事，又诸君之所亲履而目见者。昔者六国之世，秦尽有今关中之地，地不加广也，而东备齐，南备楚，近则备韩、魏，远则备燕、赵，有敌国之忧，而无中原之助，然而当是时也，攘却西戎，至千余里。今也天下为一，独以关中之地西备羌戎，三方无敌国之忧，而又内引百郡以为助，惴惴焉自固之不暇。以百倍之势，而无昔人分毫之功，此不可不论也。古之为兵者，戍其地则用其地之民，战其野则食其野之粟，守其国则乘其国之马，以是外被兵而内不知，此所以百战而不殆也。今则不然，戍边用东北之人，籴粮用内郡之钱，骑战用西羌之马，是以一郡用兵而百郡骚然，此又不可不论也。昔者卫为狄所灭，齐桓公以车三十乘封文公于楚丘，及其末年，至三百乘。故其诗曰："匪直也人，秉心塞渊，騋牝三千。"以为资之四夷，则卫之所近者莫若狄，当是时也，狄与卫为仇雠，其势必不以马与卫，然则卫独以何术而能致马如此之多耶？今欲使被边之郡自用其民、自食其粟、自乘其马，而不得其术，故愿闻其详。

庙欲有主祭欲有尸

问。三代之祭礼，其存者几希矣，其全固不可以一日而复。然今天下郡县通祀社稷、孔子、风伯、雨师与凡山川古圣贤之庙，此其礼尤急而不可阙者也。武王伐商，师渡盟津，有宗庙，有将舟。将舟，社主在焉。则是社稷有主也。古者师行载迁庙之主，无迁庙则以币玉，为庙不可一日虚主也。一日虚主犹不可，若无主而为庙，可乎？是凡庙皆当有主也。今郡县所祭，未尝有主，而皆有土木之像，夫像安出哉？古者祭莫不有尸，《诗》有灵星之尸，则祭无所不用尸也。祭而不用尸者，是始死之奠也。不然，则是祭殇也。今也举不用尸，则如勿祭而已矣。儒者治礼，至其变，尤谨严而详。今之变主为像与祭而无尸者，果谁始也？古者坐于席，故笾豆之长短，簠簋之高下，适与人均。今土木之像，既已巍然于上，而列器皿于地，使鬼神不享，则不可知，若其享之，则是俯伏匍匐而就也。鬼神不能谆谆与人接也，故使尸暇主之。今也无尸，而受胙于虚位，不亦鄙野可笑矣！夫今欲使庙皆有主，祭皆有尸，不知何道而可？愿从诸君讲求其遗制，合于古而便于今者。

孔子赞《易》有申爻辞而无损益者

问。《易》之为书，要以不可为必然可指之论也。其始有画而无文，后世圣人始为之辞，盖亦微见其端，而其或为仁，或为义，或小或大，则付之后世学者之分。然世益久远，则学者或入于邪说，故凡孔子之所为赞《易》者，特以防闲其邪说，使之从横旁午要不失正，而非以为必然可指之论也。是故其用意广而其辞约。窃尝深观之，孔子盖有因爻辞而申言之，若无所损益于其辞之义者甚众。《比》之初六，有孚比之，无咎。有孚盈缶，终来，有它吉。象曰：《比》之初六，有它吉也。《小畜》之初九，复自道，何其咎，吉。象曰：复自道，其义吉也。《损》之六四，损其疾，使遄有喜。象曰：损其疾，亦可喜也。《大有》之上九，自天祐之，吉，无不利。象曰：大有上吉，自天祐也。夫既已言之矣，而孔子又申言之，使无所损益于其辞之义，则孔子固多言也。乃孔子则有不胜言者。故愿与诸君论之。

赏功罚罪之疑

问。古之为爵赏，所以待有功也。以为有功而后爵，天下必有遗善，是故有无功而爵者，六德六行以兴贤能，是也。古之为刑罚，所以待有罪也。以为有罪而后罚，则天下必有遗恶，是故有无罪而罚者，行伪而坚，言伪而辩，学非而博，顺非而泽，以疑众杀，是也。夫人之难知，自尧舜病之。惟幸其有功，故有以为赏之之名。惟因其有罪，故有以为罚之之状，而天下不争。今使无功之人，名之以某德而爵之；无罪之人，状之以某恶而诛之。则天下不知其所从，而上亦将眊乱而丧其所守。然则古之人将何以处此欤？方今法令明具，政若画一，然犹有冒昧以侥幸，巧诋以出入者，又况无功而赏、无罪而罚欤？古之人将必有以处此也。

王弼引《论语》以解《易》其说当否

问。圣人之言，各有方也。苟为不达，执其一方，而辄以为常，则天下之惑者，不可以胜原矣。昔者孔子以为丧欲速贫，死欲速朽，而有子以为非君子之言，乃孔子则有所由发也。善乎，有子之知孔子也。《语》曰："禘自既灌而往者，吾不欲观之。"《易》曰："观，盥而不荐。"《语》曰："吾岂匏瓜也哉！安能系而不食？"《易》曰："以杞匏瓜，有陨自天。"是二者其言则同，而其所以言者，可得为同欤？王弼之于《易》，可以为深矣，然因其言之适同，遂以为训，使学者不得不惑，亦不可不辨。

诸子更相讥议

问。古之作者，苟非圣人，皆有所偏。徇其偏则已流，废其长则已苛。二者皆非所谓善学也。君子以其身之正，知人之不正，以人之不正，知其身之有所未正也。既以正人，又反以正己。此所以寡过而成名也。昔者韩子论荀、扬之疵，而韩子之疵，有甚于荀、扬。荀卿讥六子之蔽，而荀卿之蔽不下于六子。班固之论子长也，以为是非谬于圣人，而范晔之论班固也，以为目见毫毛而不见睫。自今而观之，不知范氏之书，其果逃于目睫之论也欤？其未也？而莫或正之。故愿闻数子之得失。非务以相高而求胜，盖亦乐夫儒者之以道相正也。

永兴军秋试举人策问

汉唐不变秦隋之法近世乃欲以新易旧

问。昔汉受天下于秦，因秦之制，而不害为汉。唐受天下于隋，因隋之制，而不害为唐。汉之与秦，唐之与隋，其治乱安危至相远也，然而卒无所改易，又况于积安久治，其道固不事变也。世之君子，以为善人为邦百年，可以胜残去杀。病其说之不效，急于有功，而归咎于法制。是以频年遣使冠盖相望于道，以求民之所患苦。罢去茶禁，归之于民，不以刑狱委任武吏，至于考功取士，皆有所损益。行之数年，卒未有其成，而纷纭之议，争以为不便。嗟乎，此特其小者耳。事之可变，将复有大于此者。今欲尽易天下之骄卒，以为府兵；尽驱天下之异教，以为齐民；尽核天下之惰吏，以为考课；尽率天下之游手，以为农桑；

其为拂世厉俗，非特如今之所行也。行其小者，且不能办，则其大者又安敢议。然则是终不可变欤？抑将变之不得其术欤？将已得其术，而纷纭之议不足恤欤？无乃其道可变而不在其迹欤？所谓胜残去杀者，其卒无效欤？愿条其说。

国学秋试策问二首

勤而或治或乱断而或兴或衰信而或安或危

问。所贵乎学士大夫者，以其通古今而考成败也。昔之人尝有以是成者，我必袭之；尝有以是败者，我必反之。如是其可乎？昔之为人君者，患不能勤。然而或勤以治，亦或以乱文王之日昃，汉宣之厉精，始皇之程书，隋文之传餐，其为勤一也。昔之为人君者，患不能断。然而或断以兴，亦或以衰。晋武之平吴，宪宗之征蔡，苻坚之南伐，宋文之北侵，其为断一也。昔之为人君者，患不能信其臣。然而或信以安，亦或以危。秦穆之于孟明，汉昭之于霍光，燕哙之于子之，德宗之于卢杞，其为信一也。此三者，皆人君之所难，有志之士所常咨嗟慕望旷世而不获者也。然考此数君者，治乱、兴衰、安危之效，相反如此，岂可不求其故欤？夫贪慕其成功而为之，与惩其败而不为，此二者皆过也。学者将何取焉！按其已然之迹，而诋之也易；推其未然之理，而辨之也难。是以未及见其成功，则文王之勤，无以异于始皇。而方其未败也，苻坚之断，与晋武何以辨。请举此数君者得失之源所以相反之故，将详观焉。

隋文帝户口之蕃仓廪府库之盛

问。古者以民之多寡，为国之贫富。故管仲以阴谋倾鲁梁之民，而商鞅亦招三晋之人以并诸侯。当周之盛时，其民物之数登于王府者，盖拜而受之。自汉以来，丁口之蕃息，与仓廪府库之盛，莫如隋。其贡赋输籍之法，必有可观者。然学者以其得天下不以道，又不过再世而亡，是以鄙之而无传焉。孔子曰："不以人废言。"而况可以废一代之良法乎？文帝之初，有户三百六十余万，平陈所得又五十万，至大业之始，不及二十年，而增至八百九十余万者，何也？方是时，布帛之积，至于无所容，资储之在天下者，至不可胜数。及其败亡涂地，而洛口诸仓，犹足以致百万之众。其法岂可少哉！国家承平百年，户口之众，有过于隋。然以今之法观之，特便于徭役而已，国之贫富何与焉。非徒无益于富，又且以多为患。生之者寡，食之者众，是以公私枵然，而百弊并生。夫立法创制，将以远迹三代，而曾隋氏之不及，此岂不可论其故哉？

省试策问三首

汉文帝之行事有可疑者三

问。《孟子》曰："君仁莫不仁，君义莫不义，君正莫不正，一正君而国定。"君子之至于斯也，亦可谓用力省而成功博矣。陛下嗣位于今四年，未言而民信之，无为而天助之，虽群臣有司，不足以识知盛德之所在，然窃意其万一，殆专以仁孝礼义好生纳谏治天下也。子大夫生于此时，而又以德行道艺宾兴于廷，将必有意于《孟子》之言正君而国定，愿闻所谓一言而兴邦、修身而天下服者。夫尧舜尚矣，学者无所复议。自汉以来，道德纯备，未有如文帝者也。今考其行事，而可疑者三。上林令，吏之不才；而虎圈啬夫，才之过人者也。才者见而不录，不才者置而不问，则事之不废坏者有几？然则兵偃刑措，何从而致之？南越不臣，宠以使者；吴王不朝，赐以几杖，此与唐之陵夷，藩镇自立以邀旄钺者何异，不几于姑息苟简之政欤？《传》曰：三王臣主俱贤，五霸不及其臣。文帝不见贾生，自以为过之，既见，不如也。文帝岂霸者欤？帝自以为不如，而魏文帝乃以为过之，此又何也？抑过之为贤欤？将自谓不如为贤欤？汉文之所以为文，殆以是三者，而可疑如此。故愿与子大夫论之，以待上问而发焉。

宰相不当以选举为嫌

问。《易》曰："神而明之，存乎其人。"《诗》曰："无竞惟人，四方其训之。"文武之功，未有不以得人而成者也。仲尼，旅人也，而门人可使南面。重耳，亡公子也，而从者足以相国。汉之得人，盛于武、宣，皆拔之刍牧之中，而表之公卿之上。世主不以为疑，士大夫不以为嫌者，风俗厚而论议正也。宋蔡廓为吏部尚书，黄散以下，皆得自用，而廓以为薄己。今自宰相不得专选举，一命以上，皆付之定法，此何道也。昔常衮当国，虽尽公守法，而贤愚同滞，天下讥之。及崔贻孙相，不及一年，除吏八百，多其亲旧，号称得人。故建中之政，几同贞观。夫使宰相守法如常衮，则不免于贤愚同滞之讥，用人如贻孙，则必有威福下移之谤，欲望得人于微陋之中，而成功于绳墨之外，岂不难哉！子大夫学优而求用者也，当何施于今，而免于斯二者？愿极言之。

省冗官裁奉给

问。历观前世，天下初定，民始休息，下既厌乱而思静，上亦虚心而无作，是以公私富溢，刑罚清省；及其久安无变，则夸者喜名，智者贪功，生事以为乐，无病而自灸，则天下骚然，则屈力殚，而民始病矣。自汉以来，鲜不由此。汉初，置郡不过六十，而文、景之化，几致刑措。及唐中叶，列三百州，为千四百县，而政益荒。是时宿兵八十余万，民去为商贾，度为佛老，杂入科役，率常十五。天下常以劳苦之人三，奉坐待衣食之人七。流弊之极。至元和中，乃命段平仲、韦贯之、许孟容、李绛一切蠲减，凡省冗官八百员，吏千四百员。民以少纾，而上下相安，无刻核之怨。今朝廷无事，百有余年，虽六圣相授，求治如不及，而吏惰民劳，盖不胜弊。今者骄兵冗官之费，宗室贵戚之奉，边鄙将吏之给，盖十倍于往日矣。安视而不恤欤？则有民穷无告之忧。以义而裁之欤？则有拂逆人情之患。夫元和之世，彼四子者，何独能之。子大夫虽未仕，其详有所不知，而救此之道，当讲其要，愿悉著于篇。

省试宗室策问

汉唐宗室之盛与本朝教养选举之法

问。昔周之盛时，其卿士皆周、召、毛、原，非王之伯叔父，则其子弟也。至两汉间，平、歆、向，世不乏人。而唐之宗室最近而易考，武略如道宗、孝恭，文章如白与贺者，不可以一二数。而以宰相进者，有九人焉。呜呼！何其盛也。建隆以来，不以吏事责宗子，虽有文武异才，终身不试。先帝独见远览，恩义并用，增修教养之法，肇开选举之路，盖十有余年矣。罢朝请而走郡县，释膏粱而治簿书者，固不为少。然名字暴著，可以追配古人者，盖未之见焉。意者谦畏慎默，而不自献欤？将教养选举之法，有所缺而来明欤？其悉著于篇，以俟采择。

策问六首

五路之士

昔人有言，邹鲁守经学，齐楚多辨智，韩魏时有奇节。自汉以来，豪杰之士，多出山东山西。国家承平有年，文武并用，所以辅成人才者，可谓至矣。而五路学者，尚未逮古。岂山川气俗有今昔之殊？将教养课试之法未得其要？各以所习之经，闻于师者著于篇。

农政

古者有劝农之官，力田之科，与孝弟同。而自汉以来，率用户口登耗，黜陟守宰。今民去南亩而游市井者，官不禁，载耒耜而适四方者，关不讥也。户口盈缩无复赏罚，此岂治世所当然耶？今欲依古义为农桑之政，计户口而为考课之法，而议者或以为无益有扰，有司惑焉，当何施而可？

礼刑

古者礼刑相为表里，礼之所去，刑之所取。《诗》曰："淑问如皋陶，在泮献囚。"而汉之盛时，儒者皆以《春秋》断狱。今世因人以立事，因事以立法，事无穷而法日新，则唐之律令，有失于本矣，而况《礼》与《春秋》儒者之论乎？夫欲追世俗而忘返，则教化日微；泥经术而为断，则人情不安。愿闻所以折衷于斯二者。

古乐制度

问。圣人之治天下，使风淳俗美者，莫善于乐也。去圣既远，咸茎《韶》、《濩》，间无遗声。所可见者周之制。而《周官》苦战国附益，传籍出暴秦之煨烬，其记载亡几，又复驳异难较，虽传称神瞽考中声以立钧出度，则律先于度，《周官》由嘉量然后见声，则量先于律。传载先王作七声，而《周官》之法，则曰“黄钟为宫，大吕为角，大簇为徵，应钟为羽”。则声止于四而阙其三，律同其三而异其二。至于其间虽有制度，反复可见，而先儒说释，又加谬妄。歌奏二事而曰相通，其音果和耶？圜极两统皆有所避，其法果当耶？法之二三，乐不可正，后世虽欲淳天下风，美天下俗，将何以哉？

汉封功臣

问。汉皇尝言吾运筹得子房，给馈饷得萧相国，而攻取以韩信。此其所以取天下，则诸臣就功，宜无与三杰比矣。及平定次功，何以守关为第一，是亦宜矣。于功次宜在子房、韩信，而良位乃居六十四，信复不为位次，乃用曹参次何。功出信下，则高祖当言战必胜攻必取在参矣。且十八侯功次，以周勃、樊哙、郦商、灌婴非次参为诸公上，宜若未安也。如张敖、奚涓、靳歙、王吸、薛欧、虫达辈非无显功于世，而先诸公，何谓也？且书丹血盟山河并久，宜其次功无轻重差缪，乃可以安天下雄杰而无怨谋，岂张、奚辈大功在世而难于料耶，不然，何甚也？又高祖始封大侯不过万家，小者五六百户。及文、景世，诸侯号为强盛，乃大者至三四万户，小国者自倍耳。及功臣不能自终，七国谋衅，议者常咎高皇封国过制使然耳。《周礼》“公五百里”，盖不啻三四万户矣，奚至卒长久安宁而汉易为闲隙耶？

复　古

问。《春秋》之法，变古则讥之，复古则大之。明乎古之不可易，易则乱矣。观秦、汉之治，率然以其制易古之制，故卒以是至于败乱者，有由然矣。虽然，由秦、汉而下距至今，去古愈远，幸一旦思复，则又惧牵制泥古之失，否则《春秋》之所讥，然则果复之为可耶，抑亦从时之变为可也？幸究微以要圣人之中。

私试策问

人与法并用

问。任人而不任法，则法简而人重；任法而不任人，则法繁而人轻。法简而人重，其弊也，请谒公行而威势下移；法繁而人轻，其弊也，人得苟免，而贤不肖均。此古今之通患也。夫欲人法并用，轻重相持，当安所折衷？使近古而宜今，有益而无损乎？今举于礼部者，皆用糊名易书之法；选于吏部者，皆用长守不易之格。六卿之长，不得一用其意，而胥吏奸人，皆出没其间。此岂治世之法哉！如使有司皆若唐以前，得自以其意进退天下士大夫，官吏恣擅，流言纷纭之害，将何以止之？夫古之人，何修而免于此？夫岂无术，不讲故也。愿闻其详。

拟殿试策问

皇帝若曰：呜呼，维天佑民，实相乃后，锡以多士，咸造在廷，顾朕不德，何以致此？永惟子大夫释畎亩之安、轻千里之远而从朕游者，夫岂为利禄哉！闻之于师，而欲献之于君；修之于家，而欲刑之于国者：子大夫之本意也。朕愿闻之。朕即位改元，于今三年，纵未及孔子之有成，犹当庶几于子路之言有勇且知方者，而风俗未厚，刑政未清，阴阳未和，厥咎安在？朕虚心忘己以来众言，而朝廷阙失之政，斯民利害之实，有所未闻；含垢藏疾以待四夷，而羌戎未叙，兵不得解；施舍已责，捐利与民，而农民未安，商旅不行。此三者，朕之所疑，日夜以思而未获者也。其悉言之，无有所隐，朕将亲览焉。

【解题】

以上诸文皆是为考试士子而拟定的试题，内容主要包括经义、史论和政事。末一篇乃苏轼替皇帝殿试所拟。它们虽为试题，但其中明显反映了苏轼的政治思想，以及对当朝形势尤其是变法举措的态度，充满了批判精神，是研究苏轼的重要史料。前二首分别作于元祐元年（1086）十一月和元祐二年（1087）十二月，《拟殿试策问》作于元祐三年（1088），余皆不详作年。

大慈极乐院题名

至和丙申季春二十八日，眉阳苏轼与弟辙来观卢楞伽笔迹。

题云安下岩

子瞻、子由与侃师至此，院僧以路恶见止，不知仆之所历有百倍于此者矣。丁未正月二十日书。

下岩题名

子瞻、子由与侃师至此，院僧以路险见止，不知仆之经历，有百倍于此者矣。丁未正月二十日书。

大池院题柱

自老翁井还；偶憩。治平丁未十二月七日，子瞻。

石屋洞题名

陈襄、苏颂、孙奕、黄灏、曾孝章、苏轼同游。熙宁六年二月二十一日。

佛日净慧寺题名

祖志入山之十三日，述古赴南都，率景山、达原、子中、子瞻会别于此。熙宁七年八月十三日。

灵鹫题名

杨绘元素、鲁有开元翰、陈舜俞令举、苏轼子瞻同游。熙宁七年九月二十日。

密州题名

禹功、传道、明叔、子瞻游。

登云龙山题名

元丰元年九月十七日，张天骥、苏轼、颜复、王巩，始登此山。

武昌西山题名二首

一

江綖，苏轼，杜沂，沂之子传、俣游。元丰三年四月十三日。

二

苏轼、李婴、吴亮、赵安节、王齐愈、潘丙，元丰五年二月二十二日游。□十日，婴□来。

师中庵题名

元丰七年二月一日，东坡居士与徐得之、参寥子，步自雪堂，并柯池入乾明寺观竹林，谒乳姥任氏坟，锄治茶圃，遂造赵氏园，探梅堂，至尚氏第，观老枳偃蹇，如龙蛇形。憩定惠僧舍，饮茶任公亭、师中庵，乃归，且约后日携酒寻春于此。

白鹭亭题柱

东坡居士自黄适汝，舣舟亭下半月矣。江山之乐，倾想平生。时与□德□□□。元丰七年七月十四日，苏子瞻题。

题　　名

元丰七年九月二十三日，眉山苏某同参寥禅师登楼观雨。

偶　　题

惟陈季常不肯去，要至庐山而返，若为山神留住，必怒我。

偶　　题

“今日借得西寺《法华经》，其僧欲见遗，吾云：“汝须得，我不须得。”

偶　　题

黄幡绰告明皇求作白打使，此官亦快人意哉！

泗 岸 喜 题

谪居黄州五年，今日离泗州北行。岸上，闻骡驮铎声空笼，意亦欣然，盖不闻此声久矣。韩退之诗云：“照壁喜见蝎。”此语真不虚也。然吾方上书求居常州，岂鱼鸟之性，终安于江湖耶？元丰八年正月四日书。

相国寺题名

苏子瞻、子由、孙子发、秦少游同来观晋卿墨竹。申先生亦来。元祐三年八月五日。老申一百一岁。

题损之故居

元祐四年十月七日，始来损之故居，周览遗迹。陶元亮云：“嗟岁月之遂往，悼吾年之不留。”若人犹尔，况吾侪乎？轼书。

杭州题名二首

一

元祐四年十月十七日，与曹晦之、晁子庄、徐得之、王元直、秦少章同来。时主僧皆出，庭户寂然，徙倚久之。东坡书。

二

余十五年前，杖藜芒屦，往来南北山，此间鱼鸟皆相识，况诸道人乎？再至，惘然皆晚生相对，但有怆恨。子瞻书。

龙井题名

元祐庚午，辩才老师，年始八十，道俗相庆，施千袈裟，饭千僧，七日而罢。眉山苏轼子瞻、洛阳王瑜中玉、安陆张璹金翁、九江周焘次元，来馈荈茗。二月晦日书。

龙华题名

苏轼、王瑜、杨杰、张璹同游龙华。元祐五年，岁次庚午，三月二日题。

韬光题名

苏轼、张踌、杨杰、王瑜。元祐五年三月二日，同游韬光。

麦岭题名

苏轼、王瑜、杨杰、张璹同游天竺，过麦岭。

题万松岭惠明院壁

予去此十七年，复与彭城张圣途、丹阳陈辅之同来。院僧梵英，葺治堂宇，比旧加严洁。茗饮芳烈，问：“此新茶耶?”英曰：“茶性新旧交，则香味复。”予尝见知琴者，言琴不百年，则桐之生意不尽，缓急清浊，常与雨旸寒暑相应。此理与茶相近，故并记之。

南昭庆寺题名

明夫、子方、明弼、康道、嘉甫、子瞻同游南昭庆。庚午八月日题。

龙井题名

苏轼、钱勰、江公著、柳瑾同谒龙井辩才。元祐六年正月七日。

定州祷雨岳庙题名

苏轼祷雨岳庙，同李之仪、李士龙、鄗长卿、孙敏行、□□、贾温之。

题寿圣寺

蜀人苏轼子瞻，南迁惠州，舣舟岩下。与幼子过同游寿圣寺，遇隐者石君汝砺器之，话罗浮之胜，至暮乃去。绍圣元年九月十二日书。

题广州清远峡山寺

轼与幼子过同游峡山寺，徘徊登览，想见长老寿公之高致，但恨溪水太峻，当少留之。若于淙碧轩之北，作一小闸，潴为澄潭，使人过闸上，雷吼雪溅，为往来之奇观。若夏秋水暴，自可为启闭之节。用阴阳家说，寺当少富云。绍圣元年九月十三日。

书天庆观壁

东坡饮酒此室，进士许毅甫自五羊来，邂逅一杯而别。

题嘉祐寺壁

绍圣元年十月二日，轼始至惠州，寓居嘉祐寺松风亭。杖屦所及，鸡犬皆相识。明年三月，迁于合江之行馆。得江楼廓彻之观，而失幽深窈窕之趣，未见所欣戚也。峤南岭北，亦何以异此。虔州鹤田处士王原子直，不远千里，访予于此，留七十日而去。东坡居士书。

题合江楼

青天孤月，故是人间一快。而或者乃云不如微云点缀。乃是居心不净者常欲滓秽太清。合江楼下，秋碧浮空，光接几席之上，而有葵苫败屋七八间，横斜砌下。今岁大水再至，居者奔避不暇，岂无寸土可迁，而乃眷眷不去，常为人眼中沙乎？绍圣二年九月五日。

题栖禅院

绍圣三年八月六日夜，风雨，旦视院东南，有巨人迹五。是月九日，苏轼与男过来观。

题廉州清乐轩

浮屠不三宿桑下，东坡盖三宿此矣。去后，仲修使君当复念我耶？庚辰八月二十四日题。

三涧岩题名

东坡居士自海南还来游，武陵弓允明夫、东坡幼子过叔党同至。元符三年九月廿四日。

游广陵寺题名

东坡居士渡海北还，吴子野、何崇道、颖堂通三长老、黄明达、李公弼、林子中，自番禺追饯至清远峡，同游广陵寺。元符三年十一月十五日。

舣舟迎恩亭题

早发宜兴，饮酒一醺然竟醉。置拳几上，垂头而寝，不知舟之出。门外究观风味，使人千载想像。

题 连 公 壁

俗语云“强将下无弱兵”，真可信。吾观安国连公之子孙，无一不好事者，此寺当日盛矣。

韶州月华寺题梁

天子万年，永作明主。敛时五福，敷锡庶民。地狱天宫，同为净土。有性无性，齐成佛道。

戏　　题

道得征章郑赵，姓称孙姜阎齐。浴儿于玉润之家，一夔足矣；侍坐于冰清之仄，三英粲兮。

治易洞磨崖

圣作《易》，晦其数。刘传吴，识《易》祖。

【解题】

上皆于游览时随手题写之文字，目的在于记下踪迹，非有意为文。然而这些语无定式的短小篇幅时有诗般的景物描写（如《题广州清远峡山寺》）或精彩的议论（如《题合江楼》）等。磨崖，即削平山崖题字。自《舣舟迎恩亭题》以下作年无考。

名　西　阁

元丰七年冬至，过山阳，登西阁，时景繁出巡未归。轼方乞归常州，得请，春中方当复过此。故有阁欲名，思之未有佳者。蔡廓，谟之子也。晋宋间第一流，辙以似公家，不知可否？

名容安亭

陶靖节云："倚南窗以寄傲，审容膝之易安。"故常欲作小亭以容安名之。丙子十二月二十一日。

【解题】

以上二文言亭阁命名之含义。

思聪名说

法惠圆师小童彭九，年十一，善琴，应对明了如成人。自言未有法名，而同师皆联思字，遂与名思聪。庶几他日因声以得法，仍书以付之。

何苓之名说

罗浮道士何宗一以其犹子为童子，状貌肥黑矮小，尝戏之曰：此罗浮茯苓精也。俗谚曰："下有茯苓，上生兔丝。"因名之曰苓之，字表丝。且祝老何善待之，壮长非庸物也。

【解题】

以上二文为人起名。

坤成节集英殿宴教坊词　元祐二年七月十五日

勾　合　曲

秋风协应，生殿阁之微凉；广乐具陈，韵金丝而间作。欲观鸟兽之率舞，愿闻笙磬之同音。上奉宸颜，教坊合曲。

勾小儿队

朱干玉戚，本以象功；白叟黄童，皆知颂圣。盍命髫髦之侣，来陈舞勺之仪。上侑皇欢，教坊小儿入队。

队名

愿同千岁乐，长奏太平谣。乐队。

问小儿队

镐京广燕，方云集于缙绅；沂水游童，忽凫趋于庭庑。虽云小技，必有可观。咫尺天颜，悉言汝志。

小儿致语

臣闻功存社稷，庆钟高密之门；泽及本枝，天胙太任之德。候西风之入律，蔼瑞气之盈庭。嘉与四方，同称万寿。恭惟皇帝陛下，文思稽古，濬哲在躬。日奉东朝之欢，率用家人之礼。以谓慈俭之化，无德而能名；保祐之功，如天之难报。惟流传于歌舞，庶仿佛其仪刑。臣等虽在弱龄，久陶孝治。敢率垂髫之侣，共陈振万之仪。未敢自专，伏取进止。

勾杂剧

鸾旗日转，雉扇云开。暂回缀兆之文，少进俳谐之技。来陈善戏，以佐欢声。上乐天颜，杂剧来欤？

放小儿队

青衿旅进，虽末技而毕陈；黄屋天临，知下情之无壅。既成文于缀兆，爰整袂以徘徊。再拜天阶，相将好去。

勾女童队

彤壶漏箭，随鸡唱以渐移；绛节彩髦，闻风箫而自举。宜召散花之侣，来陈回雪之姿。上奉宸欢，两军女童入队。

队　名

金风回翠袖，玉琯倚清歌。乐队

问女童队

风歌谐律，方资燕俎之欢；鹭羽分庭，忽集寿山之下。低鬟有待，振袂欲前。密迩天阶，悉陈来意。

女童致语

妾闻涂山启夏，来玉帛于万邦；挚仲兴周，胙本枝于百世。嘉辰共乐，壮观一新。恭惟皇帝陛下，舜孝自天，尧仁浃物。膺昊穹之成命，席累圣之诒谋。惟地势坤，永载无疆之德；以天下养，躬持胥乐之觞。六乐在庭，百工奏技。妾等亲逢盛旦，获望严宸。艺虽愧于惊鸿，心已先于仪凤。愿陈舞缀，上奉天颜。未敢自专，伏取进止。

勾杂剧

风清羽盖，日转槐庭。欲资载笑之欢，必有应谐之妙。暂回舞缀，少进诙辞。上悦天颜，杂剧来欤？

放女童队

八音间作，既成嗷绎之文；万舞毕陈，曲尽回翔之态。望彤闱而却立，敛翠袂以言归。再拜天墀，相将好去。

兴龙节集英殿宴教坊词 元祐二年

勾合曲

祝尧之寿，既罄于欢谣；象舜之功，愿观于备乐。羽旄在列，管磬同音。上奉宸严，教坊合曲。

勾小儿队

鱼龙奏技，毕陈诡异之观；龆龀成童，各效回旋之妙。嘉其尚幼，有此良心。仰奉宸慈，教坊小儿入队。

队名

两阶陈羽龠，万国走梯航。乐队。

问小儿队

工师在列，各怀自献之能，伥子盈庭，必有可观之技。未知来意，宜悉奏陈。

小儿致语

臣闻生民以来；未有祖宗之仁厚；上帝所眷，锡以圣神之子孙。孚佑下民，笃生我后。瞻舜瞳之日月，望尧颡之山河。若帝之初，达四聪于无外；如川方至，倾万宇以来同。恭惟皇帝陛下，齐圣广渊，刚健笃实。识文武之大者，体仁孝于自然。歌《诗·思齐》，见文王之所以圣；诵《书·无逸》，法中宗之不敢康。诞日载临，舆情其祝。神策授万年之箅，洛书开五福之祥。臣等嬉游天街，沐浴皇化。欲陈舞蹈之意，不知手足之随。未敢自专，伏取进止。

勾 杂 剧

金奏铿纯，既度九韶之曲；霓衣合散，又陈八佾之仪。舞缀暂停，伶优间作。再调丝竹，杂剧来欤？

放 小 儿 队

游童率舞，逐物性之熙怡；小技毕陈，识天慈之广大。清歌既阕，叠鼓屡催。再拜天阶，相将好去。

勾 女 童 队

垂鬟在列，敛袂稍前。岂知北里之微，敢献南川之寿。霓旌坌集，金奏方谐。上奉威颜，两军女童入队。

队 名

君臣千载遇，歌舞八方同。乐队。

问 女 童 队

掺捔屡作，旌旆前临。顾游女之何能，造彤庭而献技。欲知来意，宜悉奏陈。

女 童 致 语

妾闻瑞㐌来翔，共纪生商之兆；群龙下集，适同浴佛之辰。佳气充庭，和声载路。辇出房而雷动，扇交翟以云开。喜动人天，春还草木。恭惟皇帝陛下，凝神昭旷，受命穆清。三后在天，宜兴王之世有；四人迪哲，知享国之无穷。乃眷良辰，欲均景福。庭设九宾之礼，乐歌《四牡》之章。妾等幸觏昌期，获瞻文陛。虽乏流风之妙，愿输率舞之诚。未敢自专，伏候进止。

勾杂剧

清净自化，虽莫测于宸心，诙笑杂陈，示俛同于众乐。金丝再举，杂剧来欤？

放女童队

分庭久立，渐移爱日之阴；振袂再成，曲尽回风之态。龙楼却望，鼍鼓屡催。再拜天阶，相将好去。

兴龙节集英殿宴教坊词

勾合曲

笙磬同音，考中声于神鼓；鸟兽率舞，浃和气于敷天。上奉宸欢，教坊合曲。

勾小儿队

众技旅庭，振欢声于无外；游童颂圣，陶至化于自然。上奉皇威，教坊小儿入队。

队名

壤歌皆白发，象舞及青衿。乐队。

问小儿队

跳踉广陌，初疑竹马之游；合散彤墀，忽变惊鸿之状。欲知来意，宜悉敷陈。

小儿致语

臣闻流虹启圣，非人力所致之符；湛露均恩，与天下共享其乐。旁行海宇，外薄戎夷。咸欣载夙之辰，共献无疆之祝。恭惟皇帝陛下，神武不杀，将圣多能。天生德于予，既禀徇齐之质；人乐告以善，辅成经纬之文。法慈俭于东朝，紬诗书于西学。载临诞日，俛答舆情。非为靡曼之观，庶备太平之福。臣等微生龆龀，学乐父师。就列纷纭，虽无殊于鸟兽；赴音俛仰，说少效于涓尘。未敢自专，伏候进止。

勾杂剧

乐且有仪，方君臣之相悦；张而不弛，岂文武之常行。欲佐欢声，宜陈善谑。金丝徐韵，杂剧来欤？

放小儿队

末技毕陈，下情无壅。既成文于缀兆，犹敛袂以回翔。再拜天阶，相将好去。

勾女童队

飞步寿山，起香尘于罗袜；散花御路，泛回雪于锦茵。上奉宸颜，两军女童入队。

队名

生商来瑞鳦，浴佛降群龙。乐队。

问女童队

玉座天临，虽仙凡之有隔；翠鬟云合，岂草木之无知。密迩天阶，悉陈来意。

女童致语

妾闻千里一曲，变澄澜于浊河；万岁三称，隐欢声于灵岳。天人并应，夷夏来同。虽云北里之微，敢献华封之祝。恭惟皇帝陛下，睿文冠古，神智无方。同尧、舜之性仁，而能济众；陋成、康之刑措，犹待积年。共欣建丑之正，再睹兴龙之会。桑田东海，倾寿斝而未干；汗竹南山，书颂声而无极。妾等幸缘贱艺，获望威颜。振万于庭，欲赴干旄之节；间歌以雅，庶谐笙磬之音。未敢自专，伏候进止。

勾杂剧

舞缀暂停，歌钟少阕。必有应谐之妙，以资载笑之欢。上悦天颜，杂剧来欤?

放女童队

振袂再成，曲尽回风之妙；分庭久立，渐移爱日之阴。再拜天阶，相将好去。

紫宸殿正旦教坊词　元祐四年

勾合曲

东风应律，南籥在庭。饯腊迎春，方庆三朝之会；登歌下管，愿闻九奏之和。上悦天颜，教坊合曲。

勾小儿队

工师奏技，咸踊跃以在庭；稚孺闻音，亦回翔而赴节。方资共乐，岂间微情。上奉宸欢，教坊小儿入队。

队　名

仙山来绛节，云海戏群鸿。乐队。

问小儿队

六乐充庭，九宾在列。何彼垂髫之侣，欲陈振袂之能。必有来诚，少前敷奏。

小儿致语

臣闻正月上日，万汇所以更新；群臣嘉宾，四方于是观礼。雪方占于上瑞，风已告于先春。及此良辰，设为高会。恭惟皇帝陛下，子来九有，天覆兆民。焕乎其有文章，昭然若揭日月。安西都护，来输八国之琛；南极老人，出效万年之寿。还圭璋于邻使，受图籍于春朝。击石拟金，奏钧在之广乐；跳球舞索，戏平乐之都场。臣等沐浴太平，咏歌新岁。鼓舞《咸》《韶》之韵，跄扬鸟兽之间。未敢自专，伏候进止。

勾杂剧

以雅以南，既毕陈于众技；载色载笑，期有悦于威颜。舞缀暂停，优词间作。金丝徐韵，杂剧来欤？

放小儿队

酒阑金殿，既均湛露之恩；漏减铜壶，曲尽流风之妙。望彤墀而申祝，整翠袖以言归。再拜天阶，相将好去。

集英殿春宴教坊词

勾　合　曲

太平无象，善万物之得时；和气致祥，喜八风之从律。大合钧天之奏，克谐治世之音。上奉严宸，教坊合曲。

勾小儿队

斑白之老，既无负戴之忧；龆龀之童，亦遂嬉游之乐。行歌道路，联袂阙庭。仰奉宸慈，教坊小儿入队。

队　　名

初成暮春服，来献太平谣。乐队

问小儿队

聚戏里闾，岂识九重之奥；成文缀兆，忽随六乐之和。宜近彤墀，悉陈来意。

小儿致语

臣闻春为阳中，生物各遂其性；乐以天下，圣人岂私其身。故饮食尽忠臣心，而游豫为诸侯度。方迟日之无事，矧嗣岁之有年。大启壁门，肃陈燕豆。恭惟皇帝陛下，道隆而德备，质文而性仁。总揽群才，盖天授之神策；澄清庶政，故民献以宝符。顾良辰乐事之难并，宜群臣嘉宾之并集。广场千步，方山立于众工；大乐九成，固海函于杂技。臣等沐浴膏泽，咏歌升平。幸以髡髦之微，得参舞羽之末。敢于宸聪，伏俟俞音。

勾杂剧

胪传已久，陛楯将更。宜资载笑之欢，少进群优之技。缓调丝竹，杂剧来欤？

放小儿队

清歌屡奏，盖曲尽于下情；妙舞载陈，示不遗于小物。既毕沛风之和，稍同沂水之归。再拜天阶，相将好去。

勾女童队

燕私之乐，下侍于臣工；靡曼之观，聊同于俚俗。审音而作，振袂稍前。上奉宸欢，两军女童入队。

队名

瑞日明歌扇，仙飙动舞衣。乐队。

问女童队

工师奏技，侍卫耸观。顾游女之何施，集彤庭而有待。欲知来意，宜悉敷陈。

女童致语

妾闻圣人授民以时，王者与众同乐。故仓庚鸣而蚕女出，游鱼跃而灵沼春。盖良辰岂易得哉，亦贤者而后乐此。伏惟皇帝陛下，温恭允塞，缉熙光明。学无常师，文武识其大者；仁能济众，尧舜其犹病诸。齐泰阶之六符，走重译之万里。天人并应，礼乐将兴。岂惟尘土之贱微，敢度乾坤之广大。万舞九奏，虽未象于成功；间歌三终，亦庶几于颂德。欲殚末技，少效寸诚。

勾　杂　剧

风斜御柳，既穷绮丽之观；日转庭槐，少进诙优之戏。再调丝竹，杂剧来欤？

放 女 童 队

翠袖风回，已尽折旋之妙；文茵霞卷，尚观顾步之余。再拜天墀，相将好去。

集英殿秋宴教坊词

勾　合　曲

西风入律，间歌秋报之诗；南龠在廷，备举德音之器。弦匏一倡，钟鼓毕陈。上奉宸严，教坊合曲。

勾 小 儿 队

皇慈下逮，罄百执以均欢；众技毕陈，示四方之同乐。宜进垂髫之侣，来修秉翟之仪。上奉威颜，教坊小儿入队。

队　　名

登歌依颂磬，下管舞成童。乐队。

问 小 儿 队

大君有命，肆陈管磬之音；童子何知，入篴工师之末。欲详来意，宜悉奏陈。

小儿致语

臣闻天行有信，正得秋而万宝成；君德无私，日将旦而群阴伏。清风应律，广乐在庭。占岁事于金穰，望天颜之玉粹。沐浴膏泽，咏歌升平。恭惟皇帝陛下，天纵聪明，日跻圣知。无一物之失所，得万国之欢心。虽击壤之民，固何知于帝力；而后天之祝，亦各抒于下情。臣等幸以龆龀之年，得居仁寿之域。咏舞雩于沂水，久乐圣时；唱铜鞮于汉滨，空惭郢曲。愿陈舞缀，少奉宸欢。未敢自专，伏候进止。

勾杂剧

朱弦玉琯，屡进清音；华翟文竽，少停逸缀。宜进诙谐之技，少资色笑之欢。上悦天颜，杂剧来欤？

放小儿队

回翔丹陛，已陈就日之诚；合散广庭，曲尽流风之妙。歌钟告阕，羽籥言旋。再拜天阶，相将好去。

勾女童队

锦荐云舒，来九成之丹风；霞衣鳞集，隐三叠之灵鼍。上奉宸严，教坊女童入队。

队名

香云浮绣扆，花浪舞彤庭。乐队。

问女童队

清禁深严，方缙绅之云集；仙音啴缓，忽簪珥之星陈。徐步香茵，悉陈来意。

女童致语

妾闻钧天广乐，空传帝所之游；阊阖清风，理绝庶人之共。夫何仙圣，靡隔尘凡。仰瞻八采之威，共庆千龄之运。恭惟皇帝陛下，乾健而粹，离明而文。规摹六圣之心，人将自化；仪刑文母之德，天且不违。乐兹大有之年，申以宗慈之会。虞韶既毕，夏籥将兴。妾等分缀以须，审音而作；愿俟工歌之阕，少同率舞之欢。未敢自专，伏取进止。

勾杂剧

弦匏迭奏，干羽毕陈。洽闻舜乐之和，稍进齐谐之技。金丝徐韵，杂剧来欤?

放女童队

羽觞湛湛，方陈《既醉》之诗；鼍鼓渊渊，复奏言归之曲。峨鬟伫立，敛袂却行。再拜天阶，相将好去。

【解题】

教坊为掌管女乐的官署，凡岁时晏享，则由教坊演唱乐曲。上数文皆苏轼为教坊所作唱词，在皇帝、太后生日或岁时节日，由教坊歌队为朝廷佐宴而演唱。